André Gide
Les Faux-monnayeurs

伪币犯

〔法〕安德烈·纪德 著
徐和瑾 译

人民文学出版社
PEOPLE'S LITERATURE PUBLISHING HOUSE

图书在版编目(CIP)数据

伪币犯 /(法)安德烈·纪德著; 徐和瑾译.
—北京:人民文学出版社,2020
(纪德作品系列)
ISBN 978-7-02-014796-0

Ⅰ.①伪…　Ⅱ.①安…②徐…　Ⅲ.①长篇小说-法国
-现代　Ⅳ.①I565.45

中国版本图书馆 CIP 数据核字(2019)第 010685 号

责任编辑　**卜艳冰　何炜宏**
装帧设计　**钱　珺**

出版发行　**人民文学出版社**
社　　址　**北京市朝内大街 166 号**
邮　　编　**100705**
网　　址　**http://www.rw-cn.com**

印　　刷　**杭州钱江彩色印务有限公司**
经　　销　**全国新华书店等**

字　　数　**260 千字**
开　　本　**890×1240 毫米　1/32**
印　　张　**13.375**
版　　次　**2020 年 1 月北京第 1 版**
印　　次　**2020 年 1 月第 1 次印刷**

书　　号　**978-7-02-014796-0**
定　　价　**59.00 元**

译　序

纪德在《伪币犯日记》中说："这将是我写的唯一一部小说和最后一本书。"这部小说的写作计划于一九一四年开始酝酿，当时纪德在《梵蒂冈地窖》的初版中按体裁对自己的作品进行分类，并写了下列按语："准备写作：《伪币犯》(小说)。"第一次世界大战、一九一六年作者的宗教信仰危机以及一九一八年因其同性恋癖与妻子不和，使小说的准备工作中断。纪德于一九一九年六月写出小说的提纲，一九二一年十月三日正式开始撰写，于一九二五年六月八日完成，其间进行多次旅行，翻译《哈姆雷特》和英国诗人布莱克的《天堂与地狱的婚姻》，并做了关于陀思妥耶夫斯基的讲座。

《伪币犯》取材于两则社会新闻：一是《费加罗报》一九〇六年九月十六日报道的伪币案；二是《鲁昂报》一九〇九年六月五日的一则消息，说法国中部多姆山省省会克莱蒙费朗的高中学生内尼在上课时朝头部开枪自杀身亡。另外，作者从自己的生活中吸取养料，如纪德于一九一七至一九一九年期间有交往的阿莱格雷牧师的家庭成为弗代尔家庭的原型，牧师的儿子即纪德的同性恋男友马克成为奥利维埃的原型。帕萨旺是法国作家科克托的漫画像；保罗-昂布鲁瓦兹的原型是法国诗人保罗·瓦莱里；给鲍里斯治病的精神分析医生索弗罗尼斯卡的原型则是纪德在一九二一年认识的索科尔尼茨卡大夫。作者还使用了他目睹的场景，如乔治窃书。书中的作家爱德华则具有作者本人的许多特点，如同性恋、对家庭的谴责、个人主义、对真诚的喜爱。从许多方面来看，《伪币犯》是一部自传体小说，是纪德的思想和经历的总结。

小说于一九二五年三月至八月在《新法兰西评论》杂志上连载，分为三部：第一部和第三部均为十八章，第二部为七章。在第一部，贝尔纳·普罗菲唐迪厄发现自己是母亲的私生子，就离家出走，在好友奥利维埃·莫利尼埃的房间里过夜。同一天，奥利维埃的哥哥樊尚去向畅销书作家帕萨旺借钱，以支付他的情妇洛拉分娩的费用。他遇到美国女人莉莲·格里菲思夫人，并爱上了她。

奥利维埃的舅舅爱德华从英国回到巴黎，以救助洛拉。他在火车站遗失了寄行李的收据。贝尔纳跟随其后，拾到了这张收据，取出了他的手提箱。手提箱里有一本记事册，是爱德华的日记簿。贝尔纳读了日记，得知爱德华和奥利维埃的关系以及洛拉的困境。洛拉离开丈夫费利克斯·杜维埃去疗养院治病，在那里认识并爱上病友樊尚，现在怀了孕，却被情夫樊尚抛弃。贝尔纳同情洛拉的处境，就到她住的旅馆去救助她，却在那里遇到前去看望她的爱德华，并受聘担任爱德华的秘书。与此同时，帕萨旺请奥利维埃担任他办的文学刊物的主编。奥利维埃离开帕萨旺家时，斯特鲁维卢正好来访。晚上，莉莲·格里菲恩说服樊尚离开洛拉，她同洛拉一起去摩纳哥度假。同一天晚上，爱德华去拜访钢琴教师拉佩鲁兹老人，老人请爱德华把他的孙子鲍里斯领回来，当时鲍里斯在瑞士接受治疗。

在第二部，爱德华同洛拉和贝尔纳一起来到瑞士的萨斯费。贝尔纳给奥利维埃写信，叙述旅途中和到达后的情况。他们同给鲍里斯治病的精神分析医生索弗罗尼斯卡进行交谈。鲍里斯的病情逐渐好转，主要由于他和医生的女儿勃罗尼娅的友谊。爱德华谈论他下一部小说的美学观。贝尔纳向洛拉求爱，但洛拉拒绝了他，并把她丈夫请她回去的信给他看。索弗罗尼斯卡告诉爱德华，她已把鲍里斯"施展魔法"的护身符给了斯特鲁维卢。爱德华决定把鲍里斯带回巴黎，放在阿扎伊斯寄宿学校。奥利维埃给贝尔纳写信，叙述他和帕萨旺在科西嘉度假的情况。在最后一章，作者对他的人物进行分析。

在第三部，爱德华于九月回到巴黎。他遇到他的姐夫，即奥利维埃的父亲奥斯卡·莫利尼埃，得知后者有外遇。同一天晚上，他收到洛拉的姐姐拉歇尔的短笺，就在第二天去寄宿学校找她，由于学校经济困难，拉歇尔向他借钱。他顺便去看望阿扎伊斯老人，过一天又去拜访拉佩鲁兹。奥利维埃回到巴黎，去巴黎大学看望在那里参加中学毕业会考的贝尔纳，并于当天晚上参加《阿耳戈英雄》杂志社举办的宴会。他请贝尔纳和爱德华去参加这次聚会，爱德华同贝尔纳和洛拉的妹妹萨拉一同前往。迪梅尔因嫉妒和奥利维埃发生争执，聚会不欢而散。爱德华把奥利维埃带到家中。当天晚上，萨拉委身于贝尔纳。第二天早上，奥利维埃在浴室开煤气自杀，幸好被爱德华发现。贝尔纳去看望奥利维埃。奥利维埃的母亲波利娜也来到爱德华的住所，谈起她那有外遇的丈夫，但她主要担心自己的儿子奥利维埃和乔治，就请爱德华找乔治谈谈。爱德华到帕萨旺家去取奥利维埃的衣物时，帕萨旺把莉莲·格里菲思的来信给他看，她在信中对樊尚表示憎恨。同一天，预审法官普罗菲唐迪厄来访，把乔治以前曾涉及一桩风化案、现在又在使用伪币的事告诉了爱德华。这时，贝尔纳通过中学毕业会考，决定离开爱德华。

爱德华到阿扎伊斯寄宿学校去找外甥乔治谈话，说他已知道乔治在使用伪币，乔治立刻告诉他的同伙盖里达尼佐尔和菲利普，盖里达尼佐尔则去通知表兄斯特鲁维卢。奥利维埃去看望洛拉的弟弟阿尔芒，阿尔芒已受聘担任帕萨旺的秘书，他把哥哥亚历山大从非洲寄来的信给奥利维埃看。亚历山大收留了一个怪人，据陪伴怪人的黑人说，他们的小船沉没，女主人被淹死，其实使她溺水身亡的是这怪人，即樊尚。鲍里斯得知女友勃罗尼娅去世，十分难过。这时，盖里达尼佐尔组织“强者兄弟会”，吸收鲍里斯参加，但条件是要他经受考验。第二天下午，在自修课快要结束时，鲍里斯走到讲台右面，在他祖父拉佩鲁兹面前对着自己的脑袋开枪，倒下身亡。乔治看清了盖里达尼佐尔一伙的面目，回到母亲身边。贝尔纳也回到父亲家里。小说结尾，普罗菲唐迪厄先生将请爱德华和莫利尼埃一家吃晚但在误会消除后重新回到爱德华身边。二是洛拉·弗代尔的爱情，她遭到同性恋者爱德华的拒绝，就嫁给她并不喜欢的杜维埃，后成为樊尚的情妇，却被他抛弃，她听任贝尔纳对她精神恋爱，最后郁郁寡欢地回到丈夫身边。三是樊尚的爱情，他抛弃洛拉后爱上莉莲·格里菲思。四是贝尔纳的爱情，他先同洛拉精神恋爱，后成为洛拉的妹妹萨拉的情夫。这四个恋情都互相关联，根源是爱德华舍弃洛拉而选择奥利维埃，洛拉同樊尚的恋爱失败，后者转向莉莲；洛拉同贝尔纳的恋爱失败，后者转向萨拉。

与此同时，这部小说又像侦探小说。读者会想：谁卷入了贝尔纳的父亲和奥利维埃的父亲谈论的风化案？奥利维埃的弟弟乔治的奇特表现说明了什么？神秘的斯特鲁维卢是何许人？这些问题在第三部中得到了解答：乔治是斯特鲁维卢领导的伪币组织的成员。但另一个问题随之提出：罪犯是否将被揭发并得到惩处？那些学生得知警察局已在注意他们，就停止使用伪币，并转而折磨鲍里斯，设计让他开枪自杀，而害死他的罪犯却逍遥法外。这样，这部作品又具有黑色幽默小说的特点。

除了这些主要情节之外，还有一些次要情节，如爱德华的写作计划，弗代尔-阿扎伊斯家的兴衰。这个家庭在洛拉结婚时处于巅峰期，但到第二年开学时已经衰败，鲍里斯的自杀则使它破产。

这些情节交错在一起，通过一些中间人物串连起来，使整体显得协调。爱德华是中心人物，既是观众又是演员：他是奥利维埃的舅舅和情人，是帕萨旺的竞争对手，是贝尔纳和洛拉的知心人，他在拉佩鲁兹老人的要求下把鲍里斯带回巴黎，放在阿扎伊斯寄宿学校，间接造成这孩子的死亡。他又让乔治知道警察局已在注意伪币交易，从而改变了斯特鲁维卢的策略。

纪德精通音乐，在撰写《伪币犯》时用钢琴弹奏巴赫的《赋格的艺术》。爱德华在谈到他的小说时说："我想要写的，就是像《赋格的艺术》那样的东西。"而赋格是在一个主题上构成的多声部对位作品。《伪币犯》像赋格那样分为三个部分：呈示（exposition）、展开（développement）和密接和应（stretto），主题的每次进入用一个人物来表示，其冒险由另一个人物再现和改变，形成一种巧妙的对称。贝尔纳的离家出走（法语为fugue，和表示"赋格"的词同形异义）由洛拉和樊尚依次再现。贝尔纳给爱德华当秘书之后，奥利维埃去给帕萨旺当秘书，而奥利维埃离开他的保护人之后，贝尔纳也照此办理。爱德华第二次拜访拉佩鲁兹同他第四次和最后一次拜访老人相对应。第一卷中老人充满希望，到小说末尾却变得绝望。整个作品都构建在这种对应的基础上。例如，第二部中贝尔纳给奥利维埃的信和奥利维埃给贝尔纳的信，莫利尼埃与爱德华共进午餐和他妻子波利娜拜访爱德华，奥利维埃与爱德华一起过夜和同一章中贝尔纳与萨拉共赴爱河，奥利维埃在第一部中对爱德华产生误会，在第三部中误会的消除与此对称。正如纪德声称："我犹如一个音乐家，像塞扎克·弗朗克那样竭力使一个行板动机和一个快板动机并列、交错。"（《伪币犯日记》，1919年6月17日）

在《伪币犯》中，兼作叙述者的作者用第三人称叙述的事件同爱德华经过其思想的筛选用第一人称叙述的事件交织在一起。爱德华从两个方面协助小说的构建：一方面，他是小说的主要人物，另一方面他转述一部分事件，并通过日记进行倒叙（第一部），为读者提供必要的情况。与此同时，爱德华也准备写一部小说，书名与纪德写好的那本相同。这是书中之书，是纪德喜欢的“纹心结构”（mise en abyme），即像有些纹章那样，在图案中央再镌刻一个较小的同样的图案。这样，《伪币犯》把已完成的作品和正在写作的作品重叠在一起：“确切地说，这本书不是只有一个中心……这些努力像椭圆那样有两个焦点。一方面是事件、事实、外部材料，另一方面是小说家用这些东西写一本书的努力。”（《伪币犯日记》，1921 年 8 月）对于这本正在写的小说，我们不会知道更多的东西，因为它没有写完。

从这个意义上说，爱德华是个失败的小说家。他是作者的替身，但作者和他保持一定的距离。这种疏远表现在洛拉和索弗罗尼斯卡对爱德华提出的美学观的讽刺，表现在叙述者在指出这个人物的矛盾时的批评，“他的话显然不合乎逻辑，这一眼就能看出，令人难受”，也表现在贝尔纳预感到爱德华无力进行创作而作的评论：“您知道我喜欢做什么吗？帮助他写那本书，他一个人是绝不会写出来的……”另外，爱德华的书唯一向读者公布的一段，显然是滑稽模仿，表明纪德对这一人物持保留态度，对爱德华的性格及其自欺欺人也持这种态度：“我对爱德华反感的，是他为自己找出的那些理由……欺骗别人，那还说得过去，但欺骗自己！”

事实是，纪德让一个在智力和道德上与他相像的人物登场，同时又与这个人物保持距离，以便进行自我分析，摆脱他身上阻碍作品成为现实的一切东西。爱德华起的作用既是小说家的代言人，又是作品构建时的陪衬。

《伪币犯》既是对小说美学的看法，又是对小说的否定，这与当时瓦莱里对小说提出的疑问相呼应。一九二四年，布勒东在《超现实主义宣言》中转述了瓦莱里的决定，即不再写“侯爵夫人五点钟出门”之类的话。在他们看来，小说因无益的描写和理性的心理分析，记录的只是“生活中毫无意义的时刻”。由此引发了一场关于小说的论战。一些作家认为，小说不应复制现实，艺术应该和生活对立起来，并提出“纯文学”的想法。《伪币犯》顺应了这种要求。小说中爱德华表达了这种看法。他认为小说不应“紧紧抓住现实不放”，不应“屈从于类同”。他不愿像巴尔扎克那样“同户籍竞争”，希望“在小说中去除并非专门属于小说的一切成分”。他想写的小说，“既是真实的，又远离现实，既特殊又普遍，既有人情又是虚构的”。可以说，《伪币犯》在试验一种新的叙述形式，纪德和爱德华都在进行这种试验。通过小说家这一人物，这部小说展示了小说和现实的冲突：“如果你们希望这本书有主题，那就是现实向他提供的素材同他想把这些素材加工成的产品之间的冲突。”

书名在这部小说的情节中只占次要的地位，却有着丰富的象征意义，因为伪币是弄虚作假的世界的标志。纪德描写了世界中作为支柱的那些价值的失落，如经济方面的金钱，社会方面的家庭，意识形态方面的宗教、道德，文艺方面的文学。

金钱在《伪币犯》中流通，把人物联系在一起，通过债主和债务人这张网来建立依存关系，如爱德华借钱给洛拉，帕萨旺借给樊尚等。但是，这种交换体系受到伪币的干扰。伪币的出现突然揭示，社会上的交换是建立在对货币真实的虚幻信任的基础之上。贝尔纳在谈到伪币时说："您听，它的声音多好。几乎同真的一样。您会发誓说它是金币。"在真假难分的世界里，假的甚至显得比真的还要真实。

这种混淆也出现在家庭之中。纪德通过四个建立在谎言基础上的家庭来对家庭进行谴责。私生子贝尔纳出生的秘密折磨着普罗菲唐迪厄夫妇；丈夫的私通和妻子的失望是莫利尼埃夫妇的状况；拉佩鲁兹夫妇之间无法沟通，过着地狱般的生活；弗代尔牧师伪善，把信仰作为谋生的工具。由此可见，作为家庭基础的感情和价值，如夫妻之爱、忠诚、骨肉之情，都是虚幻的。家庭如用经济词汇来描绘，则是感情的伪币，父亲形象的贬值。

信仰失去了它的可靠性，就成为一种虚假的东西。对职业信徒弗代尔牧师来说，信仰只是一种手段，用来换取寄宿学生的学费。他的儿子阿尔芒说："如果他的信仰动摇，老兄，那就会大祸临头！……我的家庭就将无法生活。"另外，寄宿学校又是伪币流通和交换的地方，无政府主义者斯特鲁维卢也在那里住过。

最后，伪币是像帕萨旺（Passavant = pas savant = 不学无术）那样的文人的作品。他空话连篇，把樊尚和其他人的看法窃为己有，暗中资助一本杂志，善于为自己做广告，在爱德华看来是机会主义者，他趋附时尚，取悦读者，使文学变得矫揉造作。帕萨旺搞的是词语的通货膨胀。他在准备推出其杂志时声称："要选择两三个修饰语……要十分常用的旧词，我们将赋予它们全新的含义。"因此，十分自然的是，帕萨旺后来请伪币犯斯特鲁维卢协助他管理新的杂志，因为这杂志要"弄破羊皮袋，让里面的美好情感都变得一钱不值，词语这种记名期票也是如此"。纪德描写的是战后的世界，资产阶级的社会价值分崩离析，文化也从根本上受到动摇。正如 J.J. 古斯在《言语制造者》一书中所说："《伪币犯》的整个结构具有启示性：言语和货币完全对应的地位受到损害，但同时受到损害的还有父子关系以及调节交换的其他价值观。"

在《伪币犯》中，纪德再次提出真诚的问题，并通过众多人物来描绘个人对真诚的寻求。贝尔纳离家出走，不认自己的养父；洛拉抛弃她并不喜爱的丈夫；樊尚放弃医学，前往不受任何习俗约束的国度；萨拉蔑视家里的清教主义，成了贝尔纳的情妇；奥利维埃在同性恋中寻找自己的幸福；阿尔芒则抛弃家庭的信仰。因此，要求真诚就意味着反抗：反抗家庭和以父亲（如普罗菲唐迪厄）为代表的社会法制，反抗弗代尔牧师捍卫的宗教信仰，反抗文学和艺术，反抗以异性恋为准则的社会道德。但是，反抗也会走向极端，斯特鲁维卢和科布-拉弗勒的虚无主义就是这方面的例子。他们什么都不相信，特别是不相信他们自己，他们上演的是反抗的喜剧，最后像阿尔芒那样与帕萨旺妥协，即与他们想要摧毁的秩序妥协。

纪德在论述个人和社会时，还提出了“魔鬼”这一概念：“我希望有一个（魔鬼）隐姓埋名地贯穿整部书中，由于人们不大相信他，他就显得更加真实。”(《伪币犯日记》，1921 年 1 月 13 日）在纪德那里，魔鬼不仅是一种文学手法，而且是一种隐喻，其目的是指出在个人中暗地里起作用的因素。魔鬼是我们身上的他人，会隐藏在最高尚的意图后面：“在最高尚的动机后面，往往隐藏着一个机灵的魔鬼，人们以为从他那里得到了好处，实际上却是他获利。”他促使爱德华把鲍里斯放在寄宿学校，促使樊尚认为自己抛弃洛拉有理。

魔鬼的存在在纪德那里不是一种神学概念，而是一种心理学概念。他表示不可能自我重合的人的两重性，说明我们之中存在着两种矛盾的倾向。爱德华有两重性：“他的存在不断解体和重塑。人们以为理解他……他是普洛透斯。”洛拉有两重性，既想自己的家庭，又想往她面前展现的自由；奥利维埃有两重性，既喜欢他舅舅，又喜欢帕萨旺；莫利尼埃有两重性，既是体面的资产者，又是不忠的丈夫。

因此，魔鬼在纪德的作品中是一种矛盾的形象，既是否定的因素，又是积极的因素。在樊尚那里，他是个人的摧毁因素，使他发疯，并认为自己魔鬼附身；在斯特鲁维卢那里，是社会秩序的摧毁因素，因为他否定任何道德和美学价值。但是，他又表现为个人中最真诚的部分，促使人们向往自由，动摇因循守旧的思想，是一种创造性的活动，使自我摆脱伦理的束缚。因此，纪德在关于陀思妥耶夫斯基的讲座中说："没有魔鬼的合作，就没有艺术作品。"

这个译本根据伽利玛出版社一九二五年初版、一九九七年印刷的版本翻译，因其中有个别文字漏排，在分段上也有问题，所以又参阅了七星丛书版的《纪德小说集》。书中的引语，在翻译时尽量找出其出处，如福音书的引语直接从《圣经》中找出，莎士比亚的引语根据马文·斯皮瓦克编的《哈佛莎士比亚语词索引》中查出。翻译中遇到的一些理解问题，请教了法国尼斯大学文学教师克里斯蒂安娜·布洛-拉巴雷尔（Christiane Blot-Labarrère）女士，她都一一作了详细解答，特别在谈到乔治戴在上衣饰孔上的饰带或玫瑰花结时，指出玫瑰花结系用带子折成玫瑰花状，而并非金属制的徽章，还附上介绍法国荣誉勋位勋章的有关材料，以便比较。另外，她还译出盛澄华先生的译本中未译出的拉丁语引文，并说出其出处，在此谨表示衷心的感谢。

二〇〇〇年十二月二十五日

于海上凉城

谨以我的第一部小说献给罗歇·马丁·杜加尔[①]

以表示我对他的深情厚意

——A. 纪德

① 罗歇·马丁·杜加尔（1881—1958），法国作家，代表作为长篇小说《蒂博一家》，1937年获诺贝尔文学奖。

第一部

巴　黎

一

“现在，我觉得要听到走廊里的脚步声了。”贝尔纳心里想道。他抬起了头，并仔细听着。没有：他父亲和哥哥还留在法院里，他母亲在做客，他姐姐在听音乐会，至于弟弟小卡卢，每天学校放学后被关在寄宿学校里。贝尔纳·普罗菲唐迪厄留在家里啃书本，准备中学毕业会考，他只有三个星期的复习时间了。家里人都不打扰他，让他独自一人待着，但魔鬼并非如此。贝尔纳虽然已脱掉上衣，但仍感到热得透不过气来。临街的窗子开着，但进来的只有热气。他额头上流着汗。一滴汗水沿着他的鼻子流了下来，快要落到他手里拿着的一封信上。

“这就像流泪一样，”他想道，“不过，流汗总比流泪要好。”

是的，这日期一清二楚。无法怀疑：信里说的正是他贝尔纳。信是写给他母亲的，是一封情书，十七年前写的，没有署名。

“这个开头字母表示什么？一个V，也可能是一个N……问我的母亲合适吗？……咱们还是相信她眼力不错。我可以随意想象，认为这是个亲王。即使我得知自己是个乡巴佬的儿子，那也没有关系！不知道自己的父亲是谁，就不必担心自己像他。任何寻找都会使你承担义务。咱们只要从中求得解脱。咱们不必深究。况且，我今天知道这些已经足够。”

贝尔纳把信重新折好。这封信同这叠信里的其他十二封信大小一样。一条粉红色的缎带把这些信扎在一起，但他不必把缎带解开。他把缎带又套了进去，像原来那样把这叠信扎紧。他重新把信放到小盒子里，把小盒子放到蜗形脚桌子的抽屉里。抽屉没有打开，他是在抽屉上方发现其中的秘密的。贝尔纳把木桌面上脱开的铰链合在一起，并要把一块沉重的缟玛瑙板盖在上面。他轻轻地、小心翼翼地把这块板放在上面，并重新放上两个水晶玻璃做的枝形大烛台以及他刚才因好玩而去修理的笨重座钟。

座钟敲了四下。他已把钟拨准。

“预审法官先生及其公子律师先生不到六点钟是不会回来的。我有时间。必须让法官先生在回家时看到他的写字台上放着这封美妙的信，我将在信中把我离家出走的事告诉他。但在写信之前，我感到很有必要让我的思想透一透空气，并去找到我亲爱的奥利维埃，以便有个栖身之处，至少能够暂住。奥利维埃，我的朋友，现在是我来考验你诚意的时候，也是你向我显示你价值的时候。我们友谊中的美妙之处，是至今为止我们还从未得到过对方的帮助。唔！要帮的忙使人愉快，提出来就不会难以启齿。讨厌的是奥利维埃不会独自一人在那里。算了！我会把他拉到一边。我要用自己的镇静使他大吃一惊。只有在非同寻常的情况下，我才会感到十分自在。”

贝尔纳·普罗菲唐迪厄一直住到那天的T街，离卢森堡公园很近。每星期三下午四点到六点，他的几个同学都要聚集在公园里美第奇喷水池旁边俯瞰着喷水池的小道。他们谈论艺术、哲学、体育运动、政治和文学。贝尔纳走得很快，但他在穿过公园栅栏门时看到了奥利维埃·莫利尼埃，就立刻放慢脚步。

那天，聚集在那里的人比平时要多，也许是因为天气晴朗的缘故。参加聚会的人，有几个贝尔纳还不认识。这些年轻人一旦站在别人面前，个个都像在做戏，几乎完全失去了纯真的面貌。

奥利维埃看到贝尔纳走过来就脸红了，并突然离开和他交谈的一位少妇，走到远处。贝尔纳是他最要好的朋友，因此奥利维埃竭力显出不在找他的样子，有时甚至装作没有看到他。

在和他照面之前，贝尔纳要遇到好几组人，但他也装出不在找奥利维埃的样子，就不时停住脚步。

他的四个同学围着一个戴夹鼻眼镜、蓄有小胡子的小个子，此人的年龄显然比他们大，手里拿着一本书。他名叫迪梅尔。

“你要我怎么办呢？”他的话是专门说给其中一个人听的；他看到大家都在听他说话，显得十分得意。“我一直看到第三十页，却没有看到一种颜色或一个描写颜色的词。他说的是一个女人，我甚至不知道她的连衣裙是红的还是蓝的。对我来说，如果没有颜色，这很简单，我就什么也看不到。”为了夸张的需要，再加上他感到他已不像刚才那样引人注目，他就坚持说道：“一点也看不到。”

贝尔纳不再去听这个人的高谈阔论。他感到过早离开未免失礼，因为他已经在倾听他身后那些人的争论了。奥利维埃离开少妇之后，就来到那些人中间。其中一人坐在长凳上看《法兰西行动报》[①]。

在那些人中，奥利维埃·莫利尼埃显得多么严肃！而他却是最年轻的人之一。他那几乎还带稚气的脸和他的目光，显示出他思想的早熟。他动不动就脸红。他温柔。他对所有人都显得和蔼可亲，但没用，不知是何种内在的谨慎和何种腼腆，使他的同学们和他疏远。他因此而感到痛苦。要是没有贝尔纳，他就会更加痛苦。

莫利尼埃就像贝尔纳现在做的那样，在每一组人中都听一会儿，这是出于礼貌，他对听到的任何话都没有兴趣。

他在那个看报纸的读者的肩膀上方俯下身子。贝尔纳没有回过头去，但听到他在说：

“你不应该看报纸，这样你会满脸通红。”

看报的人尖声反驳道：

“你嘛，只要别人一提到莫拉斯[②]，你就脸色发青。”

---

① 原为半月刊，创刊于1899年，1908年改为日报，是民族主义和保皇派的同名组织的机关报，1944年被禁止出版。

② 莫拉斯（1868—1952），法国作家、政治家。他激烈攻击共和制度，主张恢复君主政体，是“法兰西行动”的主要负责人。在德国占领期间曾为维希政权效力，1945年被判终身监禁。

这时，第三个人用挖苦的语调问道：

“莫拉斯的文章，你觉得有趣？”

第一个人回答道：

“我感到讨厌，但我觉得他有道理。”

这时，第四个人开了口，但贝尔纳听不出是谁的声音：

“你嘛，只要是不使你感到讨厌的东西，你就觉得缺乏深度。”

第一个人反驳道：

“要是你觉得只要是傻瓜就能让人开心，那就错了！”

“你过来。”贝尔纳突然抓住奥利维埃的胳膊，低声说道。他把他拉到几步之外的地方：

“你快回答我，我有急事。你对我说过，你不是和父母住在同一层楼里，是吗？”

“我把我房间的门指给你看过，它正面对着楼梯，是在我们家下面的那个半层楼上。”

“你对我说过，你弟弟也睡在那里？”

“乔治，是的。”

“只有你们两个？”

“是的。”

“你弟弟不会说出来吧？”

“如果需要的话。为什么？”

“你听着。我已离开了家，或者说我将在今晚离家出走。我还不知道要去哪儿。就一夜，你能留我睡吗？”

奥利维埃的脸色变得十分苍白。他非常紧张，不敢去看贝尔纳。

“行，”他说，“不过你要过了十一点再来。每天晚上，妈妈都要下楼来对我们说晚安，然后把我们的房门锁好。”

“那么……”

奥利维埃微微一笑：

“我还有一把钥匙。要是乔治睡着了，你敲门轻一点，别把他吵醒，好吗？”

“门房会让我进去吗？”

“我会告诉他的。哦！我和他关系很好。这另一把钥匙，就是他给我的。回头见。”

他们分手时没有握手。贝尔纳离开时在想他要写的那封信，就是法官回家时会看到的信。奥利维埃不希望别人看到他和贝尔纳单独待在一起，就去找大家都不大理睬的吕西安·贝卡耶。奥利维埃如果不偏爱贝尔纳，一定会非常喜欢吕西安。贝尔纳生性大胆，吕西安性格胆怯。大家都感到他身体虚弱，他身上存在的仿佛只有情感和思想。他不大敢主动去找别人，但看到奥利维埃走到跟前，就会立刻欣喜若狂。吕西安会写诗，这点任何人都猜得到，但我认为，吕西安只会对奥利维埃一人吐露自己的写作计划。他们俩走到平台边上。

“我想做的，”吕西安说道，“是叙述故事，不是一个人物的故事，而是一个地方的故事，嗯，譬如说，公园里像这样一条小道的故事，叙述这里发生的事，从早上到晚上发生的事。最早来的是一些保姆，一些奶妈，有饰带……不，不……最早是一些灰色的人，看不出他们的性别和年龄，他们在小道上扫地，给草地浇水，更换盆花，总之是公园开门前的景象和背景，你懂我的意思吗？一些孩子在堆沙堆，互相争吵，保姆打他们耳光。后来，小学生放学了，接着是女工下班。一些穷人来到公园，坐在长凳上吃东西。再晚一点，一些年轻人互相寻找，有些则相互躲避，还有一些独自待着，在进行幻想。然而来了一群人，是在听音乐会的时候，或是从那些商店出来的时候。一些学生，就像现在这样。傍晚，情人们搂搂抱抱，另一些则哭着分手。最后，在黄昏时分，一对老夫妻……突然，咚咚的鼓声响了，公园要关门了。所有的人都走了出去。这出戏结束了。你要知道：这给人的印象是一切的终结，是死亡……不过，'死亡'这个词当然没有说出来。"

"是的，这点我看得很清楚。"奥利维埃说道。他在想贝尔纳，所以一个字也没有听进去。

"还没有完呢！还没有完呢！"吕西安热情地接着说道，"我想在一种尾声中展现这条小道，是在夜里，在所有的人都走了之后，小道上空无一人，比白天要美得多。在万籁俱寂之中，自然界所有的声音如在狂欢：喷水池的声音，风吹动树叶的声音，一只夜鸟的歌声。我原想让一些黑影在上面移动，也许是一些塑像……但我觉得这样太俗气，你对此是怎么看的？"

"不，不要塑像，不要塑像。"奥利维埃心不在焉地反对道。接着，他看到对方伤心的目光，就热情地大声说道："好吧，先生，你要是把这个写出来，那就太好了。”

二

在普桑[①]的书信中，丝毫没有他受到过父母恩惠的迹象。后来，他从未对远离父母而表示后悔。他自愿移居罗马，失去了回归故乡的任何愿望，甚至对故乡没有任何思念。

——保罗·德雅尔丹[②]《普桑》

普罗菲唐迪厄先生急于回家，而他的同事莫利尼埃却走得很慢，后者同他一起沿着圣日耳曼大街行走。阿尔贝里克·普罗菲唐迪厄刚在法院里度过特别繁忙的一天：他不安地感到右胁上有某种滞重的感觉，他的疲劳影响到那有点娇弱的肝脏。他想到他即将洗澡，舒舒服服地洗个澡，是使他忘掉白天的那些烦心事的最好办法。考虑到要洗澡，他今天下午没吃点心，因为他认为，即使洗温水澡，最好还是空着肚子。总之，这也许是一种偏见，但偏见是文明的基础。

奥斯卡·莫利尼埃尽量加快脚步，竭力跟上普罗菲唐迪厄，但他比普罗菲唐迪厄矮得多，大腿也不发达，另外，他心脏有

---

① 普桑（1594—1665），法国画家，法国古典主义绘画奠基人，一生中大部分时间在罗马度过，主要作品有《圣母升天》《台阶上的神圣家族》《四季》等。

② 德雅尔丹（1859—1940），法国伦理学家。

点肥大，所以动不动要喘气。普罗菲唐迪厄年已五十五岁，却仍然精力充沛，中气十足，步履轻健，真想把莫利尼埃甩掉，但他十分注重礼貌，他的同事比他年纪大，职位也比他高：他理应尊敬他。另外，他要使别人不来嫉妒他的财产，自从他岳父岳母去世之后，他的财产变得十分可观，而莫利尼埃先生只有他那法院庭长的薪水，这薪水菲薄，同他威严地占据的高位不对等，由于威严能掩盖他的低能，所以他就显得更加威严。普罗菲唐迪厄没有显露出自己焦急的心情。他朝莫利尼埃回过头去，只见他的同事正在揩汗。这时，莫利尼埃对他说的事使他很感兴趣，但他们的观点各不相同，就展开热烈的讨论。

“您派人监视那幢房子，”莫利尼埃说道，“您听取门房和假女仆的汇报，这一切都做得很好。但您得注意，只要您把这个调查进行得过于深入，您对这个案件就会无法控制……我的意思是说，它可能会给您带来严重的后果，比您开始时想的要严重得多。”

“这种担心与正义毫不相干。”

“得啦！得啦，我的朋友，您和我都知道，正义应该怎样，现在又是怎样。我们尽力而为，这是理所当然的事，但是，我们即使尽了力，也只能做到差不离。您今天处理的案子特别棘手：十五个被告，或者说，只要您一句话明天就会成为被告的这十五个人，其中有九个是未成年人。您知道，在这些孩子中，有些男孩出自地位显赫的家庭。因此我认为，目前只要开出一张逮捕证，就是极为笨拙的表现。各党派的报纸都会把这个案件揪住不放，这样您就为各种讹诈和诽谤打开了大门。您做什么都会白费力气：不管您怎样谨慎，您都无法阻止一些姓名被说出去……我没有能力给您出主意，您知道，我是多么愿意得到您出的主意，我一直承认并赞赏您高超的见解、清醒的头脑和正直的为人……但是，处在您的地位，我是会这样做的：我会设法了结这件可恶的丑事，办法是抓住那四五个教唆犯……是的，我知道他们很难被抓到，但是，真见鬼，这是我们的职业。我会派人把那个套间给封起来，那是狂欢的场所，我会做好安排，通知那些放荡的孩子的家长，悄悄地、秘密地去通知，目的只是为了避免重新犯罪。啊！譬如说，把那些女人都关起来！这点我和您意见一致。我觉得，我们在此面对的是几个居心叵测的女人，必须把她们从社会中清除出去。但是，我再说一遍，您别去抓那些孩子，吓唬他们一下就够了，然后都贴上'无知初犯'的标签，他们只是受了一些惊吓，会长期对此感到惊讶。您想想，其中三个孩子还不到十四岁，他们的父母肯定把他们看作纯洁无瑕的天使。但是，亲爱的朋友，这只是我们之间说说，我们在这种年龄，是否已经在想女人？"

他停住脚步，喘不过气来，不是因为走得快，而是因为高谈阔论，他拉住普罗菲唐迪厄的袖子，迫使后者也停了下来……

"或者说，即使我们在想，"他接着说道，"那也带有理想的味道，神秘的味道，我可以说是宗教的味道。现在的那些孩子，您看，他们已没有理想……对啦，您那些孩子怎么样？当然喽，刚才这些话我不是针对他们而说的。我知道，在您的督促和教育下，不必担心他们会这样误入歧途。”

确实，至今为止，普罗菲唐迪厄对自己的几个儿子十分满意，但他并没有过高地估计自己：世界上最好的教育也敌不过邪恶的本能。谢天谢地，他的孩子们没有邪恶的本能，莫利尼埃的孩子们想必也是如此，因此，他们就不会去交不好的朋友，不会去看不好的书籍。去禁止无法阻止的事，又有什么用处？不准孩子看的书，孩子会偷偷地去看。他的办法十分简单：对那些坏书，他不是禁止阅读，而是设法使他的孩子们对阅读坏书没有丝毫兴趣。至于目前这个案子，他还要仔细考虑，并答应在采取任何行动之前都会通知莫利尼埃。现在只是继续在暗中进行监视，既然这坏事已经持续了三个月，它还会继续进行几天或几个星期。另外，暑假到了，这些轻罪犯人也会各奔东西。再见了。

普罗菲唐迪厄总算可以加快脚步。

回到家里，他立刻跑到盥洗室，打开浴缸的龙头。安托万在暗中看着主人回来，设法在走廊里和他交错而过。

这个忠心的仆人在这个家里已干了十五年，看着孩子们长大。他看到了许多事情，还对其他许多事情感到怀疑，但对主人瞒着他的事，他都装出一无所知的样子。贝尔纳对安托万是有好感的，不希望对他不辞而别。也许是因为对自己的家庭感到不满，他情愿把他离家出走的事告诉一个普通的仆人，而不愿让他的亲属知道。不过，我们应该为贝尔纳辩护，因为他的亲属当时都不在家。另外，贝尔纳要是和他们告别，他们就不会让他走。他害怕作出解释。对安托万，他可以只说一句话："我走了。"说着，他向他伸出了手，样子一本正经，老仆人见了大吃一惊。

"贝尔纳先生不回来吃晚饭了？"

"也不回来睡觉了，安托万。"由于对方犹豫不决，不知道这话应该如何理解，也不知道是否要再问一下，贝尔纳就特地重复道："我走了。"然后，他补充道："我把一封信留在……写字台上。"他不想说出"爸爸的"三个字，就接着说道："……在书房的桌子上。再见。"

他握着安托万的手，十分激动，仿佛他同时在和自己的过去告别。他又说了声"再见"，说得很快，然后就走了，没有让已在喉咙里的啜泣声发出来。

安托万疑虑重重：就这样让他走了，是否要负重大的责任？但是，他又怎么能不让他走呢？

贝尔纳的出走对全家来说是一件出人意料、骇人听闻的大事，这一点安托万十分清楚，但是，他是完美无缺的仆人，就不能因此而显出惊讶的样子。普罗菲唐迪厄不知道的事，他不需要知道。也许他可以老老实实地对主人说："先生是否知道贝尔纳先生走了？"但这样说他就会处于不利的地位，也毫无有趣之处。他焦急地等待着主人回来，是为了用平淡、恭敬的语调，悄悄地对主人说出他考虑了很长时间才想出的一句话，仿佛是贝尔纳叫他转达的普通口信："在走之前，贝尔纳先生在书房里给先生留了一封信。”一句平淡无奇、可能不会引起注意的话。他苦苦思索，希望想出一句更有分量但又合情合理的话来，但白费力气。由于贝尔纳在这个时候总是在家，安托万用眼角观察的普罗菲唐迪厄先生不禁露出惊讶的神色：

“怎么！在此之前……”

他立刻恢复镇静。他在下人面前不能露出惊讶的神色。他没有失去自己的优越感。他最后用平静、威严的语调说道：

“知道了。”

他走到书房时问道：

“那封信，你说它放在哪里？”

“在先生的写字台上。”

走进书房后，普罗菲唐迪厄果然看到一个信封放在十分显眼的地方，正对着他平时坐着写字的扶手椅。但是，安托万不肯轻易放手，普罗菲唐迪厄还没有看完这封信的两行字，就听到有人敲门。

“我忘了告诉先生，有两个客人正等在小客厅里。”

“是什么人？”

“我不知道。”

“他们是一起的？”

“看起来不像。”

“他们找我有什么事？”

“我不知道。他们想见先生。”

普罗菲唐迪厄感到自己忍耐不住了。

“我已经再三说过，我不希望别人到这里来打扰我，特别是在这个时候。我在法院里有接待的日期和时间……你为什么让他们进来？”

“他们俩都说他们有急事要和先生商量。”

“他们在这里已有很久了？”

“快一个小时了。”

普罗菲唐迪厄在书房里走了几步，把一只手放在前额上，另一只手则拿着贝尔纳的信。安托万仍站在门口，神情严肃，面无表情。最后，他高兴地看到法官失去了镇静，并生平第一次听到他跺着脚低声吼道：

“别让他们来烦我！别让他们来烦我！你去告诉他们，我今天没空。让他们改天再来。”

安托万刚离开，普罗菲唐迪厄就冲到门口：

“安托万！安托万！……然后，请把浴缸的龙头关上。”

是洗澡的问题！他走到窗前看信：

先生：

我今天下午偶然发现了一件事，知道我不应该再把您看做我的父亲，这对我来说是极大的宽慰。我觉得我对您没有什么感情，长期猜想我不是您的亲生儿子，我现在情愿知道我根本就不是您的儿子。您也许认为我应该感谢您把我看做您的一个孩子，但首先，我总是感到您对他们的关心和对我的关心并不相同，其次，我对您相当了解，知道您做了这一切，是因为害怕家丑外扬，是为了掩盖一种对您来说并不十分体面的处境，最后，是因为您别无选择。我情愿对母亲不辞而别，因为我担心在同她最后诀别时我会心软，也因为她在我面前会感到自己处境尴尬，这是我不愿意看到的。我不相信她非常喜欢我，由于我大部分时间都在学校寄宿，她几乎没有时间来了解我，又由于看到我就会使她不断想起她生活中某件她想要忘却的事情，所以我认为她看到我走一定会感到宽慰和高兴。如果您有勇气，您就对她说，她生了我这个私生子，我并不恨她，相反，我情愿这样，而不愿知道自己是您生的（请原谅我这样说话，我并不想对您写辱骂的话，但我就此事说的话，将会使您蔑视我，这会使您感到宽慰）。

如果您希望我对我离开您家的秘密原因保持沉默，那就请您不要设法让我回来。我作出的离开您的决定是无法改变的。我不知道您把我抚养到现在花了多少钱。我在知道此事之前，由您来养活我是可以接受的事，但不言而喻的是，我将来不会接受您的任何东西。一想到欠您什么东西，我就会感到难以忍受，我觉得如果要重新过这样的生活，我情愿饿死，也不要坐到您的餐桌旁吃饭。可喜的是，我好像记得曾听到有人说过，我母亲在嫁给您时比您更加富有。因此我可以认为，我以前是全部由她来赡养的。我感谢她，认为她其他的事都已了结，并请她把我忘记。有些人会因我的出走感到惊讶，您一定有办法对他们作出解释。我允许您把罪名都加在我的头上（但我知道您即使没有得到我的允许也会这样做的）。

我的署名中有您那滑稽可笑的姓，我希望能把它奉还给您，并想立即使它名誉扫地。

贝尔纳·普罗菲唐迪厄

又及：我把我的衣物全都留在您的家里，以后由卡卢使用更为合理，这是我对您的希望。

普罗菲唐迪厄先生踉踉跄跄地走到一把扶手椅前。他想要好好考虑一下，但头脑中的思想十分混乱。另外，他感到右胁的肋骨下面有轻微的刺痛感，这是肝病发作，他是无法止住的。家里是否有维希矿泉水？要是他妻子已经回来就好了！但怎么把贝尔纳出走的事告诉她呢？他是否应该把那封信拿给她看？那封信写得没有道理，极其没有道理。他应该对此表示愤怒。他想把自己的悲伤看作愤怒。他用力呼吸着，每呼出一口气，都迅速而微弱地发出“啊！天哪！”的声音，如同叹息一般。他胁部的疼痛和他的悲伤混杂在一起，证实了他的悲伤，并确定了悲伤的部位。他感到他的悲伤是在肝部。他倒在扶手椅上，把贝尔纳的信重读了一遍。他伤心地耸了耸肩膀。当然，这封信对他是残酷的，但他觉察到信中流露出来的怨恨、藐视和狂妄。他其他的孩子，即他的亲生子女，没有一个会写出这样的信，他自己也写不出来，这点他十分清楚，因为他们身上的一切，他都能在自己身上看到。确实，他一直认为他应该斥责他感到贝尔纳身上存在的独特、粗野和桀骜不驯的秉性，但是，他现在仍然这样认为，已经毫无用处。他清楚地感到，正是因为这点，他对贝尔纳的爱，是他从未对其他孩子有过的。

在隔壁房间里，钢琴声已经响了好一会儿了。塞西尔听完音乐会回来后，就开始弹钢琴，并翻来覆去地弹奏一首船歌[①]的同一个乐句。阿尔贝里克·普罗菲唐迪厄终于忍不住了。他微微打开客厅的门，这时肝痛开始使他感到极为难受（另外，他在女儿面前总是有点羞怯），所以他用悲哀的、近于哀求的声音说道：

“我的小塞西尔，你去看看家里是否有维希矿泉水，如果没有，就叫人去买。另外，你的钢琴最好过一会儿再弹。”

“你不舒服？”

“没有，没有。我只是需要在晚饭前考虑一点问题，你的乐声会打扰我。”

痛苦使他变得温柔，出于体贴，他补充道：

“你刚才弹得很好听。是什么曲子？”

但他没有听到回答就走了出去。他女儿知道他不懂音乐，会把《来吧，小乖乖》和汤豪舍[②]的进行曲混为一谈（至少她是这样说的），所以不想回答他。但他又把门打开：

“你母亲还没有回来？”

---

① 船歌原为威尼斯船工所唱的歌曲，现也转用于任何 6/8 拍或 12/8 拍的声乐或器乐抒情小曲。

② 汤豪舍为 13 世纪的游吟艺人骑士，是瓦格纳的三幕歌剧《汤豪舍和瓦特堡的歌手比赛》（简称《汤豪舍》，1845 年）中的人物。

“没有，还没有。”

真荒唐。她会回来得很晚，使他无法在晚饭前和她谈话。他又能编造出什么话来，对贝尔纳不在家做出暂时的解释？不过，他不能说出事情的真相，不能向孩子们揭开他们母亲一时失足的秘密。啊！这一切已得到原谅，已被完全遗忘和纠正。小儿子的出生已使他们言归于好。突然，这复仇的幽灵又从过去中走了出来，这尸体被波涛冲了回来……

哎！还有什么？他书房的门悄悄地打开了。他迅速把信放到短上衣里面的口袋里。门帘轻轻地掀起。进来的是卡卢。

“爸爸，你说说……这句拉丁语是什么意思？我一点也不懂……”

“我已经对你说过，进来前要敲门。另外，我不希望你像这样随时来打扰我。你已养成习惯，叫别人帮忙，依赖别人，而不是自己去动脑筋。昨天是你的几何题，今天是一句……你那句拉丁语是谁写的？”

卡卢把他的练习簿递了过来：

“他没有对我们说，喏，你看：你会看出来的。这句子是他给我们听写的，也许我写错了。至少我想知道写得对不对……”

普罗菲唐迪厄先生接过练习簿，但他痛得过于难受。他轻轻地推开孩子：

“过一会儿再说。就要吃晚饭了。夏尔回来了吗？”

“他到下面的事务所去了。”（这位律师是在底楼接待委托人的。）

“你去对他说，让他来找我。快去。”

门铃响了！普罗菲唐迪厄夫人终于回来了。她对自己回来晚了表示道歉，因为她得去看望许多人。她看到丈夫不舒服，十分难过。能为他做些什么呢？确实，他脸色很难看。——他现在吃不下饭。那就不等他了，咱们自己吃吧。吃完饭，她和孩子们一起去看他。——贝尔纳呢？——啊！对，他的朋友……你是知道的，就是和他一起复习数学的那个，来叫他一起去吃晚饭了。

普罗菲唐迪厄感到身体好点了。他起初担心疼痛难忍，无法说话。然而，必须对贝尔纳的失踪作出解释。他现在知道他应该说些什么，即使这样说十分痛苦。他感到自己决心已定。他唯一担心的是他妻子会用哭泣和叫喊来打断他的话，担心她会晕过去……

一小时后，她和三个孩子一起走了进来。她走到他的跟前。他让她坐在他的旁边，靠着他的扶手椅。

“你要竭力克制自己，”他对她说话时声音很低，但语气专断，“什么话也别说，你听到了吗？我们过后再单独谈。”

他说话时，用双手握住她的一只手。

“来吧，孩子们，请坐。看到你们站在我的面前，就像在考试那样，我感到不舒服。我要告诉你们一件十分伤心的事情。贝尔纳已经离开我们，我们不能再见到他了……至少是在这段时间里。今天我要对你们说出我以前瞒着你们的事，我瞒着你们是因为我想看到你们爱贝尔纳就像爱自己的兄弟一样，因为你们的母亲和我，我们爱他就像爱自己的孩子一样。但他并不是我们的亲生儿子……他的亲生母亲在临终前把他托付给我们。今天傍晚，他的一个舅舅……来这里把他带走了。”

他说完后是一阵难堪的沉默，可以听到卡卢用鼻子吸气的声音。大家都在等待，以为他还要说话。但是，他只是挥了挥手：

“现在，你们走吧，孩子们。我要和你们的母亲谈谈。”

他们走了之后，普罗菲唐迪厄先生好久不说一句话。普罗菲唐迪厄夫人让他握着的那只手如同死人的手一样。她另一只手拿着手帕，捂住眼睛。她把胳膊肘支在大桌子上，转过头去哭泣。在她一阵阵的抽噎中，普罗菲唐迪厄听到她低声说道：

“哦！您真残酷……哦！您把他赶走了……”

刚才，他决定不把贝尔纳的信拿给她看，但面对这种毫无根据的指责，他就把信递给了她：

“喏，你看吧。”

“我不能。”

“你一定要看。”他不再去想自己的病痛。他用眼睛看着她，看她一行一行地把信看下去。刚才在说话时，他几乎忍不住自己的眼泪，而现在，他已不再激动。他望着自己的妻子。她在想什么？她在同样的抽噎中，用同样哀怨的声音轻轻地说道：

“哦！你为什么要告诉他……你是不应该告诉他的。”

“但你可以看出，我什么也没有告诉他……你仔细看看他的信。”

“我仔细看了……那么，他是怎么发现的？是谁告诉他的？……”

什么！她在想这个！这就是她伤心的原因！这件伤心事本应使他们和好如初。唉！普罗菲唐迪厄隐约感到他们俩的思想走的是不同的道路。她在埋怨、指责和要求，而他则试图使这种执拗的想法变为更加虔诚的感情。

“这就是赎罪。”他说道。

他站起身来，是出于驾驭别人的本能需要。他现在站得笔挺，忘记了身上的病痛，不把它放在心里，并严肃、亲切和威严地把手放在玛格丽特的肩上。他清楚地知道，她对自己的过错从未真正感到后悔，而他却一直把它看作一时的失足。他现在想要对她说，这种悲伤和考验可以用来给她赎罪，但他徒劳地寻找既能使他满意又能使她听进去的话语。玛格丽特的肩膀抗拒着他的手施加的轻微压力。玛格丽特十分清楚，只要生活中发生微不足道的事情，他就会从中得出道德方面的教训，使人听了无法忍受。他总是用自己的教条来解释和阐述一切。他朝她俯下身子。下面就是他要对她说的话：

“可怜的朋友，罪恶不会有任何好的结果，你看到了吗？试图掩盖你的过错是没有用的。唉！对这个孩子，我已经尽力而为，我把他看作亲生儿子。现在，上帝向我们显示，这是个错误，即认为……”

但是，他刚开始说，就停了下来。

也许她听懂了这几句意味深长的话，也许这几句话说到了她的心里，因为她重新抽噎起来，哭得比开始时还要厉害，而她已有一段时间不再哭泣。然后，她弯曲身子，仿佛准备跪倒在他的面前，而他则朝她弯下腰，把她扶住。她流着泪在说些什么？他俯下身子，一直把头低到她的嘴边，才听到她说：

“你看得很清楚……你看得很清楚……啊！你为什么原谅了我……？啊！我不该回来！”

她的话，他几乎是猜出来的。然后，她不作声了。她也无法再说下去了。她感到自己囚禁在他要求她做到的那种贞节之中，这话她又怎么能对他说呢？她怎么能说她感到压抑，说她现在悔恨的不是她的失足，而是她对失足的后悔？普罗菲唐迪厄挺直了身子：

“可怜的朋友，”他用庄重和严肃的语调说道，“我看你今天晚上脾气有点倔。时间不早了。我们还是去睡吧。”

他扶她站了起来，把她送到她的房间，吻了吻她的额头，然后回到自己的书房，倒在一把扶手椅上。奇怪的是，他的肝不痛了，但他觉得自己的心碎了。他双手捂着前额，极为难受，竟欲哭无泪。他没有听到有人敲门，但听到开门的声音，就抬起头来，是他的儿子夏尔：

“我是来向你道晚安的。”

夏尔走到近前。他什么都明白了。他想让父亲知道这点。他希望向父亲表示他的同情、感情和崇敬，但是，谁会相信他是一位律师：他特别不善言辞，也许他只有在感情真挚之时才变得不善言辞。他拥抱他的父亲。他坚持把头靠在父亲的肩膀上，而且在上面靠了一会儿，这使后者肯定他已了解事情的真相。他了解得一清二楚，所以当他稍微抬起头后，他就像他在做任何事情时一样笨拙地问道——他心里极为痛苦，不能不这样问：

“那卡卢呢？”

这问题提得荒谬，因为贝尔纳和家里的其他孩子区别很大，而卡卢却显然是家庭的一员。普罗菲唐迪厄拍了拍夏尔的肩膀：

“不是，不是，你放心。只有贝尔纳。”

于是，夏尔用教训的口吻说道：

“上帝驱逐闯入者，是为了……”

但普罗菲唐迪厄叫他别说下去：他难道能让别人对他这样说话？

“住口。”

父子俩已无话可说。咱们离开他们。快要到十一点了。咱们让普罗菲唐迪厄夫人待在她的房间里，坐在一把不大舒服的直背小椅子上。她不哭，也一无所思。她也想出走，但她绝不会这样做。当她和我们必须了解的她的情人，即贝尔纳的父亲待在一起时，她心里在想：走吧，你怎么做都白费力气，你只能做正派女人。她害怕自由、犯罪和安逸，因此，十天之后，她怀着悔恨回到家里。以前，她父母对她说的话很有道理：你总是不知道你要的是什么。咱们离开她吧。塞西尔已经睡了。卡卢绝望地看着他那支蜡烛，它等不到他看完一本冒险小说就会熄灭，贝尔纳走了，他就看书解闷。我很想知道安托万会对他那当厨子的女友说些什么，但一个人不能什么都去听。现在是贝尔纳去找奥利维埃的时候了。我不大清楚他今晚在哪里吃饭，也不知道他是否吃过晚饭。他经过门房时无人阻拦。他悄悄地走上楼梯……

三

升平富足的盛世徒然养成一批懦夫，困苦永远是坚强之母。①

——莎士比亚

奥利维埃躺在床上，等待母亲的吻抱，母亲每天晚上都要到床边来吻抱她最小的两个孩子。他可以重新穿好衣服，以接待贝尔纳，但他仍在怀疑贝尔纳是否会来，并担心会吵醒他的弟弟。乔治平时很快就睡着了，早晨醒得很晚，也许他不会发现有什么异常。

听到有人在轻轻搔门，奥利维埃从床上跳了起来，匆匆忙忙地把双脚套在拖鞋里，跑去开门。这时不需要点灯，月光把室内照得相当亮。奥利维埃把贝尔纳一把抱住。

“我等了你好久！我无法相信你会来。你今晚不睡在家里，你父母知道吗？”

---

① 原文为英文，引自《辛白林》第 3 幕第 6 场。参见《莎士比亚全集》中《传奇剧 · 诗歌卷》(上)。

在黑暗中，贝尔纳看着自己的前面。他耸了耸肩。

“你认为我需要得到他们的同意，嗯？”

他的语调犹如冷讽一般，奥利维埃立刻感到自己的问题提得荒唐。他还没有看出贝尔纳是“真的”出走，以为贝尔纳只想这一个晚上在外面过夜，所以对这次离家的原因说不大清楚。他问道：贝尔纳准备什么时候回去？——永远不回去！——这下奥利维埃的脑子才清楚了。他竭力显示出自己能应付各种情况，不会因任何事而感到惊慌失措，但他还是不由自主地说了一句：“你这样做，真了不起！”

贝尔纳见自己的朋友有点吃惊，心里乐滋滋的，他特别高兴的是这感叹中流露出赞赏，但是，他再次耸了耸肩。奥利维埃握住他的一只手，神情非常严肃，不安地问道：

“但是……你为什么要走？”

“啊！这个，老兄，这是家里的事。我不能告诉你。”为了不显得过于严肃，他用自己的鞋头把奥利维埃脚上晃动的拖鞋顶得落到地上，这时他们都坐在床边。

“那么，你到什么地方去生活？”

“我不知道。”

“靠什么生活？”

“走着瞧吧。”

“你有钱吗？”

“有明天吃午饭的钱。”

“那以后呢？”

“以后，得想办法。呵！我会找到办法的。你等着瞧吧。我以后会告诉你的。”

奥利维埃非常赞赏自己的朋友。他知道他朋友性格坚强，但他还在怀疑：他很快就会走投无路，饥寒交迫，到那时是否想要回去？贝尔纳叫他放心：他什么事都会去干，但不会回到家人的身边。由于他反复说了好几次，而且越说越粗野：什么事都干，奥利维埃心里感到焦虑不安。他想开口说话，但又不敢。最后，他低下头，用不大有把握的声音开始说道：

“贝尔纳……你不是想……”但他停了下来。他的朋友抬起眼睛，虽然看不清奥利维埃，却看出了他的困惑。

“想什么？”他问道，“你想要说什么？说吧。想当小偷？”

奥利维埃摇了摇头。不，不是这个。突然，他抽抽噎噎地哭了起来。他抽搐着把贝尔纳紧紧抱住。

“你要答应，你不会……”

贝尔纳抱住他，然后笑着把他推开。他明白了：

“这事，我可以答应你。不，我不会去做靠妓女为生的杈杆。”他又补充道：“不过你得承认，这倒是最简单的办法。”但奥利维埃已感到放心。他十分清楚，说出这后一句话，只是为了装出厚颜无耻的样子。

“你的考试呢？”

“是的，这事使我烦恼。我不希望考不及格。我觉得我准备好了，问题是那天不要身体不舒服。我得迅速摆脱困境。这有点冒险，但是……我会应付过来的，你等着瞧吧。”

他们一时间默默无言。第二只拖鞋掉了下来。贝尔纳说：

“你会着凉的。睡吧。”

“不，要睡的是你。”

“你开玩笑！好吧，快。”他硬是让奥利维埃钻进拉开的被单里。

“那你呢？你睡在什么地方？”

“随便什么地方。地上。一个角落里。我得将就一点。”

“不要，你听着。我想对你说点事，但是，你要是不睡在我旁边，我就没法说了。到我床上来吧。”他见贝尔纳迅速脱掉衣服，在他旁边躺下，就说道：“你知道，我上次对你说的事……成了……我干过了。”

贝尔纳一听就心领神会。他让他朋友紧挨着他，听对方继续说道：

“啊！老兄，这真恶心。真可怕……事后，我真想吐痰、呕吐，想把我的皮撕下来，想把自己杀死。”

“你夸大其词。”

“或是把她杀死，她……”

“她是什么人？你至少没有轻率行事吧？”

“没有，那女的迪梅尔很熟悉，是他把我介绍给她的。特别使我恶心的是她的谈话。她不停地说话。真蠢！我不知道她为什么在这种时候还不闭口。我真想塞住她的嘴巴，把她掐死……”

“可怜的朋友！你应该想到，迪梅尔只会把白痴送给你……

她长得漂亮吗？”

“你以为我看到了她的模样？”

“你是个傻瓜。你是个爱神。咱们睡吧……你是否已经……”

“当然喽！我最讨厌的正是这个，就是说我还是能够……就像我想要占有她那样。”

“啊！老兄，真棒。”

“住口。要是这就是做爱，我早就感到厌烦了。”

“你别孩子气十足！”

“我真想看看你是怎么干的。”

“哦！我嘛，你是知道的，我不会去追。我对你说过：我等待艳遇。像这样，冷冷的，我觉得毫无意思。不过，要是我……”

“要是你……”

“要是她……没什么，咱们睡吧。”突然，他把背转过来，同对方的身体离开一点，因为这热乎乎的身体使他感到不舒服。但奥利维埃过了一会儿说道：

“你说……你认为巴雷斯[①]会当选吗？”

“当然喽！……这会使你头脑发胀？”

“我才不在乎呢！喂……你听着……”他靠在转过身去的贝尔纳的肩膀上。“我兄弟有个情妇。”

“是乔治？”

---

① 巴雷斯（1862—1923），法国作家，宣扬自我中心思想和民族主义，主要作品有小说三部曲《自我崇拜》和长篇小说《灵异的小丘》等，1906年当选为法兰西语文学院院士。

小弟弟假装睡觉，却在黑暗中竖着耳朵，把他们的话都听在耳里，当听到他的名字时，就屏住呼吸。

“你疯了！我说的是樊尚。”（樊尚比奥利维埃年纪要大，刚读完医学院前两年的课程。）

“这是他告诉你的？”

“不是。我知道这件事，他没有察觉。我父母一点也不知道。”

“要是他们知道了，他们会说什么？”

“我不知道。妈妈会感到失望。爸爸会要他一刀两断或者结婚。”

“当然喽！这些正人君子的中产阶级分子并不知道，当正人君子不一定要和他们一样。这事你是怎么知道的？”

“是这样的：一段时间以来，樊尚等我父母睡了之后在夜里出去。他在下楼时声音尽量轻，但我听得出他走在街上的脚步声。上个星期，我想是星期二，夜里很热，我无法睡在床上，就走到窗口透透气。我听到楼下的门打开和关上的声音。我俯身观看，那人在路灯旁经过时，我认出是樊尚。当时已过了午夜十二点。这是第一次。我的意思是：我第一次发现他。但是，自从我发现了之后，我就进行监视——哦！虽然不愿意这样做……几乎每天夜里我都听到他出去。他有钥匙，我的父母又把我和乔治以前住的房间装修成诊所，给他将来开业时使用。他的房间就在旁边，在门厅的左面，而套间的其他部分则在右面。他随时都可以进出，而且别人不会知道。他回来时，我一般都没有听到，但是前天，就是星期一晚上，我不知道怎么搞的，想起了迪梅尔办杂志的计划……我睡不着。我听到楼梯里有说话的声音，我想一定是樊尚。”

“当时几点了？”贝尔纳问道。他并非一定要知道此事，而是要显示出自己对此事的兴趣。

“我觉得是凌晨三点。我起来后把耳朵贴在门上。樊尚和一个女人在说话。或者不如说她一个人在说话。”

“那么，你怎么知道是他？所有的房客都要从你门前经过。”

“有时候这实在叫人讨厌：时间越晚，上楼时的声音就越响，他们根本不管别人在睡觉！……那次只能是他，我听到那女人反复在叫他的名字。她对他说……哦！这说出来叫我恶心……”

“你就说吧。”

“她对他说：‘樊尚，我的情人，我的爱人，啊！您不要离开我！’”

“她用‘您’来称呼他？”

“是的。这是不是很怪？”

“你说下去。”

“‘您现在没有权利抛弃我了。您要我怎么办？您要我去哪儿？您对我说句话呀。哦！您要对我说话。’她又叫他的名字，并反复说道：‘我的情人，我的情人。’声音越来越伤心，越来越低沉。然后，我听到一个声音（他们应该站在楼梯上），像是什么东西落下去的声音。我想是她跪了下来。”

“他什么也没有回答？”

“他想必走上了最后几级楼梯。我听到套间的门关上了。后来，她待了很长时间，就在旁边，几乎靠在我的门上。我听到她在抽噎。”

“你应该给她开门。”

“我不敢。樊尚要是得知我知道他的事，他会发火的。另外，我怕她在哭的时候被别人发现会觉得十分尴尬。我也不知道我能对她说些什么。”

贝尔纳朝奥利维埃转过身来。

“换了我，我会开门的。”

“哦！当然喽，你总是什么都敢做。你想到的事，都会去做。”

“你是在责备我？”

“不是，我羡慕你。”

“你看那女人可能是谁？”

“我怎么会知道呢？晚安。”

“你说说……你能肯定乔治没有听到我们说的话？”贝尔纳对奥利维埃耳语道。他们窥伺片刻。

“没有，他睡着了，”奥利维埃用平时的声音接着说道，“再说，他也听不懂。他那天问爸爸的事，你知道吗？……为什么那些……”

这次，乔治再也忍不住了。他在床上稍稍抬起身子，打断了他哥哥的话。

"笨蛋，"他叫道，"那天我是故意问的，你难道看不出来？……当然是的，你们刚才说的，我都听到了。哦！没有必要让你们感到不安。樊尚的事，我早就知道了。不过，孩子们，你们现在说话声音尽量轻一些，因为我困了。或者闭上你们的嘴。"

奥利维埃朝墙壁那边转过身去。贝尔纳没有睡，注视着房间。在月光下，房间显得比平时要大。实际上，他对这个房间可以说并不熟悉。白天奥利维埃从不待在这里。他很少几次接待贝尔纳的来访，也是在楼上的套间里。月光现在照到了床脚，乔治终于在那里睡着了。他哥哥刚才说的话，他几乎全听到了，他有了做梦的材料。在乔治那边的床的上方，有个用两块搁板做的小书架，上面放着一些教科书。在奥利维埃那边的床旁放着一张桌子，贝尔纳看到桌上放着一本开本较大的书。他伸出手臂，抓住那本书，想看看书名：托克维尔①，但当他想把书放回原处时，书掉了下来，发出的声音把奥利维埃给吵醒了。

"你现在在看托克维尔的书？"

"这是迪巴克借给我的。"

"你喜欢吗？"

"这有点乏味。但有的地方写得很好。"

"你听着。你明天干什么？"

---

① 托克维尔（1805—1859），法国政治学家、历史学家，法兰西第二共和国时期当选制宪议会议员，并任宪法起草委员会委员，著有《论美国的民主》《旧制度与大革命》等。

第二天是星期四，中学生没有课。贝尔纳想也许可以看到他的朋友。他不打算再回学校，最后几节课也不去听了，他想独自准备自己的考试。

“明天，”奥利维埃说道，“我十一点半去圣拉扎尔火车站，等候从迪耶普[①]开来的火车，迎接我那从英国归来的舅舅爱德华。下午三点我去卢浮宫找迪梅尔。其余的时间我要复习功课。”

“你舅舅爱德华？”

“是的，是我妈妈的同父异母弟弟。他出国已有半年，我对他几乎一无所知，但我很喜欢他。他不知道我会去接他，我担心认不出他。他和我家里的其他人都不像。他是个大好人。”

“他是干什么的？”

“他写作。他那些书我几乎都看过，但他已有很长时间没有发表东西了。”

“是小说？”

“是的，是一些类别的小说。”

“你为什么从未对我说起过？”

“因为我要是说了，你就想看这些书，而万一你看了不喜欢……”

“你把话说完。”

“这会使我感到难受。就是这样。”

“你为什么说他是大好人？”

---

① 迪耶普位于法国滨海塞纳省，濒临拉芒什海峡。

“我也不大清楚。我对你说了，我对他几乎一无所知。这只是一种预感。我感到他对许多事情有兴趣，而我父母却对这些事没有兴趣，还感到什么都可以跟他谈。有一天，就是在他动身前不久，他在我们家吃午饭。他在和我父亲交谈时，我感到他一直在看着我，这开始使我局促不安。我正要走出那个房间——那是餐室，喝完咖啡后大家仍待在那里闲聊——他却开始向我父亲询问我的情况，这使我感到更加局促不安。突然，爸爸站起来去找我刚写好的诗，我当时真蠢，竟把这诗拿给爸爸看。”

“诗是你写的？”

“是的，你知道，就是你觉得同《阳台》[①] 相像的那首。我知道我的诗毫无价值或价值不大，所以我对爸爸把这个东西拿出来感到极为生气。当爸爸去找这诗时，一时间我和爱德华舅舅单独待在室内，我感到我的脸涨得通红，我想不出要对他说什么话。我看着别处，他也一样。他先是卷了一支烟，然后，也许是为了使我不再那样拘束——因为他肯定看到我满面通红——他就站起身来，开始朝窗外观看。他轻轻地吹着口哨。突然，他对我说：‘我比你还要局促不安。’但是，我觉得这样说是出于好意。爸爸终于回来了。他把我的诗递给爱德华舅舅，舅舅开始看了起来。我神经十分紧张，如果他称赞我，我想我会对他破口大骂。显然，爸爸在等待他的称赞，见我舅舅什么

① 《阳台》是法国象征派诗人波德莱尔所作，收入他的诗集《恶之花》。

也没说，就问道：‘怎么？你有什么看法？’但我舅舅笑着对他说：‘当着你的面对他谈这个，我觉得别扭。’于是，爸爸也笑着出去了。当我们俩再次单独待在一起时，他对我说他觉得我的诗写得很不好，但我很高兴听到他这么说。使我更加高兴的是，他突然用手指戳了一下两行诗，就是这首诗中我唯一喜欢的两行，他微笑着看了看我，并说：‘这写得好。’这很好，是吗？你知道他对我说这话用的是什么语调！我真想拥抱他。然后，他告诉我，我的错误在于把一种观念当作出发点，另外，我以词语为导向这点也做得不够。我起初不大懂他的意思，但我觉得我现在已经领会他的意思，他说得对。这点我下一次再对你解释。”

“我现在才明白，你为什么要去火车站接他。”

“哦！我对你说的事无关紧要，我也不知道我为什么要告诉你。当时，我们还谈了其他许多事情。”

“你说在十一点半？你怎么知道他乘这班火车来？”

“因为他给妈妈写了一张明信片。后来我又查了火车时刻表。”

“你和他一起吃午饭？”

“哦！不，我得在中午十二点回到这里。我时间不多，只能和他握一下手，但我已心满意足……啊！在我睡着之前，还要请你告诉我：我什么时候可以再见到你？”

“再过几天。至少要等我摆脱困境之后。”

“不过……我要是能帮你的忙就好了。”

“你要是能帮我的忙？——不，这违反游戏规则。我会感到我在作弊。好好睡吧。”

四

我父亲是个傻瓜，但我母亲十分风趣；她是寂静主义者，是个温柔的小女人，她常常对我说：我的儿子，您会堕入地狱。但是，她不会因此而感到难受。

——封特奈尔[①]

不，每天晚上，樊尚·莫利尼埃不是到他情妇家里去。他走得很快。让咱们跟随其后。从他居住的田园圣母院街的上首，樊尚沿街而下，一直走到这条街延伸的圣普拉西德街，然后走到渡轮街，街上还有几个晚归的有产者在走动。他在巴比伦街上一个大门前停了下来，门打开了。他走进帕萨旺伯爵府。如果他不是经常来这儿，他就不会这样大胆地进入这豪华的府邸。给他开门的仆人对这种装模作样的自信所掩盖的胆怯十分清楚。樊尚故意不把帽子交给仆人，而是把它扔到远处的一把扶手椅上。然而，樊尚到这里来是不久以前的事。罗贝尔·德·帕萨旺现在自称是他的朋友，但也是许多人的朋友。我不大清楚樊尚和他是怎么认识的。也许是在中学里，虽说罗贝尔·德·帕

① 封特奈尔（1657—1757），法国作家，以其科普作品著名（《关于宇宙多元性的谈话》），作品展示了18世纪法国的哲学精神。

萨旺的年纪显然要比樊尚来得大。他们已有几年没有见面，后来，就是在最近，他们又碰见了。那是在一天晚上，奥利维埃偶然陪他哥哥去看戏，在幕间休息时，帕萨旺请他们俩吃冰淇淋。他在那天晚上得知，樊尚刚读完见习医生的课程，还在犹豫不决，不知是否要去读住院实习医生的课程，说老实话，他对自然科学的兴趣要比对医学的兴趣来得大，但谋生的需要……总之，樊尚高兴地接受了罗贝尔·德·帕萨旺在不久以后提出让他做的有报酬的工作，即每天夜里去照料帕萨旺那位动了大手术后状况欠佳的老父亲，做更换包扎带、检查、打针之类的事，总之是需要专业人员来做的事，到底什么事我也不大清楚。但是，除此之外，伯爵想接近樊尚还有秘密的原因，而樊尚接受其工作也另有原因。罗贝尔的秘密原因，我们想在以后公之于世，至于樊尚的原因，则如下所述：他非常需要钱，并因此感到苦恼。如果你心地善良，从小受到的良好教育使你有一种责任心，那么，你要是让一个女人有了孩子，你就不会感到自己对她没有责任，特别是这个女人为了跟随你而离开了自己的丈夫。在此之前，樊尚的生活相当正派。他和洛拉的艳情，使他在一天的有些时间里感到稀奇古怪，但在另一些时间里却感到十分正常。有许多小事，分开来看十分简单、正常，但往往只要把它们凑在一起，就成了稀奇古怪的整体。他一面走一面反复这样想，但无法使他摆脱困境。当然，他从未想到要完全负担她的生活费用，在她离婚后娶她为妻，或者不结婚和她同居。他不得不承认自己对她爱得并不炽烈，但他知道她在巴黎没有生活来源，是他使她陷入这种困境：他至少应该暂时向她提供初步的援助，但他又感到很难保证，今天要比昨天更难，比最近几天还要难。在上星期，他还拥有五千法郎，这是长期以来他母亲为他开业而好不容易积攒下来的钱。这五千法郎肯定足以支付他情妇分娩、住院和婴儿初期护理的费用。他当时是听了什么魔鬼的话？这笔钱他已在思想中给了那个女人，这笔钱他是奉献给她的，他要去挪用一分一厘都是犯罪，但在有一天晚上，是什么魔鬼悄悄地对他说这笔钱也许不够？不，这不是罗贝尔·德·帕萨旺说的。罗贝尔从未说过类似的话，但他把樊尚带到一家赌场的建议，正好是在那天晚上提出的。樊尚同意了。

这家赌场坏就坏在赌博都是在社交界人士之间、朋友之间进行的。罗贝尔把自己的朋友樊尚向大家做了介绍。樊尚事先没有准备，所以那第一个晚上赌注不能下得很大。他身上几乎没有带钱，伯爵想借给他几张钞票，但他拒绝了。他赢了钱，就后悔没有多冒一点险，并答应第二天再去。

“现在，这里的人都认识您了，我不用再陪您来了。”罗贝尔对他说道。

这事发生在皮埃尔·德·布鲁维尔家里，大家通常叫他佩德罗。从那第一个晚上开始，罗贝尔·德·帕萨旺把他的汽车借给他的新朋友使用。樊尚在十一点左右去罗贝尔的家，抽一支烟，和他闲谈一刻钟的时间，然后走到二楼，在老伯爵身边待一段时间，时间的长短要看老伯爵的心情、耐心和病情的需要。完了之后，汽车把他送到圣弗洛朗坦街，即佩德罗的家里，一小时后把他送回去，不是直接送到他家，因为他怕引人注目，而是送到离他家最近的十字路口。

前天夜里，洛拉·杜维埃坐在通往莫利尼埃家的套间的楼梯上，等樊尚一直等到凌晨三点，他到那时才回家。不过，那天夜里，樊尚没有去佩德罗的家。他已没有钱可以赌了。两天前，他那五千法郎已输得精光。他把这事告诉了洛拉。他给她写信说，他已帮不了她的忙，劝她回到她丈夫或父亲身边去，并承认自己的错误。但是，洛拉感到现在不可能认错，她甚至无法冷静地考虑这点。她情夫的恳求只能引起她的愤怒，而这种愤怒也只能使她陷入绝望的境地。她是在这种状况下被樊尚见到的。她想要把他拉住，但他从她的手中挣脱出来。当然，他想必十分难受，因为他易动感情，但他的淫荡胜于他的爱情，所以他轻而易举地把心肠硬了下来。他丝毫不去理会她的恳求和抱怨，正如听到他们声音的奥利维埃后来把此事告诉贝尔纳的那样，她在樊尚关好房门之后，仍躺在楼梯上，在黑暗中抽抽噎噎地哭了很长时间。

从那天夜里算起，已过了四十多个小时。前一天夜里樊尚没有去罗贝尔·德·帕萨旺的家，罗贝尔的父亲的病看来有了好转，但这天晚上，一封电报把他叫去。罗贝尔想要见他。樊尚走进罗贝尔用作书房和吸烟室的那个房间，罗贝尔经常待在那个房间里，并按自己的嗜好对房间进行了装修和布置。罗贝尔漫不经心地从肩膀上把手伸了给他，但没有站起身来。

罗贝尔正在写字。他坐在一张写字台前，台子上全是书。他前面的落地窗敞开着，朝着沐浴在月光中的花园。他说话时没有回头。

“您知道我正在写什么？您不要说出去……嗯！您要答应我……是迪梅尔的杂志创办的宣言。当然，我不署自己的名字……因为我在其中颂扬我自己……另外，由于大家最终会发现这份杂志的资助人是我，所以我不希望别人过早知道我在为杂志撰稿。因此，别说出去！但我想到一件事：您是否对我说过您弟弟在进行写作？您叫他什么名字？”

“奥利维埃。”樊尚说道。

“奥利维埃，是的，我忘记了……您可别这样站着。请坐在一把扶手椅上。您不冷吗？您是否要我把窗关上？……他写的是诗，是吗？他应该把诗拿给我看。当然，我不能答应一定用他的诗稿……但是，要是诗写得不好，我一定会感到惊讶。您弟弟，他看上去非常聪明。另外，人们感到他消息十分灵通。我想跟他谈谈。您请他来见我。嗯？我拜托您了。抽一支烟吧？”他说着把他的银烟盒递了过去。

“好的。”

“现在，您听着，樊尚，我得和您认真地谈一谈。那天晚上，您做的事就像孩子那样……另外，我也一样。我不是说我把您带到佩德罗的家里错了，但我感到，对于您输掉的钱，我是有一定责任的。我心里在想，是我让您输掉这笔钱的。我不知道这是否就是人们所说的内疚，但我因此开始失眠和消化不良，我可以发誓！另外，我想到您对我谈起过的那个可怜的女人……但这是另一回事，咱们不要触及，这是神圣的事。我想对您说的，是我希望，是我想要，对，一定要给您一笔钱；数目相当于您输掉的钱。是五千法郎，对吗？并要您再去冒一次险。这笔钱，我再说一遍，我认为是我让您输掉的，是我欠您的，您不用感谢我。要是您赢了，您就把这钱还给我。否则的话，算我倒霉！咱们就清账了。今天晚上，您再到佩德罗家里去，仿佛什么事情也没有发生过。汽车先把您送去，然后到这里来接我，把我送到格里菲思夫人家里，我请您过后到那里去找我。就这样说定了，好吗？汽车到时候再去佩德罗家接您。”

他打开一个抽屉，拿出五张钞票，交给樊尚：

“快去。”

“那您父亲……”

“啊！我忘了告诉您：他死了，是在……”他拿出表，大声说道，“哎呀！时间不早！快到十二点了……您快走吧。——是的，大约是四个小时以前死的。”

这些话不但说得不慌不忙，相反还有点漫不经心。

“您不待在家里守……”

“守灵？”罗贝尔打断了他的话，“不，我的弟弟会守的，他同老女仆都在楼上，老女仆和死者的关系比我还好……”

他见樊尚没有动弹，就接着说道：

“您听着，亲爱的朋友，我不希望您把我看作无耻之徒，但我厌恶天生的感情。我曾在心中为我父亲量体裁衣，设想出一种亲子之爱，但在开始时，这种爱有点游移不定，我就只好将它缩小。老人在生活中给予我的只有烦恼、不快和局促不安。如果他心中还有一点温情，那肯定不是为我而产生的。在我还不知道克制之时，我对他初次感情冲动，受到的只有粗暴的对待，不过我也由此得到教训。您自己已经看到，当您照料他时……他是否对您说过感谢的话？您是否受到过他片刻的注视，是否看到过他短暂的微笑？他总是认为，这一切他受之无愧。哦！这就是人们所说的刚强。我觉得他曾使我母亲十分痛苦，如果他真的曾经爱过，那么可以说，他当时是爱她的。我觉得他曾使他周围的所有人痛苦，他的用人、他的狗、他的马、他的情妇都痛苦，但他的朋友除外，因为他连一个朋友也没有。他的死使所有的人都松了口气。我认为，就像人们说的那样'在他这一行'，他是个很有才能的人，但我一直没有发现是哪一行。他非常聪明，这是肯定的。实际上，我过去对他有几分钦佩，我现在仍是这样。但是，要假装用手帕擦眼泪……要我挤出点眼泪来……我已不是小孩，不会这样做。好吧！您赶快去，一小时之后到莉莲家去找我。——什么？您没有穿无尾常礼服感到不自在？您真蠢！为什么？那时只有我们两个。行，我答应您，我也穿便服。一言为定。出去前点一支雪茄。到了之后叫汽车赶快开回来。到时候汽车会去接您的。"

他看着樊尚出去，耸了耸肩，然后到他的房间里去穿晚礼服，晚礼服已摊放在一张长沙发上。

在二楼的一个房间里，老伯爵躺在灵床上。有人在他胸口上放了一个带耶稣受难像的十字架，但没有把他的双手合掌。几天没剃的胡子，使他倔强的下巴变得不是那么棱角分明。横穿他额头中央的皱纹，在他灰色的平顶头发下面，已显得不是很深，就像绷紧的东西松了下来。眼睛已回到长着荆棘般眉毛的眉弓下面。正是因为我们再也见不到他了，所以我久久地凝视着他。一把扶手椅放在床头边，上面坐着老女仆塞拉芬。但她站了起来。她走到一张桌旁，桌上的一盏老式油灯不能把房间完全照亮，灯芯需要挑高一点。灯罩使灯光照在年轻的贡特朗正在看的一本书上……

“您累了，贡特朗先生。您还是去睡吧。”

贡特朗抬起十分温柔的眼睛，看着塞拉芬。他的金发被他撩到边上，在他的太阳穴上飘动。他十五岁。他那近于女性的脸显出的只有温存和爱。

“啊！还有你，”他说道，“应该去睡的是你，可怜的芬。昨天夜里，你几乎彻夜未睡。”

“哦！我嘛，我熬夜已经习惯，另外，我白天已经睡了，而您……”

“不，你去睡吧。我不感到累。我待在这里思考和看书，对我有好处。我对爸爸了解得太少了。我觉得，我要是现在不仔细地看看他，我就会把他完全忘记。我给他守灵直至天亮。芬，你在我们家已经有多长时间了？”

“我是在您出生前一年来你们家的，您快到十六岁了。”

“你记得我妈妈吗？”

“我是否记得您的妈妈？多么可笑的问题！这就像您在问我，我是否记得自己的名字。我当然记得您的妈妈。”

“我也有点记得，但不是十分清楚……她去世时我只有五岁……你说说……爸爸是否和她谈得很多？”

“还要看是哪几天。您爸爸一直不是十分健谈，他非常不喜欢别人先开口和他说话。但不管怎样，他当时说的话还是要比最近这段时间稍微多一点。——不过，以前的事最好不要谈得太多，这一切就让仁慈的上帝去评论吧。”

“善良的芬，你真的认为仁慈的上帝会去管这些事？”

“如果不是仁慈的上帝，您希望谁去管呢？”

贡特朗把嘴唇贴在塞拉芬皮肤变红的手上。

“你知道你应该做什么事？——去睡觉。我答应天一亮就叫醒你，到那时我就去睡。我求你了。”

塞拉芬走了之后，贡特朗立刻在床脚边跪了下来。他的前额伸到被单之中，但他哭不出来，他心中无法激起冲动的感情。他的眼睛令人失望，仍然没有流出一滴眼泪。于是，他站了起来。他看着这张毫无表情的脸。在这庄严的时刻，他想要感到不知何种崇高和罕见的东西，倾听彼世传来的信息，使他的思想进入天上超感觉的区域之中，然而，他的思想却一定要留在地上。他看着死者没有血色的手，心里在想，这指甲还会长多少时间。他看到这两只手没有合掌，感到生气。他想让它们相互靠近，合在一起，拿着这十字架。这可是个好主意。他心里想，塞拉芬看到死者双手合掌，一定会感到十分惊讶，就不由得高兴起来，但立刻又因这种高兴而蔑视自己。不过，他还是朝床上俯下身子，抓住死者离他较远的那条手臂。手臂已经僵硬，不听使唤。贡特朗想迫使它弯曲，却把整个尸体都移动了。他又抓住另一条手臂，这条手臂还不是那么僵硬。贡特朗几乎把这手放在了应该放的地方。他拿起十字架，想把它插在死者的拇指和其他手指之间，并使它固定不动，但他一碰到这冰冷的皮肤，就感到浑身乏力。他觉得自己即将晕倒。他想把塞拉芬叫来。他放弃了这种尝试——十字架横在弄皱的被单上，手臂又回到了原处，但在这死一般的寂静之中，他突然听到一声粗野的“他妈的”，把他吓得胆战心惊，仿佛是另一个人……他回过头去，没人：只有他一人。这响亮的咒骂声是他发出的，是他这个从未骂过的人从心里发出的。于是，他又坐了下来，重新沉浸在他的阅读之中。

五

这个灵魂和肉体，刺是永远扎不进的。

——圣伯夫[①]

莉莲微微支起身子，用手指尖触摸着罗贝尔褐色的头发：

“您的头开始秃了，我的朋友。您要当心：您才满三十岁。

---

① 圣伯夫（1804—1869），法国作家，著有诗歌和小说，主要作品为文学评论集《星期一漫谈》和《新星期一漫谈》。

秃发会对您十分不利。您对待生活太认真了。”

罗贝尔朝她抬起了脸，微笑地看着她。

“在您身边就不是这样，我可以向您保证。”

“您已经叫莫利尼埃来找我们？”

“是的，因为这是您要我做的事。”

“那么……您把钱借给他了？”

“五千法郎，我已经对您说过——他会再次在佩德罗家里输光。”

“为什么您要他输光呢？”

“这是意料之中的事。第一天晚上我看到他赌。他赌的方法不对头。”

“他花了时间，就学会了……今晚他会赢的，您是否愿意打赌？”

“要是您愿意。”

“哦！但我请您别把这个看作惩罚。我喜欢别人高兴去做他所做的事。”

“您别生气。就这样说定了。如果他赢了，他就把这钱还回您。但要是他输了，这钱就由您来还给我。您看行吗？”

她按了一下电铃：

“请给我们拿托考依白葡萄酒和三个杯子。要是他回来时只有五千法郎，我们就把这钱给他，好吗？要是他不输不赢……”

“这种情况绝不会发生。真奇怪，您会对他感兴趣。”

“奇怪的是您对他不感兴趣。”

“您对他感兴趣是因为您爱上了他。”

“这倒是真的，亲爱的！对您我可以这么说。但是，他使我感兴趣，不是因为这个。恰恰相反：当有人在我的脑中占有一席之地时，我通常会感到心寒。”

一个仆人走来，托盘上放着葡萄酒和杯子。

“我们先为打赌喝一杯，然后再为胜者干杯。”

仆人倒了酒，他们碰了杯。

“我可觉得您的樊尚令人讨厌。”罗贝尔接着说道。

“哦！‘我的’樊尚！……仿佛他不是您给带来的！另外，我劝您不要到处去说他使您厌烦。人们很快就会知道您为什么经常和他见面。”

罗贝尔稍稍转过身子，把嘴唇贴在莉莲裸露的脚上。她立刻把脚缩了回去，并用扇子把它遮了起来。

“我应该脸红？”

“对我就不必了。您也不会脸红。”

她把杯子里的酒喝完，然后说道：

“您是否希望我告诉您，亲爱的。您有文人的一切长处：您虚荣、虚伪、有野心、三心二意、自私……”

“您太抬举我了。”

“是的，这一切都十分迷人。但是，您永远不能成为优秀的小说家。”

“是因为？”

“是因为您不会听别人的话。”

“我觉得我很会听您的话。”

“呵！他不是搞文学的，但他听得进我的话。不过，我们在一起时，却往往是我在听他说话。”

“他可以说不善言辞。”

“这是因为您在不断地高谈阔论。我了解您：您不会让他插上两句话。”

“我预先就知道他会说些什么。”

“您认为是这样？您是否知道他和那个女人的事？”

“哦！恋爱，这是我所知道的世界上最乏味的事！”

“我也很喜欢他谈论博物学。”

“博物学，这比恋爱还要乏味。那么，他在给您上课？……”

“要是我能向您转述他对我说的话就好了……真引人入胜，亲爱的。他对我说了许多有关海洋动物的事。我嘛，我一直对海洋中的生物感兴趣。您要知道，现在美国人在造一种船，侧面装上玻璃，可以看到周围海底的情况。这真是不可思议。可以看到活的珊瑚，还有……还有……这个你们称为什么？——石珊瑚、海绵、藻类、鱼群。樊尚说，有几种鱼在水变咸或变淡时就会死亡，相反，还有几种鱼能适应咸度不同的水，它们待在水流边上，就是水的咸度降低的地方，好在前几种鱼无力抵抗时将其吃掉。您应该请他给您说说……我可以对您保证，这非常有趣。当他谈起这些事时，他变得十分出色。您再也认不出他了……但是，您不能让他说话……这就像他在谈他和洛拉·杜维埃的事时那样……是的，这是那个女人的名字。您知道他是怎么认识她的？”

“他对您说了？”

“对我，别人什么都会说。这点，您一清二楚，了不起！”她说着用她折好的扇子上的羽毛擦了一下他的脸。“自从那天晚上您把他带来见我之后，他每天都来看我，这点您是否料到？”

“每天！没有，真的，我没有料到。”

“到第四天，他再也忍不住了，他什么都说了。但以后，他每天都补充一个细节。”

“而这并没有使您感到厌烦！您真是令人钦佩。”

“我对你说过，我喜欢他。”她说着故意抓住他的手臂。

“而他……他爱那个女人？”

莉莲笑了起来：

“他过去爱她。——哦！起初我得装出对那个女人很感兴趣的样子。我甚至要陪他一起哭。然而，我心里极其嫉妒。现在，不嫉妒了。你听着，这是怎样开始的。他俩当时都在波城①的一家疗养院，即结核病疗养院里，他们被送到那里，是因为他们被认为患有肺结核。实际上，他们都没有这种病。但他们都以为自己病得很重。他们当时还不相识。他们第一次见面是在花园的一个平台上，两人躺在并排的两把躺椅上，旁边还躺着其他病人，整个白天在露天进行日光治疗。由于他们以为自己身患不治之症，所以他们认为无论做什么都不会产生严重的后果。

---

① 波城是法国大西洋岸比利牛斯省省会。

他时时刻刻对她说，他们都只能活一个月了。当时是春天。她在那里孤身一人。她丈夫在英国当法语教师。她离开了他来到波城。她结婚才三个月。他倾家荡产，才把她送到那里。他每天都给她写信。这个年轻妇女出生于一个十分体面的家庭，很有教养，很稳重，也很胆小。但在那里……我不大清楚樊尚到底对她说了什么，但在第三天，她向他承认，她虽然和丈夫一起睡，也发生了关系，但不知道乐趣是什么样的。”

“那么，他说了什么？”

“他握住她垂在躺椅旁边的那只手，并久久地把他的嘴唇贴在上面。”

“那您呢，当他把这事告诉您后，您说了什么？”

“我！真讨厌……您想想，我当时竟狂笑不止。我无法克制自己，也不能再停下来……我觉得好笑的不完全是他对我说的话，而是觉得要让他继续说下去，我必须装出那种关心而又难受的神情。我担心自己显得过于高兴。不过，实际上，这确实又妙又悲。他对我说此事时，是如此激动！这事他从未对任何人说起过。当然，他父母也对此一无所知。”

“您倒应该写几本小说。”

“当然喽，亲爱的，要是我知道用什么语言来写就好了！……但在俄语、英语和法语之间，我永远无法作出选择。——最后，在第二天夜里，他来到他新女友的房间，把她丈夫没能教给她的方法都说给她听，我想，他一定对她教导有方。不过，由于他们认为自己活在世上的时间已屈指可数，所以他们自然没有采取任何预防措施，当然，在不久之后，依靠爱情的帮助，他们的健康状况都有了很大的好转。她发现自己怀孕后，他们俩都十分惊慌。那是上个月的事。天气开始转热。波城的夏天酷暑难忍。他们就一起回到巴黎。她丈夫以为她在娘家。她父母在卢森堡公园附近开办了一所寄宿学校，但她不敢去见他们。而她父母以为她在波城。但不久之后，事情终于被拆穿。樊尚先是发誓不会把她抛弃，提出和她一起到任何地方去，到美洲去，到大洋洲去。但是，他们需要钱。正在那时，他遇到了您，并开始赌博。”

“这些事，他一点也没有对我说起过。”

“特别是您不要对他说是我告诉您的！……”她停了下来，侧耳细听。

“我以为是他来了……他对我说，在波城到巴黎的途中，他觉得她疯了。她那时才明白她怀孕了。在车厢里，她坐在他的对面，只有他们二人。从早上起，她没有对他说过一句话，他得去做动身前的一切准备工作，她则任人摆布，她仿佛对一切都失去了知觉。他握住她的双手，但她凝视着前方，神色惊慌，仿佛没有看到他，但她的嘴唇在动。他朝她俯下身子。她在说：‘一个情夫！一个情夫！我有一个情夫！’她用同样的语调反复说着这同一个词，仿佛她已不知道别的词……我可以向您保证，亲爱的，当他把这个故事讲给我听时，我再也笑不出来了。我一生中从未听到过比这更哀婉动人的故事。但是，听他讲下去我才知道，他和这一切的关系在疏远。他的感情仿佛和他的话语一起消失。他仿佛感谢我替他激动，让他休息了片刻。”

“我不知道这事您怎么用俄语或英语来说，但我可以向您保证，用法语说一定十分出色。”

“谢谢。这我知道。在这之后，他才对我谈论博物学。我竭力使他相信，他为了他的爱情而牺牲他的职业，实在是太不值得了。”

“换句话说，您是劝他牺牲他的爱情。您打算把他的这种爱情取而代之？”

莉莲什么也没有回答。

“这一次，我觉得是他，”罗贝尔站起身来接着说道，“快，趁他还没有进来，再说一句话。我父亲已在今天下午去世。”

“啊！”她只是这样说道。

“成为帕萨旺伯爵夫人，您难道对此毫无兴趣？”

莉莲突然往后一仰，哈哈大笑起来。

“但是，亲爱的……我清楚地记得，我把一个丈夫忘在英国了。什么！我没有对您说起过？”

“也许没有。”

“一位格里菲思勋爵现在在某个地方。”

帕萨旺伯爵一直不相信他女友的爵位是真的，就微微一笑。她接着说道：

“您倒说说。您想要对我提出这个建议，是不是为了掩盖您的生活？不，亲爱的，不。咱们还是像现在这样。做朋友，嗯？”她说着向他伸出一只手，他吻了吻这只手。

“当然喽，我当时就已料到，”樊尚进来时大声说道，“他穿了晚礼服，不讲信用的家伙。”

“是的，我曾答应他仍穿便服，以使他穿便服不失体面，”罗贝尔说道，“我请您原谅，亲爱的朋友，但我突然想起我在服丧。”

樊尚高昂着头，全身都显示出胜利的喜悦。他来了后，莉莲就跳了起来。她对他凝视了片刻，然后高兴地跑到罗贝尔那里，用拳头敲他的背，一面跳着，转着，叫着（莉莲装得像小孩那样，使我感到有点恼火）：

“他打赌输了！他打赌输了！”

“打什么赌？”樊尚问道。

“他打赌，说您又会输的。好吧，您快说：赢了多少？”

“我当时非常神勇，又有办法，赢到五万就不赌了。”

莉莲高兴得大声喊叫。

“好！好！好！”她叫道。然后，她扑上去把樊尚一把搂住。樊尚感到她散发出奇特檀香味的柔软、灼热的身体同他的身体全部贴在一起。莉莲吻他的前额、面颊和嘴唇。樊尚摇摇晃晃地挣脱出来。他从口袋里掏出一叠钞票。

“喏，把您借给我的钱拿去。”他说着把五张钞票递给罗贝尔。

“您现在应该把这钱还给莉莲夫人。”

罗贝尔把这几张钞票递给她，她则把它们扔到长沙发上。

她气喘吁吁，一直走到阳台上好透透气。那时是游移不定的时刻，黑夜即将结束，魔鬼正在结账。外面是万籁俱寂。樊尚已坐在长沙发上。莉莲朝他转过身去，第一次用“你”来称呼他：

“现在，你想做什么？”

他用双手抱住脑袋，像抽噎那样说道：

“我不知道。”

莉莲走到他的旁边，把一只手放在他抬起的前额上，他目光无情而又炽热。

“现在，咱们三个来干杯。”她说道，并在三只杯子里倒满托考依白葡萄酒。

在他们喝完之后，她说道：

“现在，请你们离开我。时间已晚，我太累了。”她把他们送到候见室，见罗贝尔走在前面，就把一个小小的金属物体塞在樊尚的手里，并低声说道：

“你先同他一起出去，过一刻钟后再回来。”

一个仆人在候见室打瞌睡，她用手把他摇醒。

“您给这两位先生照路，送到下面。”

楼梯是暗的，开电灯是举手之劳，但莉莲总喜欢派一个仆人把客人送到门口。

仆人点燃一个枝形大烛台上的蜡烛，把烛台高高举在自己前面，让罗贝尔和樊尚跟着他下楼。罗贝尔的汽车在门口等着，仆人见他们出去后把门关上。

“我想要走回去。我要走一段路，使自己静下来。”樊尚说道。当时，罗贝尔打开车门，请他上车。

“您真的不要我送您回去?”突然，罗贝尔抓住樊尚握着的左手。“把手放开。来！看看您手里是什么东西。”

樊尚还很稚嫩，担心罗贝尔嫉妒。他张开手指时脸上红了。一把小钥匙掉在人行道上。罗贝尔立刻把它捡了起来，看了看，然后笑着还给樊尚。

“是这样!”他说道，并耸了耸肩。然后，他上了车，往后一仰，对着仍感到尴尬的樊尚说道：

“今天是星期四。告诉您的弟弟，我下午四点等他来。”他迅速关上车门，不给樊尚回答的时间。

汽车走了。樊尚在滨河街走了几步，穿过塞纳河，走到杜伊勒里公园①栅栏门外的那个部分，来到一个小水池旁边，把手帕浸在水中弄湿，敷在前额和太阳穴上。然后，他慢慢地走向莉莲的住宅。咱们别去管他，魔鬼正乐不可支地看着他悄悄把小钥匙插进锁孔……

这时，在旅馆的一个凄凉的房间里，他昔日的情妇洛拉在哭泣了很久、呻吟了很久之后，即将睡着。在把他送回法国的客轮的甲板上，爱德华在晨曦中重读洛拉写给他的那封向他申诉和求助的信。他的祖国温柔的海岸已在眼前，但是，要有一双经验丰富的眼睛，才能透过薄雾看到这海岸。天上万里无云，

① 原为杜伊勒里宫的花园，杜伊勒里宫于1871年被焚毁。

上帝的目光将露出微笑。红色地平线的眼皮已微微张开。这一天巴黎会有多热！现在得去找贝尔纳了。他正在奥利维埃的床上醒来。

六

我们都是私生子，全都是。被我称为父亲的那位最可尊敬的人，当我的母亲怀着我的时候，谁也不知道他在什么地方。①

——莎士比亚

贝尔纳做了个荒诞的梦。他记不得他梦见了什么。他不想记起他的梦，而是想从梦中摆脱出来。他回到了现实世界，感到奥利维埃沉重的身体压着他。他的朋友在他们睡着时，或者至少在贝尔纳睡着时，把身体挪了过来，另外，这床很狭窄，也不允许他们之间保持很大的距离。他转过身来，现在侧睡，贝尔纳感到脖子上被他呼出的热气弄得痒痒的。贝尔纳只穿着一件短衬衫，奥利维埃的一条手臂毫不知趣地横压在他的身体上。贝尔纳在片刻间怀疑他的朋友是否真的睡着了。他轻轻地摆脱出来。他没有吵醒奥利维埃，起了床，穿好衣服，重新躺在床上。这时走还太早。四点钟。夜空刚开始蒙蒙亮。再休息一个小时，养精蓄锐，以便勇敢地开始新的一天。但

① 原文为英文，引自《辛白林》第2幕第5场。参见《莎士比亚全集》“传奇剧·诗歌卷”（上）。

是，他已睡意全无。贝尔纳看着渐渐变青的窗玻璃、小房间灰色的墙壁以及乔治睡的铁床，他一面做梦一面在床上翻动身子。

“过一会儿，”他心里想道，“我就要朝自己的命运走去。多美的词：冒险。偶然发生的事。等待着我的是出人意料的种种事情。我不知道其他人是否和我一样，但我醒来之后，立即想蔑视睡着的人们。奥利维埃，我的朋友，我要对你不告而辞了。快！起来，勇敢的贝尔纳！到时候了。”

他用湿毛巾的角擦了擦脸，戴好帽子穿上鞋。他悄悄地把门打开。走了！

啊！尚未呼吸到的空气，对人的健康来说是多么有益！贝尔纳沿着卢森堡公园的栅栏走，到波拿巴街后下行，走到滨河街，穿过塞纳河。他想到他不久前想出来的新的生活准则：“这事你要是不做，谁来做？这事你要是不立刻去做，什么时候去做？”——他想道：“有大事要做。”并感到他正迎面走去。“大事。”他一面走一面反复想道。要是他知道是什么大事就好了！……现在，他知道他饿了：他已走到菜市场附近。他口袋里只有十四个苏，连一个里亚[①]也不多。他走进一家酒吧，在柜台上吃了一个羊角面包，喝了一杯牛奶咖啡。价格：十个苏。他还剩四个苏，大方地把两个苏留在柜台上，把另两个苏送给在翻垃圾箱的乞丐。是发善心？还是挑战？这并不重要。现

① 苏是法国辅币名，相当于 1/20 法郎，即 5 生丁；里亚为法国古铜币名，相当于 1/4 苏。

在，他感到趾高气扬。他一无所有，一切都属于他！——“我一切都等待上天恩赐，”他心里在想，“如果上天能在中午时分给我端上一块带血的烤牛肉，我就同他和解。”（因为昨天晚上他没吃晚饭。）太阳早已升起。贝尔纳又回到滨河街。他感到身体轻盈，跑起来像是在飞。他脑中的思想在欢快地跳跃。他想道：

“生活中难就难在长期认真对待同一件事。例如，我母亲对我称之为我父亲的那个人的爱，这种爱我相信了十五年，我昨天还在相信。当然喽，她也不能长期认真对待她的爱。我想知道的是，她把自己的儿子变成私生子，我是蔑视她还是更尊重她？……另外，在实际上，我也不是非要知道这点。对亲生父母的感情，属于最好不要弄得水落石出的事。至于那个王八，十分简单：从我记得起来的最久远的时候起，我一直恨他，但我今天得要承认，我这样做不是十分可取——这是我唯一感到遗憾的事。要是我没有强行打开那只抽屉，我就会终生认为我对父亲怀有反常的感情，真想不到！知道此事又是多么宽慰！……不过，我并非强行打开抽屉，我甚至不想把它打开……另外还有减轻罪刑情状：首先，我那天极其无聊。其次是那种好奇心，那种“致命的好奇心”，就像费奈隆[①]所说的那样，这肯定是我的亲生父亲遗传给我的，因为在普罗菲唐迪厄

① 费奈隆（1651—1715），法国天主教大主教、作家、教育家，主张限制王权、教会脱离政府控制，为国王及教皇所贬斥，著有《死者对话录》、《忒勒马科斯历险记》等。

家中没有它的痕迹。我从未看到有人比我母亲的丈夫更缺乏好奇心，除了他让她生的那些孩子。吃了晚饭之后，我必须重新对他们进行思考……掀起蜗形脚桌子上的大理石板，发现抽屉开着，这同把锁撬开可不是一码事。我不是撬锁的小偷。掀起桌上的大理石板，这事谁都可能做到。忒修斯①举起巨石时年龄应该和我相同。平时不去动桌子是因为上面放着座钟。如果我不想去修理座钟，我就不会想到要掀起桌子上的大理石板……不是谁都可能做到的事，则是发现下面的兵器，或是通奸的情书！啊！重要的是我知道了这事。不是所有的人都有哈姆雷特那样的福气，能听到鬼魂揭开真相。哈姆雷特！真奇怪，是私生子女还是婚生子女，竟会使一个人的看法大相径庭。吃了晚饭之后，我再来考虑这些事……看这些信，是否对我没有好处？如果没有好处……不，我会感到内疚。我要是没有看这些信，我就会继续生活在无知、欺骗和顺从之中。咱们出去透透气。来到广阔天地之中！'贝尔纳！贝尔纳，这碧绿的青春……'，正如波舒哀②所说的那样。咱们让它留在这长凳上，贝尔纳。今天早上天气多好！有些日子，阳光犹如在抚摸大地。如果我能稍稍忘记自己的事，我一定能写出诗来。"

他躺在长凳上，完全忘记了自己的事，就睡着了。

---

① 忒修斯是雅典王埃勾斯之子，长大后遵照父亲嘱咐举起一块巨石，得到放在下面的宝剑和鞋。

② 波舒哀（1627—1704），法国天主教主教，拥护天主教统治，宣扬天主教教义，反对基督教新教，著有《根据经文论政治》等。

七

太阳已经升得很高，阳光从打开的窗子射进来，抚摸着樊尚赤裸的脚，他躺在宽阔的床上，在莉莲旁边休息。莉莲不知道他已经醒了，微微抬起身子，看着他，惊讶地发现他脸上忧虑的神色。

格里菲思夫人也许喜欢樊尚，但她喜欢的是他赌赢了。樊尚身材高大、修长，长得漂亮，但站、坐和站起时均无风度。他的脸富有表情，但梳的发式欠佳。她特别欣赏他思想大胆、坚定。他肯定受过很好的教育，但她觉得他缺乏教养。她一时间以情妇和母亲的本能朝她负责调教的这个大孩子俯下身子。她把他看做她的作品、她的塑像。她教他修指甲，教他把他最初往后梳的头发朝头路两边梳，于是，他那一半被头发遮住的前额显得更加苍白、突出。最后，她用体面的领带来替换他戴的简朴的现成小领结。格里菲思夫人显然喜欢樊尚，但她不能忍受他的沉默寡言，或是她所说的“郁郁寡欢”。

在樊尚的前额上，她用手指轻轻地划着，仿佛为了抹去眉毛之间出现的两条竖的皱纹，皱纹显出近于痛苦的表情。

“如果你要带到我这里来的是悔恨、忧虑和内疚，那还不如不来。”她朝他俯下身子低声说道。

樊尚闭上眼睛，仿佛看到太亮的光线。莉莲欣喜的目光使他感到耀眼。

“在这里就像在清真寺里那样，进来时脱鞋，以便不把外面的污泥带进来。你以为我不知道你在想谁！”樊尚想用手捂住她的嘴，她倔强地挣脱出来：

“不，让我和你认真地谈谈。你那天对我说的话，我进行了仔细的思考。人们总是认为女人不善于思考，但你会看到，这要看是哪些女人……你对我说过杂交的品种，说杂交不能产生好的品种，而是要通过选择……嗯！你上的课，我都记住了，是吗？……好吧！今天早上，我觉得你在喂养一个怪物，一个稀奇古怪的东西，你永远不会断掉它的饮食：这是酒神的女祭司和圣灵所生的杂种。不对吗？……你抛弃了洛拉，感到难受：这点我从你前额上的皱纹就可看出。如果你想回到她的身边，你立刻就说，并离开我。那是我把你看错了，我让你走是不会感到惋惜的。但是，如果你想和我待在一起，你就别再哭丧着脸。你使我想起某些英国人，他们思想越是解放，就越是抱住道德不放，这样，他们的某些自由思想家比清教徒还要清教徒……你把我看做冷酷无情的女人？你错了：你同情洛拉，我十分理解。但是，你在这里干什么？”

她见樊尚转过头去，就说道：

“你听着，你到浴室去，把你的悔恨用淋浴冲掉。我按铃叫他们准备茶点，好吗？你洗完澡之后，我来跟你解释一下你看来还没有完全理解的事。”

他已起床。她也跟着跳了起来。

“不要立刻把衣服穿好。在浴水加热器右面的衣橱里，你可以看到带风帽的长斗篷、白罩袍、睡衣……总之，由你自己挑选。”

二十分钟之后，樊尚出来了，身上穿着带风帽的黄绿色丝斗篷。

“哦！你等一下！让我给你修饰修饰。”莉莲高兴地大声说道。她从一个东方式的箱子里取出两条深紫色的大披巾，把颜色较深的那条束在樊尚的腰上，用另一条裹住他的头。

“我的心情总是和我衣服的颜色一样（她这时已穿上饰有银箔片的紫红色睡衣）。我记得有一天，那是在我很小的时候，是在旧金山，家里人要我穿上黑衣服，说是我的一个姨母刚刚去世，那个老姨母我从未见过。我整天哭哭啼啼，我心里非常难过，我在想我十分伤心，深切悼念我的姨母……只是因为穿了黑衣服。现在男人比女人严肃，原因是他们穿的衣服颜色较深。我可以肯定，你的想法已和刚才不同。你坐在床边。你先喝一杯伏特加酒、一杯茶，吃两三个三明治，然后我给你讲一个故事。你告诉我，我什么时候可以开始……”

她在床前的小地毯上坐了下来，坐在樊尚的两腿中间，她缩成一团，犹如埃及墓碑上的雕像，把下巴搁在自己的膝盖上。她自己喝干、吃完之后，就开始说道：

“我在勃艮第号上，你要知道，是在它沉没的那天。我当时十七岁。这等于把我现在的年龄告诉你。我游泳出色。为了向你证明我的心并非冷酷无情，我要告诉你，如果说我首先想到的是自救，我其次想到的则是救人。救人是否不是我首先想到的，这点我至今仍然不大清楚。或者我不如认为，我当时什么也没有想，但是，我现在最厌恶的，则是在这种时候只想到自己的那些人，对，就是那些叫喊的女人。第一只救生艇来了，人们主要让妇女和孩子上去，但有些妇女拼命叫喊，弄得别人晕头转向。救生艇吊下去时操作不当，不是把船平放在海面上，而是让船头冲到海里，在船体进水之前，船里的人全部掉进水里。发生的事在火炬、舷灯和探照灯的光线下看得一清二楚。你无法想象当时是多么凄惨。风浪很大，没有被光线照到的东西都消失在巨浪另一边的黑夜之中。我从未经历过如此紧张的时刻，但我也无法进行思考，就像跳到水里去救人的纽芬兰犬那样。我现在已记不大清楚事情是怎样发生的，我只知道，我当时发现救生艇里有个五六岁的漂亮小女孩，当我看到船翻倒时，我决定救的是她。她起先和她母亲在一起，但她母亲不大会游泳，活动又受到她裙子的影响，在这种情况下都会发生这种事。我已不由自主地把裙子脱掉。有人叫唤我，叫我上下面那只救生艇。我上了船，然后可能是从船上跳到海里。我现在只记得我和抱住我脖子的女孩游了很长时间。她吓坏了，紧紧抱着我的脖子，使我无法呼吸。幸好救生艇上的人看到了我们，等着我们，或是朝我们划了过来。但是，我不是为了这个才对你讲这个故事。我印象最深刻的事，永远不会在我脑中和心中有丝毫的磨灭：这只救生艇挤得满满的，有四十来个人，因为救起了好几个像我那样游得绝望的人。水几乎同船舷一样高。我在船尾，紧紧地抱着我刚救起的女孩，为了使她暖和，也为了不让她看到或不能不看到的景象：两个水手，一个拿着斧头，另一个拿着菜刀，你知道他们在干什么？……他们在砍几个游泳者的手指、手腕，那些人拉着绳子，想爬到我们船上来。我又冷又怕，牙齿格格作响。两个水手中的一个（另一个是黑人）朝我转过头来："只要再上来一个人，我们就全完了。船已经满了。"他又说，在所有的海难中，都只能这样做，但自然是不说出来的。

"我觉得我当时晕过去了，不管怎样，我现在什么也记不起来了，就像听到太响的声音之后，人们会在很长时间里失去听觉。我们被移到X船上，我醒过来之后，知道我不再是过去那个易动感情的姑娘，也绝不可能仍是这样的姑娘。我知道我让我的一部分同勃艮第号一起沉入大海，知道从此之后，对于许多高尚的感情，我会砍掉它们的手指和手腕，使它们不能上来，我的心就不会沉入大海。"

她用眼角看了看樊尚，挺胸后仰，把身体弯成弓形：

"这是应该养成的一种习惯。"

这时，她那没有夹好的头发散了开来，披落到肩上，她就站起身来，走到镜子前面，一面说话一面整理自己的头发。

"不久之后，我离开美国，我觉得自己是金羊毛，出去寻找一个征服者。我有时也会看错，会犯错误……也许我今天就犯了一个错误，把我是怎么做的告诉了你。但你可不要认为，因为我委身于你，你就征服了我。你要牢记这点：我讨厌平庸之辈，只会爱一个优胜者。你需要我，是为了帮助你去取得胜利。

但是，如果是为了使你得到同情、安慰、疼爱……那你不如立刻说出来：不，亲爱的樊尚，你需要的不是我，而是洛拉。”

她说这些话时没有回头，而是继续整理她那梳不服帖的头发，但樊尚在镜子里同她的目光相遇。

“请允许我到今天晚上再答复你，”他说着站起身来，脱掉东方国家的衣服，穿上外出的服装，“现在，我要尽快回去，在我弟弟奥利维埃出去前赶到，我有急事要告诉他。”

他说这话像是在找借口，使他有理由离开，但当他走到莉莲身边时，她微笑着回过头来，她是那么漂亮，使他不禁犹豫起来。

“那我就给他留个条子，他在吃午饭时会看到的。”他接着说道。

“你们平时谈得很多？”

“几乎不谈。不，这是今晚的一个邀请，我要向他转达。”

“是罗贝尔的邀请……啊，我知道了……①”她说时露出奇特的微笑。“关于此人，我们也必须再谈一次……那么，快去吧。但你要在六点钟回来，因为他的汽车七点钟来接我们，送我们到林园②去吃晚饭。”

樊尚一面走一面思考。他感到欲望满足后会产生快乐，但同时会产生隐藏在快乐后面的一种绝望。

---

① 原文为英文。

② 指巴黎西部的布洛尼林园。

八

必须作出选择：喜爱女人或了解女人，折衷是不行的。

——尚福尔①

在开往巴黎的特快列车上，爱德华在看帕萨旺的新作《单杠》，这是他刚才在迪耶普火车站买到的。也许这本书在巴黎等着他，但爱德华急于了解书的内容。到处都在谈论它。他的任何一本书都从未有幸陈列在火车站的书报亭里。有人清楚地告诉他，只要进行某种活动，就能使书在那里出售，但他不想这样做。他心里反复在说，他毫不在乎他的书是否陈列在火车站的书报亭里，但他看到帕萨旺的书，就需要在心里把这话重新说一遍。帕萨旺的所作所为都使他感到不快，有关帕萨旺的事也是如此，例如，对他的书极力吹捧的那些文章。是的，这好像是事先策划好的：他下船后买的三份报纸，每一份上都刊有一篇赞扬《单杠》的文章。第四份报纸刊登了帕萨旺的一封信，信中对这家报纸以前发表的一篇文章提出异议，原因是这篇文章的赞扬比其他文章略有逊色。帕萨旺在信中为自己的书进行辩护，并对它作出解释。同那些文章相比，这封信使爱德

① 尚福尔（1740—1794），法国作家，因才华出众受到上流社会欢迎，使他了解其中的内幕，因此对革命狂热崇拜，但对恐怖时代深恶痛绝，最后在狱中自杀身亡。著有《寓言集》、《诗集》等，遗著《格言与思想家》多有针砭社会弊端之言。

华更加生气。帕萨旺认为是要使舆论界弄清情况，实际上却是巧妙地使舆论界具有倾向性。爱德华的任何一本书从未使人写出过如此多的评论文章，他也从未进行过任何活动，来博得评论家们的青睐。这些人对他冷淡，他并不在乎。但是，他读到评论他对手的书的那些文章时，需要在心里重复一遍：他并不在乎。

这不是因为他厌恶帕萨旺。他有时遇到他，觉得他很迷人。另外，帕萨旺也总是对他十分殷勤。但是，帕萨旺的书他不喜欢。他觉得帕萨旺不是艺术家，而是吹牛专家。别再去想他了……

爱德华从上衣的口袋里拿出洛拉的信，这封信他在客轮的甲板上重读过，现在再次拿出来看：

我的朋友：

我最后一次见到您，您是否记得，是在圣詹姆斯公园，那是四月二日，是我动身去南方的前一天——您要我答应您，在我陷入困境时写信给您。我遵守自己的诺言。除了您之外，我还能向谁求助？我认为可以依靠的那些人，我却首先要对他们隐瞒我的困境。我的朋友，我处于十分困难的境地。我离开费利克斯之后的生活，我有朝一日也许会告诉您。他一直把我送到波城，然后独自回剑桥去上课。我独自一人，没人管我，在那里养病，到了春天，我变得这样……我不能对费利克斯说的事，我难道敢向您承认？时间已到，我应该回到他身边去。唉，我已没有脸再去见他。从一段时间以来，我给他写的信都是谎话连篇，而我收到他寄来的信，则都在谈他知道我身体好转之后是多么高兴。我要是仍在生病多好！我要是死在那儿多好！……我的朋友，我不得不承认这个事实：我怀孕了，但我怀的不是他的孩子。我是在三个月前离开费利克斯的，不管怎样，我都不能把这笔账算在他的身上。我不敢回到他的身边。我不能。我不愿意。他太善良了。他一定会原谅我，但我不配，我不要他原谅我。我也不敢回到我父母身边，他们以为我还在波城。我父亲要是知道了，要是弄清楚了，一定会骂我的。他会把我赶走，他的道德，他对邪恶和谎言以及一切淫秽事物的厌恶，我又如何去面对？我也怕让我母亲和姐姐伤心。至于那个男人……但我不想责备他，当他答应帮助我时，他是有能力这样做的。但为了能更好地帮助我，他就开始赌博，真倒霉。他输掉了准备支付我生活、分娩费用的那笔钱。他把钱输得精光。我起初想和他一起走，随便走到哪里，和他生活在一起，至少是一段时间，因为我不想妨碍他，成为他的负担，最后我真想独自去谋生，但我现在不能马上这样做。我清楚地看到，他抛弃我感到很痛苦，但又不能不这样做，所以我不责备他，但是他还是抛弃了我。我在这里身无分文。我靠赊账过日子，住在一家小旅馆里。但这不是长久之计。唉！欢乐之路却只能通向深渊。我把写给您的信寄到您以前给我的伦敦的地址，但这封信什么时候能送到您那里？而我是多么想当母亲！我整天都在哭泣。请给我出个主意，我现在只能指望您的帮助。

如果可能，请您救救我，否则的话……唉，在其他情况下，我会更加勇敢，但现在，会死的不光是我一人。如果您不来，如果您给我写道“我毫无办法”，我也不会对您有丝毫怨言。在对您说“永别”之时，我尽量不对生命过于惋惜，但我觉得，您从未十分清楚地知道，您对我的友谊仍是我所知道的最美好的东西，也不知道我所谈的我对您的友谊在我心中有着另一个名称。

洛拉·费利克斯·杜维埃

又及：在把这封信寄出之前，我要见他最后一面。今晚我将在他的住所等他。如果您收到此信，那就真的是……再见了，再见了，我不知道我在写些什么。

爱德华是在他动身的那天上午收到这封信的。就是说，他在收到信后决定立刻动身。不管怎样，他也不想在英国逗留很长时间。我也不想进行暗示，说他特地回到巴黎可能是为了救助洛拉，我只是说他很高兴回去。最近，他在英国根本没有淫乐之事，所以他到巴黎后要做的第一件事，就是去一家妓院。由于他不想把私人信件带到那里去，他就在行李网架上拿了自己的手提箱，把它打开，并把洛拉的信塞到里面。

这封信的位置不是在上衣和衬衫之间。他在衣服下面拿出一本他已写了半本的硬面练习簿，在前面几页寻找着，重读他在前一年写的那几页，洛拉的信就将夹在那几页中间。

爱德华日记

十月十八日

洛拉看来没有发现自己的能力，而我则洞察自己心中的秘密，但我清楚地知道，在此之前，我写的每一行文字都是间接地受到她的启示。她在我身边时，我感到她还很幼稚，但我能言善辩的能力，却要归功于我不断教育她、说服她和吸引她的愿望。我看到了什么，听到了什么，就会立刻想到：她知道了会说什么？我抛弃了自己的喜怒哀乐。我甚至感到，如果不是她在这里使我明确地显示出来，我这个人的轮廓就会变得过于模糊，我只有在她旁边才有自己的模样，才有确定的形状。在此之前，是什么错觉使我认为，我把她塑造得和我相像？相反，是我变得和她相像，这点我却没有发现！或者不如说，由于爱情的影响奇特地交织在一起，我们两人相互改变对方的形状。两个相爱的人都在不知不觉之中不由自主地根据自己在对方心中看到的那种偶像来塑造自己……真爱的人都弃绝真诚。

她就这样使我受骗上当。她的思想到处伴随着我的思想。我欣赏她的嗜好、她的好奇心和她的素养，却并不知道她对我喜爱的东西具有极大的兴趣只是出于对我的爱。因为她不善于发现任何东西。我今天才知道，她欣赏的每个事物，对她来说都是一张休息的床铺，使她的思想可以偎依着我的思想躺在上面，这完全不符合她本性的深切需要。“我对自己修饰、打扮，都是为了你。”她一定会这样说。而我所希望的，却都是为了她，希望她这样做会满足某种个人的内心需要。但是，她为了我而在自身中增添的一切，都将荡然无存，甚至不会有遗憾，不会有缺乏的感觉。总有一天，人会重现其真相，因为时间慢慢地脱掉他借来的一件件衣服。如果对方爱的只是这些衣服，那么他紧紧抱住的就只是已经脱掉的华丽服装，只是一种回忆……只是悲伤和绝望。

啊！我曾用多少美德和优点把她装扮！

真诚这个问题是多么叫人生气！真诚！当我谈起它时，我想到的只有她的真诚。当我回想起我自己时，我就无法理解这个词的含义。我永远只是我所认为的那样的人，但这是在不断变化的，如果我不在那里使他们沟通，早上的我往往会认不出晚上的我。和我最为不同的是我自己。只有在孤独之中，我有时才会看到自己的基质，我才会做到某种固有的连续性，但这时我会感到我的生命变得缓慢，停顿下来，感到我简直会停止存在。我的心只是因同情而跳动，我只是通过其他人而生存，可以说是通过委托他人而生存，通过婚姻而生存。我感到，我只有脱离我自己，变成另一个人，才能过着从未有的紧张生活。

这种反利己的分化力量十分强大，使我身上的财产观念以及责任感消失得一干二净。这样的男人，女人是不能嫁给他的。怎么能使洛拉理解这点呢？

十月二十六日

在我看来，存在的只有诗意（我恢复了这个词的全部含义），其他一切都不存在——从我开始。我有时感到我并非真正存在，而只是存在于我的想象之中。我最难相信的是我自己的真实性。我不断避开我自己，当我看着我自己行动时，我弄不清楚，为什么我看到在行动的人和正在看着并感到惊讶的人是同一个人，并对他可能同时是行动者和观察者表示怀疑。

心理分析在我看来失去了任何意义，是从有一天开始的，我在那天发现，人感觉到的东西是在他的想象中感觉到的。由此想到，他在想象中感觉到他感觉到的东西……这点我在我的爱情中看得十分清楚：爱洛拉和我在想象中爱她——我在想象中不大爱她和不太爱她，哪位神祇会看出这两者的区别？在感情的领域中，真实的和想象的没有区别。而如果只要在想象中爱就能爱，那么，你在爱的时候只要对自己说你在想象中爱，就立刻可以爱得稍微少一点，甚至可以稍微摆脱你所爱之人——或者可以使其脱掉一些结晶。但是，对自己说出这点，不是说明你已经爱得稍微少了一点？

通过这样一种推理，我书中的 X 将竭力摆脱 Z——特别是竭力使她同他脱离关系。

十月二十八日

人们不断谈论爱情的突然结晶。缓慢的结晶分解我从未听人说起过，这是一种心理现象，我对此更感兴趣。我认为，在所有因恋爱而结合的婚姻中，在过了相当长的时间之后，都能观察到这种现象。如果洛拉听从理智、她的家庭和我的劝告嫁给费利克斯·杜维埃，那就不用担心她会发生这种事，这是肯定的（也是好事）。杜维埃是个十分正直的教师，有很多优点，在他的专业方面十分能干（我记得他很受他的学生欢迎）。由于洛拉在事前对他并不抱有很大的幻想，所以她在事后会在他身上发现更多的优点。当她谈起他时，我甚至觉得她在赞扬中仍低估了他。杜维埃比她认为的要好。

多好的小说主题：在过了十五年、二十年的夫妻生活之后，夫妻相互间逐渐发生结晶分解！只要他还爱女方，并愿意被女方所爱，男方就不会显出自己的真正面目，另外，他也看不清女方——女方只是他装扮、神化和创造的偶像。

因此我叫洛拉要小心，是为了提防她，也为了提防我。我竭力使她相信，我们的爱情不能使我们中的任何一人得到持久的幸福。我希望她已基本上被我说服。

爱德华耸了耸肩膀，把夹着信的日记本合上，放在手提箱里。他从皮夹子里拿出一张一百法郎的钞票，把皮夹子也放进手提箱。他准备在到达之后把手提箱寄放在行李寄存处，在他去取这箱子之前，这一百法郎肯定够用。讨厌的是他的手提箱无法锁上，或者说他已没有把箱子锁上的钥匙。他总是丢失手提箱的钥匙。唉！行李寄存处的职工在白天总是太忙，没有一点闲空。这箱子，他准备在下午四点左右拿出来，送到家里，然后去安慰和帮助洛拉。他设法带她去吃晚饭。

爱德华昏昏欲睡，他在不知不觉之中改变了自己的思路。他心里在想，如果只是看洛拉的信，他是否能猜到她是黑发？他心里想，小说家对他们的人物描写得过于确切，会妨害读者想象，而不是促使读者想象，他们应该让每个读者随心所欲地去想象每个人物。他想到他准备写的那本小说，它应该和他以前写的书完全不同。他不能肯定《伪币犯》这个书名是否合适。他宣布这个书名是不对的。为了吸引读者而宣布“即将出版”的习惯是荒谬的。这吸引不了任何人，却把你自己给束缚住了……他也不能肯定，这个主题是否十分合适。他很久以来一直在考虑这本书，但至今还没有写出一行。不过，他在一本记事册上记下了他的随感和想法。

他从手提箱里拿出这本记事册，从口袋里掏出钢笔，写道：

“在小说中去除并非专门属于小说的一切成分。以前，摄影使绘画无须去关心某些确切性，同样，明天的留声机无疑将会在小说中清除增添的对话，而现实主义作家往往以这些对话为荣。外部事件、意外事件和创伤属于电影，小说应该把这些东西留给它。即使是对人物的描写，在我看来也并非完全属于这一体裁。确实如此，在我看来，纯小说（在艺术中犹如在其他事物中那样，我认为只有纯才重要）不必去管此事。戏剧也是如此。人们不用来对我说，剧作家不描写自己的人物，是因为观众会看到他们栩栩如生地出现在舞台上，因为在剧院里，我们曾多少次因演员而感到不舒服，并难受地看到他演得一点不像，要是没有他，我们会准确无误地想象出这一人物。——通常，小说家没有充分相信读者的想象力。”

像一阵风那样过去的是哪个车站？阿尼埃尔。他把记事册重新放进手提箱。但他老是想到帕萨旺。他又拿出记事册，并在上面写道：

“在帕萨旺看来，艺术作品不是目的，而是手段。他所炫耀的艺术信念没有十分有力地展现出来，只是因为不够深刻。主宰这种信念的不是性格上的任何内在需要，它们顺应时机，它们的口号是：抓住机会。

“《单杠》。有的东西很快就显得极为陈旧，在最初却显得极为新奇。每次殷勤，每次做作，都将会增添一条皱纹。但正是这点，使帕萨旺受到年轻人的喜爱。未来同他关系不大。他作品的对象是今天这一代（这当然要比以昨天那一代为对象来得好），但是，由于他的对象只是这一代，写的东西就有可能同这一代一起消失。他知道这点，并不指望自己的作品永存，但正因为如此，他顽强地为自己辩解，并非只是在别人抨击他的时候，只要评论家对他的作品有所保留，他就要提出抗议。如果他感到他的作品能够长期流传下去，他就会让作品来自我辩解，而不会不断为它辩解。我要说什么？他本应对误解和不公正的待遇感到高兴。这些都是给明天的评论家出的难题。”

他看了看表。十一点三十五分。应该到了。真想知道奥利维埃是否会在他下车时来接他？他认为这完全不可能。他给奥利维埃的父母寄了张明信片，把他回来的事告诉了他们，并注明火车到达的日期和时间，但看起来是漫不经心地随手写上的，犹如对命运设下圈套，在窗洞后进行窥视。但是，怎么能认为奥利维埃会看到这张明信片呢？

火车停了。快，叫一个搬运工！不，他的手提箱不是很重，行李寄存处也不是很远……万一他来了，在人群中他们是否能认出对方？他们只见过几次面。但愿他的变化不是太大！……啊！天哪！这难道是他？

九

如果爱德华和奥利维埃能在见面时把自己的喜悦更明显地表达出来，我们就不必对以后发生的事加以阐述。但是，他们的共同特点是无法看出自己在别人的心中和思想中受到的信任，所以这时都呆呆地站着，每个人都以为只有自己一人在激动，沉浸在自己的喜悦之中，因感到喜悦如此之大而局促不安，一心只想不要把这种喜悦过多地流露出来。

因此，奥利维埃没有对爱德华说，他是急急忙忙地赶来接舅舅的，以增添爱德华的喜悦，而是觉得他应该说，今天上午他正好到这个街区来买点东西，仿佛对他来到这里表示道歉。他疑虑重重，巧妙地使自己相信，爱德华也许觉得他来得不合时宜。他还没有把谎话说完，脸就红了。爱德华看到他脸红，但由于刚才他热情地抓住奥利维埃的胳膊，也是出于疑虑，他以为这是他使奥利维埃脸红的原因。

他首先开口：

“我尽量说服自己你是不会来的，但实际上，我相信你会来的。”

他认为，奥利维埃会觉得这句话有自负的味道。他听到奥利维埃用毫不拘束的神情回答说：“我正好要在这个街区买点东西。”就放开了奥利维埃的胳膊，他的狂喜立刻消失得一干二净。他本来想问奥利维埃是否看出那张寄给他父母的明信片其实是为他而写的。他要想问，却没有勇气把话说出。奥利维埃担心他谈论自己会使爱德华感到厌烦或看不起他，就默不作声。他看着爱德华，惊讶地看到他嘴唇在微微颤动，就立刻垂下眼睛。爱德华希望看到这目光，同时又担心奥利维埃嫌他太老。他烦躁地用手指搓弄着一张纸片。这是行李寄存处刚才交给他的收据，但他不把它当一回事。

“如果这是他寄行李的收据，”奥利维埃看到他这样搓弄着纸片，然后漫不经心地把它扔掉，心里就这样想，“他就不会这样扔掉。”他只是回头看了一下，看到风把这纸片远远地吹到他们身后的人行道上。如果他看的时间再长一点，他就会看到一个青年把纸片捡了起来。这青年是贝尔纳，自从他们走出车站之后，他一直跟在他们后面……但是，奥利维埃感到失望的是，他想不出要对爱德华说什么话，他们之间的沉默使他感到无法忍受。

“当我们走到孔多塞中学门口时，”他心里反复想道，“我就对他说：‘我要回去了，再见。’”但到了中学门口后，他又决定等走到普罗旺斯街的街角时再说。但是，爱德华也觉得这沉默难以忍受，认为他们不能就这样分手。他把年轻人带到一家咖啡馆里。也许喝一杯波尔图葡萄酒会帮助他们摆脱这种拘束。

他们碰了杯。

“祝你成功，”爱德华举起杯子说道，“什么时候考试？”

“十天之后。”

“你觉得自己准备好了？”

奥利维埃耸了耸肩。

“谁也没有把握。那天只要心情不好，就完了。”

他不敢回答说“准备好了”，担心这样说会显得过于自信。使他感到拘束的还有，他既想用“你”来称呼爱德华，又怕这样称呼他。他只好用转弯抹角的方法说出每一句话，并至少把“您”这个字排除在外，但这样一来，他却使爱德华不能如愿以偿，失去了用“你”来称呼的机会，不过他记得十分清楚，在他动身去英国的前几天，他曾得到过这种机会。

“你学习好吗？”

“不错。但还不是最好，就像我能够做到的那样。”

“勤奋的人总是感到自己能做更多的工作。”爱德华说出了格言般的话。

这话他是不由自主地说出来的，并立刻感到可笑。

“你还在写诗？”

“有时写……我很需要别人出的主意。”他朝爱德华抬起眼睛。“您出的主意”是他想说的话，“你出的主意”。他嘴里虽然没有说出来，但目光已清楚地表明这个意思，因此爱德华觉得他说这话是出于尊重或善意。但是，他有什么必要回答，而且又是这么生硬：

“主意嘛，应该要由自己来出，或者到同学那里去讨教，长辈出的主意毫无用处。”

奥利维埃心里在想：“我又没有求他，他干吗要反对呢？”

他们俩都因自己说出的话既生硬又不自然而感到恼火，都认为自己是对方拘束的原因和恼火的对象。这种谈话不会有任何的结果，除非有人来解围。但没有人来。

今天早上，奥利维埃起床时不大舒服。他一觉醒来，看到贝尔纳已不在他的身边，没有告别就让他走了，感到十分伤心，但这种伤心一时间被再次见到爱德华的喜悦压了下去，这时又像阴郁的波涛涌上他的心头，淹没了他的所有思想。他很想谈起贝尔纳，把我也不知道的一切事情都告诉爱德华，使爱德华对他的朋友产生兴趣。

但是，爱德华只要微微一笑，就会使他感到不快，而他的表情只要不是显得过于夸张，就会展现出他心中热烈而又杂乱的感情。他默无一言，感到自己的脸色变得冷峻。他真想扑到爱德华的怀里痛哭。爱德华误解了这种沉默和这张紧绷着的脸的表情，他过于喜欢奥利维埃，所以才感到不大自在。他只要敢朝奥利维埃看一下，就准会把他抱在怀里，像哄小孩那样哄他，但他看到的是忧郁的目光。

"是这样。"他想道。"我使他厌烦……我使他感到没劲，感到疲倦。可怜的孩子！他只等我说一句话让他走。"这句话，爱德华因可怜对方而无法抑止地说了出来：

"现在，你应该和我分手了。你的父母在等你吃午饭，我敢肯定。"

奥利维埃也是这样想的，他也误解了。他急忙站了起来，伸出了手。他至少想对爱德华说："我什么时候可以再见到您？我什么时候可以再见到您？什么时候我们可以再次见面？……"爱德华等待着这句话。什么话也没说。只有平平常常的"再见"。

十

太阳把贝尔纳给晒醒了。他从长凳上爬了起来，感到头疼得厉害。他早晨的那股勇气已离他而去。他感到自己极为孤独，心里充满着我也不知是什么苦涩的感觉，但他不愿把这种感觉称为悲伤，虽说他眼睛里全是泪水。怎么办？到什么地方去？……他在奥利维埃应该去圣拉扎尔火车站的时候朝这个火车站走去，但并没有明确的意图，也没有再次见到自己朋友的任何欲望。他责备自己在早上突然离去：奥利维埃会因此而感到难受。他不是贝尔纳在人世间最喜欢的人吗？……他看到他挽着爱德华的手臂，产生了一种奇特的感受，既想跟在这两人后面，又不想让他们看到。他痛苦地感到自己是多余的，却又想钻到他们中间。爱德华在他看来是迷人的：个子比奥利维埃稍高，样子则稍微老一点。他决定上去和他搭讪，为此，他等奥利维埃和他分手。但用什么借口去和他搭讪呢？

正在这时，他看到揉皱的纸片从爱德华漫不经心的手中掉了下来。他捡起来一看，是寄行李的收据……啊，这正是他寻找的借口！

他看到这两个朋友走进咖啡馆，一时间感到不知所措，然后又开始自己的独白。

“一个平常的胖子准会急忙把这个纸片交还给他。”他心里在想。

世上的一切风俗人情，依我看来，

都是多么厌烦、扫兴，平庸而又无益！①

① 原文为英文，引自莎士比亚悲剧《哈姆雷特》第1幕第2场。参见《莎士比亚全集》“悲剧卷”（上）。

我听到了哈姆雷特的话，贝尔纳，贝尔纳，什么思想在你心头一闪而过？昨天你在一只抽屉里寻找。现在你走上了什么道路？你要注意，我的孩子……你要注意，行李寄存处的职员，就是给爱德华寄行李的那个，到中午十二点要去吃饭，由另一个职员来接替。你不是对你朋友说过，说你什么都敢做吗？

然而，他又在想，过于急躁会把事情办砸。急忙去取，职员会产生怀疑，就会查阅寄存登记簿，看到一件行李在中午十二点缺几分钟时寄存，马上就要取出，会觉得不大正常。再说，如果有个过路人、有个找碴的人看到他捡起这纸片……贝尔纳决定沿街下行，一直走到协和广场，走得不慌不忙，这段时间正是一个人吃午饭所需的时间。把行李寄掉，然后去吃午饭，吃完饭再去取，这不是常有的事吗？他不再感到头疼。他在一家餐厅的露天座前走过时，毫不客气地拿了一根牙签（牙签一束束地放在餐桌上），等走到行李寄存处前时用牙齿咬着，以装出吃得饱饱的样子。可喜的是他气色很好，服装雅致，微笑和目光真诚，总之有一种我也说不清的风度，使人感到他养尊处优，一无所需，应有尽有。但要是在长凳上睡过，这一切都会打个折扣。

当职员问他要十个生丁的寄存费时，他吓了一跳。他已身无分文。怎么办？手提箱就放在柜台上。只要稍有慌乱，就会引起怀疑，付不出钱也会如此。但魔鬼决不允许他慌张，他见贝尔纳的手急急忙忙地伸进一个个口袋，装出拼命在找钱的样子，就把一枚十个苏的硬币塞在他的手里，这枚硬币不知是什么时候忘记在他背心的小口袋里的。贝尔纳把硬币递给那个职员。他没有显露出丝毫的慌乱。他拿起手提箱，并爽爽快快、彬彬有礼地接过找给他的那几个苏。喔唷！他身上好热。他要去哪儿？他感到两腿发软，箱子沉重。他要把它如何处置？……他突然想到他没有箱子的钥匙。不，不行，不行，他绝不会把锁撬开，他不是小偷，见鬼！……他要是知道里面有什么就好了。他的手觉得箱子很重。他浑身是汗。他停下来休息片刻，把这件重物放在人行道上。当然，他想把这个手提箱物归原主，但他首先想对它进行察看。他随手把锁按了一下。哦！奇迹！两个壳瓣微微开启，那颗珍珠依稀可见：一个皮夹子，可以看到里面的钞票。贝尔纳取出珍珠，把壳瓣重新合上。

现在，他有了需要的东西。快！找一家旅馆。阿姆斯特丹街，他知道附近有一家。他饿得要命。但在坐下吃饭之前，他要把手提箱藏好。一个侍者拿着手提箱给他带路，走上了楼梯。四楼，一条走廊，一扇门，他把门锁上，把他的宝物藏在里面……他又下了楼。

贝尔纳坐在餐桌旁，前面放着一块牛排，他不敢把皮夹子从口袋里掏出来（谁知道是否有人在注视着您？），但是，在里面这只口袋之中，他的左手正充满柔情地抚摸着它。

“要让爱德华知道我并不是小偷，”他心里想道，“这就是关键。爱德华是怎样一种人？手提箱也许会告诉我们。有魅力，这是肯定的。但是，许多有魅力的人对开玩笑很不理解。如果他认为他的手提箱是被人偷的，他拿到时一定会很高兴。我给他送回去时，他会感谢我，否则他就没有教养。我会使他对我发生兴趣。咱们快把餐后点心吃完，然后上楼把情况研究一下。结账。咱们给堂倌留一笔激动人心的小费。”

片刻之后，他回到房间。

“现在，手提箱，只有咱们俩了！……一套替换的西装，穿在我身上也许太大了一点。面料合适、雅致。内衣，梳洗用品。我不是十分肯定，是否要把这些东西都还给他。但是，我不是小偷的证明，就是我对这些纸的兴趣更大。咱们先来看这个。”

这是爱德华把洛拉悲伤的信夹在里面的那本练习簿。我们已经知道前面几页的内容，下面是接续部分。

十一

爱德华日记

十一月一日

两个星期以前……——我没有把这事立刻记下来是不对的。这不是因为我没有时间，而是我的心当时还完全被洛拉占有——或者确切地说，我不想把她从我的思想中排除出去。另外，我不喜欢把任何次要的和偶然发生的事记在这里，而我也还没有看出我要叙述的事会有续篇，或者像人们所说的那样，会有严重后果。至少我当时不愿意接受它，而这在某种程度上是为了向自己表明，我不想在日记中谈论此事。但我现在清楚地感到，而且也无法不感到，奥利维埃的形象正吸引着我的思想，改变着我的思想，不考虑到他，我就无法十分清楚地表达自己的想法，也无法十分清楚地理解自己的想法。

我上午从佩兰出版社出来后回家，我去出版社是查看为我以前那本书再版用的赠阅本。由于天气好，我利用午饭前的这段时间沿着滨河街闲逛。

快要走到瓦尼埃书店时，我在一个旧书书架旁停了下来。我感兴趣的不是那些旧书，而是一个中学生。他大约十三岁，正在露天的书架上找书，一个看守坐在书店门口一把带草垫的椅子上，用平静的目光看着他。我装做在看书架上的书，但同时用眼角注视着那个孩子。他穿着一件绒毛磨光显出织纹的大衣，袖子太短，露出里面上衣的袖口。旁边的大口袋半开着，虽然看上去是空的，袋角的织物已经脱开。我想这件大衣想必已给好几个哥哥穿过，他和他哥哥都有个习惯，在口袋里放进过多的东西。我还想他母亲实在粗心大意，或者事情太多，所以没有把脱开的地方缝好。但在这个时候，孩子把身体稍稍转了过来，我看到另一个口袋全部缝补过，缝得很粗糙，是用很粗的黑线缝补的。我仿佛立刻听到那母考的训斥："不要把两本书同时塞进你的口袋，你会把大衣弄坏的。你的口袋又撕破了。我警告你，下一次我不给你补了。你看看，你是什么模样！……”我可怜的母亲对我说的话，我也是一点都不听的。大衣敞开，可以看到他的上衣，我的目光被他挂在上衣翻领饰孔上的小勋章那样的东西给吸引住了，那是一条饰带，或者不如说是黄色的玫瑰花结。我记下这些是工作的需要，而我恰恰讨厌做这种事。

这时，看守被店里叫了进去，他只进去了一会儿，然后又在他那把椅子上坐下来，但这一会儿的时间，孩子足以把他拿在手里的书塞进他大衣的口袋，然后又立刻开始在书架上寻找，仿佛什么事也没有发生。然而，他感到不安，抬起头来，发现我的目光，知道已被我看到。他至少在想，我可能看到了，他也许不是十分肯定，但在疑虑之中，他失去了镇静，脸也红了，并开始要弄小小的手腕，竭力显出十分自在的样子，结果却极为拘束。我眼睛盯着他看。他从口袋里拿出那本偷偷地塞进去的书，又放了进去，往远处走了几步，在上衣里面的口袋里拿出一只破旧的小皮夹子，装出在里面找钱的样子，而实际上他明明知道里面是没有钱的。他做了个意味深长的鬼脸，像演戏那样噘了噘嘴，显然是做给我看的，意思是说："唉！我没钱！"还带有这种味道："真怪，我还以为有钱！"这一切都做得有点夸张，有点粗俗，就像一个演员担心别人不理解他的意思那样。最后，我几乎可以这样说：在我目光的逼迫下，他再次走到书架前面，从口袋里拿出那本书，突然把它放回原处。他的动作做得十分自然，所以那看守什么也没有发现。然后，那孩子重新抬起了头，希望这次我会放过他。不，我的眼睛仍然看着他，就像该隐[①]的眼睛，只是我的眼睛在微笑。我想跟他说话，我等他离开书架后再去和他搭讪，但他一动不动，仍站在书架前面，我明白只要我这样盯着他看，他是不会走的。于是，我像玩“抢四角”的游戏那样，设法让装扮猎物的孩子挪个窝，就走远几步，仿佛我已经看够了。他从他那边走了，他还没有走远，就被我追上了。

“那本是什么书？”我冷不丁地问他，但我的语气和脸色则尽量显得友好。

他朝我正面看了一下，我觉得他的怀疑已经消失。他也许长得并不漂亮，但他的目光多么迷人！我看到其中有各种感情，犹如小溪底下的草在那里晃动。

“是一本阿尔及利亚导游手册。但价格太贵。我没有这么多钱。”

“要多少钱？”

“两法郎五十生丁。”

“如果你没有看到我看到你，你是会把书塞在口袋里走的。”

那孩子显出气愤的样子，粗声粗气地表示反对：

“不会，但是，也许……您是把我看做小偷了？……”说时十分自信，仿佛想使我怀疑我看到的事。我感到我要是坚持下去，就会把事情弄僵。我从口袋里拿出三枚硬币：

---

① 据《圣经·旧约》，该隐是亚当和夏娃的长子，亚伯的哥哥。该隐种地，亚伯牧羊。因耶和华看中了亚伯和他的供物，而看不中该隐和他的供物，他为此嫉妒，把弟弟杀死。

“来吧！去把书买下。我等着你。”

过了两分钟，他从书店里出来，翻阅着他要的那本书。我把书从他手里拿了过来。是一本老的若阿纳[①]导游手册，是一八七一年出的。

“你要这个干什么？”我把书还给他时问道，“太老了。已经不能用了。”

他表示反对，说能用，再说比较新的导游手册价格要贵得多，还说“至于他要派的用场”，这本导游手册上的地图他一样可以用。我不想把他的原话记录下来，因为这些话要是失去了他说时特有的巴黎郊区口音，就失去了自己的特点，而我对郊区口音感到兴趣，还由于他这些话不乏优美之处。

这段插曲必然要删掉很多。确切性不应靠叙述的详细来取得，而应在恰到好处的地方勾勒两三笔，让读者自己想象出来。另外，我觉得这些事让孩子说出来更有意思，他的看法比我的看法更能说明问题。那孩子对我的关心是既尴尬又高兴。但我的目光对他有压力，使他的方寸有点乱。一种过于温柔、尚无判断力的个性会进行自卫，并用故作姿态来掩饰自己。最难观察的是成长中的青少年。必须从侧面对他们进行观察。

那孩子突然说，“他最喜欢的”是地理。我怀疑在这种爱好后面隐藏着一种流浪的本能。

---

① 若阿纳（1813—1881），法国地理学家，著有导游手册、《法国地理和行政词典》。

“你想到那里去？”我问他。

“当然喽！”他耸了耸肩说道。

我脑中一闪而过的想法是，他在家人的身边并不幸福。我问他是否和父母生活在一起。——是的。——他是否不喜欢和他们在一起？——他软弱无力地加以否定。他看来不想让别人过多地知道自己的私事。他补充道：

“您为什么要问我这个？”

“不为什么。”我立刻说道。然后，我用手指碰了一下他纽扣孔上挂着的黄饰带：

“这是什么？”

“是一条饰带，您看得清清楚楚。”

我的问题显然使他厌烦。他突然朝我转过头来，仿佛怀有敌意，并用嘲笑和傲慢的语调——这种语调我决不会使用，我听到后不禁大惊失色——说道：

“您说说……您是否经常对中学生侧目相看？”

当我含糊不清地说些仿佛是回答的话时，他打开夹在腋下的书包，把买的书塞了进去。书包里放着教科书，还有几本封面均为蓝纸的练习簿。我拿出其中的一本，是历史课练习簿。那孩子在封面上用大字体写着自己的姓名。我看到是我外甥的姓名，心不禁跳了起来：

乔治·莫利尼埃

（贝尔纳看到这几行文字，心也跳了起来，这故事开始使他产生极大的兴趣。）

在《伪币犯》中，很难使人接受的是，将在其中扮演我的人物的那位，虽说同自己的姐姐保持良好的关系，却不认识她的孩子。歪曲真相，一直是我最难做到的事。即使是改变头发的颜色，我也感到是在弄虚作假，会使真的东西变得不大像真的。事物之间都存在着联系，在生活向我提供的所有事实之间，我总是感到有着难以捉摸的依存关系，所以我们只要改变一个事实，就会使这个整体产生变化。我不能说出那孩子的母亲是我同父异母的姐姐，是我父亲第一次结婚时生的，不能说出我父母在世时我一直没能和她见面，只是继承遗产的事才使我们有了接触……然而，这一切又是必须说的，我也不知道我能编造出什么别的故事来搪塞过去，以便不披露这个内情。我知道我的异母姐姐有三个儿子，我只认识老大，就是在医学院读书的那个，但我对他只有模糊的印象，因为他得了肺病后只好辍学，到南方的什么地方去疗养。其他两个在我去看望波利娜时都不在家。我面前的那个肯定是老三。我丝毫也不显出自己的惊讶，但在得知小乔治要回家吃午饭后，我就突然离开了他，跳上一辆出租车，以赶在他之前来到田园圣母院街。我想我在这个时候到，波利娜会留我吃午饭，事实也是如此。我从佩兰出版社拿来的书，我可以送给她，作为我这次不合时宜的拜访的借口。

这是我第一次在波利娜家吃饭。我以前不应该对姐夫疑心重重。我不认为他是个十分出色的法学家，但我们在一起时，他和我一样，也不大谈论自己的职业，所以我们相处得十分融洽。

当然，那天上午我到了之后，只字不提我刚才遇到了外甥：

“我希望我这次能认识我的外甥，”我在波利娜请我留下来吃午饭时说道，“您知道，有两个我还不认识。”

“奥利维埃，”她对我说道，“要晚一点回来，因为他在补课，我们吃饭就不等他了。但我刚听到乔治回来。我去叫他。”说着她跑到隔壁房间的门口：

“乔治！来见见你的舅舅。”

孩子走了过来，把手伸给我。我吻抱了他……我欣赏孩子们隐瞒的能力：他丝毫没有露出惊讶的表情，使人相信他没有认出我。只是他满脸通红，但他母亲会以为他害羞。我想他再次见到刚才的密探，也许感到尴尬，因为他几乎马上就离开我们，回到隔壁的房间。那是餐厅，我知道在不吃饭的时候是给孩子们当自修室用的。当他父亲进入客厅后，他很快就出来了，并趁大家去餐厅的时候，走到我的旁边，抓住我的手，但没有给他父母看到。我起初认为这是友好的表示，感到高兴，其实并非如此：他让我把握住他的手的那只手张开，把他肯定是在刚才写的小纸条塞在我手里，然后让我把手指合上，把我的手紧紧握住。不用说，我玩起了这个游戏。我把纸条藏在一个口袋里，等吃完饭再拿出来看，只见上面写着：

“如果您把书的事告诉我父母，我就（他划掉了：恨您）说是您让我这样做的。”

又在下面写着：

“我每天十点从学校出来。”

昨天被 X 的来访打断……他的谈话使我心神不定。

对 X 跟我说的话想得很多……他对我的生活一无所知，但我详细地把我写《伪币犯》的计划告诉了他。他的建议总是对我有益处，因为他的视点和我不同。他担心我过于矫揉造作，以致放弃了真实的主题，而只是抓住这主题在我脑中的影子。使我不安的是，感到生活（我的生活）在这里脱离了我的作品，感到我的作品脱离了我的生活。但是，这点我是不能对他说的。在此之前，我的爱好、我的感情和我个人的经验恰如其分地给我的作品提供养料，在我写得最好的那些句子之中，我还能感到我的心在跳动。从今以后，我思想的东西和我感觉的东西之间的联系已被切断。但我在怀疑，我的作品落到抽象和虚假的地步，是否正是因为我感到自己今天不让我的心说话。想到这点，我突然明白了阿波罗和达佛涅[①]的神话传说的含义。我在想，能同时抱住桂冠和所爱之人才是幸福。

我已把我和乔治相遇的事说得这么多了，所以必须在奥利维埃上场时停下来。我开始讲这个故事只是为了谈他，我却只谈了乔治。但是，在谈到奥利维埃时，我知道我推迟这一时刻

---

① 据希腊神话，太阳神阿波罗追求女神达佛涅，但女神自有所爱。为了逃避阿波罗的追求，她请父亲把她变为月桂树。阿波罗无可奈何，只得取其枝叶编成桂冠。

的愿望是我叙述缓慢的原因。我在这第一天看到他之后，他在家里的餐桌前坐下来之后，在我看了第一眼之后，或者更加确切地说，在他看了第一眼之后，我感到这目光控制着我，我无法再支配自己的生活。

波利娜一定要我经常去看她。她恳求我照顾一下她的孩子。她让我知道，他们的父亲不了解他们。我越是和她交谈，就越是觉得她可爱。我真不知道我怎么会有这样长的时间不去看她。那些孩子受的是天主教的教育，但她想起她最初接受的新教的教育。虽说她是在我母亲进入我们共同的父亲的家时离开这个家的，我发现在她和我之间仍有许多相似之处。她把她那些孩子送进洛拉的父母办的寄宿学校，我也在这所寄宿学校住过很长时间。另外，阿扎伊斯寄宿学校以没有特殊的宗教色彩而自鸣得意（我在那里时，甚至可以看到土耳其人），虽说创办该校、现在仍领导该校的老阿扎伊斯——他是我父亲以前的朋友——最初是牧师。

波利娜收到了樊尚的好消息，他已在疗养院康复。她对我说，她在信里跟他谈起了我，并希望我对他有更多的了解，因为我只见过他一面。她对长子抱有很大的希望，夫妻俩罄其所有，以便使他能很快自立——我的意思是说：有个独门独户的房子可以接待病人。现在，她已想出办法，把他们住的小套间的部分房间留给他，并把奥利维埃和乔治安置在他们套间下面的一个单独的空房间里。最大的问题是要知道，樊尚是否会因健康原因而必须放弃住院实习医生的课程。

说实在的，我对樊尚不大感兴趣，我跟他母亲谈他谈得很多，是为了让她高兴，是为了接下来能更多地谈论奥利维埃。至于乔治，他对我十分冷淡，我跟他说话时他不爱答理，他同我交错而过时，就对我投以无法形容的怀疑目光。看来他是怪我没有到他学校门口去等他，或者是怪自己想接近我。

我见到奥利维埃的次数也不多。当我去他母亲那里时，我不敢到他房间里去找他，因为我知道他在那里用功，我偶然遇到他时，就会笨口拙舌、心慌意乱，想不出有什么话要对他说，这使我感到非常难受，所以我情愿在得知他不在家时去看望他的母亲。

十二

爱德华日记（续）

十一月二日

同杜维埃进行长时间的谈话，他和我一起走出洛拉的父母的家，陪我穿过卢森堡公园，一直走到奥德翁剧院。他在准备关于华兹华斯[①]的博士论文，但从他在谈起此事时对我说的几句话中，我清楚地感到他没有看出华兹华斯诗歌最主要的特点。

---

① 华兹华斯（1770—1850），英国诗人，作品歌颂大自然，开创了浪漫主义新诗风，重要作品有与柯尔律治共同出版的《抒情歌谣集》，被封为桂冠诗人。

他选择丁尼生[1]更加合适。我感到杜维埃身上存在着我也说不清的缺点，有一种虚浮和天真。他对事物和人总是只看其表面，这也许是因为他自己总是表里如一。

“我知道，”他对我说，“您是洛拉最好的朋友。我也许应该对您有点嫉妒。我做不到。相反，她对我说的有关您的事，既使我对她有了更清楚的了解，又使我想要成为您的朋友。有一天我问她，您是否因为我娶了她而恨我？她对我回答说，恰恰相反，是您劝她这样做的（我觉得他对我说这些话时也是这样平淡无奇）——这点我要感谢您，并希望您不觉得这样说是可笑的，因为我是真心实意地说出来的。”他补充道，并竭力想微微一笑，却声音颤抖，热泪盈眶。

我不知道该对他说些什么，因为我远远没有感到我应该有的那种激动，根本无法进行相互间的感情交流。我想必对他显得有点冷淡，他使我感到恼火。然而，我仍然尽量热烈地握住他伸给我的手。一个人向对方敞开自己的心扉，而对方却并没有对他这样要求，这种场合总是令人难受。也许他想迫使我同情。要是他更加敏锐，他就会有受骗上当的感觉，但我看到他对自己的行为感到满意，以为已在我心中引起了反响。由于我什么话也没说，他也许因我的沉默而感到尴尬。

“我希望，”他很快就补充道，“她在剑桥生活后改变了环

① 丁尼生（1809—1892），英国诗人，重视诗的形式完美，音韵和谐，词藻华丽，被封为桂冠诗人，主要诗作有《夏洛蒂小姐》《尤利西斯》《国王叙事诗》等。

境，就不会去进行对我不利的比较。”

他这是什么意思？我竭力不去弄懂它。他也许希望我提出异议，但这样会使我们陷得更深。他这种人的胆怯无法忍受沉默，认为必须用过分的主动来缓解沉默的气氛，然后又说：“我一直对您十分坦率。”但是，重要的不是自己坦率，而是让别人坦率。他应该知道，恰恰是他的坦率阻止了我的坦率。

但是，如果我不能成为他的朋友，我至少认为他将成为洛拉的出色丈夫，因为总的来说，我在这里指责他的主要是他的才能。然后，我们谈了剑桥，我答应去那里看望他们。

洛拉对他谈起我，是出于何种荒谬的需要？

女人的忠诚倾向令人赞赏。女人所爱的男人，对她来说往往只是一种用来挂她爱情的挂衣钩。洛拉找到替代的人，是多么轻而易举！我理解她为什么要嫁给杜维埃，我是首先劝她这样做的那些人中的一个。但我当时应该知道会有一点忧伤。婚礼将在三天后举行。

有几篇文章谈到我的书。他们最乐意承认的我的长处，恰恰是我最为厌恶的长处……我让这些老掉牙的东西再版，是否做得正确？这些东西已不再符合我现在的爱好。我并没有感到我自己变了，而是感到我现在才对我自己有清醒的认识，在此之前，我不知道自己是怎样的人。我难道总是需要一个人来当我的启示者？这本书是根据洛拉而产生的结晶，因此我现在不想看出自己在其中的存在。

这种由同情产生的敏锐，能使我们走在人生各个时期的前面，我们是否无法得到它？哪些问题将会使明天的人们感到不安？我想写作是为了他们。为尚未成形的好奇心提供养料，满足尚未明确提出的要求，这样，今天的孩子在明天的路途中遇到我，就会感到惊讶。

我多么高兴地感到，奥利维埃对过去如此好奇，却又焦虑地感到不满……

我有时觉得，诗歌是他唯一感兴趣的东西。如果在重读我们那些诗人的作品时和他进行比较，我就会感到在他们中间以艺术的感觉作为导向而不是以心灵或思想作为导向的人极为罕见。奇怪的是，当奥斯卡·莫利尼埃把奥利维埃的诗拿给我看时，我对奥利维埃的建议是，尽量做到以词语为导向，而不是让它们屈从。我现在感到，在这方面反倒是他使我得到教益。

我以前写的一切，在今天看来是可悲、可厌、可笑地合乎情理。

十一月五日

婚礼举行了。在夫人街的小教堂里，我已有很久没去那儿了。弗代尔–阿扎伊斯一家人全部到齐：洛拉的祖父、父亲和母亲，她的两个姐妹和一个弟弟，还有许多叔叔伯伯、姑妈姨妈、表兄堂弟。杜维埃家出席的是三个戴重孝的姑妈，要是信天主教，她们就会当上修女，据别人对我说，她们三人生活在一起，杜维埃自父母双亡之后也同她们生活在一起。在廊台上是寄宿学校的学生。家里的其他朋友把教堂里其余的位子都坐满了，我待在这些人中间。在离我不远的地方，我看到我姐姐和奥利维埃在一起，乔治想必和他同年龄的同学们待在廊台上。拉佩鲁兹老人在弹风琴，他苍老的脸比过去更加漂亮、高雅，但他的眼睛里已没有奇妙的火焰，过去他上钢琴课时，这种火焰曾把他的热情感染给我。我们的目光不期而遇，我感到在他对我的微笑中充满悲伤，就决定婚礼结束时去找他。有些人走开了，波利娜旁边的一个位子空了出来。奥利维埃立刻对我做了个手势，把他母亲推过去，使我能坐在他的旁边，然后他握住我的一只手，把它久久地握在他的手中。这是他第一次和我这样亲热。在牧师没完没了地讲话时，他几乎一直闭着眼睛，这样我就可以长久地凝视着他。他活像那不勒斯博物馆的一个浅浮雕上睡着的牧童，我的写字台上放着这个牧童的照片。要是他的手指不在微微颤动，我就会以为他已睡着。他的手像小鸟一样在我的手里颤动。

老牧师认为应该追忆全家的历史，并从祖父阿扎伊斯的历史说起。他战前在斯特拉斯堡读书，是阿扎伊斯的同班同学，以后在神学院又是同学。我觉得他不能把一个复杂的句子说完，在这个句子中他想要说清一件事，就是他朋友决定办寄宿学校，从事青少年的教育，但并未因此而离开牧师的职务。然后谈到下面一代。他还启示似的谈到杜维埃的家庭，但看来他对此知之不多。感情的真挚掩盖了讲话中的缺陷，可以听到许多听众在擤鼻涕。我真想知道奥利维埃是怎么想的。我在想，他受的是天主教的教育，对新教的仪式应该感到新奇，他也许是第一次走进这座教堂。失去个性的特殊能力使我能像感觉自己的激动那样感觉到他人的激动，并几乎迫使我把奥利维埃的感觉即在我想象中他应该有的感觉变为己有。他闭着眼睛，也许正是由于这个原因，我仿佛在代他观看，第一次看到这光秃秃的墙壁，笼罩着听众的神秘、暗淡的光线，里面的白色墙壁上冷峻地突出的讲道台，笔直的线条，支撑廊台的生硬柱子，这棱角分明、色彩单调的建筑物的特点，我仿佛第一次发现它丑陋、执拗和吝啬。我以前没有觉察这点，是因为我从童年时代起就已对此习以为常……我突然想起我在宗教上的觉醒和我初期的虔诚，想起洛拉和这所礼拜天的学校，我们在那里见面，两人都是班长，十分虔诚，在烧毁我们心中一切邪恶的烈火之中，我们弄不清楚什么属于对方，什么属于上帝。但我立刻感到遗憾的是，奥利维埃不会知道这初期的贞洁使灵魂危险地凌驾于现实世界之上，不会有和我相同的回忆，但我感到他同这一切毫无关系，这就帮助我从中摆脱出来。我热情地握了一下他那只一直留在我手里的手，但在这时，他突然把手缩了回去。他睁开眼睛看着我，然后像孩子那样调皮地微微一笑，但他极为严肃的前额使微笑变得克制，就在牧师谈到所有基督教徒的义务，对新婚夫妇提出忠告、告诫和笃信的要求时，他靠近我，并低声说道：

“我才不在乎呢，我是天主教徒。”

他身上的一切都吸引着我，使我感到神秘。

在圣器室门口，我找到了拉佩鲁兹老人。他对我说话时有点伤心，但语气中毫无责备之意：

“我觉得，您有点忘掉我了。”

我借口忙于我也说不清的什么事情，所以这么长时间没有去看他，并答应后天去看望他。我想叫他到阿扎伊斯家去，因为我应邀参加阿扎伊斯家在婚礼后举办的茶会，但他对我说他心情不好，并害怕遇到的人太多，他应该和这些人寒暄，却又不大愿意。

波利娜把乔治带走，把奥利维埃留给我。

“我把他交给您了。”她笑着对我说道。看来这使奥利维埃有点生气，他把脸转了过去。他把我拉到街上：

“我不知道您和阿扎伊斯家这么熟悉。”

我告诉他，我曾在他们那里寄宿两年，这使他感到十分意外。

“您怎么会喜欢这样，而不想给自己安排另一种独立生活？”

“我觉得这样有某种方便之处。”我含含糊糊地回答道，因为我不能对他说在那个时候洛拉占据着我的思想，不能说我可以忍受最差的生活条件，只要能待在她的身边就会心满意足。

“您在这寄宿的环境中不感到沉闷？”

他见我没有回答，就接着说道：

“其实，我也不知道我是如何忍受这种环境的，不知道我怎么会处于其中……但我只是半寄膳学生，就已经受不了了。”

我只得给他解释，说这所学校的校长是他外祖父的朋友，想到这点，他母亲后来就作出这一选择。

“而且，”他补充道，“我没有东西可以进行比较，也许所有这些集体宿舍都一个样。听了别人对我说的情况，我甚至认为大部分其他宿舍还要差。尽管如此，离开那里我还是会高兴的。如果我不是因为生病要补课，我是根本不会进去的。长期以来，我是因为跟阿尔芒要好才去那儿的。”

我这时才知道，洛拉的那个小弟弟是他的同学。我告诉奥利维埃，我可以说对此人并不认识。

“他可是他家里最聪明、最有趣的人。”

“就是说你最感兴趣的人。”

“不，不，我可以向您担保，他十分好奇。要是您愿意，我们到他房间里去跟他谈谈。我想他敢在您面前说话。”

我们走到寄宿学校门口。

弗代尔–阿扎伊斯家用花钱不多的普通茶会来取代传统的结婚宴席。弗代尔牧师的会客室和办公室向大批客人开放。只有少数几位密友才能进入牧师夫人的小客厅，但是，为了避免有人闯进去，就把会客室和这个小客厅之间的门给堵死了，这样，要是有人问阿尔芒，什么地方可以找到他的母亲，他就回答说：

“从壁炉那里过去。”

来的客人很多。大家热得要命。除了几位教师即杜维埃的同事之外，其他人几乎都是新教徒。有一种十分特殊的清教徒的味道。在基督教徒或犹太教徒的聚会中，只要他们不约束自己，这种味道也是很浓的，也许更使人喘不过气来，但在基督教徒身上看到的往往是抬高自己，而在犹太教徒身上看到的却是贬低自己，在我看来，新教徒很少会这样去做。如果说犹太教徒鼻子过长，新教徒则鼻子塞住，这是事实。我长期处于这种气氛之中，并没有发现它有什么特别之处，只有某种不可言喻的崇高、极乐和无聊。

客厅里面放着一张桌子，作为酒菜台子。洛拉的姐姐拉歇尔和妹妹萨拉找的帮手是她们的女友，即几位即将出阁的姑娘，她们给客人倒茶……

洛拉一看到我，就把我拉到她父亲的办公室，那里已坐着不少人，就像在开教务会议。我们走到一扇窗子旁边，说话可以不被别人听到。在窗框边上，我们以前曾写上我们俩的名字。

“您来看。我们的名字还在这儿。”她对我说道，“我相信没有人发现它们。您当时几岁？”

在名字上面，我们写下了日期。

“二十八岁。”

“我十六岁。离现在有十年了。”

在这个时候回忆往事并不合适，我设法使我们的谈话离开这个话题，而她却一定要我回到这个话题。然后，她仿佛担心自己激动，就突然问我是否还记得斯特鲁维卢。

斯特鲁维卢是寄宿学校的旁听生，当时洛拉的父母对他感到十分头痛。他们以为他要听课，但问他听什么课，准备哪些考试，他却漫不经心地回答道：

“我没有一定。”

开始时，学校里装糊涂，把他的蛮横无礼看做在开玩笑，仿佛是要把他这把刀磨钝，而他说完后就放声大笑，但这种笑声很快就变得更加尖刻，他的话也说得更有挑衅性，我不知道牧师怎么会、为什么会容忍这样的寄宿生，除非是出于经济上的原因，并因为他对斯特鲁维卢还有一种同情的怜爱，也许是一种模糊的希望，想要使他信服，我的意思是说：使他皈依。我也不知道斯特鲁维卢为什么继续住在寄宿学校，而他本来可以到别的地方去住，因为他不像我那样是因为感情的原因而留了下来，但也许是因为他喜欢同可怜的牧师斗嘴，而牧师斗不过他，总是让他大出风头的缘故。

“有一天他问爸爸在布道时道袍里面是否仍穿着上装，这事您是否记得？”

“当然喽！他问的时候显得那么温和，所以您可怜的父亲没有看出其中的恶意。那是在吃饭的时候，当时的情景仿佛就在眼前……”

“爸爸坦率地对他回答说道袍不是很厚，他担心不穿上装会着凉。”

“于是，斯特鲁维卢装出伤心的样子！在再三催促之下，他最后才说‘这显然不是十分重要’，但又说，在您父亲打手势的幅度很大时，上装的袖口就从道袍里露了出来，这让某些信徒有不良的印象。”

“后来，可怜的爸爸在讲道时一直把手臂贴着身体，这样讲道就变得索然寡味。”

“下一个礼拜天，他把上装脱掉了，结果回来后得了重感冒。哦！还有关于福音书里不结果实的无花果树[①]以及不结果子的树木的争论……‘我可不是一棵果树。是阴影，我是这个，牧师先生：我用阴影把您遮盖。’”

“这也是在吃饭时说的。”

“当然喽：只有在吃饭时才能看到他。”

“说这话的语气十分恶毒。于是，外祖父把他赶出门外。您可记得，他平时吃饭时总低着头，这时突然站起身来，把手一伸：‘出去！’”

“他显得高大、可怕，他感到愤怒。我真的觉得斯特鲁维卢害怕了。”

“他把餐巾往桌上一扔，走了。他走时没有把钱付给我们。从此再也没有见到过他。”

“真想知道他后来怎样了。”

“可怜的外祖父，”洛拉有点伤心地接着说道，“我觉得他那天干得真漂亮。他非常喜欢您，您是知道的。您应该上楼到他办公室去看看他。我敢肯定，他见到您一定会十分高兴。”

---

① 参见《圣经·新约·马太福音》第21章：早晨回城的时候，他（耶稣）饿了。看见路旁有一棵无花果树，就走到跟前，在树上找不着什么。不过有叶子，就对树说：“从今以后，你永不结果子！”那无花果树就立刻枯干了。

我立刻把这些都记录下来，因为我感到要在事后准确地再现一个对话的调子十分困难。但是，从这个时候起，我听洛拉的话开始有点心不在焉。自从洛拉把我拉到她父亲的办公室里之后，我一直没有看到奥利维埃，这时却看到了他，虽说他在离我相当远的地方。他两眼发光，神色特别兴奋。我后来才知道，萨拉想捉弄他，一连给他喝了六杯香槟酒。阿尔芒和他在一起，他们俩人穿过人群，追逐萨拉和一个与萨拉年龄相同的英国姑娘，后者在阿扎伊斯夫妇的学校寄宿已有一年多了。萨拉及其女友最后逃离客厅，我从打开的门看到两个男孩在楼梯上追逐她们。我顺从洛拉的意思，想要出去，但她朝我走了过来：

“您听着，爱德华，我还想对您说……”突然她的声音变得十分严肃，“我们也许会有很长时间不能再见面。我想知道，我是否还能相信您……就像相信一位朋友那样。”

我从未像此刻那样更想吻抱她，但我只是亲热地吻了吻她的手，并低声说道：

“不管发生什么事。”我感到自己热泪盈眶，为了不让她看到我的眼泪，我迅速出去寻找奥利维埃。

他和阿尔芒一起坐在一级楼梯上，看着我出去。他肯定有点醉了。他站起身来，拉住我的手臂。

“您过来，”他对我说，“咱们到萨拉的房间里去抽一支烟。她在等我们。”

“过一会儿再说。我首先要去看望阿扎伊斯。但我无法找到那房间。”

“不，您知道得很清楚，就是洛拉以前的房间，”阿尔芒大声说道，“由于那是这幢房子里最好的房间之一，所以就让女寄宿生住，但她付的钱不够，她就和萨拉同住一个房间。房间里放了两张床，摆摆样子，其实没什么用处……”

“您别听他的，”奥利维埃笑着说道，并推了他一下，“他醉了。”

“我劝你还是说实话，”阿尔芒反驳道，“那么，您会来的，是吗？我们等着您。”

我答应去那里找他们。

阿扎伊斯老人自从剃了板刷头之后，就完全不像惠特曼[①]了。他把那幢房子的二楼和三楼让给他女婿一家居住。从办公室（家具用桃花心木制成，坐具上饰有棱纹平布和仿皮漆布）的窗口，他俯瞰楼下的院子，监视来来往往的学生。

“您看，他们对我多好。”他指着桌上的一大束菊花对我说道。这是一个学生的母亲，也是他家的一个老朋友刚才送来的。室内的气氛极为冷峻，仿佛鲜花应该立即枯萎。“我离开他们一会儿。我老了，谈话的嘈杂声使我感到疲倦。但有这些花给我作伴。它们用自己的方式说话，叙说上帝的荣耀比人们说的还要好。”（或者是诸如此类的话。）

---

① 惠特曼（1802—1847），美国医生、公理会传教士，去美国西北部拓荒、传教，为患麻疹的印第安人儿童治疗，病童因无免疫力而死，引起印第安人误解，被杀死。

这个高尚的人没有想到，他说这种话会使学生感到厌烦，这些话在他看来十分真挚，不会引起别人的讽刺。像阿扎伊斯那样单纯的思想，肯定是我最难理解的思想。你的思想只要稍微复杂一点，在它们面前就只好演戏。这样不诚实，但又有什么办法？你不能争论、弄清问题，你只好表示同意。阿扎伊斯迫使他周围的人弄虚作假，只要他们稍不赞同他的信仰。我最初去他家时，看到他的外孙、外孙女对他撒谎，感到十分气愤。但我也只好步他们的后尘。

普罗斯佩·弗代尔牧师工作太忙。弗代尔夫人有点天真，沉浸在富有诗意的宗教梦幻之中，完全失去了现实的感觉，对孩子的教育和训导就由外祖父来管理。我住在他们家的时候，每个月要听一次言辞激烈的训话，其结尾总是感人的吐露真情：

“从此之后，我们之间什么都说。我们已进入一个坦率和真诚的新时代。（他喜欢用好几个词来表达同一个意思，这是他当牧师时留下来的老习惯。）我们不能再有各自的想法，即头脑里不可告人的想法。我们将可以正视对方，面对面，眼对眼。对不对？就这样说定了。”

过后，大家又陷进去了一点，他是在受骗上当方面，孩子们则是在撒谎方面。

这些话主要是对洛拉的一个弟弟说的，他比她小一岁，正经受青春期的折磨，在进行爱情的尝试。（他后来去殖民地经商，我就没有再见到他。）有一天晚上，老人又说了这话，我事后到他办公室去找他。我设法使他理解，他要求他外孙做到的真诚，由于他的执拗而使对方无法接受。这下阿扎伊斯几乎要生气了。

“他只要没有做这种事，就不用羞愧地承认。”他大声说道，那语气不容别人回嘴。

尽管如此，他是个善良的人，甚至比这个还要好：无瑕的美德，以及人们所说的“金子一般的心”，但他的见解十分幼稚。他对我非常器重，是因为他知道我没有情妇。他对我毫不隐瞒地说，他曾希望看到我娶洛拉为妻。他怀疑杜维埃是她合适的丈夫，并再三对我说“她的选择使我感到惊讶”，然后又补充道：“不过，我觉得他是个正直的孩子……您觉得他怎样？……”我回答说：

“是这样。”

一个人逐渐沉溺于虔信之中，就逐渐失去对现实的感觉、兴趣、需要和爱好。我也在弗代尔身上看到这点，虽说我很少和他说话。他们的信仰光彩夺目，使他们无法看到他们周围的世界和他们自己。我心里只想把事情看得一清二楚，所以看到一个虔信的人喜欢用厚厚一层谎言把自己团团围住，只能感到目瞪口呆。

我想让阿扎伊斯谈谈奥利维埃的事，但他对小乔治有着特别的兴趣。

“您别让他察觉您知道我要告诉您的事，”他开始说道，“另外，这事关他的名誉……您想想，您的小外甥和他的几个同学组织了一种小型协会，好像是图强同盟会。他们只吸收他们认为合格并有优良品德的同学，这是一种儿童荣誉军团。您不觉得这事让人高兴？他们每个人都在上衣翻领的饰孔上挂一条小饰带，是的，看起来不很显眼，但我还是发现了。我把这孩子叫到我的办公室里，当我要他对这个标志作出解释时，他起初感到局促不安。可爱的孩子以为我要训斥他。然后，他脸涨得通红，神色十分尴尬，把这个小俱乐部成立的经过告诉了我。您看，对这种事，一点也不能笑，否则就会伤害十分脆弱的感情……我问他：为什么他和同学们做这件事不是公开地做，不是在光天化日之下做？我对他说，他们可能会有多么惊人的宣传力量和传布信仰的力量，他们可能会起到多么美妙的作用……但这种年龄的人喜欢神秘……为了使他相信，我就告诉他，在我那个时候，就是当我在他这个年龄时，我曾参加过一个类似的协会，会员有'义务骑士'这样漂亮的名称，我们每个人都从会长那里领到一本记事册，在上面记下自己的缺点和过失，并且绝对诚实。他微微一笑，我看出记事册的故事使他想出了一个主意。我没有坚持己见，但是，如果他在他的会员们中间推行这种记事册的方法，我是不会感到惊讶的。您看，对这些孩子，必须善于拉拢，你首先要向他们表明你理解他们。我答应他不把此事说给他父母听，同时又劝他把这事告诉他母亲，这样会使她十分高兴。但是，他和同学们看来已用名誉担保过要对此守口如瓶。我要是坚持己见，那将是愚蠢的。但我们在分手之前共同祈求上帝保佑他们的同盟会。"

可怜而又可爱的阿扎伊斯老人！我相信那孩子欺骗了他，相信这一切之中没有一句真话。但是，乔治又怎么能不这样回答呢？……这事我们到以后再设法澄清。

开始时，我已认不出那是洛拉的房间。房间的墙壁已贴上新的墙纸，里面的气氛也完全变了。我感到萨拉也认不出了。然而，我刚才还觉得认得出她。她一直显得对我十分信任。她一直认为，对我什么话都可以说。但我已有好几个月没去弗代尔家了。她的连衣裙袒露出她的双臂和脖子。她看上去长高了，更大胆了。她坐在其中的一张床上，就在奥利维埃旁边，靠着他，而他则随随便便地躺在床上，好像是睡着了。他肯定喝醉了，我看到他这样当然难受，但在我看来他从未像现在这样漂亮。他们四个都多少有点醉了。英国姑娘听到阿尔芒胡说八道就哈哈大笑，笑声尖厉，我听了觉得刺耳。阿尔芒乱说一气，受到这笑声的刺激和鼓励，用蠢话和粗话同这笑声比个高低。他假装想在他姐姐红通通的面颊上或同样是火红的奥利维埃的面颊上点燃香烟，或是在放肆地把他们的前额碰在一起时装出烧痛手指的样子。奥利维埃和萨拉听任他这样玩耍，我看了极其难受。但我不急于先下结论……

奥利维埃还在装睡，但阿尔芒突然问我对杜维埃有何看法。我在一把低矮的扶手椅上坐了下来，对他们喝醉酒后不拘礼节既感到高兴、刺激，又感到局促不安。总之，我很高兴他们请我来，但我恰恰感到在他们中间没有我的一席之地。

由于我想不出话来回答，只好彬彬有礼地微笑，以显得和气氛协调，他就继续说道：“在座的小姐们…… ”这时，那英国姑娘想不让他说话，就追了过去，要用手捂住他的嘴，他挣扎着叫道："这些小姐一想到洛拉要跟他睡觉，都非常气愤。"

英国姑娘放开了他，并装出生气的样子：

"哦！他说的话不能相信。他喜欢说谎。"

"我竭力想使她们明白，"阿尔芒平静地说道，"用两万法郎的嫁妆，不能指望找到更好的丈夫，而她作为真正的基督教徒，首先应该考虑灵魂上的长处，正如我们当牧师的父亲所说的那样。是的，孩子们。另外，如果不像阿多尼斯[①]就得当光棍……或者说得近一点，不像奥利维埃就得当光棍，那么人口又怎样繁殖呢？"

"真蠢！"萨拉低声说道。"你们别听他的，他在胡说八道。"

"我说的是真话。"

我从未听到阿尔芒这样说话。我以前认为，现在仍然认为他生性机灵、敏感。我觉得他的粗俗全是装出来的，这部分是因为喝醉了，但主要还是因为想让英国姑娘高兴。英国姑娘长得漂亮是无法否认的，但喜欢听这种胡言乱语，想必十分愚蠢。奥利维埃能从中找到什么乐趣？……我决定和他单独待在一起时，立刻把我的厌恶告诉他。

"而您，"阿尔芒突然朝我转过身来，"您对金钱并不看重，您有足够的钱来购买高尚的感情，您是否可以告诉我们，您为

---

① 阿多尼斯是希腊神话中的美少年，爱神阿佛洛狄忒的情人。

什么不娶洛拉为妻？您以前看来是爱她的，而且大家都知道，她因爱您而郁郁寡欢。”

在此之前，奥利维埃一直在装睡，这时却睁开了眼睛，我们的目光不期而遇。如果说我没有脸红，那是因为其他人都无法看到我的脸。

“阿尔芒，你叫人难堪。”萨拉说道，仿佛是为了不让我尴尬，因为我想不出话来回答。她开始时坐在床上，后来躺了下来，和奥利维埃靠在一起，这样他们两人的头就碰到了。阿尔芒立刻跳了过去，把靠在床脚边墙上的一个折叠起来的大屏风拿来，像小丑那样把屏风展开，正好遮住床上的一对，然后继续做着滑稽动作，朝我俯下身子，但大声说道：

“您也许不知道我姐姐是个婊子？”

够了。我站了起来，把屏风推倒，屏风后面的奥利维埃和萨拉立刻爬了起来。她头发散乱。奥利维埃下了床，走到盥洗室，用水擦了擦脸。

“您到这儿来。我想给您看一样东西。”萨拉拉着我的手臂说道。

她打开房门，把我拉到楼梯平台上。

“我想这可能会使小说家感到兴趣。这本记事册是我偶然发现的，是爸爸的私人日记，我不知道他为什么没把它放好。任何人都可以拿来看。我把它拿来是为了不让阿尔芒看到。您不要告诉他。这不是很长。您十分钟就能看完，在走之前还给我。”

“但是，萨拉，”我凝视着她说道，“这样做很不妥当。”

她耸了耸肩。

“哦！如果您是这样看的，您就会十分失望。只有一个地方写得有点意思……还有。喏，我来指给您看。”

她从胸衣里拿出一本很小的记事册，是四年前的东西，她翻了一会儿，打了开来，指着上面的一段文字递了给我。

“您快看。”

在一个日期下面，我首先看到加上引号的这条福音书语录：“做小事可靠的人做大事一样可靠。”接着是：“这戒烟的决定，我为什么总是不能当天作出？这只是为了不使梅拉妮（即牧师夫人）难受。我的上帝，请赐予我力量，让我摆脱这可耻的奴役的束缚。”（我觉得我的引文准确无误。）——然后记的是斗争、恳求、祈祷和努力，但肯定都是白费力气，因为每天记的都是这些事。再翻过一页，突然开始记别的事情。

“这相当感人，是吗？”萨拉等我看完之后说道，并讽刺般地噘了噘嘴，但别人难以觉察。

“这比您想的要有趣得多。”我不禁对她说道，但同时又责备自己对她说这话。“您想想，那是在十天不到以前，我问您父亲是否曾试过戒烟。我觉得我自己烟吸得太多，而……总之，您知道他怎么回答我？他首先对我说，他认为人们过多地夸大吸烟的害处，对他来说，他从未感到自己身受其害，但由于我还是问他，他最终对我说：‘是的，我有两三次曾决心戒一段时间烟。’——‘您成功了？’——‘当然喽，’他对我说，仿佛这是不言而喻的事，‘既然我作出了这个决定。’真是不可思议！也许他想不起来了。”我补充道，因为我不想让萨拉看出我怀疑这些话都是假的。

“或者也许是，”萨拉接着说道，“这证明这里写的‘吸烟’是指别的事情。”

这样说话的难道真的是萨拉？我感到震惊。我看了看她，几乎不敢去理解她的意思……这时，奥利维埃从房间里走了出来。他已梳过头，把衣服整理好，显得比刚才平静。

“我们走吧？”他在萨拉面前毫不客气地说道，“时间不早了。”

我们下了楼，刚走到街上，他就对我说：

“我怕您会误会。您可能认为我爱萨拉。不……哦！我也不讨厌她……但我不爱她。”

我抓住他的手臂，紧紧地握了一下，但什么话也没说。

“您也不应该根据阿尔芒今天对您说的话来对他进行评论，”他接着说道，“这是他扮演的一种角色……是不得已的。实际上，他完全不是这样……我无法向您解释。他有一种需要，要毁坏他最珍惜的东西。他像这样是从不久以前开始的。我觉得他十分不幸，他嘲笑是为了掩盖这点。他十分自傲。他父母对他一点也不理解。他们想叫他当牧师。”

《伪币犯》中一章的章前题词：

“家庭……，这社会的牢房。”

保罗·布尔热[①]（在书中好几处）

这章的章名：隔离监禁制。

当然，没有一种（精神的）监狱可以关得住健壮的精神，而促使人们反抗的东西毫无危险之处——虽说反抗可能使性格变坏（它使性格变得内向、反复无常，或使性格变得暴躁、亵渎神明）。不屈从于家庭影响的孩子，使用自己旺盛的精力来摆脱这种影响。但是，妨碍孩子成长的教育虽然束缚了孩子，却使孩子变得强壮。最可悲的牺牲品是谄媚的牺牲品。要厌恶别人对你的奉承，需要何种刚强的性格？我看到过多少父母（特别是母亲）高兴地在他们孩子们身上发现并鼓励他们愚蠢之极的好恶、他们极其错误的偏见、他们的不理解……在吃饭时，“别吃这个。你看，太肥了。把皮去掉。这煮得不大熟……”晚上在外面时，“哦！一只蝙蝠……快躲起来，它会钻到你头发里去的”，等等。在他们看来，鳃角金龟会咬人，蚱蜢会刺人，蚯蚓会让人长出小疙瘩。在各方面都有类似的谬论，如智力方面、道德方面等。

前天我乘环城火车从奥特伊回来时，看到一位年轻的母亲在哄一个十岁的小女孩，并在她耳边低声说道：“你和我，我和你，其他人，都不理。”

（哦！我清楚地知道这些是老百姓，但老百姓也会引起我们

---

① 布尔热（1852—1935），法国小说家、文学评论家，标榜传统的写实主义，著作多为心理哲学小说，主要作品有《残酷的谜》、《门徒》等。

的愤怒。那丈夫坐在车厢的一个角落里，在看报纸，安静而又顺从，但也许不是王八。）

是否能想出比这个更毒的毒药？

未来属于私生子。——“非婚生子！”这个词包含着何等的意义。只有私生子才能做到自然。

家庭的自私……和个人的自私几乎同样丑恶。

十一月六日

我一直无法虚构任何东西。但我在现实面前，犹如画家同模特儿在一起时那样，模特儿对画家说：请给我画出这种姿势，这种和我相配的表情。社会提供给我的模特儿，如果我知道他们的秘密，我就可以让他们按我的意愿来行动，或者在他们犹豫不决之时，我可以提出某些问题，让他们按自己的方式去解决，这样我就可以从他们的反应中得到教益。作为小说家，对他们的命运进行干预、施加影响的需要使我感到烦恼。如果我的想象力更加丰富，我就会虚构出一些情节。我促使情节产生，观察演员，在他们的口述下工作。

十一月七日

我昨天写的一切都不是真的。还有这点：现实是作为一种塑性材料才使我感到兴趣；我对可能发生的事的关注，远远超过对过去发生的事的关注。我对每个存在物的各种可能性兴趣盎然，对被道德的盖子压得萎靡不振的一切痛哭流涕。

贝尔纳只好暂时停止他的阅读。他的视觉变得模糊。他喘不过气来，仿佛他刚才在阅读时忘记了呼吸，因为他的注意力十分集中。他打开窗子，吸足了气，以便重新埋头阅读。

他对奥利维埃的友情显然十分强烈。他没有更要好的朋友，在世上不爱其他任何人，因为他不能爱自己的父母。他的心里目前几乎只有这个，但奥利维埃和他对友情的理解并非完全相同。贝尔纳越是读下去，就越是感到惊讶，越是感到赞赏，不过有点痛苦，他以为十分了解的这位朋友，表现出何等的多样性。这日记上所说的事情，奥利维埃丝毫也没有对他提起过。对于阿尔芒和萨拉，他几乎不知道他们的存在。奥利维埃跟他在一起时，同跟他们在一起时是多么不同！……在萨拉的那个房间里，在那张床上，贝尔纳难道认得出这是他的朋友？在促使他迅速阅读的巨大好奇心中，夹杂着一种模糊的不安：是厌恶或是怨恨。有点像他刚才看到奥利维埃挽着爱德华的手臂时所感到的那种怨恨：一种不能取而代之的怨恨。这种怨恨会带来严重后果，使人做出许多蠢事，就像所有的怨恨一样。

咱们别谈这个了。我以上所说的一切，只是为了在日记的一段段文字中间通通风。现在贝尔纳的呼吸已经畅通，咱们就回到日记中来。他再次沉浸在阅读之中。

十三

对老年人不能要求过高。

——沃夫纳格[1]

爱德华日记（续）

十一月八日

拉佩鲁兹这对老夫妻又搬家了。

他们的新套间我还没有去过，是在中二楼[2]，位于圣奥诺雷区在穿越奥斯曼大街之前形成的那个不大的凹陷处。我按了铃。拉佩鲁兹出来给我开门。他只穿着衬衫，头戴一顶泛黄的白色软帽那样的东西，我后来才发现那是旧的长统袜（肯定是德·拉佩鲁兹夫人的），脚的部分打了个结，就像软帽上的帽球，在他面颊边晃来晃去。他手里拿着一根顶端弯曲的拨火棒。显然，他正在摆弄炉子。我见他仿佛有点尴尬，就对他说道：

"我是否过一会儿再来？"

"不，不……请进。"他说着把我推进一个狭长的房间，两扇临街的窗子开着，正好同路灯一样高。"我这时（当时六点）

---

① 沃夫纳格（1715—1747），法国醒世作家，出身贵族，家境贫寒，所作的唯一文集《认识人类精神的引论》的主题是为人之道，其中《格言集》为传世名作。

② 巴黎的旧式房屋在底楼和二楼之间往往另有一层，比较低矮，但仍是正式房屋。

正在等一个女学生，但她打电话给我说她不来了。看到您，我真高兴。”

他把拨火棒放在一张小圆桌上。他仿佛在对自己衣着随便进行解释：

“德·拉佩鲁兹夫人的女仆让炉子熄灭了，她只在上午来，我只好把炉子出空……”

“我来帮您生炉子，好吗？”

“不，不……这是脏活……但请您让我去穿一件上衣。”

他迅速用小步走出房间，几乎立刻就走了回来，身穿一件薄薄的羊驼毛上衣，上面的纽扣已被拉掉，袖子也已破裂，这样破旧的衣服连送给穷人也送不出手。我们都坐了下来。

“您觉得我变了，是吗？”

我想要否认，但又想不出什么话来对他说，因为我看到在这张过去十分漂亮的脸上显出疲惫的神情，心里非常难受。他继续说道：

“是的，最近一段时间我老多了。我的记忆力开始有点衰退。当我弹奏巴赫①的一个赋格曲时，必须去看乐谱……”

“到这个年纪还会有这样的记忆力，许多青年都会感到满意。”

他摇着头接着说道：

“哦！衰退的不光是记忆力。您看，当我走路时，我自己感

---

① 巴赫（1685—1750），德国作曲家、管风琴家，一生作品丰富，多用复调写成，把巴洛克音乐风格推向顶峰，对西方音乐发展有深远影响。

到走得还相当快，但在街上，现在所有人都能超过我。”

“这是因为，”我对他说道，“现在的人走得比以前快多了。”

“啊！是吗？……这就像我教的课那样：学生们认为我这样上课耽误了她们，她们希望进度再快一点。她们把我给甩了……今天，所有的人都很匆忙。”

他又说了一句，声音是那么轻，我几乎听不清楚：

“我的学生几乎都没了。”

我感到他十分伤心，所以不敢问他。他接着说道：

“德·拉佩鲁兹夫人不想把这事弄清楚。她对我说我做得不得法，说我不想办法去留住她们，更不用说去招新的学生了。”

“您刚才在等的那个学生……”我笨拙地问道。

“哦！那个，是我帮助报考巴黎音乐学院的学生之一。她每天都到这里来练琴。”

“这就是说她不付学费。”

“德·拉佩鲁兹夫人为此老是责备我！她不知道我感兴趣的只有这些钢琴课，是的，这些课是我真正喜欢……上的。一段时间以来我考虑得很多。噢……有件事我想问您：为什么在书里对老年人谈得这么少？……我觉得这是因为老人已没有能力写这些事了，而年轻的时候又不想去管老人。老人不会使任何人感到兴趣……然而，关于他们，却有一些非常有趣的事可以说。对我过去做的一些事，我现在才开始理解。是的，只有当它们完全失去我过去干的时候认为它们具有的意义时，我才开始理解它们……只有现在我才明白，我一生都受骗上当。

德·拉佩鲁兹夫人欺骗我，我儿子欺骗我，所有的人都欺骗我，仁慈的上帝也欺骗我……”

暮色降临。我已几乎看不清我的老教师的面容，但这时旁边的路灯突然亮了，使我看到他面颊上发亮的泪水。起初，我不安地看到他太阳穴上有个奇怪的斑点，像个窟窿，像是个洞，但他稍微一动，这斑点就改变了位置，我这才知道那是栏杆上花叶饰的影子。我用一只手握住他瘦削的手臂。他在发抖。

“您会着凉的，”我对他说道，“您真的不要我帮您把炉火点燃？……咱们来吧。”

“不……得经受锻炼。”

“什么！这是禁欲主义？”

“有点是。由于我喉部娇嫩，所以我一直不戴围巾。我一直在同自己斗争。”

“只要能取得胜利，那当然好，但要是身体受不了……”

他握住我的手，语调严肃，仿佛在告诉我一个秘密：

“那将是真正的胜利。”

他的手放开了我的手。他继续说道：

“我当然担心您走了就不来看我了。”

“走到什么地方去？”我问道。

“我不知道。您经常去旅行。我想告诉您一件事……我也想很快就走。”

“什么！您想去旅行！”我笨拙地说道，装作没有听懂他的意思，虽说他严肃的声音神秘而又庄重。他摇了摇头：

"您十分清楚我说的意思……是的，是的，我知道这时刻就要到了。我赚的钱开始少了，比我应该得到的要少，这使我无法忍受。我决定不能超过某一个点。"

他说话的语调有点兴奋，这使我感到不安：

"您是否也认为这样不好？我一直无法理解，为什么宗教禁止我们这样做。最近这段时间我考虑得很多。在我年轻的时候，我过的是十分刻苦的生活，每当我拒绝一次诱惑时，我就对自己的意志力感到高兴。我并不知道，在我自以为获得解放之时，我却越来越成为我自尊心的奴隶。我每次战胜自己，就等于用钥匙在我囚室的门锁上转动一次。我刚才说上帝欺骗了我，指的就是这个。他使我把我的自尊看做美德。上帝嘲笑了我。他感到高兴。我觉得他戏弄我们就像猫戏弄老鼠一样。他把诱惑放在我们面前，并知道我们无法抗拒它们，而当我们真的能抗拒时，他就对我们进行更多的报复。为什么他要怨恨我们？为什么……我提出老人的这些问题，使您感到厌烦。"

他用双手抱住脑袋，就像是在赌气的孩子，有很长时间一声不吭，使我怀疑他是否忘记了我的存在。我一动不动地待在他的面前，生怕扰乱他的沉思。虽说旁边的街上有嘈杂声，这小房间里的安静仍使我感到非同寻常。虽然路灯像舞台上的脚灯那样自下而上地用灯光把我们照得奇形怪状，窗户两边的阴暗墙面却仿佛同我们周围的黑暗会聚在一起，并凝固不动，仿佛严寒使平静的水面凝固起来那样，一直凝固到我的心里。我最终想摆脱这种焦虑不安的气氛，就粗声粗气地呼吸，想要离开，准备告辞，但出于礼貌，并为了破除这种魔力，就问道：

“德·拉佩鲁兹夫人好吗？”

老人仿佛苏醒了过来。他先是重复道：

“德·拉佩鲁兹夫人……”用的是疑问的口吻，仿佛这些音节在他看来已没有任何意义。然后，他朝我俯下身子，突然说道：

“德·拉佩鲁兹夫人正在可怕地发作……我感到十分痛苦。”

“是什么发作？……”我问道。

“哦！没什么，”他说时耸了耸肩，仿佛这是不言而喻的事，“她完全疯了。她不知道自己在捏造些什么。”

我早就怀疑这对老夫妇龃龉已深，但苦于无法了解更多的内情。

“可怜的朋友，”我同情地说道，“那么……有多少时间了？”

他思考了片刻，仿佛不大明白我的问题。

“哦！有很长时间了……从我认识她时开始。”但他几乎立刻改了口：“不，说实在的，关系变坏，只是从教育我儿子开始的。”

我做出惊讶的样子，因为我以为拉佩鲁兹夫妇没有孩子。他抬起他刚才用双手捂住的前额，用更加平静的声调说道：

“我从未给您说起过我的儿子？……您听着，我想把一切都告诉您。今天您必须知道一切。我要对您说的事，我是不能告诉任何人的……是的，是从教育我儿子开始的，您看，是很久以前的事了。我们结婚初期的生活是美好的。我在同德·拉佩鲁兹夫人结婚时，为人十分纯洁。我对她的爱纯洁无瑕……是的，这是最恰如其分的词，我不会承认她有任何缺点。但是，在教育孩子方面，我们的看法并不相同。每当我想教训我儿子时，德·拉佩鲁兹夫人就站在他一边来反对我，按她的意思，什么事都别去管他。他们联合起来反对我。她教他撒谎……还不满二十岁，他就有了情妇。那是我的一个女学生，是个俄国姑娘，琴弹得很好，我很喜欢这个学生。德·拉佩鲁兹夫人知道这件事，但他们什么都瞒着我，就跟往常一样。当然，我没有发现她怀孕了。什么也不知道，我对您说，我是一无所知。有一天，他们对我说我的学生身体不舒服，说她将有一段时间不来上课。当我说要去看她时，他们又说她的地址变了，说她在旅行……一直到很晚我才知道她是去波兰生孩子的。我儿子也到她那里去了……他们同居了好几年，但他没能和她结婚就死了。”

“那……她，您后来见到她了？”

他在赌气，简直像用额头顶着障碍物：

“我无法原谅她欺骗了我。德·拉佩鲁兹夫人一直和她有通信联系。当我知道她生活十分贫困时，我给她寄了钱……是为了那孩子。但这事，德·拉佩鲁兹夫人一点也不知道。那女人也不知道这钱是我寄的。”

“那您的孙子？……”

一种奇特的微笑在他脸上一掠而过。他站了起来。

“请等一会儿，我把他的照片拿给您看。”他又把头伸到前面，小步跑了出去。他回来后，颤抖的手指在一个厚厚的皮夹子里寻找着那张照片。他把照片递给我时，朝我俯下身子，轻轻地说道：

“照片我是从德·拉佩鲁兹夫人那里拿来的，她没有察觉。她以为是丢了。”

“他几岁了？”我问道。

“十三岁。看上去还要大，是吗？他身体很弱。”

他眼睛里又充满了泪水。他把手伸向照片，仿佛想把它立刻拿回去。我走到路灯暗淡的光线下面。我觉得那孩子像他。我看到孩子也像拉佩鲁兹老人那样长着凸出的宽前额和神色迷惘的眼睛。我觉得把这点说出来会使他高兴，但他表示反对：

“不，不，他像我哥哥，像我那位已去世的哥哥……”

孩子穿着绣花的俄国罩衫，样子古怪。

“他住在什么地方？”

“我怎么会知道呢？”拉佩鲁兹绝望般地大声说道，“我跟您说过，他们什么都瞒着我。”

他把照片拿了回去，看了一会儿，又把它放到皮夹子里，并把皮夹子塞进口袋。

“他母亲来巴黎时，只去看望德·拉佩鲁兹夫人，我要是问夫人，她就回答我说：‘您只要去问她就知道了。’她嘴上这么说，心里却不希望我去看她。她一直在嫉妒。我喜欢的一切，她总是要从我那里夺走……小鲍里斯在波兰接受教育，我想是在华沙的一所中学里。但是，他经常和母亲一起去旅行。”然后，他又十分激动：“喂！会去爱一个从未见过的孩子，您会相信？……啊！这孩子现在是我在世上最亲的亲人……可他一无所知！”

很响的抽噎声不断打断他的话。他从椅子上站了起来，可以说是倒在我的怀里。只要能减轻他的悲伤，我什么事都会去做，但我又能做什么呢？我站起身来，因为我感到他那倚靠着我的身体滑落下来，我觉得他即将跪倒在地。我把他拉住，紧紧地抱着他，像摇孩子那样摇着他。他镇静下来。德·拉佩鲁兹夫人在隔壁房间叫唤。

“她要来了……您不想看到她，是吗？……另外，她耳朵完全聋了。您快走。”他把我送到楼梯平台：“您别过了好长时间还不来看我。（他声音像是在哀求。）再见！再见！”

十一月九日

我感到，有一种悲剧至今为止几乎被文学遗忘。小说注意的是命运的起伏、好运或恶运、社会关系、激情、性格的冲突，但毫不注意存在的本质。

把悲剧搬到道德的层面上，这可是基督教所作的努力。但是，严格意义上的基督教小说是不存在的。存在的只有以感化为目的的小说，但这同我想说的东西毫不相干。道德的悲剧性——它使福音书上的话变得妙不可言：“盐若失了味，怎能叫它再咸呢？”①——才是我所看重的。

---

① 参见《圣经·新约·马太福音》第5章第13句。

十一月十日

奥利维埃要考试了。波利娜希望他以后进巴黎高等师范学校。他的职业已经决定……他要是没有父母，无依无靠，我就让他做我的秘书。但他对我并不在乎，也没有发现我对他有兴趣：我要是让他知道这点，会使他感到尴尬。正是为了不使他感到尴尬，我才在他面前装出冷淡、疏远的样子。只有在他没有看到我时，我才敢从容不迫地注视他。我有时在街上跟随他，而他却并不知道。昨天，我就是这样在他后面走，他突然往回走，我要躲也来不及了。

“你走得这么快，上哪儿去？”我问他。

“哦！哪儿也不去。我只有在无事可做时才显得这样匆忙。”

我们一起走了几步，但无话可说。他被我碰到，一定感到厌烦。

十一月十二日

“他有父母、一个哥哥、一些同学……”我整天在这样想，并觉得我在这里无事可做。他缺少的东西，我都能给他，但他什么也不缺。他什么也不需要。他的温柔使我感到喜欢，但丝毫也不允许我产生误解……啊！荒谬的话，我不由自主地写了出来，这其中显示出我心中的两种不同想法……我明天要乘船去伦敦。我突然决定离开这里。是时候了。

离开是因为太想留下！……对艰险的某种喜爱和对纵容的厌恶（我指的是对自己的纵容），也许是我早期接受的清教徒教育中最难清除的东西。

昨天在史密斯文具店买了一本正宗英国式的练习簿，来替换这本，我已不想在这本上写下任何东西。一本新的练习簿……

啊！我要是可以不走就好了！

十四

有时在生活中会发生一些意外事件，要有一点疯劲才能从中摆脱出来。

——拉罗什富科①

贝尔纳最后看的是夹在爱德华日记中的洛拉的信。他感到头晕目眩：他毫不怀疑在信中哀号的女人就是奥利维埃昨天夜里对他说的那个哭泣的女人，即被樊尚·莫利尼埃抛弃的情妇。贝尔纳突然感到，由于他朋友和爱德华日记向他吐露的隐情，他是唯一知道这件事正反两个方面的人。这个优势他是不会长期保持的，所以要迅速行动，而且要谨慎行事。贝尔纳立刻作出决定：他读到的东西都记在心里，但他关注的只有洛拉。

---

① 拉罗什富科（1613—1680），法国伦理作家，出身贵族，曾参加投石党反王政的战争，著有《箴言录》5卷，内容主要表现其愤世嫉俗的思想。

“今天上午，我还不知道应该做什么事情，现在我已不再怀疑，”他心里想道，并冲出房间，“正如另一位所说的那样，绝对命令是拯救洛拉。我的义务也许不是拿走手提箱，但拿了之后，我肯定从手提箱中得到了强烈的义务感。重要的是在爱德华去见洛拉之前出其不意地去看她，向她作自我介绍，介绍时不能使她以为我是无赖。其他的事就好办了。现在我皮夹子里有的是钱，可以毫不吝啬地帮助不幸的人，就像爱德华那样最为慷慨、最富有同情心的人。唯一使我感到为难的是使用的方法。娘家姓弗代尔的洛拉虽说怀着非婚生的孩子，可能仍十分难弄。我情愿把她想象成那种悍妇，会把你骂得狗血喷头，并把你出于好意而放在不大好看的信封里递给她的钞票撕成碎片。这些钞票怎么给她呢？我怎么自我介绍呢？这就是关键所在。只要走出合法的范围，离开行人众多的道路，那就是怎样的丛林？要进入如此复杂的故事之中，我看来还嫌嫩了点儿。但是，当然喽！这对我有用处。咱们来编造一个坦率的表白，编造一个故事，使她对我同情并产生兴趣。难的是这个故事对爱德华也要管用，相同的故事，又不能自相矛盾。啊！咱们想出来了。就指望即时的灵感吧……”

他走到博纳街，即洛拉写的地址。旅馆极为简陋，但很干净，外表也过得去。在门房的指点下，他来到了四楼。在十六号房门前，他停了下来，想在进去前作些准备，想出一些话，但什么也想不出来，就鼓起勇气，敲了敲门。门里传出像姐妹般温柔的声音，他感到这声音有点慌张：

“请进。”

洛拉穿得十分简朴，衣服全是黑色，就像在戴孝。她在巴黎已有几天，一直在悄悄地等待着某件事发生或某个人到来，以使她摆脱绝境。她误入歧途，这是无法怀疑的，她也感到自己迷了路。她有一种可悲的习惯，一心指望外界的力量，而不是指望她自己。她并非没有美德，但感到自己被人抛弃，没有丝毫的力量。她看到贝尔纳进来，就抬起手捂住脸，仿佛想忍住一声叫喊，或是想不让自己的眼睛看到过于强烈的光线。她站着，后退了一步，在窗前用另一只手抓住窗帘。

贝尔纳等着她向他问话，但她默默地等待着他开口。他看着她，想要微笑，但笑不出来，心里怦怦直跳。

“请原谅我，夫人，”他最终说道，“这样来打扰您。爱德华·X，我知道您认识他，他已于今天上午来到巴黎。我有一件紧急的事要告诉他。我想您可以把他的地址告诉我，另外……请原谅我这样随便地来问您要地址。”

贝尔纳如果不是这样年轻，洛拉也许会感到害怕。但他还是一个孩子，眼睛如此真诚，前额如此明净，动作如此慌张，声音如此犹豫，在他的面前，害怕会让位于好奇、兴趣和无法抗拒的好感——天真、漂亮的孩子都会使人产生这种好感。在说话时，贝尔纳的声音变得有点自信。

“但我不知道他的地址，”洛拉说道，“如果他在巴黎，我想他会立刻来看我的。请告诉我，您是谁。我会对他说的。”

贝尔纳心里想，这可是孤注一掷的时候。一个淘气的想法在他眼前闪过。他正面看着洛拉：

“我是谁？……奥利维埃·莫利尼埃的朋友……”他还在犹豫、怀疑，但看到她听到这个姓就脸色发白，就大胆地说道：“奥利维埃的哥哥是樊尚，就是卑鄙地把您抛弃的情夫……”

他只好停住：洛拉摇摇晃晃就要倒下。她放在后面的双手在焦急地寻找着一个支撑的地方。但最使贝尔纳感到不安的是她发出的呻吟，这呻吟简直不是人发出来的，而像是受伤的猎物发出来的（猎人觉得自己残忍，突然有了羞耻的感觉），这叫声是多么奇特，同贝尔纳想象的完全不同，使他不禁打了个寒战。他突然明白，这是真正的生活、真正的痛苦，他在此以前感到的一切，在他看来只是一种装饰和游戏。一种激动在他心中产生，这种激动是他从未有过的，使他无法控制，竟上升到他的喉咙口……什么！他在抽噎？这可能吗？他，贝尔纳！……他急忙上前将她扶住，跪倒在她的面前，抽噎着低声说道：

“啊！对不起……对不起，我刺伤了您……我得知您的困难，并且……我想帮助您。”

但是，洛拉气喘吁吁，感到自己已支持不住。她用眼睛寻找可以坐的地方。贝尔纳抬起眼睛看着她，理解了她的目光。他朝床脚边的一把小扶手椅跳了过去，迅速把它挪到她的身旁，她重重地倒在椅子上。

这时发生了一件意外的事，十分滑稽，我不知该不该说出来，但这件事决定了贝尔纳和洛拉的关系，使他们意外地摆脱了尴尬的局面。因此，我不想故意把这个场景写得高雅。

从洛拉出的房钱来看（我的意思是旅馆老板要她出的钱），我们不能指望房间的家具十分雅致，但至少有权希望它们是牢固的。然而，贝尔纳挪到洛拉身边的低矮扶手椅却有点跛脚，就是说它非常喜欢把一只脚收起来，如同鸟把脚收到翅膀下面，这对鸟来说是正常的，但对扶手椅来说却是反常的和令人遗憾的，因此，它用浓密的流苏来掩盖自己的残疾，而且遮盖得尽善尽美。洛拉了解她这把扶手椅，并知道在使用时必须极其小心，但她在心烦意乱之时没有想到这点，只是在坐到上面椅子摇晃时才想了起来。她突然叫了一声，这叫声和刚才长时间的呻吟声完全不同，她向旁边滑了下去，并在片刻之后坐到地毯上，被急忙跑过去的贝尔纳一把抱住。他感到尴尬，但又觉得好玩，不禁跪倒在地。这样一来，洛拉的脸同他的脸十分接近。他看到她脸红了。她想爬起来。他就把她扶了起来。

“您没有跌痛吧？”

“没有，谢谢，多亏您在。这扶手椅真怪，已经修过两次……我想，只要把那只脚放直，就可以坐了。”

“我来修，”贝尔纳说道，“好了！……您想试一试吗？”然后又改了口：“对不起……为了谨慎起见，还是先让我来试试。您看，现在可以坐了。我可以把两条腿都翘起来（他说着就把腿翘了起来，一面笑着）。然后，他站了起来：“您再坐下，如果您允许我再待一会儿，我就去拿一把椅子。我坐在您的旁边，不让您倒下来。您别害怕……我想为您做点别的事。”

他的话这么热情，他的举止这么稳重，他的姿势又这么优美，洛拉不禁微笑起来：

“您还没有把您的姓名告诉我。”

“贝尔纳。”

“是的，但您的姓呢？”

“我没有姓。”

“就说您父母的姓。”

“我没有父母。就是说，我同您将要生的孩子一样，是私生子。”

微笑突然从洛拉的脸上消失。她对他执意要了解她的隐私、揭开她的秘密感到气愤：

“但是，您是怎么知道的？……是谁告诉您的？……您无权知道……”

贝尔纳已经豁出去了，他放胆大声说道：

“我既知道我的朋友奥利维埃知道的事，也知道您的朋友爱德华知道的事。但是，他们俩人都还只知道您的一半秘密。我也许是跟您一样唯一知道全部秘密的人……您清楚地知道，我必须成为您的朋友。”他语气温和地补充道。

“男人们真不知趣，”洛拉伤心地低声说道，“但是……您要是没有见到爱德华，他就不可能告诉您。他难道给您写信了？……是他派您来的？”

贝尔纳露出了马脚，他刚才说得太快，是想要炫耀一下自己。他否定地摇摇头。洛拉的脸色越来越阴沉。这时，听到有人敲门。

不管他们是否愿意，共同的激动使俩人之间产生了一种联系。贝尔纳感到自己落入圈套，洛拉感到气恼的则是她要被人发现有人陪伴着她。他们像同谋那样四目对视。外面又敲了门。他们俩异口同声地说道：

“请进。”

爱德华已在门口听了一会儿，惊讶地听到洛拉的房间里有说话的声音。贝尔纳最后说的几句话使他心里有了底。他无法怀疑这些话的含义，他也无法怀疑说话的那个人偷了他的手提箱。他立刻作出决定。像爱德华这样的人，其官能在日常生活中会处于麻木状态，但一旦碰到意外事件，就会立刻活跃起来，并处于紧张状态。他把门打开，但站在门口，面带微笑，依次看了看贝尔纳和洛拉，他们俩都已站了起来。

“对不起，亲爱的朋友，”他对洛拉说道，并做了个手势，仿佛表示等以后再谈感情的事，“我想先和这位先生说几句话，如果他同意到走廊里来一下。”

当贝尔纳走到他跟前时，他的微笑带有更多的讥讽。

“我想可以在这里找到您。”

贝尔纳知道自己的事已被揭穿。他只有用大胆来进行弥补。他这样做了，并感到自己在孤注一掷：

“我当时希望在这里遇到您。”

“首先，如果这件事您还没做（因为我希望您来此是为了这件事），那么就请您到楼下服务台把杜维埃夫人的账单结清，就用您在我手提箱里找到的钱，这钱您想必带在身上。过十分钟您再上来。”

这些话都是相当严肃地说出来的，但语调中没有丝毫的威胁。这时，贝尔纳恢复了镇定。

“我确实是为这件事而来的。您没有看错。我开始觉得我也没有看错。”

“您这话是什么意思？”

“意思是您正是我所希望的人。”

爱德华徒劳地想要显出一本正经的样子。他心里非常高兴。他嘲弄般的微微鞠了个躬：

“我感谢您。现在要看您如何做了。我想，既然您在这里，您已经看过我的文件？”

贝尔纳连眉头也不皱，忍受住爱德华的目光，也微微一笑，而且笑得大胆、高兴、放肆，并鞠了一躬：

“毫无疑问。我在此为您效劳。”

说完，他像精灵一般冲下楼梯。

当爱德华回到房间时，洛拉正在抽噎。他走到近前。她把额头靠在他的肩膀上。感情的表露使他感到尴尬，他觉得几乎无法忍受。他不禁轻轻地拍拍她的背，就像对正在咳嗽的孩子所做的那样。

“可怜的洛拉，”他说道，“好啦，好啦……您要理智。”

“哦！让我哭一会儿，这样我舒服点。”

“但还是得知道，您现在想怎么办。”

“您要我怎么办呢？您要我去哪儿？您要我跟谁去说呢？”

“您父母……”

“您了解他们……这样会使他们感到绝望。为了我的幸福，他们已尽了全力。”

“杜维埃呢？……”

“我绝不敢去见他。他这么善良。您别以为我不爱他……要是您知道……要是您知道……哦！您说，您没有过于看不起我吧。”

“恰恰相反，我的小洛拉，恰恰相反。您怎么会这样想？”他又开始拍她的背。

“确实，在您身边，我就不再感到羞耻了。”

“您在这儿有几天了？”

“我弄不清了。我活着只是为了等您来。有时候，我实在受不了了。现在我感到不能待在这儿了，连一天也不行。”

她抽噎得更加厉害，几乎是在喊叫，但声音却像哽住那样。

“请把我带走。请把我带走。”

爱德华越来越局促不安。

“您听着，洛拉……您要冷静。那个……另一位……我甚至不知道他叫什么名字……”

“贝尔纳。”洛拉低声说道。

“贝尔纳过一会儿再上来。来吧，您站起来。不能让他看到您这样。振作点。我们会想出一个办法，我答应您。好吧！把您的眼泪擦干。哭是没有用的。您照照镜子。您的脸通红。用一点水擦擦您的脸。我看到您哭，就什么也想不出来了……瞧！他来了，我听到声音了。”

他走到门口，把门打开，让贝尔纳进来，而洛拉则把背对着他们，在梳妆台前让脸上恢复平静的神色。

“现在，先生，我是否能问您，什么时候我可以收回我个人的衣物？”

他说这话时正视着贝尔纳，嘴唇上仍挂着讥讽的微笑。

“随时奉还，先生，但我还是要向您承认，您失去的这些衣物，我肯定比您更加需要。我相信，只要您知道了我的事，您就会理解这点。您只要知道，从今天早晨起，我就失去了住所、家和家庭，如果我没有遇到您，我就准备跳到河里。今天上午，我跟在您后面走了很长时间，当时您在和我的朋友奥利维埃谈话。关于您的事，他以前和我谈得很多！我当时想和您搭讪。我就寻找一种借口，一种办法……当您把寄行李的收据扔掉时，我为好运而感到庆幸。哦！ 请别把我看做小偷。我拿走您的手提箱，主要是为了能同您接触。”

这些话，贝尔纳几乎是一口气说出来的。一种奇特的热情使他的话和他的表情变得生动活泼，人们会说这是善良。从爱德华的微笑可以看出，他觉得这孩子十分可爱。

“那现在呢？……”他问道。

贝尔纳知道自己赢得了地盘：

“那现在，您不是需要一个秘书？我并不认为我做不好这个工作，因为我会十分愉快地去做。”

这一次，爱德华笑了起来。洛拉看着他们俩人，感到有趣。

“唷！……这要再研究一下，咱们来考虑考虑。明天您在同一个时间到这里来找我，要是杜维埃夫人允许的话……因为我也有许多事情要同她一起作出决定。我想，您住在一个旅馆里？哦！我不是一定要知道在哪里。这对我并不重要。明天见。”

他向他伸出了手。

“先生，”贝尔纳说道，“在离开您之前，您也许可以让我提醒您，一位可怜的钢琴老教师住在圣奥诺雷区，我觉得他姓拉佩鲁兹，如果您去看他，他会感到十分高兴。”

“啊，一开始就这样，倒是不错，您对您未来的工作了解得十分清楚。”

“那么……真的，您同意了？”

“这事我们明天再谈。再见。”

爱德华在洛拉那里待了一段时间之后，就去了莫利尼埃家。他想见到奥利维埃，以便谈谈贝尔纳。他只看到波利娜，虽说他拼命延长拜访的时间。

当天下午，奥利维埃因他哥哥向他转达的恳切邀请，前往《单杠》的作者帕萨旺伯爵府。

十五

“我正担心您哥哥没有把口信带给您呢。”罗贝尔·德·帕萨旺看到奥利维埃进来就说道。

“我迟到了?”奥利维埃说道。他胆怯地往前走，几乎是踮着脚走。他手里拿着帽子，罗贝尔接了过来。

“您把这个脱掉。别拘束。喏，坐在这把扶手椅上，我想您不会太不舒服。根据座钟，我看一点也没有迟到，但我见到您的愿望，要比这钟走得快。您抽烟吗?”

“谢谢。”奥利维埃说着把帕萨旺伯爵递给他的烟盒推开。他谢绝是因为羞怯，虽说他很想尝尝他看到放在烟盒里的琥珀色的上等香烟，这也许是俄国香烟。

“是的，我很高兴您能来。我担心您要准备考试，无法分身。什么时候考?”

“过十天考笔试。但我能花的时间已经不多。我觉得我准备好了，主要担心考的那天会太累。”

“您现在是否不想做其他事情?”

“不是……只要事情不是太多。”

“我来告诉您，我为什么要请您来。首先，很高兴见到您。那天晚上，在幕间休息时，我们在剧院的休息室谈过一些话……您当时对我说的话，我很感兴趣。您也许记不起来了?”

“不，不。”奥利维埃说道。他觉得当时只说了些蠢话。

“但在今天，我有一些确切的事要对您说……我觉得您认识一个名叫迪梅尔的犹太人？他是不是您的一个同学？”

“我刚才还和他在一起。”

“啊！你们经常见面？”

“是的，我们约好在卢浮宫见面，讨论出一本杂志的事，他将出任该杂志社社长。”

罗贝尔大笑起来，笑得不大自然。

“啊！啊！啊！社长……他真行！他真快……他真是这样对您说的？”

“他跟我谈这件事已经有很久了。”

“是的，我考虑此事已有相当长的时间。有一天我偶然问他是否愿意和我一起看稿件，他立刻把这事称之为：当主编，我让他去说，并立刻……他就是这样，您不觉得吗？真怪！他需要别人教训他一下……您真的不抽烟？”

“那好吧，抽，”奥利维埃这次同意了，就说道，“谢谢。”

“请允许我对您说，奥利维埃……您是否同意我叫您奥利维埃？我不能把您看做‘先生’，您年纪实在太轻了，另外我和您哥哥樊尚交情很深，所以不能称您为莫利尼埃。那么，奥利维埃，请允许我告诉您，我无限信任的是您的鉴赏力，而不是西迪·迪梅尔的鉴赏力。您是否同意担任这本文学杂志的领导工作？当然在一定程度上是在我的监督之下，至少是在创办的初期。但是，我希望我的名字不要出现在封面上。我以后再对您解释其中的原因……您也许要喝一杯波尔图葡萄酒，嗯？我有上等的波尔图酒。”

他伸手在一张小小的酒菜台子上拿了一瓶酒和两只杯子，并把杯子倒满。

“那么，您看怎样？”

“酒确实很好。”

“我和您说的不是波尔图葡萄酒，”罗贝尔笑着说道，“而是我刚才对您说的事。”

奥利维埃是假装没有听懂。他不想同意得太快，也不想过多地显露出自己的喜悦。他有点脸红，并含含糊糊地说道：

“我的考试使我不……”

“您刚才对我说，您准备考试花的时间不多，”罗贝尔打断了他的话，“另外，杂志也不是马上就要出。我甚至在想，是否把杂志推迟到开学时再出。但是，不管怎样，总得先问您一下是否愿意干。在十月份以前要把好几期的稿件都准备好，今年夏天我们必须经常见面，以商量这件事。您这个暑假准备做什么？”

“哦！我不大清楚。我的父母也许要去诺曼底，就像往年的夏天那样。”

“您是否一定要跟他们一起去？……您是否能和他们分开一段时间？……”

“我母亲是不会同意的。”

“今天晚上我要和您哥哥一起吃饭。您是否允许我同他谈起此事？”

“哦！樊尚，他不和我们一起去。”说完，他觉得这句话是答非所问，就补充道：“另外，这样不会有任何用处。”

“那么，要是能对您妈妈说出充分的理由呢？”

奥利维埃没有作出任何回答。他十分喜爱他的妈妈，罗贝尔谈到她时的嘲弄口吻使他感到不快。罗贝尔明白自己这一步走得太快了一点。

“那么，您喜欢我的波尔图酒喽，”他换个话题说道，“您是否再来一杯？”

“不，不，谢谢……不过这酒很好。”

“是的，那天晚上，我对您见解的成熟和准确感到十分惊讶。您不想搞文学批评？”

“不。”

“写诗？……我知道您写诗。”奥利维埃又脸红了。

“是的，您哥哥出卖了您。您也许认识愿意为杂志撰稿的其他青年……必须使这个杂志成为团结青年的一面旗帜。这就是它存在的理由。我希望您能帮助我写一篇像宣言那样的介绍文章，指出新的倾向，但不必过于确切。这事我们以后再谈。要选择两三个修饰语，不要新词，要十分常用的旧词，我们将赋予它们全新的含义，并使它们被人接受。福楼拜之后有了‘匀称的和有节奏的’，勒孔特·德·李勒[①]之后有了‘庄严的和确定的’……啊，您觉得‘生机勃勃的’怎样？……‘无意识

---

① 勒孔特·德·李勒（1818—1894），法国诗人，巴那斯派的主要代表人物，作品怀古厌世，充满悲观思想，著有《古代诗篇》、《蛮族诗集》、《悲剧诗》等。

的和生机勃勃的’……不行？……‘本原的、健壮的和生机勃勃的’？”

“我觉得还可以想出更好的。”奥利维埃大胆地说道。他面带微笑，但看来不是完全同意。

“来吧，再喝一杯波尔图酒……”

“请您别倒得太满。”

“您看，象征派的最大缺点，是仅仅带来了一种美学。所有重要的流派所带来的，除了一种新的风格之外，还有一种新的伦理学、一种新的规则和新的原则、一种新的观察方式以及理解爱情和生活表现的新方式。象征主义者十分简单：他在生活中毫无表现，他不想理解生活，他否定生活，他不去理睬生活。这是荒谬的，您不觉得吗？这些人没有食欲，甚至不爱美食。和我们这些人不一样……是吗？”

奥利维埃已喝完第二杯波尔图酒，抽完第二支烟。他半闭着眼睛，半躺在舒适的扶手椅上，一声不哼，用微微点头来表示同意。这时，听到有人按铃，一个男仆立刻走了进来，把一张名片递给罗贝尔。罗贝尔接过名片，看了一眼，把它放在身边的写字台上：

“好的。请他稍等片刻。”男仆走了出去。“您听着，小奥利维埃，我非常喜欢您，我觉得我们一定会合作得很好。但现在我必须接待一位客人，他想和我单独谈谈。”

奥利维埃站了起来。

“我让您从花园出去，要是您同意……啊！我想起来了：把我的新书送给您，您喜欢吗？我这里正好有一本是用高级荷兰纸印的……”

“这本书我没有等您送就看了。”奥利维埃说道。他不大喜欢帕萨旺的书，就说了这句既不想奉承又表示友好的话来应付。帕萨旺是否在这句话的语调里听出一点轻蔑的味道？他很快就接着说道：

“哦！您别跟我谈这本书。如果您对我说您喜欢它，我就只好怀疑您的鉴赏力或是您的真诚。不，对这本书的缺点，我比任何人都要清楚。这书我写得太快。说实话，我在写这本书时，一直在想下面那本书。啊！那本书我可是看重的，我对它看得很重。这点您会看到，一定会看到……我很抱歉，现在您必须让我单独留在这里……除非……不行，不行，我们之间还了解得不多，另外您的父母一定在等您吃晚饭。好吧，再见。回头见……我来把您的名字写在书上。对不起。”

他站了起来，走到写字台旁。当他俯首写字时，奥利维埃往前走了一步，用眼角看了看男仆刚才送来的名片：

维克托·斯特鲁维卢

这个名字他毫无印象。

帕萨旺把一本《单杠》递给奥利维埃，奥利维埃想要看书上的题词。

“这个您以后再看。”帕萨旺把书塞在他的腋下时说道。

奥利维埃走到街上，才看到这摘自书中的章首题词，帕萨旺伯爵刚才亲手抄写下来，作为给他的题词：

“我求求您，奥兰多，请再走几步。我还没有十分把握，不敢认为自己对您完全理解。”

在下面他又写上：

送给奥利维埃·莫利尼埃，我未来的朋友

罗贝尔·德·帕萨旺伯爵

题词的含义模棱两可，使他想得出神，他可以随心所欲地作出解释。

奥利维埃回到家里时，爱德华刚走，他等得不耐烦了。

十六

樊尚的实证文化观使他无法相信超自然的东西，这就使魔鬼获益匪浅。魔鬼不是正面攻击樊尚，而是偷偷地从侧面对他进攻。他的一个巧妙之处，是使我们上当受骗，把失败看做胜利。樊尚认为自己这样对待洛拉，是他的意志战胜他的情感本能的结果，他之所以这样认为，是因为他天生善良，非得要拼命逼着自己才能对洛拉冷酷无情。

我仔细研究了这个故事中樊尚性格的演变，发现可分为几个阶段，在下面列出，以告知读者：

1. 动机良好的阶段。为人正直。真心想要弥补所犯的错误。在这种情况下，在道德上尽到责任，把他父母省吃俭用节省下来给他开业的钱送给洛拉。这不是自我牺牲？这动机难道不显得合乎情理、慷慨大方、慈善为怀？

2. 不安的阶段。顾虑重重。怀疑这笔钱是否够用，这在魔鬼用赢钱的可能性来引诱樊尚时，不就是准备屈从？

3. 灵魂的坚定和力量。在输掉这笔钱之后，必须感到自己"超脱厄运"。这种"灵魂的力量"使他能向洛拉承认他在赌博时把钱输光，同时使他和洛拉一刀两断。

4. 放弃良好动机。樊尚要为自己的行为辩护，必须想出一种新的伦理，而在新的伦理看来，动机良好是在骗人。由于他仍是讲道德的人，所以魔鬼要制服他，必须向他提供能自圆其说的理由。内在论，瞬间整体论，无偿的、即时的和无动机的快乐论。

5. 赌赢者的陶醉。对谨慎的蔑视。至高无上。

这时，魔鬼赢了。

这时，自以为自由自在的人，只是为魔鬼效劳的工具。只要樊尚还没有把弟弟交给魔鬼的帮凶帕萨旺，魔鬼是不会罢休的。

然而，樊尚并非坏人。尽管如此，他仍感到不满足、不自在。咱们再来作一些补充：

我认为，人们所说的“异国趣味”，就是玛耶女神[①]纱丽多彩的皱褶，在它面前，我们的灵魂感到自己如同陌路，它使我们的灵魂失去支点。有时，某种美德会进行抵抗，魔鬼在攻击它之前，先让它背井离乡。如果他们不是来到新的天地之中，不是远离他们的父母，不是淡忘他们过去的种种往事以及对他们行为的后果所负的责任，洛拉也许就不会委身于樊尚，樊尚也不会想到要勾引她。也许在他们看来，这种爱情行为，在那里时已不去考虑……还有许多话要说，但上面说的已经足以使我们对樊尚有更加清楚的了解。

在莉莲身边，他也有背井离乡的感觉。

“你别笑我，莉莲，”他在当天晚上对她说道，“我知道你是不会理解我的，但我需要和你说话，仿佛你会理解我，因为从此以后，我无法使你离开我的思想。”

莉莲躺在低矮的长沙发上，他半卧在莉莲的脚边，爱恋地把头枕在他情妇的膝盖上，她则多情地抚摸着他的头。

“今天上午使我担心的是……是的，也许是害怕。你可以严肃一会儿吗？为了理解我，你是否可以忘却一会儿，不是忘记你相信的东西，因为你什么也不相信，而是忘记你什么也不相信？我也是，我过去什么也不相信，这你知道，什么也不相信，只相信我们自己，只相信你，只相信我，只相信我能和你在一起，只相信依靠你，我将成为……”

---

① 玛耶女神是印度教的虚幻女神，系湿婆神之妻。

“罗贝尔七点钟来，”莉莲打断了他的话，“这不是为了催促你，但如果你不说得再快一点，那么等到他来的时候，正是你开始说得有趣的时候。我想你是不喜欢在他面前继续说下去的。真奇怪，你觉得今天要这样小心谨慎。你就像一个瞎子，每走一步，都要用棍子在你的脚要踩上去的地方戳一下。然而你看到，我仍然保持庄重。你为什么没有信心？”

“自从认识你以来，我信心十足，”樊尚接着说道，“我能做许多事，这点我感觉到了。你看，我做什么都成功。但恰恰是这点使我感到害怕。不，你别说……我整天都在想你今天早上告诉我的关于勃艮第号遇险的情况，以及那些想爬到救生艇上的人被砍掉双手的事。我感到有个人想爬到我的救生艇上——这是为了让你知道，我在使用你的形象——但我不让他爬上来……”

“那你是希望我帮你把他淹死，胆小鬼！……”

他没有看她，继续说道：

“我把这人推开，但我听到他的声音……这声音你从未听到过，我是在小时候听到的……”

“这声音在说什么？你不敢再说一遍。这点我不感到惊讶。我敢肯定，这里面有教理。嗯？”

“但是，莉莲，你要理解我：我摆脱这些想法的唯一办法，就是把它们说给你听。如果你要嘲笑，我就只好把这些想法留在我一个人的心里，但它们会把我毒死。”

“那么，你就说吧。”她露出顺从的神色说道。由于他不开口，并像孩子那样把前额藏在莉莲的裙子里，她就说道：“说吧！你在等什么？”

她抓住他的头发，迫使他抬起头来：

“他真的把这事看得认真了，我敢肯定！他脸色苍白。你听着，我的宝贝，要是你想装得像孩子那样，我可是一点也不喜欢。要什么，就必须去要。另外你知道：我不喜欢作弊的人。你想偷偷地让人爬到你的救生艇上来，但那人根本就不要爬上来，你是在作弊。我愿意跟你玩，但要玩得光明正大，并要告诉你：这是为了使你成功。我认为你能成为重要的大人物，我感到你身上有很大的智慧和力量。我想帮助你。有许多女人把她们所爱的男人的前程给毁了，但我所希望的恰恰相反。你已经对我说过，你想放弃医学，从事自然科学的研究，你曾经感到遗憾，没有足够的钱来这样做……首先，你刚在赌博中赢了钱，五万法郎已经是不小的数目。但你得保证不再赌博。我会向你提供你需要的所有钱，条件是如果有人说你受人供养，你要听了满不在乎。”

樊尚已站了起来。他走到窗前。莉莲接着说道：

“首先，为了同洛拉一刀两断，我觉得你可以把你答应给她的五千法郎给她送去。现在你有钱了，你为什么不信守诺言？是否因为你要使自己感到你对她罪孽更加深重？我可一点也不喜欢这样。我厌恶粗暴的行为。你是不会干净利落地把别人的手砍下来的。做完这事，我们就到最适合你工作的地方去度过这个夏天。你对我说过罗斯科夫①，但我更喜欢摩纳哥②，因为我认识亲王，他可以带我们在海上巡航，可以让你在他的研究所里工作。”

樊尚沉默不语。他当时不想告诉莉莲，并在以后才告诉她，在来找她之前，他已去过洛拉绝望地等待着他的那个旅馆。他希望自己能感到终于还清了这笔债，就把那几张她已不再指望得到的钞票塞进一个信封。他把这个信封交给一个侍者，在门厅里等候侍者把信封亲手交给她的确切消息。过了一会儿，侍者走到楼下，把信封又拿了回来，只见洛拉在信封中央写道：“太晚了。”

莉莲按了铃，叫人把她的大衣拿来。女仆出去后，她说道：

“啊！我想在他来之前告诉你：如果罗贝尔要你用五万法郎去投资，你可要当心点。他很有钱，但总是缺钱用。你去看看，我觉得听到了他汽车的喇叭声。他早到了半个小时，那也好……至于我们刚才说的事……”

“我来得早了，”罗贝尔进来时说道，“因为我想过，到凡尔赛去吃晚饭会十分有趣。您看好吗？”

“不好，”格里菲思夫人说道，“蓄水池③使我感到受不了。我们不如去朗布耶④，时间很宽裕。在那里我们吃得要差一点，

① 罗斯科夫是法国西北部菲尼斯泰尔省港口城市，濒临拉芒什海峡。

② 摩纳哥是法国东南部国家摩纳哥公国的首府，濒临地中海。

③ 指凡尔赛的蓄水池公馆，1752 年为蓬巴杜夫人而建造。

④ 朗布耶是法国伊夫林省城镇，位于凡尔赛西南部，城旁有闻名的别墅和大片森林，是巴黎人喜爱的旅游地。

但我们会谈得更舒服。我希望樊尚给你讲讲鱼类的故事。他知道的故事令人惊讶。我不知道他说的是否真的，但这比世界上最好看的小说还要有趣。”

“小说家也许不会这样看的。”樊尚说道。

罗贝尔·德·帕萨旺的手里拿着一份晚报。

“您是否知道，布律尼亚尔刚被任命为司法部办公室主任？这是给您父亲授勋的时候了。”他在转向樊尚时说道。樊尚耸了耸肩。

“亲爱的樊尚，”帕萨旺接着说道，“请允许我告诉您，要是您不请他帮这个小忙——他将会十分高兴地拒绝您——您会使他非常生气。”

“那您是否先请他给您帮这个小忙？”樊尚回击道。

罗贝尔故意噘了噘嘴：

“不，我献殷勤可不会脸红，即使是为了获得勋章。”然后他转向莉莲：“您要知道，人到四十，既无麻子又无勋章，在今天这种人可是凤毛麟角！”

莉莲微笑着耸了耸肩：

“为了说出一句风趣话，他情愿变成老头！……您说说，这是您下一本书里的一条语录？天会变凉……你们先下去，我穿好大衣后再下来。”

“我以为您不想再见到他了？”樊尚在楼梯上问罗贝尔。

“谁？布律尼亚尔？”

“您以前觉得他这么蠢……”

“亲爱的朋友，”帕萨旺从容不迫地回答道，他在一级楼梯上停了下来，把一条腿抬起来，不让莫利尼埃下去，因为他看到格里菲思夫人下来，希望她听到他的话，“您要知道，经过时间较长的交往之后，我的朋友中没有一个不给我留下愚蠢的证据。我可以向您证明，布律尼亚尔经受这个考验的时间，比其他许多人都要长。”

“也许比我要长？”樊尚接着说道。

“尽管如此，我仍是您最好的朋友，这点你看得很清楚。”

“这在巴黎称之为‘风趣’，”莉莲走到他们那里时说道，“您得小心，罗贝尔，它凋谢得比任何东西都快！”

“您放心，亲爱的，词语只有在印刷时才会凋谢！”

他们在汽车里坐好之后，车就开了。由于他们的谈话仍然十分风趣，我无须在此进行转述。他们在一家旅馆露天座上的餐桌旁坐了下来，前面是一座花园，降临的夜幕使花园里阴影密布。由于是夜晚的缘故，他们的话渐渐变得沉闷起来。在莉莲和罗贝尔的催促下，最后只有樊尚一人在说话了。

十七

“我对动物更感兴趣，而对人类却不大感兴趣。”罗贝尔这样说。樊尚回答道：

“也许您认为人类和它们的区别太大。其实，畜牧学中的重大发现，都在人类的认识中引起了反响。这一切都有相似之处，并且相互依赖。我认为，一个小说家如果自诩为心理学家，不去观察自然现象，对自然规律一无所知，是不会不受到惩罚的。在您借给我看的龚古尔兄弟[①]的《日记》中，我偶然看到讲述参观植物园[②]中博物陈列室的事，您的这两位可爱的作者在叙述时抱怨大自然或仁慈的上帝缺乏想象力。这种对神明的拙劣亵渎，说明他们智力的愚昧和低下。相反，它是何等丰富多彩。看来，大自然曾尝试过各种各样的生存和运动方式，使用了物质的各种可能性和规律。古生物以及某些不合理、不雅观的东西逐渐被抛弃，是多好的教训！而某些形体能保留下来，则是因为非常合理！对这些形体的观察，使我明白另一些形体为什么遭到淘汰。甚至植物学也可以使我们得到教益。我观察一根树杈时，发现它每个叶子的叶腋上都有一个叶芽，第二年也会长出叶子。我发现在许多叶芽中，最多只有两个能长出叶子，并因此使其他叶芽枯萎，我不禁想到，人类其实也是如此。自然发育的叶芽都是顶芽，就是说，它们离树干最远。只有进行修剪，或者把枝条弯成弓形，使汁液倒流回去，才能使树干附近的叶芽从沉睡中苏醒过来。用这种方法，人们让桀骜不驯的果树结出果

① 即爱德蒙·龚古尔（1822—1896）和茹尔·龚古尔（1830—1870），法国作家，两人共同从事文学创作，逝世时遗赠其大部分财产用于成立龚古尔学会，所写的《日记》共 9 卷，是记述法国 19 世纪社会和文学历史的珍贵文献。

② 指巴黎的国家自然历史博物馆的实验室和教学设施周围的公园。

子，如果任其自由生长，那么它们就只会长出叶子。啊！一座果园，一座花园，是多好的学校！一个园艺家，往往可以变成一个多么出色的教育家！只要善于观察，在家禽饲养场、狗窝、水族馆、养兔林或牲畜棚里学到的东西，要比书本里来得多，请相信我，甚至比人类社会里还要多，因为在人类社会里，一切都多少带有虚假的成分。”

樊尚接下来谈选种。他介绍园艺家得到优良苗木的通常方法，他们选择最茁壮的种苗，但有一位大胆的园艺家进行异想天开的试验，他由于厌恶陈规旧俗，或者几乎可以说是为了挑衅，竟然反其道而行之，选择了最为纤弱的苗木，但结果他却得到无与伦比的花朵。

罗贝尔起初心不在焉地听着，仿佛听到的只是一些无聊话，这时却不想再去打断谈话。他的全神贯注使莉莲感到十分得意，仿佛这是对她情夫表示的敬意。

“你应该告诉我们的，”她对他说道，“是那天你对我说的有关鱼类以及它们如何适应海水咸度的事……这事很有意思，对吗？”

“除了某些区域之外，”樊尚接着说道，“这种咸度几乎保持不变，海洋动物一般只能忍受极小的咸度变化。但我上次所说的区域却是没有动物生活的区域。这种区域的海水会大量蒸发，使水同盐的比例减少，或者恰恰相反，不断流入的淡水使盐分稀释，也就是降低海水的咸度，这种区域位于大河的河口附近，或者位于巨大的水流附近，例如人们所说的湾流。在这些区域，被称为狭盐性的动物变得有气无力，处于濒危的境地，而由于它们无法抵抗被称为广盐性的动物，它们就必然成为后者捕食的对象，广盐性的动物喜欢生活在巨大的水流附近，因为那里水的咸度发生变化，狭盐性的动物濒临死亡。你们已经知道了，是吗？狭盐性动物只能生活在咸度相同的海水里，而广盐性动物……”

“则老奸巨猾[①]。”罗贝尔打断了他的话。他把任何想法都归于他自己，在一种理论中只重视他可以利用的成分。

“它们大部分都十分残忍。”樊尚一本正经地补充道。

“我刚才对你说，这抵得上所有的小说。”莉莲兴奋得大声说道。

樊尚犹如变了样，对获得的成功无动于衷。他神情极为严肃，像自言自语那样，用更加低沉的声音继续说道：

“最近这段时间最令人惊讶的发现——至少是使我获益最多的发现，是发现海底动物的发光器官。”

“哦！这事你给我们说说。”莉莲说道。她没有发现她的香烟已经熄灭，刚才给他们端来的冰淇淋也已融化。

“你们也许知道，日光不能射到深海。海底漆黑一片……这广阔的海底，在很长时间里一直被认为没有动物生活。后来，从这地狱般的海底捕捞到许多奇特的动物。人们以为这些动物是没有视觉的。在黑暗中难道需要有视觉？显然，它们

---

① 原文是 dessalés，本义是：盐分减少的。

没有眼睛，它们不可能有，也不应该有。在对它们进行仔细研究之后，人们惊讶地发现，它们中有些有眼睛，后来又发现它们几乎都有眼睛，有些甚至还有极其灵敏的触须。人们还要怀疑，感到惊奇：不看任何东西，为什么要有眼睛？敏感的眼睛，但对什么敏感？……人们最终发现，这些最初被认为没有视觉的动物，都会在自己前面和周围放射出自己的光。它们都能照明、发光、照射。夜里人们把它们从海底捕捞上来，倒在船的甲板上，黑暗中发出的光使人眼花缭乱。这犹如移动的、颤动的、五光十色的火光，宛如星体、宝石的闪烁，据亲眼目睹的人对我们说，这光彩夺目的景象真是无与伦比。”

樊尚不作声了。他们有很长时间都没有说话。

“咱们回去吧，我觉得冷。”莉莲突然说道。

莉莲夫人坐在司机旁边，玻璃窗给她挡住了一点风。两个男人坐在这敞篷汽车的后座，继续他们之间的谈话。在晚餐的所有时间里，罗贝尔几乎一言不发，听樊尚高谈阔论。现在，轮到他说了。

“樊尚老弟，像我们这样的鱼，会在平静的水中死亡。”他开始说道，并拍了一下他朋友的肩膀。他对樊尚有点不拘礼节，但对方要是以同样的方式回敬，他就会感到无法忍受。不过樊尚并不想这样做。“您要知道，我觉得您令人惊讶！您会作出多么出色的讲演！我发誓，您应该放弃医学。我真的觉得您不该去开轻泻剂的药方，同病人待在一起。比较生物学的讲台，或者诸如此类的事，这才是您应该做的……”

“这我已经想过。”樊尚说道。

“莉莲应该能使您得到这个，办法是让她的朋友摩纳哥亲王对您的研究发生兴趣，我觉得亲王是这方面的内行……这事我得和她谈谈。”

“她已经跟我谈过此事。”

“那么，我肯定无法帮您的忙喽？”他装出生气的样子说道，“我正好想请您帮一个忙呢。”

“这将是我给您还债的时候。您以为我十分健忘。”

“什么！您还在想那五千法郎？您已经把这钱还给我了，亲爱的！您现在连一文钱也不欠我了……也许还欠点友情。”他补充这句话的语调近于温柔，并把一只手放在樊尚的胳膊上。“我求您是出于友情。”

“我听着。”樊尚说道。

但帕萨旺立刻叫了起来，反而说樊尚太急：

“您真急！我觉得从这里到巴黎还要很多时间。”

帕萨旺特别善于把他自己的情绪以及他认为最好不要承认的事说成是别人的。另外，他装出离开他话题的样子，就像钓鳟鱼的人那样，为了不惊动鱼，就把诱饵扔得远远的，然后又在不知不觉之中把它拉过来：

“对啦，我要谢谢您叫您弟弟到我这儿来。我当时担心您把这事给忘了。”

樊尚的手动了一下。罗贝尔接着说道：

“您后来又看到他了？……没时间，嗯？……这倒奇怪了，您怎么还没有问我那次见面的情况？实际上，您对此漠不关心。您对您弟弟完全不感兴趣。奥利维埃在想什么，感觉怎样，他现在怎样，想成为怎样的人，这些事您是绝不会去关心的……”

“这是在责备？”

“当然是喽。我不理解也不容许您的冷漠。您生病住在波城，那倒也就算了，您当时想必只想到您自己，自私是治疗的一个组成部分。但现在……怎么？您身边有个年轻人激情满怀，才智横溢，前途无量，需要的只是建议和支持……”

这时他已经忘记，他也有个弟弟。

然而，樊尚不是傻瓜。这指责夸大其词，使他感到并非十分诚恳，表示气愤是另有目的。他默不作声，静观事态发展。但罗贝尔突然停了下来。他借助于樊尚抽的香烟的火光，发现后者的嘴奇特地噘着，他觉得是在嘲笑，而他最害怕的就是别人的嘲笑。是否由于这个原因他才改变了语调？我在想，是否不如说突然出现直觉，感到他和樊尚之间有一种默契……因此，他玩弄毫不做作的把戏，装出“对您不需要弄虚作假”的样子，继续说道：

“好吧！我和年轻的奥利维埃谈得十分投机。这孩子非常讨我喜欢。”

帕萨旺竭力想吸引樊尚的目光（这时天不是很黑），但后者凝视着前方。

“是这样的，亲爱的莫利尼埃，我想请您帮的小忙……”

这时，他又感到需要停顿片刻，也可以说暂时停止扮演自己的角色，就像一位演员有十分的把握能吸引自己的观众，想要对自己并对观众证明这点。因此，他把身子朝着莉莲前倾，用十分响亮的声音说话，仿佛为了表明他刚才说的话和将要说的话具有机密的性质：

“亲爱的朋友，您是否能肯定您不会着凉？我们这里有件披风，没有人穿……”

他不等对方回答，又把身子缩到后面，坐在樊尚旁边，再次低声说道：

“是这样，今年夏天，我想把您弟弟带到别的地方去。是的，我对您是直话直说，我们之间又何必转弯抹角？……我无缘认识您的父母，如果您不积极干预，他们是不会让奥利维埃和我一起走的。您也许会想出办法，使他们同意我的要求。我想，您对他们十分了解，应该知道如何来说服他们。您是否愿意帮我这个忙？”

他等待片断，见樊尚一声不响，就继续说道：

“您听着，樊尚……我很快就要离开巴黎……到什么地方去连我自己也还不清楚。我极其需要把一个秘书带在身边……您知道我将创办一本杂志。这事我同奥利维埃说了。我觉得他具有担当这一工作所需的一切才能……但是，我并非只是从自私的观点出发：我是说，我觉得他的全部才能在这里会有用武之地。我请他担任主编……一本杂志的主编，在他这个年龄！……您得承认，这非同寻常。”

“这确实非同寻常，我担心我父母会因此而感到害怕。”樊尚说道，并终于把目光转向他，并凝视着他。

“是的，您说得可能有道理。这事也许最好不要和他们说。您就说，我让他去的旅行既有趣又有益，好吗？您的父母应该知道，他那种年龄的青年需要到别处去看看。总之，他们那边由您去解决，好吗？”

他喘了一口气，又点了一支香烟，然后仍用刚才的语调继续说道：

“既然您愿意帮忙，我也想为您做一点事。我觉得可以让您获利，是一项特别好的投资……我的一位朋友在大银行里工作，他只是给几个关系特别好的朋友留了一点。但是，这事只是我们俩知道，我请您别告诉莉莲。不管怎样，我占的股份十分有限，我不能同时转让给她和您……您昨天晚上的五万法郎？……”

“这钱我已安排好了。”樊尚有点冷淡地说道，因为他记得莉莲的提醒。

“那好，那好……”罗贝尔立刻说道，仿佛有点生气，“我不是非要您这样。”然后，他又装出“我不会怪您”的样子：“如果您改变了主意，就立刻告诉我……因为过了明天下午五点，就已为时过晚。”

自从樊尚不把帕萨旺伯爵当一回事之后，他反倒对这个人极为欣赏。

十八

爱德华日记

二点钟

我的手提箱丢失。这并非坏事。箱子里的东西，我最看重的是我的日记。但我对它看得太重。实际上，这次意外事件，我倒觉得十分有趣。现在，我希望我的本子物归原主。谁会去看它呢？……也许，我把它丢失之后，夸大了它的重要性。这日记记到我动身去英国的时候。在那里，我把所有的事都记在另一本记事册上。现在我回到了法国，那本就不用了。这些我记在新的本子上，我把它放在口袋里，随身带着。这是同我一起移动的镜子。我发生的事情，只有当我看到它在这面镜子里照出来时，在我看来才是真正存在的东西。但是，自从我回来之后，我感到自己如在梦中活动。同奥利维埃的那次谈话是多么难受！

而我在事前认为这将会多么愉快……但愿他也和我一样对此不大满意。我自己不会说话，唉！也无法让他开口。啊！能使人全身舒畅的话，说出来是多么困难！心里一旦搀杂情感，脑子就会迟钝、麻木。

七点钟

我的手提箱找到了，或者至少是找到了把我的手提箱拿走的人。他是奥利维埃最好的朋友，这就在我们之间编织了一张网，只要我把网收紧就行。危险的是我对意外发生的事兴趣盎然，这样就看不到我要达到的目的。

再次见到洛拉。我给人恩惠的愿望，一旦遇到某种困难，一旦需要反对传统、平庸和习俗，就会急剧增加。

拜访拉佩鲁兹老人。来给我开门的是德·拉佩鲁兹夫人。我已经有两年多没有看到她了，但她立刻就认出了我。（我不认为他们经常接待客人的来访。）另外，她变化不大，但（这是否因为我对她已有成见）我觉得她的面容比以前更加冷峻，她的目光更加尖利，她的微笑更加虚假。

"我怕德·拉佩鲁兹先生无法接见您。"她立刻对我说道，显然是想单独见我。然后，她利用自己耳聋，不等我问她就回答道：

"不，不，您绝不会打扰我。请进。"

她把我带到拉佩鲁兹平时上课的那个房间，房间里两扇朝向院子的窗开着。我刚走进房间，她就说道：

"我特别高兴能和您单独谈一会儿。我知道您是德·拉佩鲁兹先生忠实的老朋友，他的状况使我十分担心。他听您的话，您是否能说服他保养身体？在我看来，我反复对他说的那些话，仿佛我在歌唱马尔伯勒[①]。"

于是，她开始没完没了地进行指责：老头也是因为想折

① 马尔伯勒（1650—1722），英国将领，在西班牙王位继承战争（1701—1714）中统率英荷联军击败法王路易十四。法国一民歌把他当做英雄，但把他的姓 Marlborough 改成 Malbrough。

磨她，就不保养自己的身体；他不该做的事都去做，他该做的事却什么也不做；他不管什么天气都要出门，却从来不愿意围上围巾。他一日三餐不吃东西："先生不饿"，她也想不出什么办法来促进他的食欲，但到了夜里，他就起床，把厨房弄得乱七八糟，不知在做什么吃的东西。

这些事肯定不是老太太编出来的，但我从她说的话中看出，这些无足轻重的小事，只因理解的关系，才使人感到难以接受，而现实又是把何等可怕的阴影投射到她狭窄的脑壁上面。但是，老头对老太太的种种照顾和关心，不也是理解错误？结果老太太觉得自己在受苦受难，并认为老头在虐待她。我不想去评论他们，也不想去理解他们，或者就像通常的情况那样，我越是理解他们，对他们的评论就越是克制。总之，这两个人相依为命，却同时又在拼命折磨对方。我经常在一些夫妻中发现，一方性格微乎其微的突起，会使另一方一直受到无法忍受的刺激，因为"共同的生活"总是使突起处在同一个地方受到摩擦。如果摩擦是相互的，夫妻生活就只会像在地狱中那样。

德·拉佩鲁兹夫人戴着黑发紧贴两鬓的假发，她苍白的脸显得更加冷峻，她那又长又黑的露指手套中露出爪子一般的小手指，活像是鹰身女妖。

"他指责我在暗中监视他，"她继续说道，"他总是要睡很长时间，但到夜里，他假装睡觉，当我以为他已睡着时，他就起来。他在故纸堆里翻来翻去，有时一直弄到天亮，一面哭一面看他去世的兄弟以前的信件。他要我对这一切默默忍受！"

然后，她抱怨说，老头想把她送进养老院，而使她更加难受的是，她补充道，老头完全不能独立生活，没有她的照顾无法生活。说这话的语调像是怜悯别人，听起来却十分虚伪。

当她继续倾诉满腹苦楚之时，通往客厅的门在她后面悄悄地打开，拉佩鲁兹走了进来，她却一点也没有听到。在她妻子说最后几句话时，他面带讽刺的微笑朝我看了一眼，把一只手放在自己的前额上，意思是说她是疯子。然后，他十分急躁，可以说是暴躁，我无法相信他会这样，这看来说明老太太的指责并非没有道理（但这也是因为他要使她听到他的话，就必须提高嗓门）：

“好了，夫人！您应该知道，您说的话使先生感到厌烦。我的朋友不是来看您的。请您走吧。”

于是，老太太表示反对，说她坐着的那把扶手椅是她的，她不会离开它。

“在这种情况下，”拉佩鲁兹冷笑着说道，“如果您允许，那就我们出去。”说完，他朝我转过身来，用变得十分温和的语调说道：

“走吧！咱们让她待在这儿。”

我尴尬地点了点头，跟他走进隔壁房间，就是上次来的时候他接待我的那个房间。

“我很高兴您能听到她说话。”他对我说道，“唉！整天就是这样。”

他走过去把窗关好：

“街上这样嘈杂，说话都听不清楚。我老是要去关这两扇窗，德·拉佩鲁兹夫人老是要去开这两扇窗。她说她透不过气来。她总是夸张。她不想知道室外要比室内来得热。我这儿可有一个小小的温度计，但当我指给她看时，她就对我说这些数字不能说明任何问题。她非要认为自己有理，即使她明知自己错了。在她看来，最重要的事是惹我生气。”

在他说话时，我感到他的心态并非完全处于平衡状态。他接下去说时，越来越显得慷慨激昂：

“她在生活中做的种种错事，全都推在我的头上。她的看法都是错误的。譬如说，噢，我来给您解释：您知道，外部的形象，到了我们脑中，都是倒立的，借助一种神经器官才把它矫正过来。可是，德·拉佩鲁兹夫人没有矫正的器官。在她看来，什么都是倒的。您看这样是否难受。”

他说明了其中的原因，肯定感到舒服一点，所以我不去打断他的话。他继续说道：

“德·拉佩鲁兹夫人总是吃得过多。但她说是我吃得太多。刚才，她要是看到我在吃一块巧克力（这是我的主要食品），她就会低声说道：‘老是在啃东西吃！’……她在监视我。她责备我夜里起来偷偷地吃东西，因为有一次她看到我在厨房里冲一杯巧克力饮料……您要我怎么办呢？看到她吃饭时坐在我的对面，低着头在盘子里吃，我就一点胃口也没有了。于是，她就说我难弄，想要折磨她。”

他停了一会儿，然后像诗兴大发一般说道：

“我赞赏她对我的责备！……当她坐骨神经痛时，我就替她抱怨。但她不让我说下去，并耸了耸肩：‘您别装出心肠好的样子。’并认为我做什么或说什么，都是为了使她痛苦。”

我们当时坐着，但他一会儿站起来，马上又坐下去，仿佛有一种病态的不安：

“在这些房间里，有些家具是属于她的，另一些是属于我的，这点您是否能想象？您刚才看到她坐在她的扶手椅上。当按日计酬的女仆来收拾房间时，她就对女仆说：‘不，这是先生的，别去碰它。’有一天，我没有注意，把一本精装的乐谱放在属于她的小圆桌上，夫人看到了就把它扔在地上。书的角都给摔坏了……哦！这不能再长期持续下去了……但是，您听着……”

他抓住我的胳膊，压低声音说道：

“我采取了措施。她一直威胁我，说‘我要是继续这样’，她就到养老院去住。我攒了一笔钱，足以支付她在圣佩里娜养老院的费用，据说那家养老院是最好的一家。我现在还在教的几节课，几乎是毫无收入。过一些时候我将完全没有收入，我就只好动用这笔钱，虽说我不愿意。于是，我就作出一个决定……那将在三个多月之后。是的，我确定了日期。您要知道，当我想到每过一个小时我就更加接近这个日期，我感到多么欣慰。”

他已经朝我俯下身子，这时又朝我靠近一点：

“我还搞了一份年金证书。哦！钱不是很多，但我不能再多放一点。这事德·拉佩鲁兹夫人并不知道。证书在我写字台里，放在一只写着您名字的信封里面，还做了必要的说明。我是否能请您帮助我？我对这种事一无所知，但我去找的一个公证人告诉我，在我孙子成年之前，年金是不能直接付给他的，只有在他成年之后才能把证书转让给他。我想，我们是老朋友，请您帮忙促成此事，不会是过分的要求。公证人，我就是不信！……您要是希望我放心，就立刻把那只信封拿走……好的，是吗？……我去把它拿来。”

他像平时那样用小步跑出房间，回来时手里拿着一只大信封。

“请您原谅，我把信封盖上了封印，这是手续。您拿着。”

我对它看了一眼，只见在我的名字下面用美术体写着：“请在我死后启封。”

“请快把它放进您的口袋，我知道它在那里才会安全。谢谢了……啊！我等您真是等得望眼欲穿！……”

我往往感到，在如此庄严的时刻，我身上一切仁慈的情感都会让位于一种鬼魂附身的兴奋感觉，我因此而感到自己崇高伟大，或者确切地说：摆脱了私利的束缚，仿佛失去了自我，失去了个性。不曾有过这种感觉的人当然是无法理解我的。但我感到，拉佩鲁兹是理解这点的。我要推辞一下是多余的，在我看来也是失礼的，所以我只是紧紧地握住他伸给我的手。他的眼睛闪耀着奇特的光芒。他的另一只手，就是刚才拿信封的那只手，拿着一张纸条：

“我在这上面写着他的地址，我知道他现在在什么地方。萨斯费。您知道这地方？那是在瑞士。我在地图上找过，但没有找到。”

“是的，”我说道，“那是马特峰[①]附近的一个小村庄。”

“那地方很远吗？”

“也许没有远到我不能去。”

“什么！您要去那儿？……哦！您真好，”他说道，“我可太老了。另外，我也不能去，原因是他母亲……然而，我感到我……”他犹豫不决，在寻找恰当的词语，然后接着说道：“……我就会安心地走，只要能见他一面。”

“可怜的朋友……只要人力所及，可以把他给您带回来，我就会做到……您一定能见到小鲍里斯，我向您保证。”

“谢谢……谢谢……”

他激动地把我抱在怀里。

“但是，请您答应我别再去想……”

“哦！那是另一回事。”他突然打断了我的话。然后，他仿佛不想让我再提此事，就转移我的注意力，并立刻说道：

“您想想，有一天，我以前一个女学生的母亲要请我去看戏！那大约是在一个月以前。是法兰西剧院的一次日场演出。我已经有二十多年没有进剧场了。演的是维克托·雨果的《艾那尼》。您知道吗？看来演得非常好。所有的人都看得着了迷。但我却有说不出的痛苦。要不是出于礼貌，我是绝不会留下来

---

① 马特峰是阿尔卑斯山系最著名的山峰（4478 米），地跨瑞士和意大利边界。

的……我们当时坐在一个包厢里。我的朋友们竭力让我平静下来。我真想质问那些观众。哦！他们怎么能这样？他们怎么能这样？”

我起初不知道他说的是什么，就问道：

“您觉得演员不好？”

“当然喽。他们怎么敢在舞台上演这种卑鄙无耻的东西？……而观众还要鼓掌！剧场里有孩子，那些父母了解这出戏，却把孩子带来……真可怕。而这种东西又是在国家津贴的剧院里演出！”

这个善良的人的愤怒使我感到有趣。这时，我几乎要笑出声来。我提出异议，说戏剧艺术不可能不描写热烈的爱情。他也反对我的看法，说描写热烈的爱情必然是伤风败俗的例子。争论就这样持续了一段时间。这时，我把这哀婉动人的故事和乐队中铜管乐器的奔放进行比较：

“譬如说，贝多芬某个交响乐中长号的入场曲，您是十分欣赏的……”

“那长号的入场曲，我一点也不欣赏。”他极其激愤地大声说道，“您为什么要我欣赏我觉得难受的东西？”

他浑身发抖。他说话的声音愤怒，几乎带有敌意，使我感到意外，看来也使他感到惊讶，因为他用比较平静的语调接着说道：

“现代音乐的全部努力，是使我们最初认为不协和的某些和弦变得可以接受，这点您是否发现？”

“正是，”我回答道，“最终一切都应变为和归结为和谐。”

“和谐！”他耸了耸肩重复道，“我只是觉得这是使人习惯于恶和罪。感觉迟钝了，纯洁被玷污了，反应不那么灵敏了。人们容忍、接受……”

“听到您的话，人们就不敢再给婴儿断奶了。”

但他仿佛没有听到我的话，继续说道：

“如果人们能恢复青年时代的执着，那么，他们最感到气愤的将是他们现在变成的样子。”

时间已经过晚，我们无法再进行神学方面的讨论，我想重新把他引到他的本行：

“您不认为应该对音乐进行限制，只让它表达宁静的东西？这样的话，只有一个和弦就已足够：一个连续的完全和弦。”

他握住我的双手，仿佛精神恍惚，目光消失在一种崇拜之中，并重复了好几次：

“一个连续的完全和弦，是的，正是这个：一个连续的完全和弦……但我们的整个宇宙却处在不协和之中。”他伤心地补充道。

我向他告辞。他一直送我到门口，在同我吻抱时，仍在低声说道：

“啊！和弦的解决[①]，可得等待！”

---

① “解决”为音乐术语，指和声中不协和音向协和音的进行。

第二部

萨斯费

一

贝尔纳给奥利维埃的信

老兄：

我首先要告诉你，毕业会考我不考了。你没有看到我去考，就会知道此事。我等到十月份再去考。我有了出去旅行的唯一机会。我马上就接受了，并不感到后悔。当时得立刻作出决定，我没有时间进行考虑，甚至来不及和你告别。我的旅伴在出发前没有去看你，请我就此事向你表示歉意。你知道是谁带我去的？这点你已经猜到……是爱德华，你著名的舅舅，我在他到达巴黎的那天下午遇到了他，当时的情况相当离奇、耸人听闻，这事我以后再对你说。这次奇遇中的一切都非同寻常，我回想起来，就会神魂颠倒。我到现在还不敢相信这是真的，不敢相信把这事写信告诉你的是我，同我一起在瑞士的是爱德华和……好吧，总得把一切都告诉你，但你看了之后一定要把我的信撕掉，这些事只能让你知道。

你想想，那个被你的哥哥樊尚抛弃的可怜女人，就是一天夜里你听到在你房门外抽噎的女人（当时你真傻，没有给她开门，请允许我对你直说），正是爱德华的好友，弗代尔的亲生女儿，你的朋友阿尔芒的姐姐。这一切我是不应该对你说的，因为这涉及一个女人的名誉，但要是我不把此事告诉任何人，我就会难受得要命……再说一遍：这事只能让你知道。你已经知道，她是在不久前结婚的。你也许知道，她结婚后不久就病了，到南方去治疗。她是在那里的波城认识樊尚的。这点你可能也知道。但你所不知道的，是那次相识有了结果。是的，老兄！你那个笨拙的哥哥让她怀了孩子。她怀着身孕回到巴黎，不敢再去见自己的父母，更不敢回到丈夫的家里。然而，你哥哥把她给抛弃了，情况你是知道的。我不想对你议论此事，但我要告诉你，洛拉·杜维埃对他没有丝毫的责备和怨恨。相反，她尽量想出种种理由来原谅他的所作所为。总之，这是个十分贤惠的女人，生性非常善良。还有一个人也十分善良，那就是爱德华。由于她不知道该怎么办，到哪儿去，他就提出让她一起去瑞士，同时，他又提出让我陪他们去，因为他对她只有友情，觉得和她单独旅行有不便之处。我们三人就动身走了。这事是当即决定的，时间正好来得及准备他的行李和购置我的衣服（你知道，我离家时什么也没带）。当时爱德华对人如何体贴，你是无法想象出来的。另外，他总是对我说，是我在帮他的忙。是的，老兄，你没有骗我：你舅舅真是个了不起的人。

旅行相当艰苦，因为洛拉感到很累，她的身体（她怀孕已满两个月）需要精心照顾，而要到达我们决定去的地方（这事说来话长），一路上又相当难走。另外，洛拉不肯小心谨慎，也往往使事情变得复杂。得逼着她小心。她反复说道，出了事故，那可是她最高兴看到的事。你想想，我们得如何细心照顾她。啊！我的朋友，这女人多好！我感到认识她之后我已判若两人，有些想法我不敢说出，有些念头我得要忍住，因为我会因配不上她而感到羞愧。是的，在她身边，你仿佛只能有高尚的想法。尽管如此，我们三人之间的谈话仍然十分自由，因为洛拉完全不是假装正经的女人，所以我们什么都可以说，但我向你保证，在她面前，有许多事我是根本不会乱说的，在今天看来，我觉得这些事十分重要。

你会认为我爱上了她。啊！老兄，你没有看错。真傻，是吗？你看，我爱上了一个怀孕的女人，这女人我自然尊敬，连手指也不敢去碰她一下。你看，我变得生活放荡……

我们克服了数不清的困难（我们给洛拉租了一乘轿子，因为车子无法开到这里），来到了萨斯费，但旅馆只能给我们两个房间，一个是大房间，有两张床，另一个是小房间，跟旅馆老板说好由我来住，因为洛拉为了掩盖自己的身份，就冒充是爱德华的妻子，但每天夜里小房间由她来睡，我跑到爱德华的大房间去睡。每天早上，就得大搬家，以蒙蔽侍者。好在这两个房间是相通的，这样事情就方便多了。

我们在这里已有六天。我到现在才给你写信，是因为我刚到时感到不知所措，我得把自己给调整好。我现在才开始习惯。

爱德华和我已在山上走了几次，十分有趣，但说句老实话，这个地方我不是非常喜欢，爱德华也是这样。他认为景色“壮丽”。实际上确实如此。

这里最好的东西是呼吸的空气，空气洁净，可以净化你的肺部。但我们也不想让洛拉单独待在那里的时间过长，不用说，她是不能陪我们去的。旅馆中的生活相当有趣。各个国家的人都有。我们交往得最多的是一个波兰女医生，她和女儿一起在这里度假，还带着一个别人托付给她的男孩。我们一直来到这里，可以说是为了找到这个男孩。他患有一种神经病，女医生用一种全新的方法为他治疗。但是，对这个非常讨人喜欢的男孩最为有益的，却是对女医生的女儿疯狂的爱，女孩比他大几岁，是我平生见到过的最漂亮的女孩。他们朝夕相处，从不分开。他们俩在一起时都非常乖，没有人想到要去说他们的笑话。

我没有很好地用功，自动身以来还没有打开过一本书，但思考得很多。爱德华的谈话妙不可言。他不大直接和我说话，虽说他表面上把我看做秘书，但我听他和别人谈话，特别是和洛拉的谈话，他喜欢把他的计划说给她听。你无法想象我从中获得多大益处。有几天我在想，我理应把这些记录下来，但我觉得我什么都能记住。有几天我非常想你。我心里在想，应该来这里的是你，但我对自己遇到的事并不后悔，也不希望会有丝毫的变化。你至少要相信，我不会忘记我是依靠你才认识爱德华的，我的幸福全归功于你。当你再次见到我时，我觉得你会认为我变了，但我永远是你的好朋友。

星期一

又及：我们长途登山后刚回来。攀登哈拉林。向导和我们系在同一根安全绳上，冰川、峭壁、雪崩等等。睡在周围都是积雪的高山小屋旦，同其他旅游者挤在一起，不用对你说，我们一夜都没有合眼。第二天，拂晓前就出发了……好吧！老兄，我不再说瑞士的坏话了：当你在山上时，你就看不到任何耕作、任何植物，就会忘记人类的贪婪和愚蠢，你就想歌唱、大笑、哭泣、飞翔，就想把头伸到天上或跪倒在地。我吻抱你。

贝尔纳于星期三

贝尔纳过于耿直，过于淳朴，过于纯洁，他对奥利维埃了解过少，根本不会料到这封信会唤起奥利维埃的许多丑陋情感，这些情感如同汹涌的海流，其中混杂着怨恨、绝望和狂怒。他感到自己同时从贝尔纳的心中和爱德华的心中被排除出去。他这两个朋友的友谊排斥了他的友谊。特别是贝尔纳信中的一句话，如果贝尔纳感到奥利维埃会对这句话如此理解，他是绝不会写下来的：“在同一个房间里”，他反复想道。于是，可恶的嫉妒之蛇在他心中伸展开来，蜷曲起来。“他们睡在同一个房间！……”他有什么事不能立刻想象出来？他的脑子里充满着淫秽的幻象，他甚至不想把它们驱逐出去。他不是特别嫉妒爱德华或贝尔纳，而是嫉妒他们俩人。他依次对他们进行想象，或者同时对他们进行想象，对他们俩都感到羡慕。他是在中午十二点收到这封信的。“啊！是这样……”他在这一天剩余的时间里反复想道。第二天上午，他急忙赶到罗贝尔家里。帕萨旺伯爵正等待他的光临。

二

爱德华日记

我不费吹灰之力就找到了小鲍里斯。在我们到达的第二天，他来到旅馆的平台上，用望远镜观看群山，望远镜装在一根枢轴上，是供旅客们用的。我立刻认出了他。过了不久，一个长得比鲍里斯稍高的小女孩来找他。我坐在落地窗开着的大厅里，离他们很近，把他们的谈话听得一字不漏。我很想和他谈话，但我觉得为了谨慎起见，还是先同小女孩的母亲进行接触。她是波兰医生，别人把鲍里斯托付给她，她也十分仔细地对他进行护理。小勃罗尼娅长得漂亮，她大约十五岁。她梳着两条很粗的金发辫，一直拖到她的腰部。她的目光和说话的声音不像凡人，而像天使。我记下了这两个孩子的话：

“鲍里斯，妈妈要我们最好别去碰望远镜。你来散散步好吗？”

“是的，我要。不，我不要。”

这两句相互矛盾的话是一口气说出来的。勃罗尼娅只记住第二句话，就问道：

“为什么？”

“天气太热，天气太冷。”（这时他已放开望远镜。）

“哦，鲍里斯，你要听话。你知道，我们一起出去，妈妈会高兴的。你把帽子放在什么地方了？”

“Vibroskomenopatof. Blaf blaf.”

“这是什么意思？”

“没有意思。”

“那你为什么要说？”

“要让你听不懂。”

“要是这没有意思，我不懂也无所谓。”

“但要是这有意思，你还是不懂。”

“一个人说话，就是为了让别人听懂。”

“我们造几个词玩玩，只有我们俩听得懂，你说好吗？”

“你首先要把法语说好。”

“我妈妈她会说法语、英语、古罗马语、俄语、土耳其语、波兰语、意大利镜语、西班牙语、老古董语和克西克西图语[①]。”

---

① 原文为 l’italoscope（意大利镜语），le perruquoi（老古董语）和 le xixiton（克西克西图语），均为杜撰的词。

这些都说得很快，犹如诗兴大发一般。

勃罗尼娅笑了起来。

“鲍里斯，你为什么总是不说真话？”

“我对你说的话，你为什么老是不相信？”

“你说真话，我就相信。”

“你怎么知道什么时候是真话？那天你对我说起天使，我很相信你。你说说，勃罗尼娅：你是否相信我只要拼命祈祷就能看到天使？”

“你也许能看到他们，只要你改掉说谎的习惯，只要上帝愿意让你看到他们，但是，如果你只是为了看到他们才向上帝祈祷，上帝就不会让你看到他们。如果我们不是这样坏，我们就会看到许多非常美好的东西。”

“勃罗尼娅，你不是坏人，所以你能看到天使。我可永远是坏人。”

“你为什么不想不再做坏人？我们一起走到下面（是我不知道的一个地名），在那里我们俩向上帝和圣母祈祷，请他们不让你再做坏人。”

“好的，不好。你听着：我们去找一根棍子，你拿着一端，我拿着另一端。我闭上眼睛，我答应你，等我们走到那里之后，我再把眼睛睁开。”

他们走开了，当他们在平台的阶梯上往下走时，我还听到鲍里斯在说：

“是的，不是，不是那一端。你等等，我把它擦一下。”

“为什么？”

“我摸过了。”

索弗罗尼斯卡夫人走到我身旁时，我刚独自吃完早饭，正要想办法同她搭讪。我意外地看到她手里拿着我最近出的那本书。她一面极其和蔼可亲地微笑着，一面问我，她这时高兴地与其说话的人，是否正是该书的作者，然后立刻开始对我的书进行长时间的评论。她的评论，不管是赞扬还是批评，在我看来都要比我经常听到的那些评论来得高明，虽说她的观点根本不是文学的观点。她对我说，她感兴趣的除了心理学问题之外，几乎只有能从新的角度来对人的灵魂进行的阐述。但是，她补充道，不满足于陈旧的心理学的诗人、剧作家或小说家又是何等稀少。（我对她说，唯有这种心理学才能使读者感到满意。）

小鲍里斯是他母亲托她在暑假期间照料的。我没有透露出我对他感兴趣的原因。“他十分娇嫩，”索弗罗尼斯卡夫人对我说，“他母亲的社交关系对他毫无好处。她说要和我们一起到萨斯费来，但我同意照管这孩子的条件，是要她把孩子完全交给我来管，否则我的治疗就不能奏效。”——“您想想，先生，”她继续说道，“她让这孩子处于持续的兴奋状态，使他出现严重的精神障碍。他父亲死后，这个女人得要挣钱糊口。她只会弹钢琴，我应该说，是个无与伦比的演奏家，但她技法过于细腻，不能博得广大观众的喜爱。她就决定唱歌，在音乐会唱，在游乐场唱，登台演唱。她把鲍里斯带到她的化妆室。我觉得剧院中矫揉造作的气氛是这孩子精神失常的重要原因。他母亲很喜欢他，但说实话，他最好不要再和她一起生活。”

“他到底怎么啦？”我问道。

“您想知道他所患疾病的名称？啊！我要是把一个漂亮的医学术语说给您听，您还是弄不清楚。”

“那您就告诉我他有什么不舒服。”

“他有许多小的精神障碍，有恶癖，有怪癖，就是说，他是个神经质的孩子，通常的治疗方法是让他在室外休息，注意保健。当然，一个健壮的身体不会让这种障碍有产生的可能性。但是，身体虚弱即使会促使这种障碍产生，却并非是它们产生的确切原因。我认为，这种障碍的根源一般都是一个人因某个事件而初次受到精神上的震动，因此必须弄清这个事件。病人一旦知道了这个原因，他的病也就治好了一半。但是，这个原因往往被病人遗忘，仿佛隐藏在疾病的阴影之中。我要到这隐藏的地方去寻找它，把它带到光天化日之下，就是说带到视野之中。我认为，清澈的目光可以把意识洗刷干净，犹如阳光能使污染的水变得纯净。”

我把我在昨天偶然听到的谈话告诉索弗罗尼斯卡，根据那次谈话，我觉得鲍里斯的病根本没有治好。

“对于我需要了解的鲍里斯的往事，我也是根本不了解。我是在不久前才开始我的治疗的。”

“您的治疗包括什么？”

“哦！只是让他说话。我每天和他一起待上一两个小时。我问他，但问得很少。主要是要得到他的信任。我已经知道许多事情。我又预感到其他许多事情。但这孩子还在自卫，他感到羞愧，我要是过于着急，过于坚持，想立刻得到他的信任，我就会适得其反，不能使他完全信赖于我。他就会抗拒。只要我无法改变他的保留态度和羞耻之心……”

她对我说的那种调查在我看来是侵权行为，我忍不住要进行抗议，但我的好奇心占了上风。

“这是否意味着您期待这孩子说出什么淫秽的事？”

这次轮到她来抗议。

“淫秽的事？这就像让医生听诊一样，说不上淫秽下流。我什么都要知道，特别是病人最想隐瞒的事。我必须使鲍里斯最终供认不讳，在做到这点之前，我无法把他的病治好。”

“您是猜想他有事要向您供认喽？请原谅，您是否肯定没有向他暗示，要他说出您希望他供认的事情？”

“这种担心我始终存在，因此我并不急于求成。我曾看到一些笨拙的预审法官在无意中把完全捏造的证据说给一个孩子听，孩子在审讯的压力之下心甘情愿地撒谎，使想象出来的罪行弄假成真。我的职责是听其自然，特别是不作任何暗示。这就必须有极大的耐心。”

“我觉得，方法在这里是否有效，就要看医生是否能干。”

“这话我可不敢说。我可以向您保证，在实践一段时间之后，就能做到运用自如，就可以未卜先知，您要是喜欢，也可以说是直觉。另外，有时也会沿着错误的线索去走，问题是不要坚持错误。噢，您知道我们所有的谈话是怎么开始的？鲍里斯先要把他在夜里做的梦说给我听。”

“谁对您说他不会编造呢？”

“他会编造？……病人的想象编造出来的任何东西都有揭示作用。”

她沉默片刻，然后继续说道：

“编造，病人的想象……不！不是这样。词语会泄露出我们的思想。鲍里斯在我面前把他做的梦大声说出来。每天早上，他都愿意在一个小时里处于半睡眠的状态，在这种状态，我们看到的形象不受到我们理智的控制。它们聚集和结合在一起，不再按照通常的逻辑，而是按照出人意料的亲和力。特别是它们符合一种神秘的内心要求，就是必须弄清的那种要求。而一个孩子的这种胡言乱语使我了解到的情况，远远多于脑子最清楚的人所作的最明智的分析。有许多事是理智难以捉摸的，如果有人为了理解生活，只是使用理智，那么此人就像以为能用火钳把火钳住那样。他看到自己面前只有一块立即停止燃烧的木炭。”

她又停了下来，并开始翻阅我那本书。

“你们对人的灵魂的了解多么肤浅。”她大声说道。然后，她又突然笑着补充道：“哦！我不是专门说您，我说‘你们’，是指小说家们。你们的大部分人物仿佛是空中楼阁，他们没有基础，也没有地下层。我真的觉得在诗人那里可以找到更多的真实，只是用智力来创造的东西都是假的。我在这里说与我无关的事……您是否知道我为什么在鲍里斯的问题上迷失方向？那是因为我认为他十分纯洁。”

“为什么您说自己因此而迷失方向？”

“因为这样的话我就不知道该到何处寻找病根。像这样的精神错乱，十例中有九例的病根是羞于启齿的重大秘密。”

“这种秘密也许我们每个人都有，”我说道，“但不会使我们全都生病，谢天谢地。”

这时，索弗罗尼斯卡夫人站了起来，她看到勃罗尼娅在窗前走过。

“瞧，”她指着勃罗尼娅说道，“这才是鲍里斯真正的医生。她在找我，我得跟您分手了，但我还会见到您的，是吗？”

另外我还知道，索弗罗尼斯卡指责小说没有向她展示的是什么。但是这里，她没有注意到某些艺术上的原因，某些重要的原因，我因此认为，一位优秀的博物学家不能成为一位优秀的小说家。

我把洛拉介绍给索弗罗尼斯卡夫人。她们看来谈得很投机，我感到十分高兴。当我知道她们在一起闲聊时，我独自走开就没什么顾虑。我感到遗憾的是贝尔纳在这里找不到一个年龄相同的伴儿，但他准备考试，每天至少要花好几个小时。我可以继续写我的小说。

三

虽然从表面上无法看出，俩人又像人们所说的那样都在“各尽其能”，爱德华舅舅和贝尔纳之间的关系只能说部分满意。洛拉也并不感到满意。她又怎么会满意呢？情况迫使她扮演她无法胜任的角色，她的诚实使她感到这种角色十分别扭。她就像那些贤妻良母，多情而又温顺，需要把礼仪作为倚靠，自从改变身份以来，一直感到浑身不舒服。她越来越觉得自己同爱德华的关系很不自然。她特别感到痛苦的，也就是她一想到就会感到无法忍受的，是她全靠这个保护者来养活自己，或者说得更清楚一点：她没有给予他任何回报，或者说得更确切一点：爱德华没有要求她作出任何回报，而她却感到自己准备把一切都给予他。蒙田[①]曾引述塔西佗[②]的话：“恩惠只有在能够偿还时才受之愉快。”也许这话只适用于高尚的人们，但洛拉肯定是这样的人。她想要使人受惠，却不断受惠于人，这就使她对爱德华感到生气。另外，当她回忆往事时，她感到爱德华欺骗了她，他在她心中唤起了一种她至今仍觉得难以消除的爱，然后却逃避这种爱，使它无所依附。不正是这种潜在的原因，使她犯下种种错误，在爱德华的指引下顺从地同杜维埃

① 蒙田（1533—1592），文艺复兴时期法国思想家、散文作家，反对经院哲学和基督教的原罪说，主要著作为《随笔集》。

② 塔西佗（约55—约120），古罗马元老院议员，历史学家，曾任亚细亚行省总督，主要著作有《历史》、《编年史》等。

结了婚，不久之后又放任自流，在春天受人诱惑？她应该承认，即使在樊尚的怀抱里，她想的仍是爱德华。她无法解释她喜欢的男人为什么这样冷淡，于是她就觉得自己应该负这个责任，并认为如果她长得更美或更加大胆，就可以使他拜倒在她的石榴裙下。她对他恨不起来，就指责自己，贬低自己，否定自己的一切长处，觉得自己没有存在的理由，也不再有任何美德。

咱们还要补充一点，那就是这种野营般的生活，由于房间的安排而受到限制，在她的两个旅伴看来可能十分有趣，却大大伤害了她的廉耻之心。她看不出有任何办法能摆脱这种状况，但这种状况也很难持续下去。

洛拉只有在贝尔纳面前，觉得自己像他的教母或姐姐，有了新的义务，才感到一点安慰和快乐。她感觉到这个相貌清秀的少年对她的崇拜，她受到的这种崇拜使她不再在蔑视自己和厌世的斜坡上往下滑，这种蔑视和厌世会使优柔寡断的人们作出过激的决定。每天早晨，贝尔纳如果不在黎明前出发去登山（因为他喜欢早起），就在她身边复习整整两个小时的英语。他将在十月份进行的考试是个合适的借口。

确实，不能说秘书的工作占据了他很多的时间。这工作很不明确。贝尔纳在担任这个工作之后，以为自己会坐在写字台前，按爱德华的口述写作，或是誊清手稿。但爱德华从不口述，手稿即使有，也一直锁在箱子里。贝尔纳在一天的任何时间里都是自由的，但由于更好地使用他那只等别人来发挥的工作热情完全是爱德华的事，所以贝尔纳对自己闲来无事，以及对由于爱德华的慷慨大方他才过上的这种相当宽松的生活，并没有感到过于不安。他决定不让自己因顾虑重重而局促不安。他相信的我不敢说是天意，但至少是他的福气，他理应得到某种幸福，犹如呼吸空气的肺部理应得到空气一样。爱德华是这种幸福的赐予者，就像在波舒哀看来，讲道者是神的智慧的赐予者那样。另外，现在的生活，在贝尔纳看来是暂时的，因为他认为自己总有一天可以偿还这笔债，只要他售出他估量自己心中蕴藏的大量财物。他感到恼火的，主要是爱德华没有发挥他的某些才能，这些才能他感到他身上有，在爱德华身上却无法看到。“他不善于对我使用。”贝尔纳想道。他强压着自己的自尊心，并立刻明智地补充道：“算了。”

那么，爱德华和贝尔纳之间的尴尬关系从何而来？在我看来，贝尔纳是那种在对抗中才能找到自信的人。他无法忍受爱德华对他施加的巨大影响，所以在他必须屈从于这种影响时，他就进行反抗。爱德华丝毫也不想让他屈从，一旦发现他脾气倔强，随时准备自卫或至少是保护自己，就一会儿恼火，一会儿伤心。于是他就产生了疑问，他把这两个人带来是否失策，因为他把他们聚在一起，看来是为了让他们联合起来反对他。他无法了解洛拉内心深处的感情，就把她的回避和缄默看做冷淡。他要是了解到她内心的感情，就会感到十分尴尬，这点洛拉是清楚的，因此她那不被重视的爱情，只能消耗在隐蔽和沉默上面。

吃茶点的时候，他们三人通常都聚集在大房间里。在他们的邀请下，索弗罗尼斯卡夫人往往也来参加，主要是在鲍里斯和勃罗尼娅一起出去散步的那些日子。他们虽然年纪很小，她仍让他们自由活动。她完全相信勃罗尼娅，知道她非常谨慎，特别是和鲍里斯在一起的时候，而鲍里斯也特别听她的话。这地方是安全的，因为他们肯定不会冒险上山，也不会去攀登旅馆附近的悬崖。有一天，这两个孩子得到允许，可以一直走到冰川脚下，条件是不能离开公路，索弗罗尼斯卡夫人则应邀参加茶点，并在贝尔纳和洛拉的鼓励下，大胆地请爱德华向他们谈谈他未来的小说，如果他不会因此而感到不快。

“一点也不会，但是我无法对你们说。”

然而，当洛拉问他“这本书会同什么相像”（这问题显然提得愚蠢）时，他看起来像是要生气了。

“同什么也不像。”他大声说道。然后，他仿佛等待的就是这种挑衅，立刻接着说道：“为什么还要做其他人在我之前已经做过的事，做我自己已经做过的事，做别人可能会做的事呢？”

爱德华说出了这话，就立刻觉得他说得失礼、过激和荒谬，至少他觉得这话失礼和荒谬，或者说，他至少担心贝尔纳会有这样的看法。

爱德华性情暴躁。只要别人对他谈起他的工作，特别是让他谈论自己的工作，他就会像发疯一样。

他非常看不起那些作者常有的自命不凡，并尽量防止自己这样，但他喜欢用别人的尊重来充实自己的谦虚，一旦失去这种尊重，谦虚就立刻分崩离析。贝尔纳的尊重在他看来极为重要。爱德华在他面前让自己的诗神天马直跺脚，是不是为了得到这种尊重？结果却是失去尊重的最好办法。这点爱德华清楚地感觉到，他心里想到，并不断提醒自己，但不管下定什么决心，只要他来到贝尔纳面前，他的所作所为就和他心里想的恰恰相反，他说话的方式，他自己也立刻感到荒谬绝伦（实际上确实如此）。别人凭什么认为他喜欢他？……不，我可不信。只要有那么一点虚荣心，就可以使我们噘嘴皱眉，也可以使我们一往情深。

“是否因为在所有文学体裁中，”爱德华开始高谈阔论，“小说最为自由，*最无法无天*[①]……，也许因为这个原因，由于害怕这种自由（因为对自由最为向往的那些艺术家，在得到自由之后，往往变得惊慌失措），小说才总是惶恐不安地紧紧抓住现实不放？我说的不仅是法国小说。同英国小说一样，俄国小说不管如何不受约束，却仍然趋同附势。它预料的唯一进步，就是更加接近自然。小说从未有过尼采[②]所说的‘轮廓的巨大侵蚀’，而故意脱离生活，使希腊剧作家的作品或法国十七世纪悲剧具有一种风格。你们是否知道有什么作品比这些剧作更加完美，

---

① 原文为英文。

② 尼采（1844—1900），德国哲学家、诗人，唯意志论的主要代表，创立“权力意志说”和“超人哲学”，主要著作有《悲剧的诞生》、《查拉图斯特拉如是说》、《善恶的彼岸》等。

表现的人情更加深刻？但正是因为它们深刻地表现人情，它们就不以表现人情来炫耀自己，或者至少不以表现真实来炫耀自己。这才是艺术作品。”

这时，爱德华已站了起来，他很怕自己显得像在讲课，就一面说话一面倒茶，然后又踱来踱去，或是在他的杯子里挤一点柠檬汁，但还是继续说道：

“由于巴尔扎克是天才，由于任何天才看来都给自己的艺术带来最终的和独一无二的解决办法，因此有人就宣布，小说的特点是‘同户籍竞争’。巴尔扎克构建了他的作品，但他从未认为自己建构了小说的法典，他关于司汤达的那篇文章清楚地说明了这点。同户籍竞争！仿佛人世间的丑鬼和粗人还不够多！我同户籍有什么关系！身份就是我这个艺术家，不管是否入籍，我的作品都不想同任何东西竞争。”

爱德华激动起来，也许是有点装出来的，这时又坐了下去。他装出对贝尔纳毫不注意的样子，但话是为他而说的。如果单独和贝尔纳在一起，他什么话也说不出来，他要感谢这两个女人的促进作用。

“有时我觉得，在文学中我最为欣赏的，就是像拉辛[①]的作品中米特拉达梯[②]同他两个儿子的争论那样的东西。人们清楚地

---

① 拉辛（1639—1699），法国剧作家、诗人，法国古典主义悲剧代表作家之一，主要作品有《安德洛玛刻》、《以斯帖》、《淮德拉》等。

② 即米特拉达梯六世（约前132—前63），小亚细亚本都王国国王，拉辛的五幕悲剧《米特拉达梯》（1673）中的人物。

知道，一个父亲和几个儿子这样谈话，是从未有过的事，然而（我应该说：正因为如此），所有的父亲和所有的儿子都可能从中认出自己。确定了地点和特点，就是作出了限制。心理的真实都是特殊的，这话不错，但艺术却都是普遍的。全部问题恰恰都在这里：用特殊来表现普遍，让特殊来表现普遍。对不起，我可以点烟斗吗？”

“您点吧，您点吧。”索弗罗尼斯卡说道。

“好吧！我希望写的一部小说，就像《亚他利雅》、《伪君子》或《西拿》[①]那样，既是真实的，又远离现实，既特殊又普遍，既有人情又是虚构的。”

“那……这部小说的主题？”

“它没有主题，”爱德华生硬地接着说道，“这也许是最令人惊讶的地方。我的小说没有主题。是的，我很清楚，我说的话显得愚蠢。要是你们喜欢，咱们就说：不会有一个主题……‘生活的一个切面’，自然主义派这样说。这个流派的最大缺点，是切出它的切面总是从同一个方向，从时间的方向，即纵向。为什么不从横向切？或者从深度切？从我来说，我可一点也不想切。你们要理解我的意思：我是想把什么东西都放进这部小说。不在任何地方剪掉它的内容。这小说我已写了一年多的时间，我把什么都放进去，我什么都想放进去：我看到的，我知道的，我从别人的生活中和我的生活中学到的东西……”

---

① 《亚他利雅》（1691）是拉辛的悲剧；《伪君子》（1664）是莫里哀的喜剧；《西拿》（1641）是高乃依的悲剧。

“这些都具有某种风格?”索弗罗尼斯卡问道。她装出兴致盎然的样子，但无疑带有讽刺的味道。洛拉不禁莞尔一笑。爱德华微微耸了耸肩，接着说道：

“我想做的甚至不是这个。我想做的，一方面是描绘现实，另一方面是描绘使现实具有一种风格的努力，就是我刚才对你们说的那种努力。”

“可怜的朋友，您会让您的读者感到极其无聊。”洛拉说道。她无法掩盖她的微笑，就索性哈哈大笑。

“绝不会这样。您听我说，为了达到这种效果，我创造了小说家这一人物，把他定为中心人物，如果你们希望这本书有主题，那就是现实向他提供的素材同他想把这些素材加工成的产品之间的冲突。”

“是的，是的，我有点看出来了。”索弗罗尼斯卡有礼貌地说道。她几乎被洛拉的笑声所感染。“这也许会相当有趣。但是，您知道，在小说中描写知识分子总是危险的事。他们会使读者厌烦。作者只能让他们说些蠢话，而同他们有关的事，会被他们说得十分抽象。”

“另外，我清楚地看到这会是怎么回事。”洛拉大声说道，“这位小说家，您只能用来描写您自己。”

一段时间以来，她在和爱德华说话时带有讽刺的语调，她自己也对此感到奇怪，而爱德华则是有苦说不出，因为他看到贝尔纳用嘲弄的目光对她作出响应。

“不，我会设法把他写得十分讨厌。”

洛拉来劲了：

“是这样：所有的人都会看出他就是您。”她说完直爽地笑了起来，引得其他三人也一起哈哈大笑。

“这本书的提纲是否已经确定？”索弗罗尼斯卡问道，并竭力恢复严肃的神情。

“当然没有。”

“怎么！当然没有？”

“您应该知道，对于这样一本书来说，提纲基本上是无法接受的。只要我事先确定任何东西，书中的一切都会显得虚假。我期待着现实赋予我提纲。”

“但我以为您是想脱离现实。”

“我的小说家想要脱离现实，但我会随时让他回到现实中来。说实话，主题将是：现实提供的事实同理想的现实之间的冲突。”

他的话显然不合乎逻辑，这一眼就能看出，令人难受。十分明显，爱德华的头脑中有着两种不可调和的要求，可他却挖空心思，一定要把它们协调起来。

“这进展很快？”索弗罗尼斯卡有礼貌地问道。

“那要看您说的是什么意思。老实说，这本书，我连一行也没有写出来。但我已经为它做了很多工作。我每天都在想它，不断在想。我的工作是以十分奇特的方式进行的，这点我要告诉你们：在一本记事册上，我每天记下这部小说在我脑子里的状况，是的，我记的是一种日记，就像大人记的小孩的日记那样……就是说，我不仅是在每个困难出现时将它克服（任何艺术作品都是克服许多连续不断的小困难的总结或产物），而且对每个困难进行阐述和研究。你们可以认为，这本记事册包含着对我小说的批评，或者说，对小说的整体批评。你们想想，要是狄更斯或巴尔扎克也有这样一本记事册，这对我们来说会多么有趣，要是我们有《情感教育》或《卡拉马佐夫兄弟》的日记多好！作品及其构思的历史！这将会多么引人入胜……比作品本身还要有趣……”

爱德华模糊地希望有人请他把这些日记读给他们听。但他们三人都没有表现出丝毫的兴趣。非但如此，洛拉还用感伤的口吻说道：

“可怜的朋友，这部小说，我看您永远也写不出来。”

“好吧！我要对你们说，”爱德华冲动地大声说道，“这点我并不在乎。是的，如果我不能把这本书写出来，那是因为在我看来书的历史要比书本身更为有趣，只要有了书的历史，那就上上大吉了。”

“离开了现实，您就不怕迷失在极其抽象的领域之中，不怕写的不是活人的小说，而是理念的小说？”索弗罗尼斯卡胆怯地问道。

“但愿如此！”爱德华更加用力地叫道，“由于那些笨蛋在其中误入歧途，我们就应该禁止理念小说？至今为止，说的是理念小说，写出来的却是拙劣的主题小说。但问题不在这里，你们心里清楚。理念……理念，这点我承认，我对它们的兴趣比对人还要大，比对什么都要大。它们有生命，有斗争，会奄奄一息，就像人那样。当然，我们可以说，我们通过人才了解它们，同样，我们通过被风吹弯的芦苇才了解风，但风还是比芦苇来得重要。”

“风的存在不取决于芦苇。”贝尔纳试探地说道。

他介入谈话使爱德华重新活跃起来，因为爱德华早就等着他开口。

“是的，我知道，理念通过人才存在，但是，这正是感人之处：它们靠人来养活。”

贝尔纳一直注意地倾听着这些谈话。他满腹疑虑，差点儿把爱德华看做空想家。但在最后时刻，爱德华的雄辩使他感动。在这雄辩之风的吹动下，他感到他的思想弯了下来，但贝尔纳心里在想，犹如风过之后的芦苇那样，他的思想很快就会挺直。他想起上课时老师对他们说的话：激情支配的是人，而不是理念。这时，爱德华继续说道：

“你们要理解我的意思，我想要写的，就是像《赋格的艺术》[①]那样的东西。我弄不懂为什么在音乐上已能做到的事在文学上却不能做到……”

对此，索弗罗尼斯卡反驳道，说音乐是一种数理艺术，另

---

① 《赋格的艺术》(1749—1750)是巴赫最后一部复调音乐作品，其中有15首赋格和4首卡农，唯一主题为d小调，一般由弦乐器和管风琴演奏。赋格是在一个主题上构成的多声部（至少二声部）对位作品，主题（可长可短）在开始时以模仿形式引进，在乐曲进行中经常再现。

外，巴赫异乎寻常地先考虑其中的数理，而把伤感和人情排除在外，写出了一部抽象而又沉闷的杰作，建造了一种天文学的神殿，只有少数行家才能进入其中。爱德华立刻表示反对，觉得这神殿令人赞赏，认为这是巴赫整个职业生涯的终结和顶峰。

“在这之后，”洛拉补充道，“人们就排除了赋格，而且时间很长。人的情感不能再在其中找到栖身之处，就寻找其他的归宿。”

争论变成了极其繁琐的说理。贝尔纳在此之前一直保持沉默，但坐在椅子上开始感到不耐烦，这时终于忍不住了。他说话的口气极其尊敬，尊敬得有点过分，就像他每次对爱德华说话时那样，但又不乏诙谐，仿佛把这种尊敬当做儿戏一般。

“请原谅我，先生，”他说道，“我知道了您的书的书名，但方法很不体面，不过，我觉得您已经原谅了此事。这书名看来预告了一个故事？”

“哦！请把这书名告诉我们。”洛拉说道。

“亲爱的朋友，如果您想知道……但我要告诉您，这书名我可能会更改。我担心它有点名不副实……喂，您就告诉她们吧，贝尔纳。”

“那我就说了？……《伪币犯》。”贝尔纳说道，“但现在轮到您了，请您告诉我们：这些伪币犯……到底是谁？”

“啊！我一点也不知道。”爱德华说道。

贝尔纳和洛拉相互看了一眼，然后都对索弗罗尼斯卡看了一下。有人长叹一声，我觉得是洛拉发出的。

说句实话，爱德华在想到伪币犯时，首先想到的是他的某些同行，特别是帕萨旺伯爵。但是，这个名称所指的范围很快就扩大很多，思想之风从罗马或其他地方吹来，他的主人公就成为教士或共济会会员。如果他让自己的脑子沿着它喜爱的斜坡滑下去，它很快就会滑到抽象之中，并十分舒适地沉溺其中。兑换、贬值、通货膨胀等理念逐渐进入他的书中，犹如服装的理论进入卡莱尔[①]的《成衣匠的改制》那样，它们在该书中窃取了人物的地位。爱德华无法谈论此事，就只好一言不发，样子很不自然，他的沉默仿佛是承认自己思想贫乏，使其他三人感到十分尴尬。

“你们是否得到过一枚伪币？”他最后问道。

“是的。”贝尔纳说道，但两位女士都说“没有”，而且声音要比他响。

“好吧！你们设想一枚十法郎的金币是假的。它实际上只值两个苏。只要别人不认为它是假的，它就值十个法郎。如果我的出发点是这个理念……”

“但为什么出发点是一个理念？”贝尔纳不耐烦地打断了他

① 卡莱尔（1795—1881），英国历史学家和散文作家，写有《法国革命》、《论英雄、英雄崇拜和历史上的英雄事迹》等作品。《成衣匠的改制》写一个德国哲学家的生平和见解，实际上是作者用幽默的笔调在精神方面进行的自我剖析。

的话，“如果您的出发点是一个陈述清楚的事实，理念就会自动来到其中。如果我来写《伪币犯》，我就先要介绍伪币，您刚才说的那枚小小的伪币……就是这个。”

说着，他从小口袋里拿出一枚十法郎的硬币，并把它扔到桌上。

“您听，它的声音多好。几乎同真的一样。您会发誓说它是金币。今天上午我没有看出来，把它给我看的食品杂货店老板对我说，他当时也没有看出来。我觉得，它的重量同真的不是完全相同，但它的光泽和真的金币一样，声音也几乎相同。它是镀金的，所以它的价值要比两个苏大一点，但它是水晶玻璃做的。用得多了，它会变得透明。不，您别去擦它，您会把它弄坏的。它已经快要透明了。”

爱德华已把它拿在手里，极为好奇地对它仔细察看。

“那么，食品杂货店老板是从谁那里得到这硬币的？”

“他记不得了。他觉得他把它放在抽屉里已有好几天了。他感到好玩才把它给了我，想看看我是否看得出来。我正要把它当做真的，这点我可以保证，但他为人正直，把这事给我说穿了，然后让我出五个法郎把它买下来。他本想把它留着，拿给他所说的‘业余爱好者’看。我想，最好的业余爱好者莫过于《伪币犯》的作者，我是为了拿给您看才把它买下来的。现在，您对它仔细看过了，请把它还给我！唉！我看，现实不会使您感到兴趣。”

“不是，”爱德华说道，“但它使我感到不舒服。”

"真遗憾。"贝尔纳接着说道。

爱德华日记

同一天晚上

索弗罗尼斯卡、贝尔纳和洛拉向我询问我的小说。为什么我禁不住要说呢？我说的全是蠢话。幸好谈话被两个回来的孩子打断了。他们脸色通红，气喘吁吁，仿佛跑了很多路，进来之后，勃罗尼娅立刻朝她的母亲扑了过去，我以为她要哭出来了。

"妈妈，"她大声说道，"你要教训教训鲍里斯。他想脱光衣服躺在雪地上。"

索弗罗尼斯卡朝鲍里斯观看，只见他站在门口，低着头，凝视的目光仿佛充满仇恨。她装作没有发现这孩子异常的表情，而是极其平静地说道：

"你听着，鲍里斯，"她说道，"晚上不能做这种事。要是你喜欢，明天上午，咱们一起到那里去，你首先试试，赤着脚走到那里……"

她温存地抚摸她女儿的前额，但女孩突然倒在地上，痉挛地打着滚。我们感到十分不安。索弗罗尼斯卡把她抱了起来，让她躺在长沙发上。鲍里斯一动不动地站着，用目光呆滞的大眼睛看着这情景。

我认为索弗罗尼斯卡的教育方法从理论上说是优良的，但也许她对这两个孩子的反抗有误解。

“您的所作所为，仿佛说明善总是应该战胜恶。”我后来同她单独在一起时对她说道。（晚饭后，我去询问勃罗尼娅的情况，因为她没能下来吃饭。）

“确实如此。”她对我说道，“我坚信善应该胜利。我有信心。”

“然而，信心太足，您会弄错……”

“每次我弄错，都是因为我信心不足。今天，我让这两个孩子出去时，不禁对他们流露出了一点不安，这点他们感觉到了。其他一切都是由此而来的。”

她握住我的一只手：

“您好像不相信信仰的力量……我的意思是说：它的疗效。”

“确实如此，”我笑着说道，“我不是神秘主义者。”

“可是，我呢，”她十分激动地大声说道，“我的灵魂完全相信，没有神秘主义，这人世间就不会产生任何伟大、美好的事物。”

在旅客登记簿上发现维克托·斯特鲁维卢的名字。据旅馆老板提供的情况，他是在我们到达萨斯费的前两天离开的，在这里大约待了一个月的时间。我很想再见到他。索弗罗尼斯卡也许和他有交往。我一定要问问她。

四

“我想问您，洛拉，”贝尔纳说道，“您是否认为这世上有什么东西是不能怀疑的？……我最终怀疑，是否可以把怀疑当做支点，因为我认为，我们绝不会没有怀疑。我可以怀疑所有东西的真实性，但不能怀疑我怀疑的真实性。我想要……请原谅我，如果我表达的方式有学究气，我本质上却没有学究气；然而我学的是哲学，您无法相信，经常写论说文会很快在脑中刻下皱纹。这点我一定会改正，我向您发誓。”

“为什么要说这些离题的话呢？您是想……”

“我想写一个人的故事，此人先是听取每个人的意见，他在作出任何决定之前，要像巴奴日[①]那样去向每个人请教，而在认识到不同的人对每个问题的看法会相互矛盾之后，他就决定先听取他自己的意见，从此他就变成十分能干的人。”

“这是老人的计划。”洛拉说道。

“我要比您想象的更加成熟。几天以来，我像爱德华那样在一本记事册上记点东西。我在右面一页上记下一种看法，为了进行比较，我在左面一页上记下相反的看法。譬如说，有一天晚上，索弗罗尼斯卡对我们说，她让鲍里斯和勃罗尼娅在睡觉时把窗子敞开。她为了证明这种做法而对我们作出的解释，在我们看来确实是十分有道理和有说服力的。但在昨天，我在旅馆的吸烟室里听到那位刚来不久的德国教授支持一种相反的理论，我承认这种理论在我看来更加合理，更有根据。他说，重要的是在睡眠期间尽量减少消耗以及生命的那种置换，他把这个称之为碳化。只有这样，睡眠才真正能起到恢复体力的作用。

---

① 巴奴日是文艺复兴时期法国作家拉伯雷所著的讽刺小说《巨人传》中的人物，他是主人公庞大固埃的机智而又胆小的伙伴。

他举的例子是鸟睡觉时把头藏在翅膀下面，动物睡觉时蜷缩成一团，以便把呼吸减少到最低程度，同自然最为接近的居民也是如此。据他说，最没有文化的农民睡在凹陷之处。阿拉伯人迫不得已睡在露天，至少把他们斗篷的风帽蒙在脸上。但是，当我再次想起索弗罗尼斯卡和她教育的两个孩子时，我就觉得她并没有错，对其他人有益的方法可能会对这两个孩子有害，因为如果我没有看错的话，这两个孩子都有结核病的苗头。总之，我在想……我使您感到厌烦。"

"这个您倒不必担心。您在想……"

"我想不起来了。"

"啊！他在赌气。您对自己的想法别感到不好意思。"

"我刚才说，任何事并不能适合于所有的人，只能适合于某些人；任何事不是对所有的人来说都是对的，而只是对认为它对的人来说是对的；没有一种方法和理论可以不加区别地用于每一个人；如果我们行动时需要选择，至少我们有选择的自由；如果我们没有选择的自由，事情就更加简单；但我认为是对的事（当然不是绝对而言，而是对我而言），那就是它能使我充分发挥自己的能力和长处。我不能同时进行怀疑，我厌恶优柔寡断。蒙田'柔软的枕头'不是为我的脑袋做的，因为我还不困，不想休息。我以前认为自己是那种人，现在也许已经成为这种人，中间走过的道路是漫长的。我有时害怕自己起得太早。"

"您害怕？"

"不，我什么也不怕。您要知道，我已经有了很大变化，至少我的内心面貌已和我离家的那天完全不同。后来遇到了您，我立刻停止追求我心目中最重要的自由。也许您不是十分清楚，我已在听候您的吩咐。”

“这话应该如何理解？”

“哦！这您心里明白。您为什么要让我明说呢？您要我供认不讳？……不，不，我请求您，不要把您的微笑隐藏起来，否则我会觉得浑身发冷。”

“啊，我的小贝尔纳，您认为您开始喜欢我了。”

“哦！我不是刚刚开始，”贝尔纳说道，“也许是您开始感觉到这点了，但您无法阻止我。”

“我过去对您无须猜疑，感到十分快乐。可现在我接近您时却要小心提防，就像接近可燃的物质那样……您要想想，我很快就会变得奇形怪状，肚子鼓起……我这副模样就能把您的病完全治好。”

“是的，如果我喜欢的只是您的模样。另外，首先我没有病，如果喜欢您就是有病，那我情愿不要把这病治好。”

他说这些话时神态严肃，近于悲伤。他用爱德华和杜维埃从未有过的温柔目光看着她，但同时又毕恭毕敬，使她无法感到不快。她膝盖上放着一本英语书，他们已中断这本书的阅读，这时她心不在焉地翻着书。她好像不在听，这使贝尔纳在说下去时并不感到过于局促不安：

“我过去把爱情想象成火山那样的东西，至少我注定要体验到的爱情是这样的。是的，我确实认为自己只能用野蛮的、毁灭的方式去爱，就像拜伦那样。我对自己的了解是多么模糊不清！是您洛拉使我了解到我和我过去对自己的认识是多么不同！我过去扮演一个可恶的人物，我竭力使自己同他相像。当我想到我在离家前写给我那个假父亲的信时，我感到非常羞愧，我可以向您肯定。我当时把自己看做反抗者、亡命之徒，可以把实现我愿望的一切障碍踩在脚下，我现在在您的身边，却不再有任何愿望。我以前向往自由就像向往最宝贵的财产，但我获得自由之后，却立刻服从于您的……啊！您要知道，头脑里存放着一大堆大作家的话，在要表达一种真挚的感情时，这些话却涌到了嘴边，这真叫人烦恼。这种感情对我来说十分新奇，我还没有想出表达它的语言。咱们就算这不是爱情，因为这个词您不喜欢，就算是敬仰。这种自由，我在此之前认为是无限的，您的法律却仿佛给它划出了界限。我心中游移不定的湍流，到了您的周围就跳起了音调和谐的圆舞。如果我有一种想法同您背道而驰，我就将它抛弃……洛拉，我不要求您爱我，我还只是一个学生，我不值得您的注意，但我现在想要做的事，都是为了能稍微得到您的……（啊！这个词叫人讨厌……）您的重视。”

这时，他已跪倒在她的面前，虽然她已抢先一步把她的椅子稍稍后移，贝尔纳的额头仍碰到了她的裙子，双手举到后面，仿佛是在膜拜，但当他感到洛拉把手放在他的额头上时，他就抓住这只手，并把嘴唇贴在上面。

“您真是个孩子，贝尔纳！我也并不自由。”她把手缩回去时说道，“拿着，您把这个看一下。”

她从胸衣里拿出一张揉皱的纸，交给贝尔纳。

贝尔纳首先看了签名。正如他担心的那样，是费利克斯·杜维埃的签名。他一时间把信拿在手里，但没有去看，就朝洛拉抬起眼睛。她在哭。这时，贝尔纳感到自己心里又有一种关系断了，这是一种秘密的关系，会把我们每个人同自我以及自己自私的过去联系在一起。然后，他开始看信：

亲爱的洛拉：

这将要出生的孩子，我发誓我会像亲生父亲那样来喜爱，为了这孩子，我恳求你回来。你别以为你回到这里会受到任何指责。你也不要过于自责，因为我特别难受的正是这点。请立刻回来。我喜爱你，拜倒在你的面前，一心一意等待着你的归来。

这时，贝尔纳坐在洛拉前面的地上，但他没有看她，只是对她问道：

“这封信您是什么时候收到的？”

“今天上午。”

“我觉得他一无所知。您给他写信了吗？”

“是的，我什么都向他承认了。”

“爱德华知道这事吗？”

“他什么也不知道。”

贝尔纳低着头，沉默了一会儿，然后又朝她转过头去：

“那么……您现在准备怎么办？”

“您是真的想知道？……回到他的身边。我的位置在他的身边。我应该和他一起生活。这点您清楚。”

“是的。”贝尔纳说道。

接着是长时间的沉默。贝尔纳又说道：

“您是否相信一个男人真的能像爱自己的孩子那样去爱另一个男人的孩子？”

“我不知道我是否相信，但我希望相信。”

“至于我，我可相信。相反，我不相信有人极其愚蠢地称之为‘骨肉情义’的东西。是的，我认为大家谈得很多的这种情义只是一种无稽之谈。我在书中看到，在大洋洲那些岛屿的某些部落中，收养别人的孩子是一种风俗，被收养的孩子往往比亲生的孩子更受喜欢。我记得十分清楚，书中是说‘更受宠爱’。您是否知道我现在在想什么？……我在想，充当我父亲的那个男人，从未说过和做过会使人怀疑我不是他亲生儿子的话和事，但我在给他写信时，总是感到有区别，我是在自欺欺人；相反，他对我特别喜爱，这点我是感觉到的，因此，我对他忘恩负义，就更加显得可恶，我这样对待他是不对的。洛拉，我的朋友，我想问您……您是否认为我应该请求他原谅，并回到他的身边？”

“不。”洛拉说道。

“为什么？要是您，您回到杜维埃的身边……”

“您刚才对我说，对一个人来说是对的事，对另一个人来说却是不对的。我感到自己是弱者，您却是强者。普罗菲唐迪厄先生可能喜欢您，但是，如果我应该相信您对我说的有关他的事，那么，你们俩是无法融洽相处的……或者您至少还要等待。您回到他那里去，不要垂头丧气。您是否想知道我的全部想法？您打算这样做，是为了我，而不是为了他，是为了得到您刚才说的‘我的重视’。如果我感到您没有在寻求这种重视，贝尔纳，您是得不到它的。我只能喜爱您的本色。请您把悔恨留给我，它对您不合适，贝尔纳。”

“我听到我的名字从您的嘴里说出来，几乎要开始喜爱它了。您知道我以前在那里最讨厌的是什么？是豪华。多么舒适，多么方便……当时我感到自己成了无政府主义者。相反，我现在觉得我变成了保守派。我突然明白这点，是那天在边境气愤地听到一个旅游者说他喜欢偷漏关税。他说：‘偷国家的东西，就是不偷任何人的东西。’我由于反对这种看法，才突然明白什么是国家。我开始喜欢国家，只是因为有人在伤害它。这事我从未考虑过。他还说：‘国家只是一种协定。’一种协定的基础如果是每个人的诚实，那将是多么美好的事情……只要世上的人个个诚实。啊，如果今天有人问我，在我看来哪种美德最好，我就会毫不犹豫地回答说：诚实。哦！洛拉！在我的整个一生中，我希望受到一点撞击，就能发出诚实、准确的纯音。我所认识的人，发出的声音听起来都虚假。要完全表里如一，不要冒充好汉……人们要欺骗别人，就拼命想表现自己，最后竟不知道自己有多少分量……请原谅我对您这样说话。我是把我夜里的想法告诉您。”

“您是在想您昨天拿给我们看的那枚小硬币。当我离开的时候……”

她没有把话说完。她眼睛里流出了泪水，但竭力想把眼泪忍住，贝尔纳看到她的嘴唇在颤抖。

“那么，您要离开，洛拉……”他伤心地接着说道，“我担心的是，当我感到您不在我身边时，我没有能耐，或者能耐不大……但是，请您说说，我想问您……如果爱德华……我不知道该怎么说……（这时洛拉的脸红了）如果爱德华有更大的能耐，您是否会离开，是否会在信中供认不讳？哦！您不要反对。您对他的看法，我是一清二楚。”

“您这样说，是因为昨天他说话时您发现我在微笑，您就立刻肯定我们的看法相同。不，您不要弄错。说句老实话，我不知道自己对他是怎么看的。他过不了很长时间就会有变化。他不会喜欢任何东西，但他的逃避却最叫人喜欢。您认识他的时间这么短，无法对他作出评价。他的存在不断解体和重塑。人们以为理解他……他是普洛透斯[①]。他会变成他所爱的人的形状。对于他，要理解他，必须爱他。”

“您爱他。哦！洛拉，我感到我嫉妒的不是杜维埃，也不是樊尚，而是爱德华。”

---

① 普洛透斯是希腊神话中变幻无常的海神，能知未来，只有中午他才从海中出来，到岩石的阴影下睡午觉。如有人能见到他，他就可向此人预告未来。

“为什么要嫉妒？我爱杜维埃，我爱爱德华，但方式不同。如果我会爱您，那又是另一种爱。”

“洛拉，洛拉，您不爱杜维埃。您对他有的是友情、同情和尊重，但这不是爱情。我觉得您忧郁（因为您十分忧郁，洛拉），是因为生活把您分割开来，您的爱情是不完整的，您把您想给予一个人的东西分给了好几个人。至于我，我觉得自己是不可分割的，我只能把自己完整无缺地给予别人。”

“您太年轻，还不能这样说话。您现在不会知道，生活是否也会把您‘分割开来’，就像您说的那样。我只能接受您给予我的这种……景仰。其他的要求则应该在别的地方得到满足。”

“这是真的吗？您会预先使我对我自己和生活感到厌恶。”

“您对生活一无所知。您可以对生活有任何期望。您是否知道我犯了什么错误？是无法再对生活有任何期望的错误。唉！我当时以为，我已不再有任何希望，所以我才放任自流。我在波城度过了这个春天，仿佛我不会再有其他的春天，仿佛一切都已无足轻重。贝尔纳，我现在受到了惩罚，因此可以对您说：您决不要对生活感到绝望。”

对一个充满火一般热情的青年说这种话又有什么用处？况且洛拉的话并不是说给贝尔纳听的。出于同情，她不由自主地在他面前放声说出自己的想法。她不善于弄虚作假，不善于克制自己。她刚才想到爱德华，不禁激动起来，从而流露出她的爱，所以她现在需要教训别人，这种需要肯定和她父亲相像。但贝尔纳厌恶劝告和建议，即使它们来自洛拉。他用微笑来提醒洛拉，洛拉则用更加平静的语调接着说道：

“您回到巴黎之后，是否仍想当爱德华的秘书？”

“是的，只要他愿意用我，但他不让我做任何事。您知道我喜欢做什么吗？帮助他写那本书，他一个人是决不会写出来的，这点您昨天已经对他说了。我觉得他对我们说的那种工作方法是荒谬的。一部好的小说写起来不是像他那样不自然。首先必须相信别人叙述的事，您说呢？然后就这样讲述。我起初认为我能帮他的忙。他如果需要一个侦探，我也许能满足这个要求，他可以根据我侦查发现的事实来写……但同一个思想家在一起，那就无事可干。在他身边，我觉得我是记者的料子。如果他坚持自己的错误，我就干自己的事。我得挣钱糊口。我可以为某家报社提供服务。同时我还可以写诗。”

“因为在记者身边，您肯定会感到自己是诗人的料子。”

“哦！您别嘲笑我。我知道自己可笑，但不要让我过多地感到这点。”

“您就和爱德华待在一起吧，您可以帮助他，也可以让他来帮助您。他人好。”

这时响起了午饭的铃声。贝尔纳站了起来。洛拉握住他的一只手：

“您昨天给我们看的那枚小硬币……作为对您的纪念，在我离开的时候，您说，”她神情尴尬，但还是说完了这句话，“您是否愿意把它送给我？”

“喏，就在这儿，您拿去吧。”贝尔纳说道。

五

爱德华日记

人类精神上的疾病几乎都是这样：你以为它们治好了，其实它们就像医学上所说的那样是被消散了，并由其他的疾病取而代之。

——圣伯夫（《星期一丛谈》，Ⅰ，第19页）

我开始隐约看到我会称之为我的书的“深刻主题”的东西。这是，这肯定将是真实的世界和我们对它进行的描述之间的竞争。表象的世界必然呈现在我们面前的方式和我们必然要对外部世界进行独特的解释的方式，造成了我们生活的悲剧。现实进行的抵制使我们到梦幻、希望和来世中去构建我们的理想，今世的挫折使我们相信来世。现实主义者从事实出发，使他们的想法适合于事实。贝尔纳是个现实主义者。我担心无法和他意见一致。

当索弗罗尼斯卡对我说我一点不像神秘主义者时，我怎么能表示同意呢？我真想和她一起承认，没有神秘主义，人就不能做出任何伟大的事业。但是，当我和洛拉谈起我的书时，她指责的不正是我的神秘主义？……这件事，咱们还是让她们去辩论。

索弗罗尼斯卡又对我谈起鲍里斯，她认为她已做到使鲍里斯供认不讳。可怜的孩子在心里已没有一个矮林或一丛植物可以用来躲避女医生的目光。他像野兽那样完全被赶了出来。索弗罗尼斯卡把他精神机器中最隐秘的齿轮拆了下来，放在光天化日之下，就像钟表匠把他要清洗的座钟的零件拆下来那样。如果这样搞了之后孩子仍是不能准时敲响的钟，那就算是白辛苦一场。索弗罗尼斯卡是这样对我说的：

鲍里斯大约在九岁时被送进华沙的学校。他和班里的一个同学很要好，那同学名叫巴蒂斯亭·克拉夫特，比他大一两岁，把秘密的圣事教给了他，这些孩子产生了奇异的感觉，以为这是“魔法”。他们用这个名称来表示他们的恶习，是因为他们听到别人说过或是在书上看到过，说魔法可以使你神秘地占有你想要的东西，会使你具有无穷的力量，等等。他们真的以为发现了一个秘密，使他们能用幻觉中的事物来安慰自己，不会因现实中不存在的事物而感到痛苦。他们随心所欲地产生幻觉，迷恋于用过度的想象所取得的肉欲的奇特快感来填补自己的空虚。当然，索弗罗尼斯卡并没有使用这些词语。我希望她能把鲍里斯的话如实地告诉我，但她认为她只是通过大量真真假假、吞吞吐吐、含糊不清的话才弄清上面所说的事情，不过她对我肯定了此事的真实性。

“鲍里斯一直带在身上的那张羊皮纸，”她补充道，“我找了很久才找到了其中的原因。羊皮纸放在他挂在胸前的一个小袋里，就在他母亲一定要他佩带的圣牌旁边——纸上有五个词，是用大写字母写的，我问他是什么意思，他不肯说。五个词是：

煤气。电话。十万卢布。”

“‘这没有任何意思。这是魔法。’我钉着他问，他总是这样回答。我能了解到的就是这些。我现在知道，这几个神秘莫测的词，是年轻的巴蒂斯亭写的，他是大师傅和魔法教师，对那些孩子来说，这五个词就像咒语，就像进入使他们沉浸于淫乐的可耻天堂的‘芝麻开门’。鲍里斯把这张羊皮纸称为他的护身符。要他把这张纸拿给我看，我花了很大的力气；要他不再带着它，我花的力气就更大了（那是在我们刚到这里的时候），因为我不希望他带着它，就像我现在知道他已经改掉以前那些坏习惯。我当时希望，没有了这个护身符，他的种种怪癖就会随之消失。但是，他死死抓住那些怪癖，他的疾病也是这样，就像抓住最后的救命稻草。”

“但您说他已经改掉那些习惯……”

“神经病是这以后才开始有的。生病也许是因为鲍里斯要改掉那些习惯，就必须约束自己。我从他那里知道，他母亲有一天发现他正在‘施展魔法’，就像他说的那样。她为什么从未对我说起这件事呢？……是因为不好意思？……”

“也许是因为她知道他已经改过了。”

“真荒唐……正因为如此，我才摸索了这样长的时间。我对您说过，我认为鲍里斯纯洁无瑕。”

“您甚至对我说，正是这点使您感到为难。”

“我当时说得是否对，您现在清楚！……他母亲是应该告诉我的。如果我那时就知道这件事，鲍里斯的病早就治好了。”

“您刚才说那病是在这以后才开始有的……”

“我是说生病是由于抗议。我想，他母亲责骂他，哀求他，教训他。这时他父亲突然去世。鲍里斯相信，秘密的圣事被说得罪大恶极，现在得到了惩罚。他觉得他要对父亲的死负责。他认为自己犯了罪，应被罚入地狱。他感到害怕。这时，他虚弱的身体犹如困兽一般，想出了许多遁词来排除内心的痛苦，这些遁词就等于是在招认。”

“如果我对您的意思没有理解错的话，那么，您是认为，鲍里斯继续安心地施展他的‘魔法’，他就不会受到这样大的伤害？”

“我认为，要让他改掉这习惯，没有必要去吓唬他。他父亲去世，生活有了变化，也许足以使他放弃此事，而离开华沙则可以使他摆脱他朋友的影响。靠恐吓是得不到任何好结果的。我得知这个情况之后，同他谈起了这些事，回顾了往事，使他感到羞耻，因为他情愿占有想象的东西，而不要占有真实的东西，我对他说，真实的东西是对一种努力的报偿。我不是把他的恶习说得一无是处，而只是对他说，这是懒散的一种形式，我也确实认为它是这样，这形式最难以捉摸，最阴险毒辣……”

听到这话，我想起拉罗什富科的一段话，虽然我能背给她听，我还是想拿给她看，就去找《箴言录》那本小书，我外出旅行时总是带着那本书。我给她念道：

“在所有的爱好中，我们最不了解的莫过于懒散；它在一切爱好中最为强烈，最为有害，虽说它的强烈难以觉察，它带来的危害十分隐蔽……懒散的休息是灵魂的秘密乐趣，可以突然中止最热烈的追求和最固执的决定。为了使人对这种爱好有真正的了解，我们应该说，懒散犹如灵魂的真福，可以排解它因各种不幸而感到的痛苦，并能替代它不能得到的各种幸福。”

“您是否认为，”索弗罗尼斯卡对我说道，“拉罗什富科写的这段话，同我们刚才说的不谋而合？”

“可能是，但我并不这样认为。我们的古典作家们允许别人对他们的话作出种种解释。他们说得准确，但又不止有一种解释，所以更加令人赞赏。”

我请她把鲍里斯那个有趣的护身符拿给我看看。她对我说，它已不在她那儿，她已把它给了一个人，那人对鲍里斯感到兴趣，请她把它留给他作为纪念。“是一位名叫斯特鲁维卢的先生，我是在您来到前不久在这儿遇到他的。”

我对索弗罗尼斯卡说，我在旅馆的登记簿上看到过这个名字，并说我以前曾认识一个名叫斯特鲁维卢的人，所以我很想知道是不是同一个人。根据她对他进行的描述，我觉得没有弄错，但她告诉我的有关他的事，并没有满足我的好奇心。我只是得知他待人非常和气、殷勤，她觉得他十分聪明，但有点懒散，“如果我还敢用这个词的话。”她笑着补充道。我也把我所知道的有关斯特鲁维卢的情况告诉了她，这使我不禁和她谈到我和他相识的那所寄宿学校，谈到洛拉的父母（洛拉也把自己的事告诉了她），最后谈到拉佩鲁兹老人，以及老人和小鲍里斯的亲属关系，我在离开老人时答应把这个孩子给他带回去的允诺。由于索弗罗尼斯卡曾对我说过，她认为鲍里斯最好不要继续和他母亲一起生活，我就问道："您为什么不把他放在阿扎伊斯的寄宿学校呢?"我对她提出这个建议，主要是想到鲍里斯的祖父要是知道孩子在他家附近，在他朋友的学校里，他随时都能见到孩子，一定会非常高兴，但我无法相信孩子在那里会过得开心。索弗罗尼斯卡对我说，她会考虑此事。总之，她对我刚才告诉她的一切感到极大的兴趣。

索弗罗尼斯卡再三说小鲍里斯已恢复健康，这说明她治疗的方法对头，但我担心她把话说得早了一点。当然，我不想和她唱反调，而且我也看出，怪癖、悔恨的动作和说话的迟疑不决已基本消失，但我觉得疾病只是躲避到身体中更深的区域里，仿佛为了避开医生讯问的目光，觉得现在是灵魂本身出了毛病。正如过去手淫的习惯改掉之后出现了神经质的冲动那样，现在这种冲动消失了，却产生某种看不出的忧虑。确实，索弗罗尼斯卡感到不安的是，她看到鲍里斯跟在勃罗尼娅后面投身于一种幼稚的神秘主义，她过于聪明，所以知道鲍里斯现在寻求的这种新的"灵魂真福"，同他以前用诡计产生的真福并没有很大的差别；知道它虽然对身体的损耗和危害较小，他还是作出同样的努力，使这种真福变为现实。但是，当我给她说起此事，她就对我回答说，像鲍里斯和勃罗尼娅那样的孩子不能没有幻想的食粮，并说如果把他们的这种食粮夺走，他们就会完蛋，勃罗尼娅会感到绝望，鲍里斯则会庸俗地追求物质享受。另外她又认为，她无权破坏这两个孩子的信仰，虽说她认为他们的信仰是捏造出来的。她想把它看做低下本能的升华，高级的要求，一种激励，一种防护，还有什么呢？……她不相信教会的教义，却相信信仰的效力。她激动地谈到这两个孩子一起读《启示录》时的虔诚，说他们兴奋地同天使们谈话，用白布裹住他们的灵魂。同所有的女人一样，她也充满着矛盾。但她说得对：我确实不是一个神秘主义者……只是个懒散的人。我对阿扎伊斯寄宿学校和巴黎的环境抱有很大希望，希望鲍里斯能在这种环境下成为一个勤劳的人，以便最终放弃对“想象的东西”的追求。对他来说这才是永福。我觉得索弗罗尼斯卡已同意把孩子托付给我，她肯定会把他送到巴黎，因为她要亲自把他安置在阿扎伊斯那里，以便使他的母亲放心，她一定能得到孩子母亲的同意。

六

奥利维埃给贝尔纳的信

有些缺点，要是使用得当，会比美德更有光彩。

——拉罗什富科

老兄：

我首先要告诉你，我已通过中学毕业会考。但这并不重要。我遇到唯一的机会，可以出去旅行。我当时还在犹豫，但看了你的信之后，我立刻作出了决定。首先是我母亲不大同意，但樊尚很快就说服了她，他表现出来的热情，是我意想不到的。我无法相信，在你信上提到的那种情况下，他的所作所为竟会如此缺乏教养。我们这种年龄人有一种不良倾向，对别人的要求会过于苛刻，并且在指责时不留余地。许多行为在我们看来应受谴责，甚至令人发指，只是因为我们对它们的动机没有足够的认识。樊尚没有……但这样我会扯得太远，而我又有太多的事要告诉你。

你要知道，现在给你写信的是新的杂志《前卫》的主编。经过几次商议，我同意担任这个职务，罗贝尔·德·帕萨旺伯爵认为我能够胜任这一工作。这个杂志是他资助的，但他不大希望别人知道这点，所以封面上只写我的名字。我们的杂志在十月份创刊，希望你能给创刊号写点东西，给我寄来。如果在创刊号的目录中，你那发亮的名字不出现在我的名字旁边，我将会感到难受。帕萨旺希望在创刊号上刊登十分放肆和色情的东西，因为在他看来，对于年轻的杂志来说，最致命的指责是假装羞羞答答，我十分同意他的意见。我们对此事谈得很多。他要我把这个写出来，并给我提供了一个短篇的近乎淫秽的题材。由于我母亲的关系，这使我有点为难，这事做起来可能困难，真倒霉。正如帕萨旺所说：出了丑闻，越是年轻，所受的连累就越小。

我是在维扎沃纳给你写信。维扎沃纳是小村庄，位于科西嘉最高的一座山的半山腰上，隐藏在一座密林之中。我们住的旅馆离那个村庄相当远，是旅游者出发去徒步旅行的起点。我们在这里只住了几天。我们先是安顿在离美妙的波托湾不远的一家小旅馆里，波托湾十分僻静，我们早上到海里去洗澡，可以整天随心所欲地待在那里。真是妙不可言，只是天气太热。我们只好住到山上去。

帕萨旺是个可爱的旅伴。他一点也不看重自己的爵位，要我叫他罗贝尔，而他则想出叫我“奥利弗”——“橄榄”。你说说，这是否有趣？他尽可能让我忘记他的年龄，并让我相信他已做到这点。我母亲见我和他一起出去，感到有点害怕，因为她对他几乎一无所知。我犹豫是因为怕她担心。在收到你的信之前，我几乎已经不想去了。樊尚说服了她，你的信也突然使我有了勇气。动身前的几天，我们都去跑商店采购。帕萨旺十分慷慨，什么都想给我买，我每次都得加以阻拦。但他觉得我那些衣服太难看：衬衫、领带、袜子，没有一件他看得上眼。他反反复复地说，如果我要和他一起生活一段时间，他要是看到我穿得不体面，就是说不合他的口味，就会感到十分难受。当然，他让人把买的东西都送到他家，以免使妈妈不安。他自己穿得讲究、雅致，特别是他很有鉴赏力，许多东西我以前认为还过得去，现在却觉得不堪入目。你无法想象他在商店里是多么有趣。他非常风趣！我想让你对此有所了解：我们当时在布伦坦诺商店，他是去修钢笔的。他后面那个高大的英国人想排到他的前面来，见罗贝尔突然把他往后推了一下，他就叽哩咕噜地不知在对罗贝尔说些什么，罗贝尔转过身去，十分平静地说道：

“这毫无必要。我不懂英语。”

那人怒气冲冲地又用纯正的法语说了一遍：

“这您应该知道，先生。”

这时，罗贝尔面带微笑，彬彬有礼地说道：

“您看得很清楚，这毫无必要。”

那英国人极为激动，但再也想不出任何话来。这让人笑得肚子也疼了。

另一天，我们在奥林匹亚剧院看戏。在幕间休息时，我们到大厅里散步，许多妓女在那里走来走去。其中有两个样子可怜巴巴的，上前和他搭讪：

“亲爱的，给我们来杯啤酒，好吗？”

我们和她们一起在一张桌子旁边坐了下来。

“堂倌！给这两位女士每人一杯啤酒。”

“那么两位先生呢？”

“我们？……哦！我们喝香槟酒。”他漫不经心地说道。他要了一瓶莫埃特香槟酒，我们两个人一口气把它喝完。你要是看到那两个可怜的妓女的脸！……我觉得他厌恶妓女。他对我说，他从未去过妓院，并让我知道，我要是去那种地方，他就会跟我翻脸。你看，他这个人十分正派，虽说他样子和说话像是厚颜无耻，例如他说，在旅行时，他要是在**午饭前**[①]没有遇到

① 原文为英文。

五个他想要同她们睡觉的女人，他就把这一天称之为“沉闷的一天”。我顺便告诉你，我没有再去……你知道我这话的意思。

他教训别人的方法十分有趣，又别具一格。有一天他对我说：

“你看，我的孩子，在生活中重要的是不要被拉下水。一件事会引起另一件事，以后就不知道自己在哪条道上走了。我曾认识一个很好的小伙子，他即将娶我女厨师的女儿为妻。一天夜里，他偶然走进一家小珠宝店，把老板给杀了。后来他去偷窃，又要隐瞒。你看，这样会有什么结果。我最后一次看到他时，他已成了骗子。你可要当心。”

他一直是这样。就是说，我并不寂寞。我们动身时打算做很多工作，但至今为止，我们什么事也没有做，只是洗海水浴，在太阳下把身体晒干，聊天。他的看法和想法都别出心裁。我再三催促他把他对我说的有关海底动物的某些全新的理论写下来，还要他写他所说的能使海底动物不需要日光的“自体光”，他把这种光同圣宠之光和“启示”之光相提并论。这事我用三言两语说出来，可能没什么意思，但我向你保证，这事从他嘴里说出来，就会像小说那样有趣。通常，人们不知道他精通博物学，是他故弄玄虚，不显露自己知识渊博。他把这个称之为他隐藏的珠宝。他说只有来路不明的阔佬才喜欢向众人炫耀自己的首饰，尤其是当这些首饰是假货的时候。

他对想法、形象、人和物的使用令人赞叹，就是说，他能利用任何东西。他说，生活的伟大艺术不是享受，而是学会充分利用。

我写了几首诗，但不是很满意，所以不想把诗寄给你。

再见了，老兄。十月份见。到那时，你会觉得我也发生了变化。每天我都增加一份自信。我高兴地得知你在瑞士，但你看到，我对你并不羡慕。

奥利维埃

贝尔纳把这封信递给爱德华，爱德华看了信，但没有丝毫显出它在他心中激起的情感。奥利维埃得意扬扬地谈到有关罗贝尔的种种事情，使他感到气愤，最终使他对罗贝尔怀恨在心。他特别感到难受的是，这封信里甚至没有提到他的名字，奥利维埃看来已把他忘记。他竭力辨认用粗线划掉的三行信末附言，只见这样写着：

"请你告诉爱……舅舅，说我一直在想他，但我不能原谅他把我甩掉，我心里因此而留下致命的创伤。"

这几行是这封炫耀卖弄的信中唯一流露真情的文字，是因怨恨而写出来的，但奥利维埃把它们划掉了。

爱德华把这封令人不快的信还给贝尔纳，一句话也不说，贝尔纳把信接了过来，也是一句话不说。我已说过，他们之间说话不多，当他们单独待在一起时，他们立刻感到一种奇特的、无法解释的拘束。（我不喜欢用"无法解释的"这个词，我在这里用了，是一时想不出更加恰当的词。）但在那天晚上，当他们回到房间准备睡觉时，贝尔纳虽说喉咙有点哽住，还是鼓起勇气问道：

“洛拉收到了杜维埃的来信，她是否给您看了？”

“我无法怀疑杜维埃会正确对待这件事。”爱德华在上床时说道，“他是个非常出色的人。也许有点懦弱，但还是非常出色。他会喜欢这孩子的，这我相信。这孩子一定会比他自己生的孩子更加健壮，因为我看他样子不是十分结实。”

贝尔纳过于喜欢洛拉，所以对爱德华的肆无忌惮感到不快，但丝毫也没有显露出来。

“啊！”爱德华把蜡烛熄灭，继续说道，“我高兴地看到这件事结束得尽善尽美，因为我本以为它只有令人绝望的结局。任何人都可能有错误的开端。问题是不要一错再错……”

“当然喽。”贝尔纳不想再讨论这个问题，就说道。

“我还是得向您承认，贝尔纳，我担心我和您也有这样一个开端……”

“一个错误的开端？”

“确实如此。虽然我对您十分友好，但几天以来我已相信，我们俩无法进行合作，相信……（他犹豫了片刻，以想出恰当的词语）您继续陪伴我会误入歧途。”

在爱德华没有说出来之前，贝尔纳一直有同样的想法，但爱德华说的话，贝尔纳听了最不入耳。贝尔纳喜欢闹别扭的本能占了上风，就进行了反驳。

“您对我不大了解，我对自己也不大了解。您没有对我进行考验。如果您对我没有任何不满意的地方，我是否能请您再等待一段时间。我承认我们并不相像，但我想到的恰恰是，对我们俩人来说，我们最好不要过于相像。我觉得，如果我能帮您的忙，那主要是因为我的相异之处，是因为我带给您的新东西。如果我出了错，您随时都可以提醒我。我不是牢骚满腹的人，也不会对别人乱加指责。但是，您听我说，我对您有个建议，这也许很蠢……如果我没有看错的话，小鲍里斯将要进弗代尔-阿扎伊斯寄宿学校。索弗罗尼斯卡不是对您说过，她担心那孩子在寄宿学校会有点孤单？如果由洛拉推荐，我去那儿，不是有希望找到一个学监之类的工作？我需要挣钱糊口。对于我在那里的工作，我并不要求很高的报酬，只要有吃有住就行了……索弗罗尼斯卡对我表示信任，鲍里斯和我相处得很好。我会保护他，帮助他，成为他的老师和朋友。但我仍将听候您的吩咐，同时为您工作，您一叫我就会来。您说，您对此意下如何？”

仿佛为了说明“这事”的分量，他补充道：

“这事我已考虑了两天。”

这可不是实话。这个美妙的计划如果不是他即兴想出来的，他早已告诉了洛拉。但是，他没有说出来的实话是，自从他偷看了爱德华的日记和遇到了洛拉之后，他经常想到弗代尔寄宿学校，希望认识阿尔芒，即奥利维埃从未对他提起过的那位朋友，还希望认识洛拉的妹妹萨拉，但他的这种希望是秘而不宣的，考虑到洛拉的缘故，他哪怕在心里也不愿承认这点。

爱德华什么也没说，但是，贝尔纳对他提出的计划他乐于接受，因为这样的话贝尔纳可以有个落脚的地方。他不大想让贝尔纳和他住在一起。贝尔纳把蜡烛熄灭，接着说道：

“您别以为我一点也不了解您上次谈到的您的书和您想象的冲突，即原来的现实和……”

“这不是我想象出来的，”爱德华打断了他的话，“而是实际存在的。”

“正是这样，我把几个事实弄到您那儿去，使您可以进行斗争，那不是很好吗？我会替您进行观察。”

爱德华怀疑对方是否有点不把他放在眼里。事实是他感到贝尔纳在羞辱他。贝尔纳说得太清楚了……

“这事咱们以后再说。”爱德华说道。

过了很长时间。贝尔纳想要睡着，但睡不着，奥利维埃的信使他感到难受。他最终忍不住了，由于听到爱德华在床上辗转反侧，他就低声说道：

“如果您还没有睡着，我还想问您……您对帕萨旺伯爵是怎么看的？”

“这点您当然可以想象。”爱德华说道。过了一会儿，他问道：“那您呢？”

“我，”贝尔纳残忍地说道，“我会把他杀死。”

七

旅行者走到山丘顶上，坐了下来，在下山前进行观察。他想要看出，他走的这道蜿蜒曲折的小道最终会把他引向何处，他感到小道消失在阴暗之中，而随着夜幕降临，则消失在黑暗之中。同样，缺乏远见的作者停留片刻，喘一口气，不安地在想他的故事会把他引向何处。

我担心的是，爱德华把小鲍里斯托付给阿扎伊斯家，是否有点冒失。怎么阻止他这样做呢？每个人做事都有自己的原则，爱德华的原则是不断进行试验。他心地善良，那是肯定的，但为了别人的安宁，我往往情愿看到他出于利益而行事，因为他的慷慨往往伴随着好奇，而好奇则可能带来令人痛苦的结果。他了解阿扎伊斯寄宿学校，知道在道德和宗教令人窒息的外表之下，人们在里面呼吸着带有恶臭的空气。他了解鲍里斯及其温柔和脆弱。他应该预见到他会使孩子受到何种伤害。但是，他只是考虑到孩子脆弱的纯洁可以在阿扎伊斯老人的严格要求中得到保护、援助和依靠。他在倾听何种诡辩？肯定是魔鬼在悄悄说给他听，因为别人说他是不会听的。

爱德华不止一次使我感到恼火（譬如他在谈论杜维埃时），甚至使我感到气愤。我希望我没有过多地流露出这点，但现在我可以把它说出来了。他对待洛拉的态度，虽说有时非常豁达大度，但有时使我十分反感。

我对爱德华反感的，是他为自己找出的那些理由。为什么他现在要使自己相信，他是希望鲍里斯幸福？欺骗别人，那还说得过去，但欺骗自己！激流会淹死一个孩子，难道可以替孩子解渴？……我并不否认世界上会有高尚的、慷慨的乃至无私的行为，我只是说，在最高尚的动机后面，往往隐藏着一个机灵的魔鬼，人们以为从他那里得到了好处，实际上却是他获利。

夏天的这段时间使我们那些人物各奔东西，让我们趁此机会从容不迫地对他们进行仔细的研究。我们的故事已经说到一半，其速度慢了下来，仿佛要重新积蓄力量，以便在不久后加速前进。贝尔纳肯定还过于年轻，不能作为一个情节的主导。他觉得自己能够保护鲍里斯，但他最多只能关心这个孩子。我们已经看到贝尔纳有了变化，热烈的爱情还会使他有更大的变化。我在一本记事册上找到几句话，我在其中指出了我以前对他的看法：

“我本来应该提防贝尔纳在他故事开始时的那种极端的做法。从他随后的情绪来看，我觉得他仿佛已排除了他积累起来的无政府主义想法，而如果他安分守己，继续生活在他压抑的家庭之中，他一定会保留这些想法。从此之后，他生活在反作用之中，仿佛在反对这种做法。他养成的反抗和对立的习惯，促使他对他自己的反抗进行反抗。在我的那些主人公中，他使我最为失望，因为我也许曾对他抱有最大的希望。也许他过早地放任自流。”

但我现在感到这种看法已不是十分正确。我觉得仍然应该信任他。他为人十分豪爽。他感到他有阳刚之气，充满力量，能够义愤填膺。他过多地倾听自己的心声，但这也是因为他善于表达。我不大相信过快地表达出来的那些情感。他是一个很好的学生，但新的情感是无法用学到的形式流畅地表达出来的。

稍加创造就会使他说得结结巴巴。他看过的书太多，记住的东西太多，在书上学到的东西远远超过在生活中学到的东西。

我感到遗憾的是，这次短暂的旅行使他取代了奥利维埃在爱德华身边的位置。发生的事情真是阴错阳差。爱德华喜欢的是奥利维埃。有爱德华的关心，他怎么不会成熟呢？爱德华难道不会既爱护又尊重地指导他、支持他，使他最终达到自己那样的水平？帕萨旺会使奥利维埃堕落，这是肯定的。对他来说，危害最大的是这种肆无忌惮的掩饰。我原来希望奥利维埃有更强的自卫能力，但他生性柔弱，喜欢别人奉承。什么都会冲昏他的头脑。另外，我觉得我已从他写给贝尔纳的信的某些语调中看出，他有点虚荣心。淫荡、怨恨、虚荣，这些会对他有多大的影响！当爱德华再次见到他时，已经为时过晚，这是我担心的事。但他还年轻，可以对他寄于希望。

帕萨旺……还是不谈为好，是吗？他这种男人，害处最大却又最受欢迎，就像格里菲思夫人那种女人一样。我承认，起初我觉得这位夫人令人敬佩。但我很快发现自己错了。这样的人物是用没有厚度的材料塑造而成。美国大量出口这类人物，但并非是唯一的产地。财产、智慧和美貌，这些人物看来一应俱全，只缺灵魂。当然，樊尚很快就看出了这点。他们不会感到过去的重负，也没有任何约束。他们无法无天，没有主人，毫无顾忌。他们自由自在，使小说家感到绝望，因此小说家只能从他们那里得到毫无价值的反应。我希望不要很快就和格里菲思夫人再次见面。我感到遗憾的是她从我们这里抢走了樊尚。

我对樊尚更感兴趣，但他和这位夫人交往之后，变得平庸无奇。他听任她的摆布，失去了自己的棱角。真遗憾：他以前可是棱角分明。

如果我还会想出一个故事，我就只在其中安置久经考验的人物，生活不会使他们变得迟钝，只会使他们更加敏锐。洛拉、杜维埃、拉佩鲁兹、阿扎伊斯……同这些人有什么关系？我并没有寻找他们，而是跟在贝尔纳和奥利维埃后面走时在路上遇到了他们。真倒霉，从此我得去照管他们。

第三部

巴　黎

当我们还将拥有几部新的关于各个地区的优秀著作时，也只有到那时，把它们的资料汇集在一起，进行比较，仔细地加以对照，我们才能重新提出整体的问题，使它有新的、决定性的进展。如果采取另一种办法，那就只能带着两三个简单、普通的想法，走马看花地迅速转一圈。在大部分情况下，这样就会同特殊的、个别的、不规则的东西擦肩而过，也就是错过了最有趣的东西。

——吕西安·费弗尔[①]

《地球和人类进化》

① 费弗尔（1878—1956），法国历史学家，《经济和社会史年鉴》杂志创办者之一，主要著作有《十六世纪的不信宗教问题》、《拉伯雷的宗教》等。

一

回到巴黎，并未给他带来丝毫快乐。

——福楼拜《情感教育》

爱德华日记

九月二十二日

炎热，无聊。提前一周回到巴黎。

我这个人性急，所以总是提前应征。是好奇，而不是热心，是抢先一步的愿望。我一直没能用我的渴望写作。

把鲍里斯带到他祖父家里。索弗罗尼斯卡在前一天已经通知他了。她对我说，德·拉佩鲁兹夫人已进了养老院。事情总算了结！

按了门铃之后，我把孩子留在楼梯平台上就走了，因为我觉得他们第一次见面时我最好不要在旁边看着，另外我也怕老人谢我。事后我问了孩子，但一无所获。我见到索弗罗尼斯卡时，她告诉我，孩子也没有对她说什么。一小时后，当她按事先约定的那样去接孩子时，一个女仆来给她开门。索弗罗尼斯卡看到老人坐着，面前放着国际跳棋，孩子则在房间另一头的角落里赌气。

“真奇怪，”拉佩鲁兹尴尬地说道，“他开始时像是觉得好玩，但他突然感到厌烦。我觉得他有点缺乏耐心……”

这是个错误：让他们单独待在一起的时间太长了。

九月二十七日

今天上午，在奥德翁剧院前遇到莫利尼埃。波利娜和乔治要到后天才回来。莫利尼埃从昨天起独自一人待在巴黎，如果他和我一样感到寂寞，那么他看到我时显得极为高兴就毫不奇怪了。我们到卢森堡公园去坐一会儿，等待午餐的时间来临，我们说好一起去吃饭。

莫利尼埃和我说话时装得玩世不恭，有时甚至显得轻浮，他也许以为这样能取悦一位艺术家。他有点想显示自己还年轻。

“实际上，我满腔热情。”他向我表示。我知道他的意思是说：淫荡好色。我微微一笑，仿佛听到一个女人宣称她大腿漂亮那样，这微笑表示：“请相信，这点我从未怀疑过。”在此之前，他在我眼里只是法官，现在他终于脱掉了法官的长袍。

我等到我们在富瓦约餐厅的桌旁坐下来后才跟他谈起奥利维埃。我对他说我最近从奥利维埃的一个同学那里了解到奥利维埃的情况，得知这孩子同帕萨旺伯爵一起在科西嘉旅行。

“是的，那是樊尚的一个朋友，是他提出带奥利维埃去的。由于奥利维埃刚刚出色地通过了中学毕业会考，他母亲觉得不应该扫他的兴……他是搞文学的，那个帕萨旺伯爵。您应该认识他。”

我对他直言不讳地说，我不大喜欢他的作品，也不大喜欢他这个人。

“在同行之间，有时候相互间的评价有点过于严厉。”他反驳道，“我看过他最近那本小说，有些评论家对小说十分看重。我看不出它有很大价值，但您知道，我不是内行……”后来，当我谈到我担心帕萨旺会对奥利维埃产生不良影响时，他含含糊糊地补充道：

“说实话，从我个人来说，我并不赞成这次旅行。但我们还是要看到，从某个年龄开始，孩子们就摆脱了我们的管束。这是正常的，我们对此毫无办法。波利娜还想去管他们的事。她就像所有的母亲一样。我有时对她说：‘你那些儿子，你会使他们厌烦。你就别去打扰他们。可你给他们出主意，提出种种问题……’我倒觉得，对他们监督的时间太长，是毫无用处的。重要的是初期的教育要向他们灌输某些良好的道德准则。重要的是特别要使他们像谁。亲爱的，遗传，您看，这是战胜一切的东西。有些坏人是不可救药的，我们把他们称之为：命中注定的人。对这些人必须严加管束。但对于生性善良的人们，我们的管束可以稍微放松。”

“但您刚才说，”我接着说道，“这次把奥利维埃带走，没有得到您的同意。”

“哦！我的同意……我的同意，”他说时在低头吃饭，“有时并不需要我的同意。必须看到，在家庭里，我说的是十分和睦的家庭，并非总是由丈夫作出决定。您没有结婚，不会对此感到兴趣……”

“请原谅我，”我笑着说道，“我是小说家。”

“那么，您也许已经发现，一个男人听任他女人的摆布，并非总是由于性格软弱。”

“确实，”我为了讨他喜欢，就作了让步，“有些男人刚强甚至专横，但到了家里，却像羔羊那样温顺。”

“您是否知道这是什么原因？”他接着说道，“丈夫听从自己的妻子，十次中有九次是因为他做了对不起她的事情。亲爱的，一个贞洁的女人，在任何事情上都占上风。只要男人弯一会儿腰，女人就跳到他的肩膀上。啊！我的朋友，可怜的丈夫有时非常值得同情。当我们年轻时，我们想要的是贞洁的妻子，却不知道她们的贞洁将会使我们付出多大的代价。”

我把胳膊肘子支在桌上，用双手托着下巴，注视着莫利尼埃。这个可怜的男人并不知道，他所抱怨的弯腰，对他的脊椎骨来说是多么自然。他不时擦着额头上的汗水，吃得很多，不是像美食家那样细细品赏，而是像狼吞虎咽一般，看来特别欣赏我们要的那瓶陈年的勃艮第葡萄酒。他感到有人听他说话，理解他，也许还认为有人同意他的看法，非常高兴，就吐露了许多隐情。

“作为法官，”他继续说道，“我知道有些女人只是违心地顺从自己的丈夫……而当灰心的可怜丈夫到别处去寻找乐趣时，她们却会感到气愤。”

法官开始这句话时用过去时，结束这句话时用现在时，无法否认地表明说的是他自己。他在停下不吃时用格言式的句子补充道：

“自己胃口不好，往往会觉得别人胃口太好。”他喝了一大口酒，然后说道，“这可以使您知道，亲爱的朋友，一个丈夫是如何在家里失去领导权的。”

另外，我还听出并且发现，他的话从表面上看缺乏条理，实际上是想把他失败的责任归咎于他妻子的贞洁。我在想，一些像木偶那样支离破碎的人，没有用他们过分的自私把他们面貌的各个分开的部分拼凑在一起。稍微忘掉自我，他们就会变成碎片。他不说话了。我感到需要说出一些想法，就像刚走完一段路的车子，你要它再走，就得加一点油。我试探地说道：

“幸好波利娜聪明。”

他说“是的”，但声音拖得很长，仿佛在表示怀疑，然后说道：

“但有些事她并不理解。一个女人无论怎样聪明，您知道……另外，我承认，在这件事上，我做得不是十分机灵。我开始对她谈一次无关紧要的艳遇，当时我认为，当时我相信，这事不会再持续下去。可这事却持续了下去……波利娜的怀疑也是如此。我不该像人们所说的那样，把跳蚤放在她耳朵上，使她疑神疑鬼。我应该隐瞒、说谎……这就是嘴巴太快的结果。您要我怎么办呢？我天生轻信……但波利娜极为嫉妒，您无法想象我得如何费尽心机。”

“这事已经有很久了？”我问道。

“哦！大约有五年了。我以为我已完全使她放心。可一切都会从头再来。您想想，前天我回到家里……再要一瓶波马尔红葡萄酒，好吗？”

“我不要，您喝吧。”

“他们也许有小瓶装的。待会儿我回去睡一会儿。我热得难受……我刚才对您说，我回到家里，打开写字台，想把文件放在里面。我打开抽屉，里面藏着信件……就是我说的那个人的信件。您可以想象，我当时惊呆了，亲爱的，抽屉里已空无一物。哦！当然喽，会发生什么事，我太清楚了。两个星期前，波利娜同乔治一起回到巴黎，参加我一个同事的女儿的婚礼，我当时无法参加，您知道，我在荷兰……再说，这婚礼嘛，主要是女人们的事情。在这空荡荡的套间里，没有事干，借口整理房间，您知道女人是怎么样的，总是有点好奇……她就开始东翻翻西翻翻……哦！没有不怀好意。我并不责备她。但波利娜一直有整理房间的习惯，真讨厌……现在，她手里有了证据，您要我对她说什么呢？要是那姑娘没用我的名字来称呼我多好！一个如此和睦的家庭！当我想到我要忍受的事……”

这可怜的男人艰难地吐露自己的隐私。他擦了擦额头上的汗，给自己打扇。我喝的酒要比他少得多。别人心里的同情是不能像酒那样要到的，我对他只有厌恶的感觉。我承认他是一家之主（虽说我很难接受他是奥利维埃的父亲的想法），是本分、老实、深居简出的资产者，是情人，但我觉得滑稽可笑。我特别感到难受的是他说的话和面部表情的笨拙、粗俗。他要向我表达的情感，我觉得他的面部表情和说话的声音都无法准确地表达出来。这就像低音提琴要想达到中音提琴的效果，他这个乐器就只能走调。

“您刚才对我说，乔治和她一起……”

“是的，她不想让他一个人留在那里。但在巴黎，他当然不会老是跟着她……要是我对您说，亲爱的，结婚二十六年以来，我从未和她吵过架，甚至连一点口角也没有……当我想到将要发生的争吵……因为波利娜过两天就回来……啊！咱们说别的事吧。那么，您对樊尚是怎么看的？摩纳哥亲王，海上巡航……哟！……怎么，您不知道！……是的，他到亚速尔群岛附近去监督探测和捕鱼。啊！对他，我不必担心，我可以向您担保！他会独自走出自己的路来。”

“他的身体呢？”

“已经完全康复。像他那样聪明的人，我觉得是在走荣华之路。帕萨旺伯爵毫不隐瞒地对我说，他认为樊尚是他遇到的最出色的人之一。他甚至说是最出色的人……但必须考虑到夸大的成分……”

吃完饭，他点了一支雪茄。

“我是否能问您，”他接着说道，“把奥利维埃的情况告诉您的那位朋友是什么人？我要告诉您，我对我孩子们经常交往的人特别重视。我认为人们对此不大注意。幸好我的孩子们有一种天性，喜欢交结出类拔萃的朋友。您看，樊尚交结的是亲王，奥利维埃交结帕萨旺伯爵。乔治在乌尔加特找到了一个小同学，名叫阿达芒蒂，他将和乔治一起进入弗代尔-阿扎伊斯寄宿学校。这男孩十分安静，他父亲是科西嘉的议员。但是必须小心谨慎。奥利维埃过去有个朋友，看来出身很好，名叫贝尔纳·普罗菲唐迪厄。我得告诉您，他父亲是我的同事，是个十分出色的人，我特别欣赏。但是……（这事我们之间说说）……我得知他不是那孩子的亲生父亲，虽说孩子用他的姓！这事您又怎么看呢？”

“把奥利维埃的情况告诉我的，正是那个年轻的贝尔纳·普罗菲唐迪厄。”我说道。

莫利尼埃吸了雪茄喷出大口烟雾，他双眉紧皱，前额上-立刻布满皱纹：

“我希望奥利维埃不要和那个男孩来往过多。我知道的有关他的情况非常不妙，不过我也并不感到十分奇怪。咱们心里明白，这样乱七八糟生出来的孩子，是不会有任何前途的。这不是因为私生子不会有显著的优点乃至美德，而是因为混乱和忤逆之果必然会带有无政府主义的萌芽……是的，亲爱的，应该发生的事已经发生。年轻的贝尔纳突然离开了他本来不应该进入的那个家庭。他去‘过他自己的生活’，就像埃米尔·奥吉埃[1]所说的那样，既不知如何过也不知在哪里过的生活。可怜的普罗菲唐迪厄亲口把这个恶作剧告诉了我，他开始时显得极为痛苦。我让他明白，他不应该把这件事一直放在心上。总之，这孩子离家出走使一切恢复正常。”

我表示反对，说我对贝尔纳相当了解，可以担保他是热情、诚实的孩子（当然，我没有谈手提箱的事），但莫利尼埃立刻跳了起来：

“怎么会！我看我应该对您多说一些事情。”

然后，他把身子往前倾斜，低声说道：

“我的同事普罗菲唐迪厄负责审理一个案子，这案子极其棘手、麻烦，既是因为它本身的缘故，又是因为它可能引起的反响和产生的后果。这是一件难以置信的事，大家也不希望能对它信以为真……亲爱的，这是真正的卖淫场所，是一种……不，我不想使用下流的词语，咱们就说是一种茶室，特别令人气愤的是，茶室的常客大部分是，或者说几乎都是年纪还很小的中学生。我告诉您，这真是难以置信。这些孩子肯定不知道他们的行为是多么严重，因为他们几乎不想隐瞒。这是在放学以后。他们吃点心，聊天，和那些女人戏耍，戏耍在大厅隔壁的房间里继续进行。当然，那些房间不是想进去就能进去的。必须有人介绍，是熟人。这种饮酒纵乐的费用谁来支付？谁付套间的房租？这些事看来不难弄清，但要把调查进行下去，必须极其

---

① 奥吉埃（1820—1889），法国剧作家，他的社会喜剧阐述了资产者的道德，如《波瓦里埃先生的女婿》。

谨慎，因为知道得太多，就会让自己也陷进去，最终还不得不追究和牵连一些体面的家庭，有人怀疑这些家庭里的孩子是主要的顾客。因此，我尽自己的可能来给普罗菲唐迪厄泼冷水，他像公牛那样投入这个案件之中，根本没有想到他牛角的第一次冲击……（啊！请原谅，这话我不是故意说的。啊！啊！啊！真有趣，我这是脱口而出）……就有可能把他的儿子戳穿。幸好暑假使大家都分散开来，中学生全都走了，我希望这个案子虎头蛇尾，在作出一些警告和处分之后悄悄收场。”

“您能肯定贝尔纳·普罗菲唐迪厄参与了这件事？”

“不是完全肯定，但是……”

“那您为什么相信呢？”

“首先，他是私生子这一事实。您可以想到，像他那种年纪的男孩，要是没有干出十分丢脸的事情，是不会离家出走的……其次，我觉得普罗菲唐迪厄产生了一些怀疑，因为他的热情突然减退了，我怎么说呢，他仿佛在开倒车，我最后一次问他这个案子进展如何时，他显得很为难。‘我觉得，总而言之，这事不会有任何结果。’他对我这样说，并迅速改变了话题。可怜的普罗菲唐迪厄！其实，您知道，他不应该遇到这种事。这是个正直的人，也许更加难得的是，他是条汉子。啊！譬如说，他女儿刚嫁了个如意郎君。我没能参加婚礼，因为我当时在荷兰，但波利娜和乔治回来参加了。我已经对您说过？我该去睡觉了……什么，真的！钱全由您来付？您别管！在男人之间，朋友之间，大家平分……不行？好吧，再见了。您别忘记，波利娜过两天回来。请到我们家来玩。另外，您就别再叫我莫利尼埃了，就叫我：奥斯卡！……我早就想请您这样称呼了。”

今天晚上，收到洛拉的姐姐拉歇尔的短笺：

我有要事相告。明天下午是否能去离您处不远的寄宿学校？十分感谢您的协助。

如果是为了跟我谈洛拉的事，她不会等到现在。这是她第一次给我写信。

二

爱德华日记（续）

九月二十八日

我在寄宿学校底楼大自修室门口找到了拉歇尔。两个仆人在擦地板。她也系着女仆的围裙，手里拿着一块抹布。

“我知道我可以相信您。”她说时向我伸出了手，脸上显出忧愁、温顺的表情，但仍然带着微笑，比美貌更为动人。“如果您没有太急的事，您最好先上楼看看外祖父，然后看看妈妈。要是他们知道您来了不去看望他们，他们会感到难受的。但您要留一点时间，我必须跟您谈谈。您过一会儿到这里来找我，您看，我在当监工。”

出于一种廉耻之心，她决不会说：我在干活。拉歇尔一生默默无闻地工作，任何东西都不像她的美德那样毫不起眼。自我牺牲在她看来是极其自然的事情，所以她家里没有人感谢她一直作出的牺牲。这是我所认识的心灵最美的女人。

走到三楼，去看阿扎伊斯。老人已不能离开他的扶手椅。他叫我坐在他的旁边，并立刻跟我谈起拉佩鲁兹。

“我知道他现在单身一人，感到不安，想说服他搬到学校来住。您知道我们是老朋友。我最近去看望了他。我觉得他亲爱的妻子进入圣佩里娜养老院使他十分难受。他的女仆告诉我，他几乎不吃东西。我认为我们平时吃得太多，但任何事情都要有分寸，两个方面都可能会有极端。他认为没有必要为他一个人做饭，但他要是一日三餐和我们一起吃，看到别人在吃饭，他也会想要吃饭。他在这里会同他可爱的孙子在一起，否则的话就不大有机会见到，因为从瓦万街到圣奥诺雷区有很长一段路程。另外，我也不太喜欢过多地让这孩子独自外出，在巴黎转悠。我认识阿纳托尔·德·拉佩鲁兹已有很长时间。他一直与众不同。这不是一种责备，但他这个人生来有点傲气，要是不让他干点事，他可能不会接受我的建议，住到我这里来。因此我想，我可以请他监督自修课，这不会使他感到十分疲劳，还可以让他散散心，使他从个人的小圈子里摆脱出来。他数学很好，必要时可以给学生复习几何或代数。现在他已没有学生，他的家具和钢琴对他已毫无用处，他应该把这些都卖掉，而由于搬到这里来住可以省掉他一笔房租，我就想到我们还可以收他一点膳宿费，这样他就会感到心安理得，就不会觉得欠我太多。您应该想办法说服他，而且不能太迟，因为按照他现在的饮食习惯，我担心他的身体很快就会衰弱。另外，过两天就要开学，所以需要心中有数，需要知道我们是否能依靠他……就像他能依靠我们那样。”

我答应第二天就去和拉佩鲁兹说。

他仿佛如释重负，立刻说道：

“嘿！告诉您，您宠爱的年轻人贝尔纳是多么正直的男孩。他很热心，提出要到这里来帮点忙。他说要当高年级小班的学监，但我担心他年纪太轻，无法得到学生的尊敬。我和他说了很长时间，觉得他非常讨人喜欢。有这样坚强的性格，就可以造就优秀的基督教徒。然而，令人遗憾的是，这个灵魂因其初期教育而误入歧途。他对我承认他没有信仰，但他把这事告诉我时的语调却使我充满希望。我对他回答说，我希望在他身上看到成为基督勇敢的小卒所需要的所有品质，他应该竭力发挥上帝赐予他的一切才能。我们一起重读了寓言[①]，我觉得优良的种子并未落到贫瘠的土地上。他看来被我的话所感动，并答应我仔细考虑此事。”

贝尔纳已经把他和老人的那次谈话说给我听，我知道他对此是怎么看的，因此这时的谈话使我感到相当难受。我已经站起身来准备离开，但他用双手握住我伸给他的手：

---

① 即善良的撒玛利亚人的寓言，载《圣经·新约·路加福音》第10章。他救助了一个被强盗打得半死的人，而一个祭司和一个利未人路过时却无动于衷。

“嘿！告诉您，我见到了我们的洛拉！我知道这可爱的孩子同您一起在景色秀丽的山区度过整整一个月的时间，看来她生活在那里大有好处。我高兴地知道她重新回到她丈夫的家里，不然他会因和她长期分离而感到难受。遗憾的是他的工作不允许他到那里去找你们。”

我越来越感到局促不安，想把手缩回来离开，因为我不知道洛拉对他说了些什么，但他不由分说地突然把我拉了过去，他自己则把身子往前倾斜，在我耳边说道：

“洛拉对我说出了她的希望，但是，嘘！……她不想让别人知道。我把这事告诉您，是因为我知道您了解此事，因为我们都会守口如瓶。可怜的孩子在对我说时感到羞愧，脸涨得通红，她说话是如此谨慎。她跪倒在我的面前，我们一起感谢上帝为他们夫妻团圆祝福。”

我感到洛拉应该晚一点再吐露隐情，因为从她的身体状况来看，她还不便立刻说出此事。她要是和我商量，我就会劝她在见到杜维埃之前什么也别说。阿扎伊斯会看花眼睛，但他家里的人不会都像他那样糊涂。

老人还根据田园曲的不同主题弹奏了一些变奏曲，然后对我说他女儿见到我会感到高兴，我就下楼到弗代尔夫妇住的那层楼去。

我把上面写的重新看了一遍。我这样谈论阿扎伊斯，是要使自己变得可憎。我正是这样想的。我加上这几行文字，是给贝尔纳看的，他是个可爱的冒失鬼，也许还会偷看这本记事册。只要他继续和老人交往，他就会理解我的意思。我很爱这位老人，“另外”——如他所说——我尊敬他，但我一旦来到他的身边，我就立刻昏了头，这使我感到和他交往相当难受。

我很爱他的女儿，即牧师夫人。弗代尔夫人像拉马丁笔下的埃尔薇尔[①]，是一个年老的埃尔薇尔。她的谈话自有其魅力。她往往不把自己的话说完，这使她的话有一种诗的朦胧。她用不确切和没有结束的东西来造成无限的感觉。她今世没有的东西，希望在来世能够得到，这使她无限扩大自己的希望。她在自己狭窄的土地上热情奔放。她很少见到弗代尔，因此她可以在她的想象之中爱他。这高尚的男人时刻准备启程，要关心和操心无数的事情。要去讲道、开会、看望穷人和病人。他只是在走过时才和你握握手，但因此也更加亲热。

“今天太忙，无法交谈。”

“啊！咱们到天堂上去见面。”我对他说道，但他已听不到这句话。

“他没有一点空闲的时间。”弗代尔夫人叹息道，“您要知道，他让自己做这么多事，是自从……大家都知道他从不拒绝，就要他……他晚上回家时，有时疲惫不堪，我几乎不敢和他说话，怕他……他把自己的一切都献给了别人，没有给自己的家人留下任何东西。”

---

① 埃尔薇尔是法国诗人拉马丁（1790—1869）的《沉思集》中的人物，是诗人爱慕的女人。

她在对我说话时，我想起我以前住在寄宿学校时弗代尔几次回来时的情景。我经常看到他用双手托着脑袋，在休息片刻之后大声哀鸣。但是，我当时已经在想，他也许是害怕休息，而不是希望休息，觉得他最为难受的是有点时间进行思考。

"您喝一杯茶，好吗？"弗代尔夫人对我说道。这时，一个矮小的女仆用托盘把茶送来。

"夫人，糖没有了。"

"我已经跟您说了，您应该向拉歇尔小姐去要。快去……您是否通知了那几位先生？"

"贝尔纳先生和鲍里斯先生出去了。"

"那么，阿尔芒先生呢？……您快去。"

她没等女仆走出去就说道：

"这可怜的姑娘来自斯特拉斯堡。她没有一点……什么都得告诉她……那么，您还等什么？"

女仆又回来了，就像一条给人踩到尾巴的蛇：

"楼下的辅导老师想要上来。他说他要拿到钱之后再走。"

弗代尔夫人的脸上显出难受而又不耐烦的表情。

"付钱的事不是我管的，这个我还要对您说多少遍？您告诉他，让他跟小姐去说。去吧！……连一个小时也不得安宁！我真不知道拉歇尔在想什么。"

"她不来这儿喝茶吗？"

"她从来不喝茶……啊！要开学了，我们事情真多。想来上课的辅导教师要价过高，或者是他们的价钱可以接受，他们本人却无法被接受。爸爸当时对那一位不满意，但显得过于宽宏大量，现在倒是那一位来威胁了。您听到了女仆说的话。所有这些人想的就是钱……仿佛世界上没有比钱更加重要的东西。现在，我们不知道用谁来替代他。普罗斯佩总是以为只要祈求上帝就能解决一切问题……”

女仆拿了糖回来了。

“您通知了阿尔芒先生？”

“是的，夫人，他马上就来。”

“那萨拉呢？”我问道。

“她要过两天再回来。她在英国朋友那里，在那个姑娘的父母家里，那姑娘您在我们这里看到过。她父母非常热情，我很高兴萨拉现在可以稍微……这就像洛拉那样。我觉得她脸色好多了。在南方之后，这次到瑞士去住，对她很有好处，也多亏您让她作出了这个决定。只有那可怜的阿尔芒，整个暑假都待在巴黎。”

“那拉歇尔呢？”

“是的，确实，她也这样。有许多人请她去玩，但她情愿留在巴黎。另外，外祖父也需要她。再说，在这个世上，人们不能总是如愿以偿。有时我必须对孩子们这样说。也必须想到别人。您难道以为我不喜欢到萨斯费去散步？还有普罗斯佩，当他去旅行时，您难道以为他是去玩？阿尔芒，你知道我不喜欢你来这儿时不戴活硬领。”她看到她儿子进来就这样说道。

“亲爱的母亲，您曾严格地教导我不要讲究衣着，”他一面说一面把手伸给我，“而且十分凑巧，因为洗衣女工要到星期二再来，而留在我这里的硬领都是破的。”

我想起奥利维埃告诉我的有关他这个同学的话，确实感到在他拙劣的讽刺后面隐藏着深沉的忧虑。阿尔芒的脸比以前俊俏了，他鼻子收缩，在变薄、发白的嘴唇上方弯成钩形。他继续说道：

“在我们冬季开场时，我们这个普通的剧团增添了几位了不起的红角儿：一位思想正统的议员的儿子，以及年轻的帕萨旺子爵，即名作家的弟弟，这事您是否对您的贵宾说过？还有两个您认识的新演员，但他们却更加令人尊敬：鲍里斯亲王和普罗菲唐迪厄侯爵。再加上其他几位，他们的头衔和美德还有待了解。”

“您看，他还是这样。”可怜的母亲说道，并对他的玩笑报以微笑。

我非常担心他要谈起洛拉，就草草结束了我的拜访，迅速到楼下去找拉歇尔。

她卷起上衣的袖子，帮着整理自修室，但看到我走到近前时，急忙把袖子放了下来。

“我找您帮忙，心里极为难受。”她把我带到隔壁那个用来补课的小教室，并开始说道，“我本想去找杜维埃，他要我有事去找他，但自从我见到洛拉之后，我知道我不能这样做了……”

她脸色十分苍白，当她在说最后这些词时，她的下巴和嘴唇开始痉挛性颤动起来，使她一时间无法说话。我怕她局促不安，就把目光从她身上移开。她倚靠在她已关好的门上。我想握住她的手，但她把手从我的双手中抽了出来。她最后接着说下去，发出声音仿佛要作出巨大努力：

“您是否能借给我一万法郎？开学的情况相当好，我想很快就能把这钱还给您。”

“这钱您什么时候要？”

她没有回答。

“我身上带的钱有一千法郎多一点。”我接着说道，“明天上午，我就把这笔钱凑齐……如果需要，今天晚上也行。”

“不用，明天就行了。但您要是能立刻给我一千法郎……”

我从皮夹子里拿出钱，递给了她。

“给您一千四百法郎，好吗？”

她低下头，说了声“好的”，声音轻得我几乎听不出来，然后踉踉跄跄地走到学生坐的长凳前面，在上面坐了下来，把胳膊肘支在前面的课桌上，用双手捂住脸。我以为她在哭，就把手放在她的肩膀上，但她抬起头来，我看到她眼睛是干的。

“拉歇尔，”我对她说道，“您不要因为要向我提出这个要求而感到不好意思。我很高兴能帮您的忙。”

她神情严肃地看了看我：

“我感到难受的，是必须请您别把这事告诉外祖父和妈妈。自从他们把学校的账目交给我管之后，我就让他们相信……总之，他们并不知道。您什么也不要告诉他们，我恳求您。外祖父老了，妈妈又这么辛苦。”

“拉歇尔，这么辛苦的不是她……而是您。”

“她以前这么辛苦过，现在她累了，要轮到我了。我没有其他任何事要做。”

她普普通通地说出了这些普普通通的话。我不感到她的逆来顺受之中有一种苦涩，相反却有一种泰然自若。

“但您别以为情况十分糟糕。”她接着说道，“只是暂时的困难，因为有些债主显得不耐烦了。”

“我刚才听到女仆说有一个辅导教师来讨欠他的钱。”

“是的，他来跟外祖父大闹了一场，叫人十分难堪，可惜的是我没能加以阻止。那个人粗鲁而又庸俗。我得去把钱付给他。”

“您要我替您去吗？”

她犹豫了片刻，想笑但笑不出来。

“谢谢，不要，最好还是由我……但您和我一起出去，好吗？我有点怕他。要是他看到您，他也许就什么也不敢说了。”

寄宿学校的院子比花园高几个台阶，花园是院子的延伸，中间隔着一个栏杆，那个辅导教师用两肘支在后面，倚靠在栏杆上。他头戴一顶很大的软毡帽，在抽烟斗。当拉歇尔在和他交涉时，阿尔芒走到我的跟前。

“拉歇尔敲了您一下。”他厚颜无耻地说道，“您来得正是时候，给她解了围。又是我那下流的哥哥亚历山大在殖民地欠了债。这事她不想让父母知道。她已经放弃了她一半的嫁妆来增加洛拉的嫁妆，但这次连剩下的一半也给搭上了。我敢打赌，这事她一点也没有告诉您。她的谦顺使我感到恼火。这是人世间最阴险的玩笑之一：每当有人为其他人作出牺牲，人们就可以肯定此人要比其他人来得强……她为洛拉什么都做了！可那婊子却对她这样报答！……”

“阿尔芒，”我气愤地大声说道，“您无权这样评论您姐姐。”

他用嘘嘘作响的声音断断续续地说道：

“相反，我评论她，是因为我不比她强。我有自知之明。拉歇尔，她可不对我们评论。她从不评论任何人……是的，婊子，婊子……我对她的看法，我还没有派人去告诉她，我可以对您发誓……您掩盖了、您保护了这一切！您可是知道……外祖父会看花眼睛。妈妈尽量装糊涂。至于爸爸，他信赖上帝，这更加方便。每次遇到困难，他就跪下来祈祷，让拉歇尔去设法解决。他只求别让他看得一清二楚。他东奔西跑，几乎从不待在家里。我知道他在这里感到喘不过气来，我在这里则会完蛋。当然喽，他想要使自己糊涂！在这个时候，妈妈却在作诗。哦！我不是开她的玩笑，我也作诗。但是，我至少知道我只是个坏蛋，而且从未装出好人的样子。您说说，这是不是叫人恶心：外祖父对拉佩鲁兹‘假装仁慈’，是因为需要一个辅导老师……”他突然说：“那个下流胚在那里竟敢对我姐姐说什么？要是他在离开时不和她施礼，我就一拳打在他嘴上……”

他朝那个下流的东西冲了过去，我以为他会用拳头猛击过去。但在他走近时，那人立刻夸张而又嘲讽地举帽行礼，然后消失在拱门之中。这时，大门打开，让牧师进来。他身穿礼服，头戴大礼帽，手戴黑手套，仿佛参加洗礼或葬礼后回来。前任辅导教师和他互相客气地躬身施礼。

拉歇尔和阿尔芒互相走近。弗代尔走到他们跟前，也来到我的旁边。

“问题都解决了。”拉歇尔对父亲说道。

她父亲吻了吻她的额头：

“您看，孩子，我对你说过：上帝决不会抛弃信赖他的人。”

然后，他把手伸给我：

“您已经要走了？……改天再谈，好吗？”

三

爱德华日记（续）

九月二十九日

拜访拉佩鲁兹。女仆犹豫不决，不知是否应该让我进去。“先生不想见任何人。”我一定要进去，她才把我带到客厅。百叶窗都关着，在昏暗之中，我依稀看到我那年老的老师坐在直背大扶手椅上。他没有站起来。他不看我，但从旁边向我伸出他那只软弱无力的手，我握了之后，那只手又垂了下去。我在他身边坐了下来，所以我只看到他的侧面。他脸部棱角分明，毫无表情。有时，他的嘴唇在颤动，但他一句话也不说。我开始怀疑他认不出我了。座钟敲了四下。这时，他仿佛被钟里的一个齿轮驱动，慢慢地把头转了过来，用庄重、有力但又像出自坟墓的那种毫无节奏的声音说道：

“为什么让您进来？我已叮嘱过女仆，让她对来访的客人说，德·拉佩鲁兹先生已经死了。”

我感到十分难受，不完全是因为这荒唐的话，还因为说这话的语调，语调夸张、做作，却又无法描述，我老师平时对我十分自然、信任，所以我对这种语调并不习惯。

“那姑娘不想撒谎。”我最后回答道，“她给我开了门，您别骂她。我很高兴再次见到您。”

他愚蠢地重复道：“德·拉佩鲁兹先生已经死了。”然后又陷入沉默之中。我感到不高兴，站起来准备走了，想改天再来寻找这悲伤的喜剧的原因。但正在这时女仆回来了，端来一杯冒着热气的巧克力饮料：

“请先生劝一下。他今天还没有吃过东西。”

拉佩鲁兹不耐烦地惊跳起来，就像一个演员的演出效果给某个配角弄砸了：

“等一会儿。等这位先生走了之后。”

但女仆刚走出去把门关上，他就说道：

“我的朋友，行行好，请您给我拿一杯水来。就一杯白开水。我渴得要命。”

我在餐厅里找到一个长颈大肚玻璃水瓶和一只杯子。他在杯子里倒满水，一口喝干，用他那羊驼毛旧上衣的袖子擦了擦嘴。

"您在发烧？"我问他。

我的话立刻使他回到他扮演的角色之中：

"德·拉佩鲁兹先生没有发烧。他什么也不会有了。从星期三晚上起，德·拉佩鲁兹先生已不是活人。"

我犹豫不决，不知道最好的办法是否参加他的游戏：

"星期三不正是小鲍里斯来看您的那天？"

他朝我转过头来，听到鲍里斯的名字，他脸上露出微笑，犹如往日微笑的影子，并终于脱离了他扮演的角色：

"我的朋友，这事我可以对您说：那个星期三，是我剩下的最后一天。"然后他压低声音接着说道，"正是我留给自己的最后一天，然后……结束此生。"

我看到拉佩鲁兹又谈起这不祥的话，感到极为痛苦。我知道，他以前和我说的这种话，我从未信以为真，因为我已让自己的记忆把它忘记，我现在则因此而责备自己。现在，我想起了所有的事，但感到惊讶，因为他最初和我谈到的期限更为遥远，由于我对他指出了这点，他就用恢复自然并略带讽刺的声音向我承认，他在日期上面没有对我说实话，并把它稍加推迟，因为他怕我想要阻止他，或者怕我因此而提前回来。但他曾经连续几个晚上跪下来祈求上帝让他在去世之前见到鲍里斯。

"我甚至和上帝讲好，"他补充道，"必要时我推迟几天再走……因为您曾答应我把他带回来，您还记得吗？"

我握住他的手，他的手冰冷，我就用双手使他的手暖和起来。他用节奏单调的声音继续说道：

“当我得知您不等到暑假结束就要回来，知道我无须推迟我的行期就能见到那孩子，我就觉得……我感到上帝考虑了我的祈祷。我觉得上帝赞成我的看法。是的，我是这样看的。我没有立刻看出他在嘲笑我，而且一直这样。”

他把手从我的手里抽了出来，用更加兴奋的语调说道：

“因此，星期三晚上，我决定结束此生，而在星期三的白天，您给我带来了鲍里斯。我应该说，我在见到他时，并没有感到我意想中的全部喜悦。我事后仔细考虑了这事。显然，我无权指望那孩子很高兴见到我。他母亲从未和他谈起过我。”

他停了下来，嘴唇颤抖着，我觉得他要哭了。

“鲍里斯爱您是求之不得，但您要给他时间来了解您。”我试着说道。

“那孩子离开我之后，”拉佩鲁兹接着说道，仿佛没有听到我的话，“晚上我又独自一人（因为您知道德·拉佩鲁兹夫人已不住在这里），我就想：‘好吧！是时候了。’您要知道，我那已去世的哥哥留给我两支手枪，我一直保存着，放在我床头边的一只盒子里。我就去找那只盒子。我在一把扶手椅上坐了下来，就像现在这样。我给一支手枪装上子弹……”

他把头朝我转了过来，仿佛我在怀疑他的话，突然而又粗暴地重复道：“是的，我给它装上了子弹。您可以看到：枪里现在还有子弹。发生了什么？我无法理解。我把手枪对着我的前额。我久久地把枪口顶在我的太阳穴上。但我没有开枪。我无法……在最后一刻，这说起来可耻……我没有勇气开枪。”

他说得兴奋起来。他的目光变得更加有神，面颊上显出淡淡的血色。他一面摇着头，一面看着我。

“这个您如何解释？有件事我已经决定，这事我几个月来一直在考虑……也许是为了这个。也许我在思想中已耗尽了自己的全部勇气……”

“就像在鲍里斯回来之前，您已耗尽见到他的乐趣。”我对他说。但他继续说下去：

“我用枪口顶着太阳穴，待了很长时间。我手指放在扳机上，稍稍按紧，但用力不大。我在想：‘过一会儿，我就用力按下去，子弹就会射出。’我感到金属的寒冷，并想道：‘过一会儿，我就什么也感觉不到了。但我首先会听到可怕的响声……’您想想！离耳朵这么近！……我不开枪主要是这个：害怕枪声……真荒唐，因为人死了之后……是的，我希望死的时候像睡着一样，而枪声无法使人睡着，只能使人惊醒……是的，我害怕的肯定是这个。我害怕的是，我不是睡着，而是突然醒来。”

他仿佛镇静下来，或者不如说聚精会神，一时间，他的嘴唇又莫名其妙地颤动起来。

“这些想法，”他接着说道，“我是在事后才有的。事实是，如果说我没有自杀，那是因为我不能做主。我现在说：我当时害怕，不是，并非如此。有个东西和我的意志完全无关，比我的意志更强，阻止了我……仿佛上帝不想让我走。您想想，一个木偶想在戏演完前离开舞台……站住！在终场时还需要您。啊！您以为您想在什么时候走就能走！……我于是明白，我们所说的‘我们的意志’，就是操纵木偶的提线，而提线的则是上帝。您不明白吗？我来给您解释。譬如，我现在想：‘我要举起右臂’，我就举起右臂。（他确实举起了右臂。）但这是因为线已被提起，使我想到和说出：‘我想举起右臂’……我不能做主的证明，是如果我应该举起另一个手臂，我就会对您说：‘我要举起左臂’……不，我看到您没有理解我的意思。您无法理解我……哦！我现在知道，上帝在作弄人。他让我们做一件事，却还要使我们相信是我们想做这件事。这是他的恶作剧……您以为我疯了？顺便说一下，您想想，德·拉佩鲁兹夫人……您知道她进了一家养老院……啊！您想想，她却认为那是疯人院，认为我让她进去是为了摆脱她，目的是让大家把她当做疯子。您说说，这怪不怪：你在街上遇到的任何过路人，却要比你终身相托的女人还要理解你……在开始时，我每天都去看她。可是，她一看到我就说：‘啊！您来了。您还要来监视我……’我只好不去看她，因为这样只能使她生气。我对任何人都没有用处了，您要我怎么来珍惜生命呢？”

抽噎使他说不出话来。他低下头，我以为他又将意气消沉，可他突然激动起来：

“您知道她走之前干了些什么？她撬开我的抽屉，把我故世的哥哥的信件全部烧掉。她一直嫉妒我的哥哥，特别是在他死了之后。她发现我夜里在重读他的信件，就跟我发脾气。她大声说道：‘啊！您等我去睡觉。您在躲着我。’还说：‘您最好还是去睡觉。您这样眼睛会疲劳的。’别人会以为她十分关心我，但我了解她：这是嫉妒。她不希望我单独和他待在一起。”

“这是因为她爱您。嫉妒是因为爱。”

“那么，您得承认，可悲的是爱不能给生活带来幸福，却给生活带来不幸……也许上帝是这样来爱我们的。”

他说着话变得十分兴奋，突然说道：

“我饿了。我想吃东西时，那女仆总是给我端来巧克力饮料。德·拉佩鲁兹夫人想必对她说过，我只喝这个。请您到厨房去……走廊里右面第二扇门……看看有没有鸡蛋。我觉得她对我说过有鸡蛋。”

“您是否要她给您做个煎蛋？”

“我觉得我能吃两个。您能传个话吗？我说的话别人不听。”

“亲爱的朋友，”我回来后对他说道，“您的蛋过一会儿就煎好。要是您允许的话，我留下来看着您吃，是的，这会使我感到高兴。您刚才说您对任何人都没有用处，我听了十分难受。您好像忘记了您的孙子。您的朋友阿扎伊斯先生提出让您住到他的寄宿学校里。他请我向您转达他的话。他认为，现在德·拉佩鲁兹夫人已不住在这儿，您就没有任何牵挂。”

我以为会有一定的阻力，但他只是稍微问了一下给他提供的新的生活条件。

“虽然我没有自杀，但我仍像死人一样。住在这里或那里，我都不在乎。”他说道，“您可以带我去。”

我讲好到后天来接他，在此之前，我会给他两只箱子，让他放置需要的衣服和想要带走的东西。

“另外，”我补充道，“在租约满期之前，这套间仍归您使用，您可以随时回来拿您缺少的东西。”

女仆端来了煎蛋，他狼吞虎咽地吃了起来。我让人给他做了一份晚餐，看到一切终于恢复正常，我感到松了口气。

“我给您添了不少麻烦。”他反复说道，“您真好。”

我很想让他把他的两支手枪交给我，我对他说，枪对他已没有用处，但他不愿意给我。

“您不必再担心了。那天我没有做的事，我知道自己绝不会再做了。但现在这两支手枪已是我哥哥留给我的唯一纪念品，而我也需要它们来提醒我：我只是上帝手中的一个玩具。”

四

那天天气十分热。从弗代尔寄宿学校打开的窗子，可以看到花园里树木的树冠，花园上还漂浮着大量热气。

那天开学，对阿扎伊斯老人来说，是发表讲话的机会。他站在讲台脚下，面对着学生，就像惯常那样。在讲台上坐着拉佩鲁兹老人。他在学生们进来时站了起来，但阿扎伊斯用友好的手势请他重新坐了下来。他不安的目光首先投射到鲍里斯身上，这目光使鲍里斯感到局促不安，还因为阿扎伊斯在讲话中向孩子们介绍新的老师时，认为必须暗示这位老师和其中的一个学生有亲戚关系。但拉佩鲁兹感到难受的是不能和鲍里斯的目光相遇，他觉得这孩子十分冷淡。

“哦！”鲍里斯想道，“但愿他别来烦我！不要让我‘引人注目’！”他的同学们把他给吓坏了。中学放学后，他得和他们聚在一起，在从中学到“宿舍”的路上，他听到了他们的谈话。他真想和他们走在一起，原因是他非常需要得到同学们的好感，但他生来娇惯，不愿意这样去做，话到嘴边又忍住了。他怨恨自己拘束，竭力不显出拘束的样子，甚至尽量露出笑容，以避免别人嘲笑，但他这样做是白费力气，在其他同学中间，他样子像个女孩，这点他感觉到了，并因此而暗自伤心。

一些派别几乎立刻形成。一个同学名叫莱昂·盖里达尼佐尔，成为中心人物，已经有了威望。他比其他学生年龄稍大，年级也更高，他棕色皮肤，黑头发，黑眼睛，身材不是十分高大，体质也不是特别强壮，却有人们所说的“胆量”。真是胆大包天。甚至乔治·莫利尼埃那孩子也认为盖里达尼佐尔使他“目瞪口呆”：“你知道，要使我目瞪口呆，得要有点能耐！”那天早上，他不但看到，而且亲眼看到盖里达尼佐尔走到一个少妇跟前，见少妇抱着一个孩子，就说道：

“这孩子是您的，夫人？（他说这话时深深地鞠了一躬。）您这个小子真难看。不过请您放心：他活不长。”

乔治说完后哈哈大笑。

“不会！你是在开玩笑？”乔治的朋友菲利普·阿达芒蒂听乔治说起此事，就这样说道。

这放肆的话使他们感到高兴，再也想不出更加风趣的话了。这已经是老掉牙的东西，莱昂是从他表兄斯特鲁维卢那里学到这一套的，但乔治并不需要知道这点。

在寄宿学校里，莫利尼埃和阿达芒蒂设法同盖里达尼佐尔坐在同一条长凳上，即第五条长凳上，使学监对他们不会看得过于清楚。莫利尼埃左面坐着阿达芒蒂，右面坐着被称为盖里的盖里达尼佐尔。长凳的末端坐着鲍里斯，鲍里斯后面坐着帕萨旺。

父亲死后，贡特朗·德·帕萨旺过着忧郁的生活，但他以前过的生活也并不十分愉快。他早就知道他不会得到他哥哥的任何同情和支持。他暑假是在布列塔尼度过的，是他年老的女仆即忠心耿耿的塞拉芬带他去的，把他带到她的家里。他所有的才能都深藏不露，他努力学习。他内心有一种愿望在激励他，那就是向他哥哥证明他比哥哥更强。他进寄宿学校是他自己作出的选择，也是因为他不想和哥哥一起住在巴比伦街的公馆里，因为那公馆只会使他想起伤心的往事。塞拉芬不想丢下他不管，就在巴黎租了房子，已故的伯爵在遗嘱上明文规定他的两个儿子要给她一小笔年金，这样她就有钱租房。贡特朗在这套房子里有他的房间，可在休息天居住，他根据自己的爱好布置了房间。他每星期和塞拉芬一起吃两顿饭，塞拉芬则照顾他，使他过着优裕的生活。在她身边，贡特朗谈话十分随便，虽然他不能对她说出他挂在心上的事情。在寄宿学校，他不让别人来损害自己，心不在焉地听同学们开着玩笑，常常拒绝和他们一起玩耍。这也是因为他情愿阅读，而不愿参加非室外的游戏。他喜欢运动，喜欢所有的运动，但最喜欢独自进行的运动，这也是因为他高傲，喜欢独来独往。星期天，他根据当时的季节，去滑冰、游泳、划船或到乡下徒步旅行。他对某些东西厌恶，但并不设法去克服这种倾向，也没有设法去开阔自己的思想，而是使思想更加坚定。他也许并不像他自己认为的、他设法做到的那样单纯。我们曾看到他在父亲灵床旁边守灵，但他并不喜欢神秘的仪式，他一旦失去了本色，就会感到不快。他的成绩在班级中名列前茅，是因为他用功，而不是因为他聪明。鲍里斯只要和他接近，就能得到他的保护，但吸引鲍里斯的却是坐在旁边的乔治。至于乔治，他眼睛里只有盖里，而盖里则是目中无人。

乔治有重要的消息要告诉菲利普·阿达芒蒂，但他觉得不写信给他更为谨慎。

在开学那天的早上，他在上课前一刻钟来到中学的门口，但没有等到自己的朋友。他在校门口踱来踱去时，听到莱昂·盖里达尼佐尔非常风趣地责备一个少妇。过后，这两个顽童说了起来，得知他们将在寄宿学校成为同学，乔治感到十分高兴。

学校放学时，乔治和菲菲总算碰见了。他们同寄宿学校的其他学生一起朝阿扎伊斯寄宿学校走去，但和那些学生保持一定的距离，以便能自由交谈。

“你最好把这个藏起来。”乔治开始说道，并用手指指着菲菲仍然挂在翻领饰孔上的黄色玫瑰花结。

“为什么？”菲利普提出这个问题时发现，乔治已不再挂自己的玫瑰花结。

“你可能会被抓起来。老弟，这话我想在上课前对你说，你要是来得早一点就碰到了。我曾在校门口等你，想告诉你。”

“我不知道。”菲菲说道。

“‘我不知道。我不知道。’”乔治学着他的样子接着说道，“你应该想到，我没能在乌尔加特见到你，可能有话要对你说。”

这两个孩子总是在想如何胜过对方。菲菲因父亲的地位和财产有着某些优势，但乔治大胆而又无所顾忌，所以大大胜过对方。菲菲必须作出努力，使自己不落在后面。他不是个淘气的孩子，但他懦弱。

“好吧！你有话，那就说出来。”他说道。

这时，莱昂·盖里达尼佐尔已走到他们身边，听着他们的谈话。乔治乐意让他听到自己说的话。早上他说的话使乔治感到惊讶，现在乔治也留着会使他吃惊的话。因此，他在对菲菲说话时，语调十分平淡：

“小普拉琳让人给抓起来了。”

“普拉琳！”菲菲大声说道。乔治的冷静使他感到害怕。由于莱昂显出感兴趣的样子，菲菲就问乔治：

“能对他说吗？”

“当然喽！”乔治耸了耸肩说道。于是，菲菲指着乔治对盖里说道：

“那是他的相好。”然后又对乔治说：

“这事你是怎么知道的？”

“我碰到了热尔梅娜，是她把这事告诉我的。”

于是，他就对菲菲说，十二天前，他回到巴黎，想再去看看一个套间，就是检察官莫利尼埃曾称之为“饮酒纵乐的场所”的那个套间，他看到门关着，就在那个街区闲逛，不久之后遇到菲菲的相好热尔梅娜，她告诉他说：暑假开始时，警察局进行了搜查。这些女人和孩子并不知道，普罗菲唐迪厄为了这次搜查，进行了仔细的考虑，等到那些未成年的轻罪犯人各奔东西之后再下手，因为他不想把他们逮捕归案，也不想让他们的父母因此而丢脸。

“啊！老兄……”菲菲不加评论地反复说道，“啊！老兄！……”他觉得乔治和他逃过了这一劫。

“你觉得背脊发冷，嗯？”乔治傻笑着说道。他自己也给吓坏了，但他觉得完全没有必要承认，尤其是当着盖里达尼佐尔的面。

听了这个对话，你可能会认为这些孩子比他们在实际上还要道德败坏。其实，这主要是因为他们想装出有能耐的样子才这么说的，这点我可以肯定。这其中有夸大的成分。没关系：盖里达尼佐尔在听他们说话，他听他们说话，并让他们说下去。那天晚上他把这些话说给他表哥斯特鲁维卢听时，他表哥一定会非常高兴。

那天晚上，贝尔纳去找爱德华。

“开学的情况好吗？”

“不坏。”由于他不再说下去，爱德华就说道：

“贝尔纳先生，如果您心情不好，不想谈话，您别以为我会逼着您说。我厌恶审问。但是，请允许我提醒您，是您向我提出为我做事的，因此，我有权请您作一些汇报……”

“您想知道什么？”贝尔纳很不情愿地接着说道，“是阿扎伊斯老头发表了庄严的讲话，提出要孩子们‘用青春的活力共同奋发……’？我记住了这句话，因为它被重复了三次。阿尔芒说，老人每次讲话都用这句话。我和他坐在教室里面最后一条长凳上，看着孩子们进来，就像挪亚[①]看着各种动物进入方舟。各种各样的都有，有反刍动物、厚皮动物、软体动物和其他无脊椎动物。讲话之后，他们就开始互相谈话，我和阿尔芒发现，他们说的话十句里有四句是这样开始的：‘我打赌你不……’”

“那另外六句呢？”

“是这样开始：‘我嘛，我……’”

“我觉得观察得不错。还有什么？”

“我看有些孩子的性格是伪造的。”

“您这话是什么意思？”爱德华问道。

“我特别想到其中的一个，就是坐在小帕萨旺旁边的那个，我觉得小帕萨旺倒是个文静的孩子。他旁边的那个孩子，我观察了很长时间，那孩子仿佛把古人的不要过度[②]当做生活准则。您是否觉得，在他这种年纪，这是个荒谬的座右铭？他的衣服做得太瘦，领带系得端正，连鞋带也系得整整齐齐。虽说我和他谈话不多，他还是抓紧时间对我说，他发现到处都在浪费精

---

① 据《圣经·旧约》，神命义人挪亚造一个方舟，洪水降临时全家以及各类品种的活物可以进入方舟躲避。

② 原文为拉丁文，系警句。

力，并且像副歌那样重复道：‘不要作无用的努力。’”

“该死的节约，”爱德华说道，“这在艺术上却变成啰嗦。”

“为什么？”

“因为他们担心会少掉什么东西。还有什么？关于阿尔芒，您什么也没有对我说。”

“他可是个古怪的人。老实说，我一点也不喜欢他。我不喜欢古怪的人。当然，他并不笨，但他的才智只是用来毁坏，而他最热衷的却是毁坏他自己，他自身的善良、宽宏、高尚或温柔，他都引以为耻。他应该进行运动，出去透透空气。他整天关在房间里会变得乖戾。他仿佛想接近我，我并不回避他，但不能适应他的想法。”

“您是否觉得，他的嘲笑和讽刺隐藏着一种过分的敏感，也许隐藏着一种巨大的痛苦？奥利维埃是这样看的。”

“有可能，我这样想过。我对他还不大了解。我有的看法也不成熟。对此我需要仔细考虑，然后再对您说，但要等到以后。今天晚上，请原谅我，我要向您告辞。过两天我要考试，另外，我向您承认……我感到伤心。”

五

如果我没有弄错，对万物只能取其精华……

——费奈隆

奥利维埃于昨晚回到巴黎，睡了一觉之后已精神十足。空气很热，天空晴朗。他刚刮了胡子，洗了淋浴，穿得十分雅致，走出门外，意识到自己的能力、青春和美貌。这时，帕萨旺还在睡觉。

奥利维埃急忙朝巴黎大学走去。今天上午，贝尔纳将要考笔试。奥利维埃怎么会知道？但他也许并不知道。他是去打听情况的。他走得匆忙。自从那天夜里贝尔纳躲在他的房间里之后，他没有再见到过自己的朋友。在这段时间里，发生了多大的变化！他是急于向朋友炫耀自己，还是急于见到朋友，有谁能说得清呢？贝尔纳对雅致无动于衷，真叫人恼火！但这种爱好有时是和富裕一起产生的。多亏帕萨旺伯爵，奥利维埃才有了这样的体会。

今天上午，贝尔纳考的是笔试。他要到中午十二点才能出来。奥利维埃在院子里等待他。他看到了几个同学，和他们握了握手，然后就走开了。他穿着这身服装有点局促不安，但更加局促不安，则是在贝尔纳出来之后，在院子里朝他走过来的时候。只见贝尔纳向他伸出手，大声说道：

“他真漂亮！”

奥利维埃以为自己不会再脸红了，这时脸却红了。这话的语调虽然十分真挚，但怎么会听不出其中的讽刺呢？贝尔纳仍穿着他离家出走的那天晚上穿的那套西服。他没有想到会见到奥利维埃。他一面问他，一面拉着他走。他再次见到他，突然高兴起来。他起初看到他衣着讲究，微微一笑，但并无任何恶意，他心地好，没有怨恨。

“你和我一起吃午饭，嗯？是的，下午一点半，我还要去考拉丁语。今天上午是考法语。”

“满意吗？”

“我，是的。但我不知道我写的东西是否对那些阅卷教师的胃口。考题是论述拉封丹①的四句诗：

我是帕耳那索斯山②的蝴蝶，就像蜜蜂，
善良的柏拉图将它们比喻成人间奇迹，
我是轻盈之物，飞向任何题材，
从一朵朵花、一件件物前经过。

“你说说，你拿到这个题目会怎么写？”

奥利维埃无法抗拒显示本领的欲望：

“我会说，拉封丹在描绘自己的同时，也描绘了艺术家，即只看到世界的外部、表面、花朵的人。然后，为了进行比较，我将描绘学者、研究者，即深入研究的人，并最终证明，当学者在寻找时，艺术家已经找到，证明深入研究者会深陷其中，深陷其中者会真假难辨，证明真理就是表象，神秘就是形式，

① 拉封丹（1621—1695），法国寓言诗人，著有《寓言诗》12卷，内容丰富，讽刺尖锐，对后来欧洲寓言作家影响很大。

② 帕耳那索斯山位于希腊中部，古代被认为是太阳神阿波罗和文艺女神缪斯的灵地。

证明人最深刻的东西就是他的皮囊。”

这最后一句话，奥利维埃是从帕萨旺那里听来的，而帕萨旺则是有一天保罗-昂布鲁瓦兹在一个沙龙高谈阔论时从他嘴里听到的。没有印出来的东西，帕萨旺都可以占为己有，他称之为“悬空的想法”，即别人的想法。

奥利维埃说话的语调中有一种说不出的味道，贝尔纳由此看出这句话不是他自己想出来的。奥利维埃说这句话的声音不大自然。贝尔纳想要问：“这是谁说的？”但他不愿使自己的朋友感到不快，除此之外，他害怕听到帕萨旺这个姓，而直到此刻，奥利维埃还没有说出这个姓。贝尔纳只是好奇地盯着自己的朋友看，而奥利维埃则再次脸红。

贝尔纳感到惊讶的是听到多愁善感的奥利维埃说出了同他以前所了解的完全不同的想法，这种惊讶几乎立刻让位于一种强烈的愤慨，这突然、出人意外、无法抗拒，犹如旋风。他感到愤慨并不是因为这些想法，虽然在他看来这些想法荒谬。也许它们并非如此荒谬。在他那本记录不同意见的练习簿上，他可以把这些想法记录下来，同他自己的想法进行对照。如果这真的是奥利维埃的想法，他就不会对奥利维埃也不会对这些想法感到愤慨，但他觉得这后面还藏着一个人，他的愤慨是针对帕萨旺的。

“有这样的想法，会使法兰西受到毒害。”他大声说道，声音沉闷，但情绪激烈。他说时盛气凌人，想要超越帕萨旺。他说的话使他自己也感到惊讶，仿佛他说出这句话之后才有这种想法。然而，在今天上午的考试中，他加以发挥的正是这种想法，但由于腼腆的缘故，他不愿意用言语，特别不愿意在同奥利维埃谈话时炫耀他所说的“伟大情感”。一旦说了出来，他就觉得这些情感不再那么真挚了。因此，奥利维埃从未听到他的朋友谈论“法兰西”的利益，这下轮到他感到惊讶了。他睁大眼睛，再也想不到要微笑。他觉得贝尔纳已判若两人。他傻乎乎地重复道：

“法兰西？……”然后，由于贝尔纳显然不是在开玩笑，他就推卸自己的责任：“但是，老兄，这不是我的想法，而是拉封丹的想法。”

贝尔纳几乎变得咄咄逼人

“当然喽！”他大声说道，“我当然知道这不是你的想法。但是，老兄，这也不是拉封丹的想法。这种轻浮，他在晚年表示后悔和道歉，要是他只有这种轻浮，他就绝不会成为我们仰慕的艺术家。我在上午的论说文中所说的正是这点，我还用大量语录来进行论证，因为你知道我的记忆力相当好。但是，我很快把拉封丹搁在一边，谈起某些浅薄的人们自以为在他的诗中找到的证据，用大段文字来驳斥那种无忧无虑、玩世不恭、冷嘲热讽的精神，即人们所说的‘法兰西精神’，这种精神有时使我们在国外信誉扫地。我说不应该把它看做法兰西的微笑，而应该看做法兰西的鬼脸；真正的法兰西精神是一种研究、推理、热爱和耐心洞察的精神；如果拉封丹没有这种精神，他也许会写出他的短篇故事，但绝不会写出他的寓言诗，也写不出这篇诗体书简（我表明我知道这书简），让我们来评论的诗句就摘自这篇书简。是的，老兄，是彻底批判，我也许会不及格。但我不在乎，我必须把这话说出来。”

奥利维埃并不是特别看重他刚才说出的想法。他忍不住要炫耀自己，就在不知不觉之中引用了一句他以为会使他的朋友感到震惊的话。现在既然这位朋友用这种口气来跟他说话，他就只好快快收场了。他最大的弱点是他非常需要贝尔纳的友爱，而贝尔纳却并非如此需要他的友爱。贝尔纳的议论对他是一种羞辱。他后悔自己说话过于性急。现在，要改变看法、随声附和已经为时过晚，他要是让贝尔纳先说，一定会这样去做。但他怎么会想到，他们分手时如此喜欢批评的贝尔纳，竟成为帕萨旺要他一笑置之的那些情感和思想的捍卫者？微笑，他真的不想再微笑，他感到耻辱。他既不能退缩，又不能反对用真实的情感使他敬畏的贝尔纳，就只好竭力保护自己、躲躲闪闪：

“你在文章中谈了这种看法，可不是为了驳斥我而说的……但愿如此。”

他说这话犹如感到不快那样，完全没有使用他所希望的那种语调。

“但我现在是对你在说。”贝尔纳接着说道。

这句话直接刺到奥利维埃的心中。贝尔纳说这话时也许并无敌意，但对它又怎么能不这样理解呢？奥利维埃不做声了。贝尔纳和他之间出现了一道鸿沟。他想要提出什么问题，以便建起一座桥梁，使两岸能够进行联系。但他没有希望找到。“他难道没有看出我的忧伤？”他心里在想。这使他更加忧伤。他也许还不必忍住眼泪，但他心里感到应该哭泣。这也是他的弱点：如果他觉得好友重逢不会十分高兴，他现在也就不会这样伤心。两个月前，他急于见到爱德华时，情况也是这样。他心里想，永远都会这样。他真想和贝尔纳一刀两断，跑到随便什么地方去，忘掉帕萨旺、爱德华……他意外地看到一个人，忧郁的思路被突然打断。

在他们上行的圣米歇尔大街，在他们前面几步远的地方，奥利维埃看到了弟弟乔治。他抓住贝尔纳的胳膊，立刻转过身去，急忙拉着他走开。

“你觉得他看到我们了吗？……我家里还不知道我已回来。”

小乔治并非独自一人。莱昂·盖里达尼佐尔和菲利普·阿达芒蒂同他在一起。这三个孩子谈得很热和，但是，虽然乔治对谈话感到兴趣，他仍像他说的那样“睁着眼睛”。为了听他们谈话，咱们只好暂时离开奥利维埃和贝尔纳。这两个朋友已走进一家餐厅，这时正忙于吃饭，而不是忙于说话，这使奥利维埃感到十分宽慰。

“那么，你去。”菲菲对乔治说道。

“哦！他害怕！他害怕！”乔治回击道，声音里尽量显出讽刺的蔑视，来激一激菲利普。盖里达尼佐尔十分傲慢：

“我的羔羊们，如果你们不愿意，不如马上就说。我不难找到几个比你们胆子更大的家伙。好吧，你把那东西还给我。”

他朝乔治转过身去，乔治的手里握着一枚硬币。

“行，我去！”乔治突然冲动起来，大声说道，“你们跟我来。”（他们站在一家香烟店门前。）

“不，”莱昂说道，“我们在街角等你。来，菲菲。”

过了一会儿，乔治从店里出来，手里拿着一包被称为“上等品”的香烟，把烟分给他的两个朋友。

“那么？”菲菲焦虑地问道。

“那么，什么？”乔治装出不在乎的样子反问道，仿佛他刚才做的事极为正常，不值一提。但菲利普一定要问：

“你把它用掉了？”

“当然喽！”

“他们什么也没有对你说？”

乔治耸了耸肩：

“你要他们对我说什么？”

“那他们把钱找给你了？”

这次，乔治甚至不屑回答。但是，由于对方还有点怀疑和担心，一定要他“拿出来看看”，乔治就把钱从口袋里掏出来。菲利普数着：有七个法郎。他想问：“你能肯定这些都是真的？”但忍住了。

乔治是用一个法郎买下这伪币的。当时说好，找回的钱平分。他把三个法郎递给盖里达尼佐尔。至于菲菲，则一个苏也得不到，最多分给他一支香烟，这对他是一次教训。

由于受到这首次成功的鼓励，菲菲现在也跃跃欲试。他请莱昂把第二枚硬币卖给他。但莱昂觉得菲菲胆小，为了吊足他的胃口，就装做看不大起他刚才的胆怯，并装出对他生气的样子。“他当时只要早作决定就行了。少了他，我们照样玩。”另外，莱昂觉得第二次尝试离第一次的地方太近，不大谨慎。而且，现在时间太晚。他的表哥斯特鲁维卢正等着他吃午饭。

盖里达尼佐尔还没有这样蠢，由他自己来推销他的这些伪币，但根据他表哥的指示，他竭力寻找同谋。他这次完成了任务，要去进行汇报。

“名门子弟，你要知道，正是我们所需要的人，因为如果以后事情败露，他们的家长会设法把事情平息。（跟他这样说的，是他的表哥斯特鲁维卢，即他的临时家长代理人，当时他们在吃午饭。）只是用这个办法，把硬币一个个卖掉，就太慢了一点。我要出手的有五十二盒硬币，每盒里有二十枚。每盒要卖二十法郎，但不能卖给随便什么人，你要知道。最好是组织一个协会，要参加就得交出抵押品。必须使这些孩子受到牵连，要让他们交出能控制他们父母的东西。在出让硬币之前，你一定要使他们知道这点，哦！别去吓唬他们。对孩子们决不能吓唬。你曾对我说，莫利尼埃的父亲是法官？很好。那阿达芒蒂的父亲呢？”

“是议员。”

“那就更好。你已经相当老成，知道每个家庭多少都有点秘密，知道秘密泄露之后，有关的人会吓得发抖。必须让孩子们去寻找，这样他们就会有事可做。平时，他们在家里闷得发慌！另外，这可以让他们学会观察、研究。这非常简单：没有东西拿来，就什么也得不到。有些家长一旦知道他们的把柄落到了别人手里，就会出大价钱来使对方沉默。当然，我们不想对他们进行敲诈，我们是正人君子。我们只想控制他们。用他们的沉默来换取我们的沉默。他们沉默，并让别人沉默，我们也就沉默。让我们为他们的健康干杯。”

斯特鲁维卢在两只杯子里倒满酒。他们碰了杯。

“在公民之间，”他接着说道，“建立互惠关系不但有益，而且必要，一些稳固的社会就是这样形成的。人们互相控制，对！我们控制孩子们，孩子们控制他们的家长，他们的家长又控制我们。好极了。你清楚吗？”

莱昂是一清二楚。他冷笑着。

“小乔治……”他开始说道。

“这个，什么？小乔治……”

“莫利尼埃，我觉得他老成。他拿了他父亲的一些信件，是奥林匹亚剧院的一位小姐写的。”

“那些信你看到了？”

“是他给我看的。他当时在和阿达芒蒂说话，我在旁边听着。我觉得他们希望我听到他们的话，总之，他们没有回避我。我为此采取了措施，对他们使用了你的办法，以取得他们的信任。乔治对菲菲说（为了让他大吃一惊）：‘我父亲，他有一个情妇。’菲菲不甘落后，就回答道：‘我父亲，他有两个。’真傻，没什么可奇怪的，但我走到他们面前，对乔治说：‘你是怎么知道的？’他对我说：‘我看到了信。’我装出怀疑的样子，并说：‘你吹牛……’最后，我把他逼得急了，他就对我说，这些信他带在身边。他从一只厚厚的皮夹子里把信拿出来给我看。”

“你看了信的内容？”

“没来得及看。我只是看到那些信上的笔迹相同，其中一封的收信人是：‘我亲爱的大猫咪’。”

“那么署名呢？”

“‘你的小白鼠。’我就问乔治：‘这些信你是怎么拿到的？’于是，他笑着从裤子口袋里拿出一大串钥匙，并对我说：‘所有抽屉的钥匙都有。’”

“菲菲先生怎么说？”

“什么也没说。我觉得他嫉妒。”

“乔治会把那些信给你吗？”

“如果需要，我可以让他交出来。我不想去问他要。如果菲菲交出来，他也会拿出来。这两个人在互相较劲。”

“这就叫竞争。你在寄宿学校里是否还发现别的人？”

“我会去找的。”

“我还想对你说……在寄宿生里，应该有个叫鲍里斯的孩子。这个孩子，你别去动他。”他停了一会儿，然后低声补充道：“是目前。”

这时，奥利维埃和贝尔纳坐在大街上一家餐厅的餐桌旁。在他朋友热情的微笑面前，奥利维埃的忧伤逐渐消失，就像霜见到阳光一样。贝尔纳避免说出帕萨旺的名字，奥利维埃感到了这点，一种神秘的本能告诉了他，但这个名字已在他的嘴边，不管怎样，他都得把它说出来。

“是的，我们回来的时间要比我对我家里说的来得早。今天晚上，《阿耳戈英雄[①]》杂志社举行宴会。帕萨旺一定要去参加。他希望我们的新杂志能和老杂志友好相处，不要成为竞争对手……你应该去，你知道……你应该叫爱德华一起去……也许不是去赴宴，因为这要有邀请信，而是在其后。大家聚集在万神酒店二楼的一个大厅里。《阿耳戈英雄》的主要编辑都将出席，其中有好几位将为《前卫》撰稿。我们的创刊号几乎已经准备停当。但是，你说说，你为什么没有寄给我任何东西？”

“因为我没有任何现成的东西。”贝尔纳有点生硬地回答道。

奥利维埃的声音变得近于哀求：

“在目录上，我把你的名字写在我的名字旁边……如果需要，可以再等一下……随便什么都行，但要有东西……你以前几乎答应了我们……”

奥利维埃难受，贝尔纳也不好受，但他心肠一硬：

“你听着，老兄，我最好现在就对你说：我担心无法和帕萨旺合作。”

“但领导者是我！他让我有充分的自由。”

“另外，我不高兴的正是给你寄‘随便什么’。我不愿意写

---

① 据希腊神话，阿耳戈英雄由伊阿宋率领，乘快艇阿耳戈号到科尔喀斯觅取由毒龙看守的金羊毛。

‘随便什么’。”

“我说‘随便什么’，因为我恰恰知道你写的‘随便什么’都会是好的……知道这绝不会是‘随便什么’。”

他不知道该说什么。他说话结结巴巴。如果他在自己身边不再感到他朋友的存在，他就会对这个杂志兴趣索然。共同创业的梦，真美。

“另外，老兄，即使我开始十分清楚地知道我不想做的事，我还不大清楚我将要做的事。我甚至不知道我是否会写。”

这个声明使奥利维埃感到失望。但贝尔纳接着说道：

“我轻而易举地写出来的东西都不会使我满意。正是因为我对句子精心加工，所以我厌恶那些套话。这不是因为我只喜欢困难的东西，而是我认为现在的那些文人花的力气实在太少。要写一部小说，我对别人的生活还了解得不够，我自己也还没有生活经历。诗句使我感到厌烦，亚历山大体①破得像褴褛衣衫，自由诗样子难看。现在唯一使我满意的诗人是兰波②。”

“我在宣言中说的正是这些。”

“那我就没有必要重复了。不，老兄，不，我不知道我是否会写。我有时感到写作妨碍生活，感到用行动来表达自己的想法比用词语更加清楚。”

---

① 指法国十二音节诗。

② 兰波（1854—1891），法国诗人，创作生涯自15至20岁，但其作品及风格对象征主义运动产生巨大影响，主要诗作有《醉舟》、散文诗《灵光篇》和《在地狱中的一季》等。

“艺术作品是持续的行动。”奥利维埃怯生生地说道，但贝尔纳没有在听他说话。

“我对兰波最为欣赏的，就是对生活的偏爱。”

“他败坏了自己的生活。”

“你知道什么？”

“哦！这个，老兄……”

“不能从外部来评论其他人的生活。不过，我们可以说他失败了。他运气不好，有过贫困和疾病……他的生活即使这样，我仍然羡慕，是的，我羡慕他的生活，即使其结局可鄙，甚于……”

贝尔纳没有把自己的话说完。他想说出一位当代名人的名字，但想到许多名字，感到犹豫不决。他耸了耸肩，继续说道：

“我模糊地感到我身上有非同寻常的愿望，这犹如海底涌浪，汹涌澎湃，其运动使人无法理解，而我也不想设法理解它们，甚至不想去观察它们，生怕阻止它们的产生。在不久之前，我还不断地分析自己。当时我有一个习惯，那就是经常自言自语。现在，即使我想这样做，我也做不到了。这种怪癖突然消失，连我自己也没有察觉。我认为，这种独白，这种‘内心对话’，正如我们的老师所说的那样，包含着一种两重性，当我开始爱上我自己以外的另一个人，爱这个人甚于爱我自己之后，我就无法再具有这种两重性。”

“你想说的是洛拉，”奥利维埃说道，“你爱她始终如此？”

“不，”贝尔纳说道，“而是越来越强烈。我认为爱情的特点就是不会始终不变，不增则减，这就是它和友谊的区别。”

“友谊也会减退。”奥利维埃伤心地说道。

“我觉得友谊增减的余地没有这样大。”

“你说……要是我问你什么，你不要生气，好吗？”

“那你就等着瞧吧。”

“我是不想让你生气。”

“你要是有问题不说出来，我就会更加生气。”

“我想知道，你对洛拉是否有……性欲？”

贝尔纳突然变得一本正经。

“正因为是你……”他开始说道，“好吧！老兄，奇怪的是，自从认识她之后，我身上就完全没有性欲了。而在过去，你是否记得，我曾同时对街上遇到的二十个女人动情（也正因为如此，我才没有选择其中的一个），现在，除了她的美之外，我决不会再对其他形式的美感到兴趣，除了她的之外，我不会再去爱别的女人的前额、嘴唇和目光。但是，我对她有的是尊敬，在她身边，任何肉欲的想法都会使我感到是在亵渎宗教。我觉得我以前对自己的看法是错误的，觉得我的本性是非常贞洁的。多亏了洛拉，我的本能才得到了升华。我感到自己身上有巨大的力量没有得到使用。我想要使用这些力量。我羡慕查尔特勒修会的修士，修士用教规来收敛自己的傲气，对修士你可以说：‘我相信你。’我羡慕士兵……或者不如说，不，我不羡慕任何人，但我内心的湍流使我喘不过气来，我想要把它制服。这就像我身体里有蒸汽一样，它会发出嗞嗞声泄漏出来（这就是诗歌），会推动活塞和车轮，或者会使机器爆炸。你是否知道我有时感到我表达自己的思想最清楚的行为是什么？是……哦！我清楚地知道我决不会自杀，但我完全理解德米特里·卡拉马佐夫[①]，他问他弟弟是否能理解一个人自杀的原因有可能是因为高兴，因为过于生气勃勃……因为要爆炸。”

他全身散发出一种奇特的光芒。他说得多么清楚！奥利维埃出神地注视着他。

“我也是，”他胆怯地低声说道，“我对人自杀是理解的，但那是在感受到一种巨大的快乐之后，因为其后的全部生活都会因此而黯然失色，这种快乐使人认为：够了，我满意了，我再也不……”

但贝尔纳没有在听他说话。他不说了。没有人听，说下去又有什么意思？他的那片天又变得阴沉沉的。贝尔纳掏出怀表：

“我得走了。那么，你说，今天晚上……是几点？”

“哦！我想十点就可以了。你来吗？”

“是的，我设法叫爱德华一起去。但是，你知道，他不大喜欢帕萨旺，另外，文学聚会使他感到厌烦。这只是为了去看你。你说，我考完拉丁语之后，能不能再见到你？”

奥利维埃没有立刻回答。他失望地想到，他曾答应帕萨旺四点钟在将要印刷《前卫》杂志的印刷所见面。要是能够脱出

---

① 德米特里·卡拉马佐夫是陀思妥耶夫斯基的小说《卡拉马佐夫兄弟》中三兄弟的大哥。

身来，他什么代价都愿意付出！

“我很想来，但我没空。”

他丝毫也没有显露出自己的忧伤。贝尔纳回答说：

“那就算了。”

说完这句话，两个朋友就分手了。

奥利维埃准备对贝尔纳说的话，他一点也没有说。他怕他的朋友感到不快。他对自己也感到不快。他上午还步履轻快，现在却低垂着头。帕萨旺的友谊，他起初还引以为豪，现在却使他为难，因为他感到贝尔纳在指责这种友谊。今天晚上，在这个宴会上，如果他在众目睽睽之下见到他的朋友，他也无法和他说话。这个宴会不可能使他感到快乐，除非他们在事先取得相互间的谅解。而在虚荣心的摆布之下，他竟想出了一个馊主意，要爱德华舅舅也去参加！在帕萨旺身边，在前辈、同行以及《前卫》杂志未来的撰稿人中间，他必须炫耀自己，这样爱德华就会加深对他的误会，也许会永远误会下去……要是他能在这次宴会前见到他多好！立刻见到他！他就会扑上去把他抱住，他也许会哭，把自己的事都告诉他……从此刻到四点钟，他还有时间。快，一辆汽车。

他把地址告诉司机。他来到门前，心怦怦直跳：他按了铃……爱德华出去了。

可怜的奥利维埃！他为什么要躲着自己的父母，不直接回家去呢？要是这样，他就会在母亲身边找到他的舅舅爱德华。

六

爱德华日记

小说家们使我们受骗上当，因为他们在展示个人时，没有考虑环境的压力。森林决定树木的形状。给每棵树留下的空间是如此之小！多少芽枯萎了！每棵树在可能的地方长出其枝叶。神秘的树枝，往往被认为是抑制的产物。只能往高处长。我不明白波利娜是怎么搞的，长不出神秘的树枝，不明白她还要等待何种压力。她和我说话，同以前相比更加出自内心。我承认，我那时并没有怀疑到她在用幸福的表象来掩盖自己的失望和容忍。但我已经看出，她不会不对莫利尼埃感到失望，除非她的想法俗不可耐。前天，在和他谈话时，我已经掂出了他的分量。当时，波利娜怎么会嫁给他呢？……唉！最糟糕的营养不足，即性格上的营养不足，是隐蔽的，只有在接触时才会暴露出来。

波利娜尽一切可能来掩饰奥斯卡的缺点和弱点，竭力在众人面前，特别是在孩子们面前隐瞒这些缺点和弱点。她设法使孩子们尊敬自己的父亲，她确实要作出很大的努力，但她做得恰如其分，使我也给蒙骗了。她谈起自己的丈夫时语调里没有蔑视，但有一种意味深长的宽容。她抱怨说，他对孩子们的威信不够大，而当我对看到奥利维埃和帕萨旺在一起表示遗憾时，我这才明白，如果由她来作出决定，科西嘉之行是无法实现的。

“这次旅行我是不赞成的，”她对我说，“而且说老实话，那位帕萨旺先生我并不喜欢。但是，您要我怎么办呢？我看到自己无法阻止的事，就情愿高兴地同意。奥斯卡，他老是让步，他也对我让步。但是，当我觉得我应该反对孩子们的某个计划，拒绝他们的要求时，我却得不到他的任何支持。樊尚也来插手此事。这样，如果我不想失去奥利维埃的信任，我又怎么能反对他的要求？而我特别看重的是他的信任。”

她在补一双旧的短统袜，我想是奥利维埃不要穿的袜子。她停下来在针里穿一根线，然后压低声音继续说话，仿佛更加相信，但也更加伤心：

“他的信任……要是我还相信他信任我多好！不，我已失去他的信任……”

我虽然没有把握，还是提出了异议，她听了微微一笑。她放下手中的针线活，接着说道：

“噢，我知道他在巴黎。今天上午乔治看到了他。乔治是偶然说起的，我装作没有听到，因为我不喜欢看到他揭发自己的哥哥。但我终于知道了此事。奥利维埃是在躲着我。当我见到他时，他就会觉得只好对我说谎，我也得装出相信他的样子，就像他父亲每次躲着我时，我得装出相信的样子。”

“这是因为怕您难受。”

“他这样做，我就更加难受。我也不是气量狭小。有许多小的过失，我都容忍了，装作没有看见。”

“您现在是在说谁？”

“哦！说父亲，也说儿子。”

“您装作没有看见，也是在对他们说谎。”

“但您要我怎么办呢？我不抱怨，已经不错了，但我不能表示赞成！不，您看，我在想，我们迟早会失去控制，到那时候，再温柔的爱也毫无用处。我怎么说呢？它使人难受，使人心烦。我甚至把这种爱隐藏起来。”

“现在您在说您的儿子。”

“您为什么说这个？您难道以为我已不能去爱奥斯卡？有时我是这样想的，但我在想，我对他没有爱得更深，是因为怕自己过于痛苦。嗯……是的，您没有看错：如果说的是奥利维埃，我情愿痛苦。”

“那么樊尚呢？”

“要是在几年以前，我现在对您说的关于奥利维埃的话，我都会用到樊尚身上。”

“可怜的朋友……不久之后，您就会用到乔治身上。”

“但是，人会慢慢变得逆来顺受。我以前对生活的要求并不多，现在已学会要求得更少……越来越少。”然后，她悄悄地补充道：“对自己的要求，则越来越多。”

“有了这种想法，就几乎已经是基督教徒了。”我接着说道，并且也微微一笑。

“我有时也是这样想的。但是，要成为基督教徒，有这种想法还不够。”

“而要有这种想法，当基督教徒也还不够。”

“我常常在想，请您让我对您说，他们父亲不在时，您可以和孩子们谈谈。”

“樊尚已走得很远。”

“对他来说已经太晚了。我想到的是奥利维埃。我原来希望他和您一起去旅行。”

听到这话，我突然想到，如果我当时没有轻率地答应去处理那件意外的事，可能会发生什么事情。我感到十分难受，一时间说不出话来。接着，我热泪盈眶，就想给我的局促不安找到一种明显的原因。

“我担心对他来说也已经太晚了。”我叹息道。

于是，波利娜握住我的手。

“您真好。”她大声说道。

我看到她误解了我的意思，感到不安，但又不能给她点明，就觉得至少应该改变这个使我感到过于尴尬的话题。

“那乔治呢？”我问道。

“他给我带来的忧虑，要比其他两个还要多。”她接着说道，“我不能说我对他失去了控制，因为他从来就不信任我，也不听我的话。”

她犹豫了片刻。她接着要说的话想必使她难以启口。

“今年夏天，发生了一件重要的事情，”她终于接着说道，“这件事我难以对您启口。另外，我对此还有几分怀疑……一张一百法郎的钞票从我平时放钱的衣橱里消失了。我担心会错怪别人，所以没有去指责任何人。在旅馆服侍我们的女仆是十分年轻的姑娘，我觉得她为人诚实。我在乔治面前说我丢了钱，这等于是向您承认我在怀疑他。他心不慌，脸不红……我对自己的怀疑感到惭愧，我想使自己相信我弄错了，我又把自己的钱数了一遍。唉！无法怀疑：少一百法郎。我犹豫不决，不知是否要问他，最后还是没有问，因为我怕他偷了钱还要说谎。我是否错了？……是的，我现在责备自己当时不够坚决，也许我当时担心自己应该严肃处理，却又无法做到。我再次装出不知情的样子，但心里却十分痛苦，我可以向您保证。我眼看着时间过去，心里在想，现在已经太晚，即使惩罚，离开犯错误的时间也实在太远。另外，又怎么惩罚他呢？我什么也没做，只是责备自己……我又能做什么呢？

“我曾想把他送到英国去，我甚至想就此听听您的意见，但我当时不知道您在哪里……至少我没有对他隐瞒我的痛苦和不安，我相信他会感觉到这点，因为他心地善良，这您是知道的。如果这事确实是他干的，我更希望他能责备自己，而不是由我来责备他。他不会再去干这种事，我相信。他在那里和一个很有钱的同学在一起，也许就学会了花钱。也许我把衣橱开着……我再次无法肯定是他干的。旅馆里进进出出的人很多……”

她十分巧妙地说出为她的孩子辩解的理由，使我感到钦佩。

“我真希望他把拿走的钱放回原处。”我说道。

“我正是这样想的。但由于他没有这样做，我就想把这点看做他无辜的一个证明。我又想他没有这个胆量。”

“这事您和他父亲说过吗？”

她犹豫了片刻。

“没有。”她最终说道，“我希望他对此一无所知。”

也许她觉得听到隔壁房间里有声音，就去看了一下，看到没有人，就又在我身边坐了下来：

“奥斯卡对我说，有一天你们在一起吃午饭。他在我面前对您大加称赞，我想您想必主要是在听他说话。（她说这些话时在苦笑。）如果他把秘密告诉了您，我并不想知道……我对他私生活的了解，要比他以为的多得多……但是，自从我回来之后，我不知道他到底是怎么回事。他显得极其温存，我想说：低声下气……我几乎要感到尴尬。他好像怕我。他错了。我早就知道他保持的关系……甚至知道是和谁。他以为我不知道他的关系，就用各种办法来对我隐瞒，但这些办法十分明显，他越是隐瞒，就越是露出马脚。每次他要出去时，就装出忙碌、不高兴和忧心忡忡的样子，但我知道他是去寻欢作乐。我想要对他说：‘但是，我的朋友，我不会不让你去，你是否怕我吃醋？’我要是心情好，真会因此而发笑。我唯一担心的是孩子们会发现蛛丝马迹，他是多么粗心、笨拙！有时，他自己还一无所知，我只好去帮助他，仿佛我赞成他要的花招。我最后几乎觉得此事好玩，我可以向您保证。我为他想出种种借口，把他到处乱放的信件塞进他大衣的口袋。”

“确实，”我对她说，“他担心您发现了信件。”

“这是他对您说的？”

“正因为如此，他才变得这样紧张。”

“您认为我想要看他的信？”

她的自尊心受到了伤害，就挺起了身子。我只好补充道：

“这不是他粗心大意丢失的信件，而是他放在一个抽屉里的信件，他说找不到它们了。他认为信是您拿的。”

说到这里，我看到波利娜脸色发白，曾在她脑中一闪而过的可怕怀疑突然占据了她的思想。我后悔自己说了出来，但已为时过晚。她把目光从我身上移开，低声说道：

“信是我拿的就好了！”

她显得被压垮了。

“怎么办？”她反复说道，“怎么办？”然后，她又把目光移到我身上：“那么您，您是否能和他谈谈？”

虽然她像我那样没有说出乔治的名字，她想到的显然是他。

“我去试试。我好好想想。”我站起身来对她说道。她把我送到候见室：

“您什么也别对奥斯卡说，我求您了。让他继续怀疑我，继续相信他所相信的事……这样更好。您要来看我。”

七

奥利维埃因没有遇到爱德华舅舅而感到遗憾，也无法忍受自己的孤独，就把他那颗寻找友谊的心转到了阿尔芒的身上。他朝着弗代尔寄宿学校走去。

阿尔芒在自己房间里接待了他。从一道便梯可以走到那里。

这是一个窄小的房间，窗子朝着后院开着，隔壁那幢房子的厕所和厨房也面向这个后院。白铁制的翘上弯曲的反射器接收上面的阳光，反射到下面时已变得十分暗淡。房间里通风不良，有一种难闻的气味。

“但我已经习惯了。”阿尔芒说道，“你知道，我父母把最好的房间留给了那些付钱的寄宿生。这是理所当然的。我把我去年住的那间让给了一位子爵：你那著名的朋友帕萨旺的弟弟。那房间豪华，但处于拉歇尔的房间的监视之下。这里房间不少，但不是全都独门的。譬如，今天上午从英国回来的萨拉，要去她的房间，必须经过父母的房间（这对她来说不方便），或者经过我的房间，确切地说，我的房间以前只是盥洗室或堆放杂物的地方。在这里，我至少有进出自由的好处，不会受到任何人的监视。我觉得这要比仆人们住的顶楼好。老实说，我倒喜欢住得差一点，我父亲会把这个称为：喜欢苦行，并会对你解释说，有损于肉体的事会使灵魂得到拯救。另外，他从未来过这里。你知道，他有其他的事情，不能来关心他儿子的住所。我爸爸真了不起。他能背出许多安慰的话，用于生活中各种大事。听到了真舒服。可惜的是他一直没有时间聊天……你看看我的画廊，早上看更有味道。这是保罗·乌切洛[①]的一个弟子的一幅彩色铜版画，是供兽

---

① 乌切洛（1397—1475），意大利文艺复兴初期佛罗伦萨画家，试图调和晚期哥特式风格和新兴的文艺复兴风格，注意运用透视法，作品以 3 幅嵌板画《圣罗马诺之战》最为著名，现分藏巴黎、伦敦和佛罗伦萨。

医用的。艺术家在综合方面作出了出色的努力，把所有的病痛都集中在一匹马身上，上帝则用这些病痛来净化马的灵魂，你会看到目光的灵性……那是一幅象征性的画，画的是一生中的各种年龄，从在摇篮里起直至进入坟墓。作为画，倒不是很有力度，主要的价值在于立意。再过去一点，你可以欣赏到提香[①]画的一个交际花的照片，我贴在我床的上方，使我看了能产生淫欲。这扇门，就是通到萨拉房间的门。”

这地方可以说肮脏不堪，奥利维埃见了十分难受。床没有铺过，盥洗台的盆里还留有洗过的水。

“是的，房间由我自己来整理。”阿尔芒用这话来回答他不安的目光。“你看，这是我的工作台。你无法想象这房间的气氛使我获得的灵感：

一间可爱的陋室的气氛……

“它甚至使我想出我最近那首诗：《夜壶》。”

奥利维埃来找阿尔芒，是想和他谈谈自己的杂志，并请他撰稿。他现在不敢谈了。但阿尔芒又谈了起来。

“《夜壶》，嘿，多美的标题！……还用波德莱尔的诗作为题词：

---

① 提香（1490？—1576），意大利文艺复兴鼎盛期威尼斯画家，擅长肖像画、宗教和神话题材画，作品有《乌尔宾诺的维纳斯》、《圣母升天》、《文德明拉全家肖像》等。

你是等待几滴泪水的凄惨器皿？①

“我在其中借用了陶匠造物这个古代的（仍然新鲜的）比喻，陶匠把每个人都塑造成一个不知用来盛什么东西的壶。我在诗情奔放之中把自己比喻成上面说的壶。这想法我刚才对你说了，我是在呼吸这房间的臭味时自然而然地产生的。我对这首诗的开头特别满意：

人到四十未患痔疮……

“为了使读者放心，我起初写：‘人到五十……’，但这样就没有了辅音重复的叠韵。至于‘hémorroïdes（痔疮）’，这肯定是法语中最美的词……即使它没有这个含义。”他冷笑着补充道。

奥利维埃默不作声，心里难受。阿尔芒接着说道：

“不用对你说，夜壶接待像你那样的香料瓶的来访，感到特别荣幸。”

“除了这些之外，你没有写别的东西？”奥利维埃感到失望，终于问道。

“我本想把我的《夜壶》推荐给你那本名声显赫的杂志，但从你刚才说‘这些’的语气来看，它不大可能受到你的青睐。

① 出自波德莱尔的诗集《恶之花》中的《对虚幻之爱》。

在这种情况下，诗人总是可以说：‘我写作不是为了取悦于人’，并且自信写出了杰作。但是，我不必对你隐瞒，我觉得我的诗蹩脚透顶。另外，我只是写了第一行诗。我说‘写了’，这又是一种说话的方式，因为我刚才即兴想出这行诗，是为了对你表示敬意……不，但是，你真的想发表我写的东西？你希望我撰稿？你难道认为我能够写出像样的东西？你已经看出我苍白的前额上有天才的印记？我知道在这儿照镜子是看不大清楚的，但当我像那喀索斯①那样在镜中欣赏自己的影像时，我看到的只是碌碌无为的相貌。不过，这也许是光线斜照的缘故……不，亲爱的奥利维埃，不，今年夏天我什么也没有写，如果你指望我为你的杂志撰稿，你是会失望的。谈我自己谈得够多了……那么，在科西嘉，过得好吗？你旅行开心吗？得益多吗？你工作的疲劳已全部消除？你已好好……？”

奥利维埃再也忍不住了：

“住嘴，老兄，别再胡扯了。要是你以为我觉得这些话有趣……”

“啊，我！”阿尔芒大声说道，“啊！不，亲爱的，并非如此！我还不至于这样蠢。我还相当聪明，知道我对你说的全是蠢话。”

“你难道就不能说点正经的？”

“既然你喜欢正经的话题，我们就说正经的。我的姐姐拉歇

---

① 那喀索斯是希腊神话中的美少年，只爱自己，不爱别人。爱神阿佛洛狄忒惩罚他，使他爱恋自己在水中的倒影，最后憔悴而死，死后变成水仙花。

尔要变成瞎子了。最近这段时间，她的视力大大减退。两[illegible]她不戴眼镜就无法看书了。我开始以为她只要更换镜片就行了。但不管用。在我的请求下，她去看了眼科医生。看来是视网膜的敏感度降低了。你要知道，这里有两个完全不同的原因，其中之一是晶状体失调，这可以用镜片来纠正。但是，即使镜片能使物像远离或接近，物像也不能使视网膜得到足够的光刺激，所以传到脑子里的只是模糊的图像。我说得清楚吗？你几乎不认识拉歇尔，所以你别以为我要你对她的命运表示同情。啊，我为什么要对你说这些呢？……是因为我在想到她的情况时发现，想法和形象一样，传到脑子里时，会有不同的清晰度。头脑迟钝的人只能得到模糊的统觉[①]，但正因为如此，他不能清楚地意识到自己头脑的迟钝。他只有意识到自己的愚钝，才会开始因这种愚钝而感到痛苦，而要意识到这点，他必须变得聪明。现在，你来想象一下这个怪物：一个傻瓜，但相当聪明，清楚地知道自己愚蠢。”

“当然喽！那就不是傻瓜了。”

“是傻瓜，亲爱的，请相信我。这点我很清楚，因为这傻瓜就是我。”

奥利维埃耸了耸肩。阿尔芒接着说道：

“真正的傻瓜无法意识到他自己的想法以外的一种想法。我却能意识到这个‘以外’。但是，我仍然是个傻瓜，因为这个

---

① 统觉是德国哲学家莱布尼茨和康德的用语。莱布尼茨的统觉主要指理性或清楚的、自觉的知觉；康德的统觉则是自我意识的别名。

‘以外’，我知道我永远无法达到……”

“但是，可怜的朋友，”奥利维埃同情而激动地说道，“我们生来都一样，都可以变得更加完美，我觉得最聪明的人正是因自己的局限性而感到最痛苦的人。”

阿尔芒把奥利维埃亲热地放在他胳膊上的手推开。

“有些人能感到自己拥有的东西。”他说道，“我只感到我缺少的东西。缺少金钱，缺少力量，缺少智力，缺少爱情。总是缺少，我将永远处于‘以内’。”

他走到盥洗台旁，把一个发刷浸在盆里的脏水之中，把头发刷在前额上，显得十分难看。

“我对你说了，我什么也没写。然而，最近几天，我想写一篇论文，我会称之为：论缺乏。当然，我缺乏能力，写不出来。我会在论文中说……我使你感到厌烦。”

“你说吧。你使我感到厌烦，是在你开玩笑的时候。现在，你使我很感兴趣。”

“我会在整个自然中寻找极限点，过了这个点，万物就不再存在。举一个例子你就会明白。报上曾报导一个工人触电身亡的事。他当时毫不在乎地摆弄着输电线，电压又不是很高，但他的身上看来在流汗。人们认为他的死亡是因为这层潮湿的皮肤使电流笼罩了他的身体。要是他身体干燥，这事故就不会发生。但是，我们加上一滴滴流出的汗水……再来一滴汗，就完蛋了。”

“我听不明白。”奥利维埃说。

“那是因为这例子举得不好。我总是举不好例子。再举一个：六个遇难的人被拉到一只救生艇上。他们已在风浪中漂流了十天。三个人死了，两个被救活了。第六个已生命垂危。人们还想把他救活。他的机体已达到极限点。”

“是的，我明白。”奥利维埃说道，“要是早一个小时，人们就可以把他救活。”

“一个小时，看你说的！我在估计最后时刻：还可以……还可以。不行了！这是我思想游荡的尖顶。存在和非存在的这个界线，我竭力在所有地方划出。抗力的极限……唔，譬如说，对我父亲说的‘诱惑’的抵抗力。人还在抵抗，魔鬼拉着的绳子绷紧得快要断了……再稍微用点力，绳就断了：人落入地狱。你现在明白了吗？稍微缺一点，就是非存在。上帝就不会创造世界。什么也不会有……‘世界的面貌就会改变，’帕斯卡[①]说。但我觉得这样想还不够：‘如果克娄巴特拉[②]的鼻子短一点’。我坚持己见。我提出问题：短一点……短多少？因为它可以短一丁点儿，是不是？……渐变，渐变，然后是突然跳跃……自然界无跳跃[③]，真是胡扯！在我看来，我就像穿越沙漠的阿拉伯人，将要渴死。我正好达到这个点，你要知道，一滴水还可以救他的命……或是一滴眼泪……”

---

① 帕斯卡（1623—1662），法国数学家、物理学家、哲学家，概率论创立者之一，提出闭密流体能传递压力变化的帕斯卡定律，著有《思想录》等。

② 克娄巴特拉（前69—前30），埃及托勒密王朝末代女王，貌美，有权势欲，先为恺撒情妇，后与安东尼结婚，安东尼溃败后自杀身亡。

③ 原文为拉丁文，系莱布尼茨名言，参见《人类理智新论》（商务印书馆，1982年）第566页：“在自然界中一切都是逐步地渐进而丝毫不作跳跃的”。

他的声音哽住了，变得哀婉动人，使奥利维埃感到意外和局促不安。他接着说时声音更加温柔，可以说是含情脉脉：

“你可记得：‘我曾为你洒泪……’”

奥利维埃当然记得帕斯卡的这句话。他对他的朋友引述得不够确切感到遗憾，就忍不住纠正道：“我曾为你洒血……”

阿尔芒的激奋立刻消失。他耸了耸肩：

“我们又有什么办法？有些人会轻而易举地受到接待……什么是现在感到自己总是‘处于极限’，你明白吗？我永远会缺少一点。”

他又笑了起来。奥利维埃觉得笑是因为害怕哭泣。他也想谈谈，想对阿尔芒说他的话使他多么感动，说他感到这激愤的讽刺掩盖着何等的苦恼。但是，他和帕萨旺约定的时间使他急着要走。他掏出了表。

“我应该和你告辞了，”他说道，“你今晚是否有空？”

“干吗？”

“到万神酒店来找我。《阿耳戈英雄》杂志举行宴会。你到结束时再去那儿。会有许多有点狂妄的名人来参加。贝尔纳·普罗菲唐迪厄也答应我去。这可能很有趣。”

“我还没有刮胡子。”阿尔芒用阴郁的语调说道，“另外，在这些名人中间，你要我干什么呢？你又知道什么？你去问问萨拉，她今天上午刚从英国回来。她会高兴去的，我可以肯定。你是否要我代你去邀请她？贝尔纳可以带她去。”

“老兄，行。”奥利维埃说道。

八

当时讲好，贝尔纳和爱德华一起吃完晚饭之后，在快到十点的时候去接萨拉。她接到阿尔芒的通知之后，高兴地接受了这个建议。将近九点半时，她在母亲的陪同下回到自己的房间。去她的房间，要经过她父母的卧室，另一扇门看上去已被堵死，却能从萨拉的房间通到阿尔芒的房间，而我们前面已经说过，阿尔芒的房间外面有一道便梯。

萨拉在母亲面前装出要躺下的样子，并要求让她睡觉，但母亲走后，她立刻走到梳妆台前，把嘴唇和面颊涂得更加艳丽。梳妆台遮住那扇被堵死的门，梳妆台不是很重，萨拉能把它悄悄地移开。她打开了那扇暗门。

萨拉担心遇到弟弟，因为怕他嘲笑。确实，阿尔芒为她所有大胆的举动提供方便，仿佛他从中得到乐趣，但这只是一种暂时的宽容，因为这样做是为了能在事后进行更加严厉的批评，因此萨拉说不清楚，他的讨好是否批评者的一种手法。

阿尔芒的房间里空无一人。萨拉在一把矮小的椅子上坐下来等待，并开始沉思。为了进行预防性的反抗，她使自己养成习惯，动不动就蔑视家里的一切道德。家庭的约束使她精力集中，激活了她反抗的本能。在英国逗留期间，她已变得胆大包天。她同年轻的英国女寄宿生阿伯丁小姐一样，也决定要赢得自己的自由，要放纵自己，什么事都敢去做。她感到自己准备面对所有人的蔑视和指责，能够应付所有的挑衅。在主动接近奥利维埃的过程中，她已战胜了自己天生的端庄和羞怯。两个姐姐的例子使她得到了教益。她把拉歇尔虔诚的顺从看做受骗上当，把洛拉的婚姻看做导致受奴役的悲惨交易。在她看来，她受到的教育以及她吸取的教训，都使她不大可能做到她所说的夫妻间的虔诚。她实在想不出可能和她结婚的男人会在什么地方比她高明。她不是像男人那样通过了一门门考试？她不是在任何问题上都有自己的见解和看法？特别是在男女平等这个问题上。她甚至感到，在日常生活中，在商业方面，甚至在政治方面，女人往往比许多男人见地更高……

楼梯上传来了脚步声。她仔细倾听，然后轻轻地把门打开。

贝尔纳和萨拉还不认识。走廊里没有亮光。在黑暗中，他们几乎无法辨认对方。

“是萨拉·弗代尔小姐？”贝尔纳低声问道。

她毫不陌生地挽住他的手臂。

“爱德华在街角的一辆汽车里等我们。他担心遇到您的父母，觉得还是不下车为好。在我看来，这不会有事儿：您知道我住在这儿。”

贝尔纳特地让大门微微开着，以便不引起门房的注意。过了一会儿，汽车把他们三人送到万神酒店门口。爱德华把车费付给司机时，他们听到钟敲十点。

宴会已经结束。餐具也已撤去，但桌上还放着许多咖啡杯、酒瓶和酒杯。所有的人都在抽烟，空气变得使人透不过气来。《阿耳戈英雄》杂志社社长的妻子台·布鲁斯夫人要求通通风。她那刺耳的声音在三三两两的个别交谈中响起。有人打开了窗子。但是，朱斯蒂尼安想要发表演说，几乎立刻叫人把窗子重新关上，据说是“为了音响效果”。他站起身来，用茶匙敲着他的酒杯，但无法引起别人的注意。人称台·布鲁斯主席的《阿耳戈英雄》杂志社社长进行干预，终于使大家稍微安静一点，朱斯蒂尼安的声音随之传了出来，犹如铺出一张张台布，上面菜肴丰盛，却使人感到乏味。他平庸的思想隐藏在大量的形象后面。他说话时把夸张当做风趣，并设法对每个人进行晦涩的恭维。他第一次停下来时，正是爱德华、贝尔纳和萨拉进来之时，会场响起了掌声，有些人长时间地鼓掌，这当然是在喝倒彩，仿佛希望演说就此结束，但毫无用处，朱斯蒂尼安又开始侃侃而谈，任何事都不会使他气馁。现在，他把雄辩的鲜花献给帕萨旺伯爵。他谈论《单杠》犹如谈论一部新的《伊利亚特》。大家举杯祝帕萨旺身体健康。爱德华没有酒杯，贝尔纳和萨拉也没有，这样他们就不必碰杯。

朱斯蒂尼安在演说结束时对新的杂志表示祝贺，并称赞杂志社未来的社长、“天才青年莫利尼埃、诗神的宠儿，不久之后，他高贵、纯洁的额头上将会戴上桂冠”。

奥利维埃站在门口，以便能马上迎接自己的朋友。朱斯蒂尼安夸大其词的称赞显然使他感到尴尬，但他无法躲避随之而来的欢呼。

这三位新的来宾只用了简单的晚餐，感到自己和聚会的气氛无法合拍。在这种聚会中，迟到者对别人的兴奋或者说不清楚，或者说得过于清楚。他们在不该评论的时候进行评论，作出的批评即使纯属无意，也总是不留情面，至少爱德华和贝尔纳是这样。至于萨拉，她看到的是一个崭新的世界，所以只想增加见识，没有想到要仿效他们。

贝尔纳不认识那里的任何人。奥利维埃拉住他的胳膊，想把他介绍给帕萨旺和台·布鲁斯。他拒绝了。但帕萨旺改变了这个局面，主动走了过来，向他伸出了手，使他按情理无法拒绝：

“我早就听到别人谈起您，所以感到和您已经相识。”

“我也这样。”贝尔纳说道，但他说话的语调使帕萨旺的热情顿时冷了下来。帕萨旺立刻走到爱德华面前。

虽然爱德华经常外出旅行，在巴黎时也离群索居，但他仍认识那里的好几个宾客，并且丝毫也不感到局促不安。他的同行们不大喜欢他，但尊重他，而他只是性格孤僻，所以只好被人看做高傲自大。他想多听少说。

“您外甥叫我期待您的光临。”帕萨旺用温柔的声音开始说道，几乎像在窃窃私语。“我感到高兴，因为正好……”

爱德华嘲笑的目光使他没有把话说完。帕萨旺虽说善于拉拢和取悦别人，但要大放光芒，还是需要在他面前放一面喜欢奉承的镜子。不过，他不会长时间失去自信，不愿意让人弄得不知所措，所以很快就恢复了镇静。他抬起了头，目光中露出傲慢的神情。既然他好脸相待，爱德华不领他的情，他就要把对方的气势压下去。

“我想问您……”他接着说道，仿佛要把刚才的话说完，“您另一个外甥樊尚是我的朋友，您是否有他的消息？我和他的交情最好。”

“没有。”爱德华冷淡地说道。

这“没有”再次使帕萨旺无言以答，他不知道应该把它看做挑衅性的否定，还是只看做对他问题的回答。他的困惑只持续了片刻的时间。爱德华几乎立刻作了补充，在无意中给他解了围：

“我只是听他父亲说，他在和摩纳哥亲王一起旅行。”

“我确实曾请我的一位女友把他介绍给亲王。我很高兴能想出这种散心的办法，使他稍微忘记他和那位杜维埃夫人不愉快的艳情……奥利维埃对我说，您认识杜维埃夫人。樊尚当时有可能因此而断送自己的一生。”

帕萨旺出色地玩弄着蔑视和傲慢的手法，但他只需赢得这盘，并使爱德华对他敬畏。爱德华想要说些尖刻的话来回敬。但他缺少的恰恰是急智。也许正因为如此，他对社交界兴趣索然：他丝毫也没有在社交界引人注目的本领。这时，他皱起双眉。帕萨旺嗅觉灵敏，只要别人有难听的话要对他说，他就立刻能感觉到，并且随机应变。他连一口气也不喘，突然改变语调。

“跟您一起来的那位可爱的姑娘是谁？”他微笑着问道。

“这是，”爱德华说道，“萨拉·弗代尔小姐，就是我的朋友杜维埃夫人的妹妹。”

他想不出更好的话，就把这“我的朋友”当做箭来射，但这箭没有射中目标，帕萨旺看着它落到地上。

“请您把我向她作个介绍。”

他说这句话和前面那句话时声音相当响，所以萨拉都听到了。当她向他们转过身来时，爱德华无法再推辞了。

“萨拉，帕萨旺伯爵希望和您相识。”他强笑着说。

帕萨旺叫人拿来三个杯子，并倒满茴香酒。他们四人为奥利维埃的健康干杯。酒瓶里几乎没有酒了，由于萨拉对留在瓶底上的晶体感到好奇，帕萨旺想用麦管使它们脱落下来。这时，一个笨伯般的怪人走了过来，此人脸上涂着粉，眼睛乌黑发亮，头发平贴，犹如戴着鼠皮缎做的无边圆帽。他用力说出每个音节：

“您是弄不下来的。您把瓶子给我，我来把它打碎。”

他抓住瓶子，在窗台上啪的一声就把它砸碎，把瓶底递给萨拉：

“用这些锋利的小多面体，美丽的小姐不费吹灰之力就能戳穿自己的肚皮。”

“这个小丑是谁？”她问帕萨旺。这时，帕萨旺已让她坐下，并坐在她的旁边。

“这是阿尔弗雷德·雅里[①]，《乌布王》的作者。《阿耳戈英雄》

① 雅里（1873—1907），法国剧作家，他的剧作《乌布王》剧情怪诞不经：乌布是假想的波兰国王，既愚蠢又狡猾，做了许多滑稽可笑的事，该剧被视为荒诞派戏剧的第一部作品。

杂志称他为天才，因为观众在不久前对他剧本的演出发出嘘声。不过，这毕竟是好久没有看到过的非常有趣的作品。”

“我很喜欢《乌布王》，”萨拉说道，“我很高兴能遇到雅里。我听别人说，他总是喝得醉醺醺的。”

“今天晚上他应该如此，我看到他在晚餐时喝了满满两大杯纯苦艾酒。他看上去并没有因此而感到不舒服。您是否要抽一支烟？得自己抽才不会被别人的烟闷死。”

他朝她俯下身去，替她点火。她嚼了几个晶体。

“这只是冰糖。”她有点失望地说道，“我还以为这很硬。”

她一面同帕萨旺说话，一面对着待在她身边的贝尔纳微笑。她快乐的眼睛闪耀着奇异的光彩。贝尔纳在黑暗中无法看清她的样子，但觉得她和洛拉十分相像。一样的前额，一样的嘴唇……确实，她的相貌不像天使那样优雅，她的目光使他心中产生难以言喻的慌乱。他有点局促不安，就转向奥利维埃：

“请你给我介绍一下你的朋友贝卡耶。”

他已在卢森堡公园遇到过贝卡耶，但从来没有和此人说过话。贝卡耶刚被奥利维埃带到这个环境，又生性腼腆，感到有点不大自在，每当他朋友在介绍时把他说成《前卫》杂志的主要编辑之一，他就要脸红。事实是，他在我们故事的开头部分和奥利维埃谈论的那首寓意诗，将在新杂志上第一篇刊出，放在宣言的后面。

“就在我原来给你留的地方。”奥利维埃对贝尔纳说道，“我完全相信，你一定会喜欢！它要比这期中的其他稿子好得多。

而且别具一格！”

奥利维埃喜欢称赞自己的朋友，而不喜欢听到别人称赞他。看到贝尔纳走过来，吕西安·贝卡耶就站起身来。他手里拿着一杯咖啡，拿得很不稳当，一激动就把半杯咖啡倒在自己的背心上。这时，他身边响起雅里那机器般的声音：

“小贝卡耶就要中毒，因为我在他杯子里投了毒。”

雅里拿贝卡耶的腼腆来取乐，并乐于让他尴尬。但贝卡耶并不害怕雅里。他耸了耸肩，平静地把杯里的咖啡喝完。

“这是谁？”贝尔纳问道。

“怎么！你不认识《乌布王》的作者？”

“可能吗？这是雅里！我以为他是仆人。”

“哦！不是。”奥利维埃有点生气地说道，因为他对这些大人物的光临感到自豪。“你仔细瞧瞧他。你不觉得他非同寻常？”

“他尽量显得那样。”贝尔纳说道。他不喜欢别人装模作样，但对《乌布王》却十分欣赏。

雅里身穿跑马场上小丑的传统服装，全身散发出矫揉造作的味道，特别是他说话的腔调，《阿耳戈英雄》的好几位编辑都争先恐后地进行模仿，即清楚地说出每个音节，杜撰一些稀奇古怪的词，把另一些词故意读错，但真正能发出这种没有音色、没有热情、没有语调、没有高低的声音的，只有雅里一人。

“当你认识他之后，你一定会觉得他十分迷人。”奥利维埃接着说道。

“我情愿不要认识他。他样子很凶恶。”

“这是他装出的一种样子。帕萨旺认为他内心十分温柔。但今天晚上他喝得太多了，而且没喝一滴水，我请你相信，甚至喝的不是葡萄酒，而只是苦艾酒和烈性烧酒。帕萨旺怕他做出什么古怪的事来。”

帕萨旺这个姓不由自主地从他嘴里说了出来，他越是不想说，却越是会说出来。

他看到无法克制自己，感到恼火，就逼着自己改变了话题：

“你要去跟迪梅尔谈谈。我怕他对我恨得要死，因为我夺走了他对《前卫》的领导权，但这不是我的错，我当时不能不接受。你要设法跟他说清楚，让他冷静下来。帕……有人对我说，他对我非常生气。”

他又要说了，但这次没有说出来。

“我希望他已把稿子拿回去了。我不喜欢他写的东西。”贝卡耶说道。然后，他转向普罗菲唐迪厄：“但是，您，先生，我觉得……”

“哦！请别叫我先生……我知道我的姓既累赘又滑稽……我要是写东西，想起个笔名。”

“您为什么一篇稿子也不给我们？”

“因为我一篇也没有写好。”

奥利维埃让他的两个朋友谈话，自己走到爱德华跟前。

“您来了真好！我多么想见到您。但我希望见到您的地方不是这里，而是其他任何地方……今天下午，我去按了您家的门铃。别人跟您说了吗？我感到遗憾的是没能遇到您，我当时要是知道能在什么地方找到您……”

他回想起以前曾因局促不安而默无一言，对现在能口若悬河，感到十分高兴。不过，他这样能说会道，是因为说的话十分平常，而且是在喝过酒之后。爱德华看出了这点，心里感到难受。

“我当时在您母亲那里。”

“我是在回去时才知道的。”奥利维埃说道。爱德华用“您”来称呼，使他感到惊讶。他犹豫不决，不知是否要对爱德华说出来。

“您今后就在这个圈子里生活下去？”爱德华一面凝视着他，一面对他问道。

“哦！我不会让别人来败坏我的名誉。”

“您这么自信？”

说这话的语调既严肃，又十分温柔、友好……奥利维埃感到自己的自信心动摇了。

“您认为我不该和这些人交往？”

“也许不是所有的人，但其中某些人肯定如此。”

奥利维埃把“某些人”听作“某个人”。他以为爱德华是专门针对帕萨旺，这在他内心的天空中，犹如令人痛苦的耀眼闪电，穿过自上午起在他心中越积越厚的乌云。他爱贝尔纳，他爱爱德华，而且爱得太深，无法忍受他们的蔑视。在爱德华身边，他身上好的东西焕发出来。在帕萨旺身边，则是坏的东西。这点他现在已在心里承认，他过去不也一直这样认为？在帕萨旺身边，他轻率的行为难道不是出于自愿？他对伯爵为他做的一切的感激之情，现在变成了怨恨。他拼命对这一切加以否定。他看到的事，最终使他对伯爵感到厌恶。

帕萨旺朝萨拉俯着身子，用手搂住她的腰，显得越来越迫不及待。他知道外面在谈论他和奥利维埃的关系时有着对他不利的传闻，就想要制造假象。为了装得更像，他决定让萨拉坐在他的腿上。到现在为止，萨拉只是稍加推却，但她的目光在寻找贝尔纳的目光，而当他们的目光相遇时，她微微一笑，仿佛在对他说：

“您看，他对我多么大胆。”

然而，帕萨旺怕自己过于性急。他在这方面没有经验。

“只要我能让她再喝上一点，我就可以大胆地干了。”他心里在想，并把那只闲着的手朝一瓶柑香酒伸去。

奥利维埃一直在看着他，抢在他的前面。他去拿酒瓶，只是为了不让帕萨旺把它拿走，但他立刻感到他可以借酒恢复一点勇气。这种勇气，他感到已渐渐失去，而他却需要这种勇气才能对爱德华说出他已到嘴边的抱怨：

“只有您才……”

奥利维埃在杯子里倒满酒，一饮而尽。这时，他听到从一群人走到另一群人的雅里在小贝卡耶后面经过时低声说道：

“现在，我们要干掉小贝卡耶。”

后者突然转过身去：

“您大声点再说一遍。”

这时雅里已经走远。但等到把桌子转过来之后，用假声重复道：

“现在，我们要干掉小贝卡耶。”然后，他从口袋里掏出一支大手枪，《阿耳戈英雄》的编辑经常看到他玩弄这支手枪。他开始瞄准。

雅里有着射手的名声。抗议声响了起来。大家都吃不大准，他喝得这样醉，是否还会真戏假做。但小贝卡耶想要表明他并不害怕，就站到一把椅子上，把双臂交叉在背后，摆出拿破仑的姿势。他样子有点滑稽，有几个人就笑了起来，但笑声立刻被掌声盖住。

帕萨旺对萨拉说，说得很快：

“这样会弄得不欢而散。他已喝得酩酊大醉。您躲到桌子下面去。”

台·布鲁斯想把雅里拉住，但雅里摆脱出来，也登上一把椅子（贝尔纳发现他脚上穿着薄底浅口舞鞋）。他正对着贝卡耶，伸出手臂瞄准。

“熄灯！熄灯！”台·布鲁斯叫道。

爱德华站在门边，把开关关掉。

萨拉听从帕萨旺的意见，这时已站起身来。厅里一片漆黑之后，她立刻紧靠贝尔纳，拉着他一起钻到桌子底下。

枪声响了。手枪里只装着没有弹头的空弹。然而，大家听到有人疼得叫了起来：弹塞击中了朱斯蒂尼安的一只眼睛。

当灯又开亮时，大家都赞赏贝卡耶，因为他仍站在那把椅子上，保持着原来的姿势，一动不动，只是脸色稍微苍白。

这时，社长夫人歇斯底里发作。大家急忙过去。

“让人这样激动，真蠢！”

由于桌子上没有水，雅里从他的宝座上下来之后，把一块手帕在烧酒里浸湿，用来擦她的太阳穴，以表示道歉。

贝尔纳在桌子下面只待了片刻的时间，就在这片刻之中，他感到萨拉灼热的嘴唇放荡地贴在他的嘴唇上面。奥利维埃已跟着他们钻了进去，是出于友情，出于嫉妒……由于喝醉了酒，他对自己被排除在外愈加感到不快，而这种感觉，他是多么了解。当他跟着从桌子下面钻出来之后，他感到有点头晕。这时，他听到迪梅尔大声说道：

“请看莫利尼埃！他像女人一样胆小。”

够了。奥利维埃无法克制自己，举起手朝迪梅尔冲了过去。他感到就像在梦中一样。迪梅尔躲过了他的一击。就像在梦中那样，奥利维埃的手没有击中任何东西。

厅里顿时大乱。一些人在社长夫人身边忙碌，而社长夫人仍在做着手势，并尖声叫喊。另一些人则把迪梅尔团团围住，只见迪梅尔叫道：“他没有打到我！他没有打到我！……”还有一些人则在奥利维埃旁边，奥利维埃脸涨得通红，要想冲过去，大家好不容易才让他安静下来。

不管是否被打到，迪梅尔都应该认为自己挨了耳光。朱斯蒂尼安揉着自己的眼睛，竭力使他明白这点。这是事关尊严的问题。但迪梅尔并没有把朱斯蒂尼安对他说的有关尊严的话放在心上。人们听到他仍在反复说道：

“没有打到……没有打到……”

“别去管他了。”台·布鲁斯说道，“我们不能硬要别人决斗。”

然而，奥利维埃大声宣布，如果迪梅尔仍不满足，他准备再打他一记耳光，并决定和他决斗，请贝尔纳和贝卡耶当他的证人。他们俩对有关“名誉”的决斗都一无所知，但奥利维埃不敢请爱德华帮忙。他的领带已经松开。他的头发披落在他全是汗水的额头上。他的双手在痉挛性颤抖。

爱德华拉住他的胳膊。

“你来，用水擦一擦脸。你样子像个疯子。”

他把他拉到一个盥洗室里。

走出大厅，奥利维埃立刻感到自己已喝得酩酊大醉。当他感到爱德华的手放在他的胳膊上时，他觉得自己要晕倒了，就顺从地让人把他拉走。爱德华对他说的话，他都没有听明白，只听出是用“你”来称呼。正如一大片乌云里降下暴雨那样，他感到自己的心突然泪如雨下，爱德华敷在他额头上的湿餐巾终于使他由醉而醒。发生了什么事？他模糊地感到他刚才的所作所为像个孩子，像个粗人。他觉得自己可笑、可鄙……于是，他因忧伤和柔情而微微颤动，朝爱德华扑去，紧紧把他抱住，并抽噎道：

“请你把我带走。”

爱德华也极为激动。

“你父母呢？”他问道。

“他们不知道我已回来。”

当他们穿过咖啡馆要出去时，奥利维埃对爱德华说他要写一封短信。

“今晚寄出，明天第一班就能送到。”

他坐在咖啡馆的一张桌前，开始写道：

亲爱的乔治：

是的，给你写信的是我，是要请你帮我一个大忙。我对你说我已回到巴黎，这也许等于什么也没说，因为我觉得你今天上午在巴黎大学附近看到了我。我住在帕萨旺伯爵家里（他写下了地址），我的衣物还在他那里。我现在不想再回到他那里去，其中的原因说来话长，你也不会感到兴趣。我只能请你替我把上述衣物去拿回来。那就请你帮我这个忙，我以后自会报答。有一只锁着的箱子。至于房间里的衣物，请你把它们放在我的手提箱里，和锁着的箱子一起送到爱德华舅舅家里。车费我会付给你的。幸好明天是星期天，你收到信后立刻去办。你靠得住，对吗？

你的二哥

奥利维埃

又及：我知道你能干，相信你能把这件事办得很好。但你要注意，如果你直接和帕萨旺打交道，你要对他十分冷淡。明天上午见。

你如果没有听到迪梅尔说的骂人的话，就无法理解奥利维埃为什么会突然动手打人。他看来是失去了理智。他要是能保持冷静，贝尔纳就可以支持他。贝尔纳不喜欢迪梅尔，但他承认奥利维埃的行为像个疯子，显得理亏。贝尔纳听到别人对他严厉批评，十分难受。他走到贝卡耶跟前，和他约定见面的时间。不管这件事如何荒谬，他们俩都应该按规矩办事。他们约好于第二天上午九点去同当事人接触。

两个朋友走后，贝尔纳已没有任何理由和兴趣要留在那里。他用目光寻找萨拉，当看到她坐在帕萨旺的脚上，不禁勃然大怒。两个人看来都喝醉了，但萨拉看到贝尔纳走过来，就站起身来。

“咱们走吧。”她挽住他的手臂说道。

她想要走回去。路并不远。一路上他们默无一言。在寄宿学校，灯全都熄了。他们怕引起别人的注意，就摸着黑走上便梯，然后才擦火柴。阿尔芒等待着。他听到他们上楼的声音，就走出房间，站在楼梯平台上，手里拿着一盏灯。

“你拿着灯，”他对贝尔纳说道（从昨天起，他们已用“你”来称呼），“你给萨拉照路，她房间里没有蜡烛……把你的火柴给我，我去点我那盏灯。”

贝尔纳把萨拉送到第二个房间。他们刚走进去，阿尔芒就在他们身后俯下身子，用力一吹，把灯吹灭，然后嘲弄地说道：

“晚安！但你们要小声点。父母睡在隔壁房间。”

然后，他突然往后一退，把门关上，插上门闩。

九

阿尔芒和衣而卧。他知道自己无法睡觉。他等待夜晚结束。他思考着。他倾听着。屋子在休息，城市和整个自然界都是如此。万籁俱寂。

反射器从上面狭窄的天空把微弱的光线反射到他的房间里，使他再次看到丑陋的房间，他立刻起床。他走到昨天晚上他插上门闩的房门前，轻轻地把门稍稍打开……

萨拉房间里的窗帘没有拉上。黎明时窗玻璃变白。阿尔芒走到他姐姐和贝尔纳躺着的床前。一条被单半盖着他们抱在一起的四肢。他们真美！阿尔芒久久地观赏着他们。他想化为他们的睡梦、他们的亲吻。他先是微微一笑，然后在床脚边被扔下的毯子中间突然跪下。他这样双手合掌，可以祈祷哪个神？他心里有一种难以言喻的激动。他的嘴唇颤动着……他看到枕头下面有一块带血迹的手帕。他站起身来，拿了这块手帕，把它带走，并把嘴唇贴在琥珀色的小血迹上，一面抽噎着。

但走到门口时，他又转过身去。他想叫醒贝尔纳。贝尔纳应该在寄宿学校里还没有人起来时回到自己的房间。听到阿尔芒发出的轻微响声，贝尔纳睁开了眼睛。阿尔芒逃了出去，让门开着。他离开房间，走下楼梯。他要找一个地方躲起来。他在那里会使贝尔纳感到尴尬。他不想遇到他。

片刻之后，阿尔芒会在自修室的一个窗口看到他像小偷那样贴墙而过……

贝尔纳没有睡很长时间。但在昨天夜里，他享受到比睡眠更舒服的遗忘的乐趣，他身体同时感到兴奋和疲惫。他进入了新的一天，变得判若两人，他舒畅、轻松、平静、焕然一新，像神那样生气勃勃。他离开了还在睡觉的萨拉，悄悄地从她怀抱中摆脱出来。怎么？没有再吻一下，看一眼，没有再恋恋不舍地抱一下？他这样离开她，是否因为冷酷无情？我不知道。他自己也不知道。他尽量不去多想，因为他感到局促不安的是，他将要把这无前例的一夜归入到他历史的前例中去。不，这只是个补篇、附录，不能在书的正文中占有一席之地，而在这本书中，他一生的故事，仿佛什么事也没有发生过那样，将会继续下去，是不是，将会重新开始。

他回到了楼上他和小鲍里斯一起住的那个房间。小鲍里斯睡得很熟。真是个孩子！贝尔纳把铺好的床弄乱，把被单和床单揉皱，以掩人耳目。他用水冲洗身体。但看到鲍里斯又使他想起了萨斯费。他想起洛拉当时曾对他说："我只能接受您给予我的这种景仰。至于其他的要求，应该在别的地方得到满足。"这句话使他感到十分不快。他仿佛又听到了这句话。他不再想这事，但今天早上，他的记忆特别清楚、活跃。他的脑子在不由自主地转着，而且极为灵活。贝尔纳把洛拉的形象赶走，想要驱散对她的回忆。为了不让自己去想，他就拿起一本教科书，强制自己准备考试。但这个房间使人感到气闷。他就下楼到花园里去用功。他想到街上去，在那里行走、奔跑，到开阔的地方去透透气。他注视着大门，等门房把门打开，他就立刻出去。

他拿着书走到卢森堡公园，在一张长凳上坐了下来。他的思想如丝线一般袅袅而出，但不牢固，在上面一拉就断。他刚想用功，在书本和他之间就出现不知趣的回忆，回忆的不是他极其快乐的时刻，而是那些荒唐可笑、平庸无奇的细节，他的自尊心因此而受到伤害。从此之后，他不会再显得这样稚嫩。

将近九点时，他站起身来，去找吕西安·贝卡耶。他们俩一起前往爱德华的家。

爱德华住在帕西[①]一幢房子的最高一层。他的房间通向一间宽阔的工作室。奥利维埃一清早就起来了，爱德华起初并不在意。

“我在长沙发上休息一会儿。”奥利维埃说道。爱德华怕他着凉，就叫他把毯子拿过去。过了一会儿，爱德华也起来了。刚才他肯定在不知不觉中睡着了，因为他现在惊讶地发现天已完全亮了。他想知道奥利维埃休息得怎样，他想要见到他，也许模糊的预感在指引他……

工作室空无一人。毯子放在长沙发的脚下，没有被打开。一股难闻的煤气味使他警觉起来。通向工作室的一个小房间用作浴室。气味肯定是从那里来的。他跑了过去，但起初无法把

---

① 帕西现为巴黎第 16 区的一个街区，在巴黎市西部。

门推开，有什么东西顶在门后：那是奥利维埃的身体，倒在浴缸的边上，身上没穿衣服，身体冰冷、苍白，被呕吐物弄得肮脏不堪。

爱德华立刻关上浴水加热器的龙头，煤气就是从那里出来的。发生了什么事？是意外事故？是脑溢血？……他都无法相信。浴缸里没有水。他把垂死者抱了起来，抱到工作室里，让他平躺在敞开的窗子前的地毯上。他跪在地上，亲热地俯下身子，对他听诊。奥利维埃还有呼吸，但很弱。于是，爱德华拼命设法挽救这奄奄一息的生命。他有节奏地举起软绵绵的双臂，压迫胁部，按摩胸部，使用了他所记得的抢救窒息病人的一切方法，同时又苦于无法同时使用这些方法。奥利维埃仍闭着眼睛。爱德华用手指翻开他的眼皮，眼皮随即合上，遮住了无神的眼睛。然而，心还在跳动。他想找白兰地酒和嗅盐，但没有找到。他烧好水，替他洗了上身和脸。然后，他让这死气沉沉的身体躺在长沙发上，把毯子盖在他身上。他想去叫医生，但又不敢离开。每天上午，一个女仆来收拾房间，但她要到九点钟才来。他听到她来了，就立刻叫她去请街区的一个医生，然后又马上把她叫回来，因为他怕受到司法调查。

但是，奥利维埃逐渐恢复了知觉。爱德华坐在长沙发旁靠近他头部的地方。他注视着这张毫无表情的脸，无法揭开它的谜底。为什么？为什么？晚上喝醉了酒，可能会做出轻率的事情，但清晨作出的决定，应该是经过充分的考虑。他现在什么也不想弄明白，只是等待奥利维埃最终对他说清楚的时刻来临。

在此之前，他不会再离开他。他握住他的一只手，并用这种接触来汇集他的疑问、思想和整个生命。最后，他感到奥利维埃的手对他的紧握有了微弱的反应……于是，他弯下身来，把嘴唇贴在因巨大和神秘的痛苦而紧皱的前额上。

有人按铃。爱德华站起身来，前去开门。来的是贝尔纳和吕西安·贝卡耶。爱德华让他们待在门厅里，并把情况告诉了他们。然后，他把贝尔纳拉到一边，问他是否知道奥利维埃有神志不清、精神错乱的症状……贝尔纳突然想起他们在昨天的谈话，特别想起奥利维埃说的一些话，这些话他当时没有在听，现在却清晰地在他耳边响起。

“是我和他谈起自杀的。”他对爱德华说道，“我当时问他是否能理解一个人自杀可能是因为过于生气勃勃，是‘因为高兴’，就像德米特里·卡拉马佐夫说的那样。我当时在专心思考，只注意我自己说的话，但我现在想起了他对我的回答。”

“他到底回答了什么？”爱德华坚持问道，因为贝尔纳停了下来，好像不想再说下去了。

“他说他对人自杀是理解的，但只是在感受到一种巨大的快乐之后，因为在此之后只会每况愈下。”

他们俩不再说话，面对面地看着对方。他们的心里已一清二楚。最后，爱德华把目光转到一边，贝尔纳抱怨自己把这话说了出来。他们走到贝卡耶跟前。

“讨厌的是，”贝卡耶说道，“他们会认为他想自杀是为了逃避决斗。”

爱德华已把这次决斗忘掉。

“你们就装出什么事也没有发生过的样子。”他说道，“你们去找迪梅尔，请他让你们和他的证人进行联系。要是这件蠢事不能了结，你们就同他的证人进行解释。迪梅尔看起来并不想把这件事办成。”

“我们什么也不会告诉他，”吕西安说道，“以便把退缩的全部耻辱都记在他的头上。他会逃避，我可以肯定。”

贝尔纳问是否能见见奥利维埃。但爱德华想让他安心休息。

贝尔纳和吕西安刚要走，小乔治来了。他是从帕萨旺家里来的，但没有拿到他哥哥的衣物。

“伯爵先生出去了。”仆人对他回答道，“他没有给我们留下指示。”

说完，仆人把他关在门外。

爱德华说话的语调和其他二人的举止有点一本正经，使乔治感到不安。他觉察到情况异常，就进行询问。爱德华只好把情况都告诉了他。

“但你不要告诉你的父亲。”

乔治知道了秘密，十分高兴。

“我会保密的。”他说道。那天上午他无事可干，就提出要跟贝尔纳和吕西安一起去迪梅尔家。

这三位客人走后，爱德华就把女仆叫来。他房间隔壁是一间备用的客房，他叫她把客房整理好，让奥利维埃能安顿下来。

然后，他悄悄地回到工作室。奥利维埃在休息。爱德华又在他旁边坐了下来。他拿了一本书，但没有翻开，很快就把它放了回去，并看着自己的朋友睡觉。

十

奉献给灵魂的东西都不简单，灵魂决不会简单地奉献给任何人。

——帕斯卡

“我觉得他见到您会十分高兴。”爱德华在第二天对贝尔纳说道，“今天早上他问我，您昨天是否来过。他想必听到了您的声音，而我当时以为他失去了知觉……他眼睛闭着，但没有睡着。他什么也不说。他常常把手放在额头上，以示痛苦。我和他说话，他的前额立刻皱了起来，但我要是走开，他就叫我，要我坐在他的旁边……不，他现在不在工作室里。我让他住在我隔壁的客房里，这样，我有客人来，就不会打扰他。”

他们走进客房。

“我在询问你的情况。”贝尔纳十分温和地说道。

听到朋友说话的声音，奥利维埃的脸上有了生气，好像是在微笑。

“我在等你。”

“要是我使你感到疲倦，我就走。”

“你别走。”

但在说这话时，奥利维埃把一根手指放在嘴唇上。他是要他们别对他说话。贝尔纳再过三天就要去参加口试，所以总是随身带着一本参考书，书中汇集了他考试的各个科目的难题解答精粹。他坐在他朋友的床头旁边，全神贯注地看书。奥利维埃的脸朝着墙壁，像是睡着了。爱德华已回到自己的房间。他不时出现在通到客房的那扇开着的门的门口。每隔两个小时，他就让奥利维埃喝一碗牛奶，但这只是从今天早上开始的。昨天一整天，病人的胃一直不能接纳任何东西。

过了很长时间，贝尔纳站起来要走。奥利维埃转过身来，向他伸出了手，并竭力露出笑容：

“你明天还来吗？”

在最后一刻，他又把他叫了回来，示意他俯下身子，仿佛他怕自己的声音太轻，对方会听不清楚，然后低声说道：

“不，但是，你觉得我这样做很傻！”

然后，他仿佛不想让贝尔纳提出异议，再次把一根手指放在嘴唇上：

“不，不……以后我再对你们解释。”

第二天，爱德华收到洛拉的一封信。贝尔纳来了之后，他把这封信给他看：

亲爱的朋友：

我急忙给您写信，是为了防止一件荒谬而又不幸的事情发生。您一定会帮助我，我可以肯定，只要您早日收到这封信。

费利克斯刚起程前往巴黎，目的是要见您。他想要从您那里弄清我不愿对他说的事情，通过您来了解他想与其决斗的那个男人的姓名。我已竭尽全力加以阻止，但他的决心仍然不可动摇，我对他所作的种种解释反而使他更加坚定。也许只有您才能劝阻他。他相信您，我希望他会听您的话。您想想，他手里从未拿过手枪或花剑。想到他要为我而冒生命危险，我感到无法忍受，但我特别害怕他会被当做笑料，这种害怕我几乎不敢承认。

我回来之后，费利克斯对我十分殷勤、温柔、体贴，但我无法装出更加喜爱他的样子。他因此而感到痛苦。我认为他是为了得到我的重视和赞赏才想做这种事的，这事您会觉得十分轻率，但他每天都在考虑，自从我回来之后，这一直是他固执的想法。当然，他原谅了我，但他对另一个却恨之入骨。

我恳求您热情地接待他，就像接待我一样，您无法向我表明一种我更加喜欢的友谊。请原谅我到现在才给您写信，我早就应该对您表示感谢，感谢您的忠诚以及您在瑞士逗留期间对我的照顾。回想起这段时间，我感到精神振作，这种回忆帮助我忍受生活。

您的永远不安、永远信赖的朋友

洛拉

“您准备怎么办呢？”贝尔纳把信归还原主时问道。

“您要我怎么办呢？”爱德华回答时有点生气，不是因为贝尔纳提出的问题，而是因为这个问题他已向自己提出过。“要是他来，我一定尽力接待他。他要是问我的意见，我就尽力劝他，并竭力使他相信，他要做的事，最好莫过于心平气和。像杜维埃这样的人，错就错在想要出头露面。您要是了解他，也会有同样的看法，请相信我。洛拉却生来就是演主角的料子。我们每个人都在演一出自己能演的悲剧，并得到自己那份悲剧性的东西。对此我们又有什么办法？洛拉的悲剧在于嫁给了一个配角。这是无法挽回的事。”

“而杜维埃的悲剧，则是娶了一个总是比他强的女子，不管他做什么事。”贝尔纳接着说道。

“不管他做什么事……”爱德华重复道，“也不管洛拉会做什么事。有趣的是，洛拉对自己的错误感到后悔，想要对他卑躬屈膝，但他立刻对她更加卑躬屈膝，他们两人的所作所为，结果使他显得更加渺小，使她显得更加高大。”

“我非常同情他。”贝尔纳说道，“但是，您为什么不认为他卑躬屈膝也显得高大？”

“因为他缺乏诗意。”爱德华无可辩驳地说道。

“您这是什么意思？”

“意思是说，他在体验到什么东西时从不忘记自己，因此他绝不能体验到任何重要的东西。在这方面您不要问得太多。我有我的想法，这些想法讨厌别人来衡量，我也不是很想去衡量它们。保罗-昂布鲁瓦兹经常说，他不想考虑无法用数字来计算的东西，我觉得他是在‘考虑’这两个字上耍花招，因为‘如果这样考虑’，就像大家说的那样，你就只好把上帝忽略不计。这正是他想要达到的目的……啊，我认为，我所说的诗意，就是人愿意被上帝制伏的那种状态。”

“这不正是‘激情’这个词的意思？”

“也许是‘灵感’这个词。是的，这正是我想说的意思。杜维埃是一个没有灵感的人。我认为保罗-昂布鲁瓦兹说得对，因为他把灵感看做对艺术最为有害的一种东西，而我心甘情愿地认为，只有控制诗意状态才能成为艺术家，但要控制这种状态，必须首先体验这种状态。”

“您不认为这种圣母往见[①]的状态在生理学上的解释是……”

“白费力气！”爱德华打断了他的话。“这种看法即使正确，也只能使傻瓜感到局促不安。每一种神秘的想法都有其物质上的保证。还有呢？精神要表现出来，不能没有物质，由此产生化为肉身的神秘。”

“相反，物质完全不需要精神。”

“这个，我们对此一无所知。”爱德华笑着说道。

贝尔纳十分高兴听到他这样说话。平时，爱德华很少畅所欲言。他今天显得兴致勃勃，是因为奥利维埃在那里的缘故。这点贝尔纳已经看出。

“他对我说话时，仿佛已在对他说话。”他想道，“他应该

---

① 指身怀圣婴耶稣的童贞马利亚探望表姐妹以利沙伯，使以利沙伯所怀的胎儿（即施洗约翰）摆脱原罪成圣。

让奥利维埃当他的秘书。奥利维埃身体好了之后，我立刻就走，我的位置在别处。”

他这样想并不感到痛苦，因为他现在一心惦记着萨拉，他昨天夜里再次和她相会，今天夜里也准备去找她。

“我们已离杜维埃十分遥远。”他接着说时也笑了起来，“您会对他说出樊尚吗？”

“当然不会。说有什么用？”

“您难道不认为对杜维埃来说不知道该怀疑谁是件烦恼的事？”

“也许您说得对。但这话应该对洛拉去说。我要说就会出卖她……另外，我甚至不知道他现在何处。”

“樊尚？……这事帕萨旺应该知道。”

门铃声打断了他们的谈话。莫利尼埃夫人前来了解她儿子的情况。爱德华到工作室去见她。

爱德华日记

波利娜来访。我不知道该怎么对她说，但我不能不让她知道她儿子病了。我觉得没有必要把不可思议的自杀未遂行为告诉她，我只是说是肝病突然发作，这确实是这件事最为明显的后果。

“我知道奥利维埃在您这里，就放心了。”波利娜对我说，“我照料他，不见得会比您好，因为我清楚地感到您和我一样喜欢他。”

说最后这句话时，她样子怪怪地注视着我。我是否想象出我觉得她赋予这目光的意图？我感到我在波利娜面前，就像人们常常说的那样，是“问心有愧”，所以我只能结结巴巴地说些模糊不清的话。应该说，两天以来，我一直过于激动，已失去了自制力，我的慌乱想必十分明显，因为她补充道：

“您脸红可以说明问题……可怜的朋友，别以为我会责备您。您要是不喜欢他，我倒是会责备您的……我能见见他吗？”

我把她带到奥利维埃身边。贝尔纳听到我们来，就出去了。

“他真漂亮！”她在床上俯下身子，低声说道。然后，朝我转过身来：

“您待会儿代我吻抱他。我怕把他吵醒。”

波利娜确实是个与众不同的女人。我不是到今天才这样认为的。但我料想不到她的理解竟会如此透彻。但是，在她话语的真挚和她倾注在语调里的那种诙谐之中，我仍感到有点拘束（也许是因为我在竭力掩盖自己的拘束）。我不由得想起我们上次谈话时的一句话，这句话我当时已觉得是真知灼见，虽说我不想把它看成这样：“我情愿高兴地同意我知道我无法阻止的事。”显然，波利娜竭力图个“高兴”。当我们回到工作室时，她仿佛在回答我心里的想法，继续说道：

“我刚才不让自己生气，是因为怕您生气。有些自由思想，男人们想要垄断。但是，我不能对您夸大其词，装出严厉谴责的样子。生活使我得到了教益。我已看出，男孩的纯洁是靠不住的，即使它看来受到良好的保护。另外，我并不认为纯洁无瑕的少年以后会成为最出色的丈夫，甚至不会成为最忠实的丈夫。”她苦笑着补充道，“总之，我那些儿子的父亲的榜样使我希望他们具有其他美德。但我担心他们声色犬马，或是交一些会使人声名狼藉的朋友。奥利维埃很容易被别人拉过去。您有责任去加以阻止。我觉得您能够使他获益。只有您……”

这样的话使我感到十分困窘。

“你把我说得太好了。”

我只能想出这句极其平常又极不自然的客套话。她十分巧妙地接着说道：

“奥利维埃会使您变得这样。只要有爱心，又有什么事做不到呢？”

“奥斯卡是否知道他在我这里？”我想活跃一下我们之间的气氛，就这样问道。

“他甚至不知道他已在巴黎。我对您说过，他不大关心他的那些儿子。因此我才想请您和乔治谈谈。您是否和他谈了？”

“没有，还没有。”

波利娜的额头立刻变得阴沉。

“我越来越感到担心。他显出自信的样子，但在我看来只是漠不关心、恬不知耻和自以为是。他学习很好，他的老师们都对他满意，我的担心不知从何而来……”

突然，她失去了镇静，变得十分激动，使我几乎认不出她了。她说：

“您想想，我的生活变成了什么样子？我限制了自己的幸福，每年我都要把它减少一点，我一个接着一个地放弃自己的希望。我作出让步，我加以宽容，我装出不知道、没看到的样子……但是，人总要依靠什么东西，而当这么一点东西也离你而去！……晚上，他到我身旁的灯下来做功课，有时他把头从书上抬了起来，但我在他目光中看到的不是亲热，而是挑衅。这不是我应该得到的报答……我有时突然感到，我对他的爱都变成了恨，我想最好还是不生孩子。”

她声音颤抖。我握住她的手。

“奥利维埃会报答您的，我可以担保。”

她设法使自己镇静下来。

“是的，我这样说真傻，仿佛我的儿子不是三个。但当我想到其中一个，我就只看到这个……您会觉得我很不理智……但在有的时候，理智确实不管用了。”

“然而，理智是我对您最欣赏的东西。”我对她恭维，是希望让她平静下来。我见她默无一言，就补充道：

“那天，您和我谈起奥斯卡，是多么明智……”

波利娜突然直起身子。她看了看我，耸了耸肩。

“一个女人显得通情达理，总是在她逆来顺受之时。”她大声说道，仿佛要发脾气。

这种看法使我感到生气，是因为它千真万确。但我丝毫也不想显露出来，就立刻接着说道：

“关于信件，有什么新的消息？”

“新的消息？新的消息！……您希望奥斯卡和我之间有什么新的消息？”

“他在等待解释。”

“我也在等待解释。在一生中，人都在等待解释。”

“总之，”我有点生气地接着说道，“奥斯卡感到自己处境玄妙。”

“但是，我的朋友，您清楚地知道，为了长期生活下去最好莫过于玄妙的处境。解决这个问题，是你们小说家的事。在生活中，什么问题也解决不了，一切都在继续下去。人处于游移不定之中，直至生命结束仍然是心中无数，而在目前，生活在继续，仿佛什么事也没有发生过。对此，人会逆来顺受，就像对其他的事那样……就像对所有的事那样。好吧，再见了。”

我感到难受的是，我听到她声音中有某些新的音色，像是一种挑衅，使我不能不想到（也许不是在当时，而是在我回忆起我们的谈话时），波利娜对我和奥利维埃的关系以及其他事情听之任之，并不像她说的那样是轻而易举的事情。我希望自己相信，她对这种关系并没有明确地加以责备，在某些方面还对此感到高兴，就像她对我流露出来的那样，但也许因为她没有承认这点，所以她仍然对此感到嫉妒。

她当时突然显得气愤，而且涉及的是一个她不大放在心上的问题，因此我只能作出这样的解释。这就像她把自己的心爱之物赠送给我，同时耗尽了自己的宽宏大量，结果突然发现自己一无所有那样。因此她说话过激，近于怪诞，她回想起来，自己也应该感到惊讶，她的嫉妒也是从她的话语中流露出来。

其实，我心里在想：一个不愿逆来顺受的女人，会处于什么样的状况？我说的是一个“端庄的女人”……仿佛人们说的女人的“端庄”，并非总是意味着逆来顺受！

傍晚，奥利维埃的状况有了明显的好转。但生命力的恢复同时带来了焦虑不安。我设法使他放心。

他的决斗？——迪梅尔已逃到乡下。但不能去追逐他。

杂志？——由贝卡耶来管。

他留在帕萨旺家的衣物？——这是最棘手的问题。我只好承认，乔治没能把它们拿回来，但我保证明天由我自己去取。我感到他担心帕萨旺会把它们扣作抵押品，这是我决不能容忍的事。

昨天，我写完这几页之后，在工作室里待着，听到奥利维埃在叫我。我赶紧跑到他那里。

“如果我身体不是过于虚弱，我就去看你了。”他对我说道，“我想站起来，但当我站起来之后，我头就晕了，我怕倒下来。不，不，我没有感到身体不好，相反……但是，我需要和你谈谈。你必须答应我一件事……就是永远不要设法弄清我前天为什么想要自杀。我觉得我现在连自己也弄不清楚。我想要说出来，是的，但又说不出来……但是，你不要认为这是因为我生活中一件秘密的事情，一件你不会知道的事情。”然后，用更低的声音说道："也别以为是因为羞愧……"

虽然我们处于黑暗之中，他仍把自己的前额藏在我的肩膀里。

"或者说，我感到羞愧的是那天晚上的宴会，是我喝醉了酒，是我的狂怒，是我的眼泪，是夏天的那几个月……是等到了你，却又这么不顺利。"

然后他表示，他不想再把这些事看做是他干的事，他想"杀死"的就是这些，并已做到这点，把它们从他的生活中清除出去。

我在他的烦躁不安中感到他的虚弱，就一言不发，只是像摇晃孩子那样摇晃着他。他需要休息，他的沉默使我觉得他想睡觉，但我最后听到他低声说话：

"在你身边，我极为高兴，无法入睡。"

他到早晨才让我离开他。

十一

那天上午，贝尔纳很早就来了。奥利维埃还在睡觉。贝尔纳和前几天一样，拿着一本书在他朋友的床头旁边坐了下来，这样爱德华就可以中止他的照看工作，前往帕萨旺伯爵府，就像他答应的那样。在上午的这个时候，一定可以找到伯爵。

阳光灿烂，秋风扫落树上的残叶，一切都显得清澈、蔚蓝。爱德华已有三天没有出门。他觉得心花怒放，甚至感到自己的身体犹如敞开、空洞的船体，漂浮在广阔的海洋上，沐浴在上帝仁慈的阳光之中。爱心和晴天使我们的胸襟无限开阔。

爱德华知道需要一辆汽车才能把奥利维埃的衣物运回来，但他并不急于叫车，他喜欢步行。他对整个自然界的良好心情，使他不能很好地去对付帕萨旺。他心里想他应该憎恨此人。他回忆起自己的种种不满，但他已没有刺痛的感觉。这个对手，他昨天还在厌恶，现在却已排挤出去，而且十分彻底，所以无法再恨下去。至少在那天上午他无法再恨。另一方面，他认为这种变化丝毫也不能显示出来，因为这有可能流露出他喜悦的心情，而与其显得毫无招架之力，他想还不如不去和他见面。其实，到那里去的为什么恰恰是他爱德华呢？他前往巴比伦街，讨还奥利维埃的衣物，是以什么名义？这个任务接受得过于轻率，他一面走一面在想，因为这等于在暗示，奥利维埃已把他家作为选定住所，而这正是他想要隐瞒的事……要退缩已为时过晚：他已答应奥利维埃。至少他应该对帕萨旺显出十分冷淡、十分坚决的样子。一辆出租汽车经过，他叫它停了下来。

爱德华很不了解帕萨旺。他不知道此人的性格有一个特点。帕萨旺绝不会被人弄得措手不及，他不能忍受别人的愚弄。为了要否认自己的失败，他总是装出听天由命的样子，不管他发生什么事，他总是认为如愿以偿。当他知道奥利维埃摆脱了他，他唯一关心的事是把他的愤怒深藏不露。他不想去追踪他，不想被人耻笑，而是克制自己，无奈地耸了耸肩。他的感情从来没有强烈到他无法控制的地步。有些人会因此而自鸣得意，却并不承认他们有这种自制力不是因为他们性格坚强，而是因为他们个性上的某种贫乏。我不想推及其余，我对此所说的话，就算只适用于帕萨旺。因此，他没有花费很大的力气就使自己相信：他对奥利维埃已感到厌烦；在夏天的这两个月中，这段可能成为他生活中累赘的艳情，对他已完全失去了诱惑力；总之，他过高地评价了这孩子的美貌、风雅和才智；他现在应该睁开眼睛，看到把一本杂志的领导工作交给一个这样缺乏经验的年轻人所带来的种种弊端。一切都已仔细考虑，斯特鲁维卢会把事情做得好得多，当然是作为杂志社的社长。他已给他写了信，叫他在今天上午来见他。

咱们再作一点补充：帕萨旺没有看出奥利维埃离开他的原因。他以为是由于他对萨拉过于殷勤，才使他感到嫉妒。他对这种想法感到得意，因为这符合他天生的自命不凡，他的恼恨也因此而平息下来。

因此，他在等待斯特鲁维卢，由于他曾下令让客人立刻进来，爱德华就得到了这个方便，未经通报就来到帕萨旺的面前。

帕萨旺并没有显出惊讶的样子。幸好，在他看来，他要扮演的角色适合他的性格，并没有使他不知所措。爱德华说出来访的目的之后，他立刻说道：

“我对您和我说的话感到十分高兴。那么，您真的想要照顾他喽？这不会使您受到过多的打搅？……奥利维埃是个可爱的孩子，但他在这里已开始使我觉得极为不便。我不想让他感觉到这点，他是多么和蔼可亲……我知道他不想回到他父母家里去……父母，是不是，你一旦离开了他们……但是，我在想，他的母亲，不就是您的异母姐姐？……或者是类似的关系？这事奥利维埃以前好像对我说起过。那么，他住在您家里，是十分自然的事情。没有人会觉得可笑（他说这话时乘机笑了一笑）。他住在我家里，您知道，事情就比较麻烦。这也是我希望他离开的一个原因……虽然我对舆论一向毫不在乎。不，这主要是为了他的利益……”

谈话开始得并不算坏，但帕萨旺无法抗拒这种乐趣，即在幸福上洒下几滴他阴险的毒汁。这种东西他总是留着备用：别人不知道会发生什么事情……

爱德华感到自己已失去耐心。但他突然想起了樊尚，帕萨旺应该有樊尚的消息。当然，他已决定不对杜维埃谈起樊尚，即使杜维埃来向他询问，但为了更好地回避他的询问，他觉得他自己最好弄清楚情况，这样他可以拒绝得更有道理。他抓住了这个牵制对方的借口。

“樊尚没有给我写信，”帕萨旺说道，“但我收到了格里菲思夫人的一封信——您是知道的，她是替补，她在信中对我谈了他的详细情况。喏：这就是信……我想不出不能让您看这封信的理由。”

他把信递给了他。爱德华看到信中写道：

亲爱的[1]：

亲王的游艇从达喀尔[2]再次起航时，我们就不在艇上了。当这封被游艇带走的信寄到您那里时，谁知道我们将会在何处？也许在卡萨芒斯河[3]畔，樊尚想在那里采集植物，我则想在那里打猎。我说不大清楚是我在带他走还是他在带我走，或者不如说，是否冒险的魔鬼在这样纠缠着我们俩人。我们被无聊的魔鬼介绍给了他，无聊的魔鬼是我们在游艇上结识的……啊！亲爱的[4]，要在游艇上生活才能知道什么是无聊。在狂风大作时，艇上的生活倒还能忍受，你可以亲身经历船只的动荡不定。但是，从特内里费岛[5]起，海上却风平浪静。

……镜面巨大
使我绝望。

您知道从此之后我做什么事？憎恨樊尚。是的，亲爱的，爱情使我们感到过于乏味，我们决定互相憎恨。其实，这早已开始，是的，从我们上船时起。开始时只是感到恼怒，心怀敌意，但也免不了要拳脚相加。天气变好，就更加厉害。啊！我现在才知道爱恋一个人意味着什么……

---

①④ 原文为英文。

② 达喀尔现为塞内加尔首都，1902 至 1958 年曾为法属西非首都。

③ 卡萨芒斯河为西非河流，发源于塞内加尔南部，向西流经冈比亚和几内亚比绍之间的卡萨芒斯地区，沿岸土壤肥沃，雨量充沛。

⑤ 特内里费岛是北大西洋东部的加那利群岛中最大的岛屿。

信还有很长一段。

“我不需要再看下去了。”爱德华说着把信还给了帕萨旺，“他什么时候回来？”

“格里菲思夫人没有谈到回来的事。”

帕萨旺感到难受的是，爱德华没有对这封信表现出更大的兴趣。从他把这封信拿给爱德华看时起，他想必已把这种淡漠看做一种侮辱。他会拒绝别人的效劳，但无法忍受他自己的效劳会被别人不屑一顾。这封信曾使他充满喜悦。他对莉莲和樊尚怀有某种感情，他甚至在想，他乐于助人，可以帮助他们，但当别人不需要时，他的感情立刻变得淡薄。他的两个朋友离开了他，并没有驶向幸福之港，这就使他认为：真是活该。

至于爱德华，他早上的愉悦过于真挚，所以看到别人描写疯狂的情感，不能不感到局促不安。他把信交还时，没有丝毫的做作。

帕萨旺必须立刻占据上风：

“啊！我还想对您说：我曾想叫奥利维埃领导一个杂志社，您知道吗？当然，现在已不存在这个问题。”

“这是不言而喻的事。”爱德华回答道。帕萨旺在不知不觉中替他除去了一大心病。他从爱德华说话的语调中听出，他刚才让对方占了便宜。他强忍气愤，接着说道：

“奥利维埃留下的衣物都在他以前住的房间里。您想必叫了出租车？我会叫人给搬上去的。对啦，他身体好吗？”

"很好。"

帕萨旺站起身来。爱德华也是这样。他们施礼告别，神情极为冷淡。

爱德华的来访使帕萨旺伯爵感到十分烦恼。

"啊！"他看到斯特鲁维卢进来就说道。

虽然斯特鲁维卢要跟他顶撞，帕萨旺仍感到和他在一起十分自在，或者确切地说，是装出自在的样子。当然，他遇到的是厉害的角色，这点他知道，但他感到自己的实力，并很高兴能加以证明。

"亲爱的斯特鲁维卢，请坐。"他说时将一把扶手椅朝他推了过去，"我确实很高兴再见到您。"

"伯爵先生派人来请我。我立刻前来为您效劳。"

斯特鲁维卢喜欢对他装出仆人的傲慢，但帕萨旺已对他的态度习以为常。

"直截了当地说吧。现在，正如有人说的那样，是从床底下钻出来的时候了。您已经干过许多行当……今天我想请您担任真正的独裁官的职务。咱们得赶紧补充一点，就是涉及的只是文学。"

"算我倒霉。"然后，当帕萨旺把香烟盒递给他时，他说道："如果您允许的话，我情愿……"

"我决不允许。您抽走私的蹩脚雪茄，会使我的房间臭气熏天。我一直弄不懂为什么有人会喜欢抽这种烟。"

“哦！我不能说我迷上了它。但旁边的人闻到这烟味会不舒服。”

“还是像投石党人那样爱发难？”

“但也不能把我看做傻瓜。”

斯特鲁维卢没有直接回答帕萨旺的建议，而是觉得应该进行解释，清楚地说出自己的观点，其他的事以后再说。他继续说道：

“慈善事业从来就不是我的专长。”

“我知道，我知道。”帕萨旺说道。

“利己主义也不是。这是您不大清楚的……有人想使我们相信，对于人来说，要脱离利己主义没有别的办法，只有采取更令人厌恶的利他主义！至于我，我认为如果有什么东西比个人更加可鄙、更加无耻，那就是众人。任何理由都不能使我相信，可鄙的个体加在一起会产生美妙的总体。每当乘上有轨电车或火车，我总是希望发生美妙的事故，把这堆活的垃圾变成肉浆，哦！当然喽，我也包括在内。每当走进剧院，我总是希望分枝吊灯脱落下来或是一颗炸弹发生爆炸，如果我会被一起炸死多好，但我又没有更好的机会，我情愿把炸弹放在我的上衣里面，您刚才在说……”

“不，没有，您接着说，我听着。您不是那种要等反驳的鞭子抽一下才会说下去的演说家。”

“这是因为我好像听到您说要给我喝一杯您那价值连城的波尔图葡萄酒。”

帕萨旺微微一笑。

“您把酒瓶放在您的旁边。”他说着把酒瓶递给了他。“请把它喝完，但要说下去。”

斯特鲁维卢把自己的杯子倒满，把背靠在椅子背上，开始说道：

“我不知道我是否像人们所说的那样是铁石心肠。我有过多的愤慨和厌恶，不能认为自己是这样的人，但我并不在乎。确实，我早已让能够使我感动的情感扼杀在我的身体之中。但是，我并不是不会赞赏，也不是不会有那种绝对的忠诚，因为作为人，我蔑视自己、憎恨自己，就像对别人一样。我总是听到人们到处都在反复地说，文学、艺术和科学最终是在为人类谋福利，这足以使我对它们表示唾弃。但任何东西都不能阻止我把这个命题颠倒过来，这样我才松了口气。是的，我喜欢想象的恰恰相反，是为建造某个惨痛的纪念碑而努力工作的奴隶般的人类，是为了给一只漂亮的盘子上釉，情愿烧死妻子、孩子和他自己的贝尔纳·帕利西[①]。(他的事我们已经听得厌烦！) 我喜欢把问题颠倒过来。您要我怎么办呢？我的思想就是这样，觉得颠倒后问题才能处于更加平衡的状态。我不能容忍这种想法，即基督牺牲自己是为了徒劳地拯救所有那些与我擦肩而过的可恶家伙。尽管如此，当我想到这伙人腐烂时居然产生了一个基

---

① 帕利西（1510—1589），法国胡格诺派制陶师，主要从事制作颜色铅釉的简朴粗陶器。他制作的陶器多为碟子、水罐以及船形调味壶，饰以花木、禽兽画。他因宗教原因被捕入狱，死于狱中。

督，我仍感到几分满意，甚至感到一种平静……而我更加喜欢别的东西，因为基督的教导只能使人类在泥潭中陷得更深。不幸来自暴力的利己主义。效忠者的残忍，伟大的事物会由此产生。我们保护不幸者、弱者、佝偻病患者和受伤者，却走错了路。因此，我憎恨这样教导我们的宗教。慈善家们以为在观察大自然中的动物界和植物界时看到了和平的景象，却不知产生这种和平的原因，是在原始状态下只有强壮者才能兴旺，其他的一切都是废物，用作肥料。但人们却看不到这点，不愿承认这点。”

“不，不，我愿意承认这点。您继续说吧。”

“您说说，这是否可耻、可悲……那就是人花费了如此多的精力来取得马、牲畜、家禽、谷物和花卉的优良品种，而人本身却还要靠医学来减轻自己的病痛，靠慈善来暂时缓和矛盾，靠宗教来进行安慰，靠喝酒来消愁。需要做的是改良人种。但是，任何选择都意味着要消除不良品种，这是我们的基督教社会无法解决的问题。它甚至无法担负起去除蜕化变质者的责任，而这些人也繁殖得最快。需要的不是医院，而是育种场。”

“当然喽，您这样说我很喜欢，斯特鲁维卢。”

“我觉得您在此之前对我有误会，伯爵先生。您把我看做怀疑论者，而我却是理想主义者、神秘主义者。怀疑论从未有过良好的结果。另外人们知道，它会导致……宽容！我把怀疑论者看做没有理想、没有想象力的人，看做蠢货……而我并非不知道，这种强壮的人类产生，将会消除细腻、微妙的情感，但没有人会对它们感到惋惜。您不要弄错，我有人们所说的‘文化’，并且清楚地知道，我的理想，有些古希腊人已隐约预感到，至少我很高兴能想到这点，而且记得刻瑞斯的女儿科瑞[①]刚入冥府时对亡灵充满同情，但成为普路托[②]的妻子即冥后之后，她就被荷马[③]称为‘无情的普洛塞耳皮那[④]’。请见《奥德赛》第六章。‘无情的’，认为自己有德行的人就应该这样。”

“很高兴看到您回到了文学的话题……如果我们真的离开了这个话题的话。那么，我要问您，有德行的斯特鲁维卢，您是否愿意当无情的杂志社社长。”

“老实说，亲爱的伯爵，我应该向您承认，在人类令人恶心的所有流溢物中，文学是我最讨厌的东西之一。我看到文学中只有阿谀奉承。我甚至怀疑它会变成别的东西，除非它把过去的东西扫除干净。我们依靠被接受的情感来维持生活，读者认为自己感受到这些情感，因为他相信印刷出来的任何东西，而作者则对此进行投机，就像他对被他看做他艺术的基础的习俗进行投机一样。这些情感听上去像是假的，就像伪币一样，但它们照样流通。正如人们知道的那样，‘伪币赶走真币’，把货真价实的东西献给公众的人，会被认为是空话连篇。在人人弄

---

① 科瑞为珀耳塞福涅的别称，是主神宙斯和谷物女神刻瑞斯（希腊神话中为得墨忒耳）的女儿，在尼撒谷采花时被冥王哈得斯劫往冥府，成为冥后。

② 普路托为冥王，即希腊神话中的哈得斯。

③ 荷马（约公元前9—8世纪），古希腊吟游盲诗人，著有史诗《伊利亚特》和《奥德赛》。《奥德赛》描写奥德修斯在特洛伊城攻陷后回家途中10年流浪的种种经历。

④ 普洛塞耳皮那为冥后，即希腊神话中的珀耳塞福涅。

虚作假的世界里，名副其实的人会被看做江湖骗子。我要提醒您，如果由我来领导一份杂志，那是为了弄破羊皮袋，让里面的美好情感都变得一钱不值，词语这种记名期票也是如此。”

“当然喽！我想知道您将怎么搞。”

“让我来搞，您就会看到，我经常考虑此事。”

“您不会被任何人理解，没有人会跟着您走。”

“怎么会！今天，最活跃的那些年轻人对诗歌的‘通货膨胀’非常反感。他们知道，深奥的节律和悦耳的抒情老调掩盖着空洞的内容。你只要提出摧毁什么东西，总是能找到帮手。您是否同意我们创立一个以打倒一切为唯一宗旨的学派？……这会使您感到害怕？”

“不……只要不践踏我的花园。”

“目前……在别处还有事情可干。时机十分有利。我知道有些人只等别人发出集合信号，是一些年轻人……是的，这您喜欢，我知道，但我要提醒您，他们决不会受骗上当……我常常在想，是什么奇迹使绘画走在前面，文学又怎么会落在后面？以前在绘画中通常被认为是‘主题’的东西，今天却如此信誉扫地！多好的题目！这会使人们高兴。画家们甚至不敢再画肖像画，除非画得一点不像。如果我们把自己的事干好——这事您可以包在我的身上——我不用两年的时间就能使明天的诗人认为，他的诗要是被人理解，那就是他的耻辱。是的，伯爵先生，您是否愿意打赌？任何意义和含义都将被认为是反诗歌的东西。我建议为了不合逻辑而努力工作。多美的刊名：《清扫者》!"

帕萨旺一动不动地听着。

"在您的信徒中，"他沉默片刻之后接着说道，"是否有您那位年轻的表弟？"

"小莱昂，是个虔信者，而且胸有成竹。调教他确实是一种乐趣。暑假以前，他觉得超过班里的优等生并夺取全部成绩优异奖是一件有趣的事。开学以来，他什么也不干了，我不知道他在打什么主意，但我相信他，特别不想去烦他。"

"您把他给我带来，好吗？"

"我觉得，伯爵先生在开玩笑……那么，这本杂志？"

"我们以后再谈。我需要仔细考虑一下您的计划。现在，您要替我找一个秘书。我以前的那个，已经不再使我感到满意。"

"我明天就叫小科布-拉弗勒到您这儿来，我今天下午就去看他，他一定会让您满意。"

"是'清扫者'一类？"

"有点是。"

"举一反三[①]……"

"不，别把他看得和他们所有人一样。他是个温和派。是为您精心选择的。"

斯特鲁维卢站了起来。

---

① 原文为拉丁文。

“噢，”帕萨旺接着说道，“我觉得，我还没有把我的书送给您。很遗憾，初版本我已经没有了……”

“我不想把它卖掉，这没有什么关系。”

“不过，印得更好。”

“哦！我也不想去看它……再见！如您愿意：为您效劳。我有幸向您致敬。”

十二

爱德华日记

把衣物交还给奥利维埃。从帕萨旺那里回来后，立刻工作。镇定而又清醒的兴奋。从未有过的快乐。《伪币犯》写了三十页，没有犹豫不决，没有涂改。犹如夜景突然被闪电照亮，全部情节从黑暗中展现出来，和我挖空心思想出来的东西有很大差别。我以前写的那些书，在我看来犹如公园里的那些水池，轮廓清晰，也许完美，但里面是死水一潭。现在，我希望这水顺势流下，时急时缓，形成条条水脉，但我不想对它们预先作出安排。

X认为，好的小说家在开始写书之前就应该知道这本书如何收尾。可我却对我的书听之任之，在我看来，生活向我们展现的东西，即使是结尾，也可以被看做新的起点。“可能继续下去……”我希望用这句话来结束我的《伪币犯》。

杜维埃来访。他显然十分善良。

由于我夸大了自己的同情，我只好忍受对方吐露的感激之情，感到相当尴尬。我一面对他说话，一面反复在想拉罗什富科的这些话："我很少有同情之心，希望完全没有……我认为，同情必须表示出来，千万不可怀有。"然而，我的同情是真实的，不可否认的，我感动得流下了眼泪。老实说，在我看来，我的眼泪比我的话语更能安慰他。我甚至感到，他看到我流泪之后，立刻就不再伤心。

我打定主意，决定不向他说出勾引者的姓名，但使我感到意外的是，他没有对我问起此事。我觉得，当洛拉不再看着他时，他的嫉妒马上消失。不管怎样，他来到我这里，多少消耗了一点精力。

他的情况有点不合逻辑。他感到气愤的是那个男人抛弃了洛拉。我强调指出，洛拉要是不被抛弃，就不会回到他的身边。他决定喜欢那孩子如同己出。如果没有这勾引者，做父亲的快乐他是否能体会到，又有谁会知道？这点我没有向他指出，因为想起自己的缺陷，他会更加嫉妒。但这就属于自尊心的范围，不再使我感兴趣。

像奥赛罗[①]这样的人嫉妒是可以理解的，他妻子和别人寻欢作乐的形象萦绕在他的心头。但是，像杜维埃这样的人要嫉妒，就应该想到自己理应如此。也许他怀有这种情感，是因为内心

① 奥赛罗是莎士比亚同名悲剧的主人公，因嫉妒而失去理智，杀死自己的妻子。

的一种需要，想使他这样一个无足轻重的人物变得更有趣味。幸福在他看来是自然的东西，但他需要自我欣赏，所以他看重的是获得的东西，而不是自然的东西。因此，我竭力向他描绘单纯的幸福，这种幸福比苦恼更值得称道，但很难得到。我等他冷静下来之后才让他走。

性格前后不一。小说或戏剧中人物的表现，自始至终都完全像人们预料的那样……有人要我们赞赏这种始终相符的情况，我却反而由此看出，这些人物不自然，是凭空想出来的。

我并不认为前后不一必然是自然的标志，因为我们会遇到许多假装的前后不一，在女人中间尤其如此。另一方面，我可以在少数几个人中欣赏到人们所谈的“恒心”，但是，人取得这种结果往往只是因为他在虚荣心的驱使下坚持不变，却牺牲了自然。人越是宽厚，就越有办法，越发善变，不想让自己的过去来决定自己的未来。正直和固执是力量的表现[①]，是有人向我们推荐的典范，但它往往只能为文化提供一块岩石丛生、无法耕种的土地。

我还认识另外一种人，他们执意标新立异，在选择了某些爱好之后，就再也不想改变，他们时刻保持警惕，不允许自己放弃这些爱好。（我想起了 X，他拒绝喝我请他喝的一九〇四年的蒙拉谢酒[②]“我只喜欢喝波尔多酒。”他说道。我说那就是波尔

① 原文为拉丁文。

② 蒙拉谢酒是法国勃艮第地区的一种著名白葡萄酒。

多酒，他立刻觉得蒙拉谢酒味道醇美。）

我年轻时，曾经作出一些我当时觉得可贵的决定。我关心的不是我当时要做怎样的人，而是我将来想要做怎样的人。现在，我几乎觉得迟疑不决才是防止衰老的诀窍。

奥利维埃问我在写什么。我不由得对他谈起了我的书，由于他很感兴趣，我还给他念了我刚写好的那几页。我害怕他的评论，因为我知道年轻人不肯让步，难以容忍和自己的观点不同的观点。但是，他胆怯地提出的几点意见，我觉得很有道理，因此我立刻加以采纳。

我的感觉和呼吸，借助于他并通过他才能进行。

他仍对原来由他领导的那份杂志感到不安，特别担心他不想承认的那个短篇小说，小说是应帕萨旺的要求写的。我对他说，帕萨旺作出的新安排，会使杂志的内容有相应的改动，他可以收回自己的稿件。

接待预审法官普罗菲唐迪厄先生出人意料的来访。他擦着额头上的汗，呼吸急促，我觉得这不是因为走到我的七楼后气喘吁吁，而是因为局促不安。他手里拿着帽子，在我请他坐后才坐了下来。此人相貌漂亮，身材健美，仪表堂堂。

“我想，您就是莫利尼埃庭长的内弟。”他对我说道，“我冒昧前来见您，是为了他儿子乔治的事。请您原谅我这样做，我的做法您可能会感到冒失，但我对同事的友情和尊敬足以使您明白其中的原因，但愿如此。”

他停了一下。我站起身来，放下门帘，以免女仆听到，她的嘴不紧，我也知道她在隔壁房间。普罗菲唐迪厄用微笑来表示赞同。

“作为预审法官，”他接着说道，“我正在审理一桩案件，感到极其为难。您的小外甥以前曾涉嫌一桩风化案件……这当然是我们之间说说——影响很坏，我觉得他年纪太小，又为人老实，单纯无知，受到坏人的引诱，但我要承认，我已经要使用计谋，才得以……控制局势，同时又不损害司法的公正。对于重犯……我要立刻补充的是，这次性质完全不同……我不能保证小乔治还能这样轻易地幸免于难。我甚至怀疑，让孩子脱身出来是否对他有好处，虽然出于友情，我希望您的姐夫能够避免这种丑闻。我来试试看，但我有手下的人，您知道，他们会装出卖力的样子，我不能总是拦住他们。如果您希望这样，我现在还能做到，但到明天，我就无能为力了。正因为如此，我想您应该和您外甥谈谈，让他知道他面临的是什么危险……”

普罗菲唐迪厄的来访——为什么不能承认？——起初使我感到十分不安，但当我知道他来此既不是作为敌人，也不是作为法官，我就反而觉得有趣。当他继续说下去时，我更加兴致勃勃。

“一段时间以来，市面上有伪币流通。我接到了通知。我还没有发现伪币的来源。但我知道小乔治——我愿意相信是由于幼稚——是使用伪币并使其流通的人之一。有几个人在进行这种可耻的交易，他们的年龄和您的外甥相仿。我并不怀疑有人在利用他们的无知，不怀疑这些好坏不分的孩子是在几个成年罪犯的控制下干着骗人的勾当。我们早就可以抓住这些未成年的罪犯，并可以轻而易举地使他们说出那些伪币的来源，但我清楚地知道，一个案件如果超越了某一限度，就会使我们失去控制……也就是说，预审不能回过来再审，我们就只能知道我们有时情愿不知道的事。在目前的情况下，我希望能发现真正的罪犯，但又不必借助这些未成年人的证词。因此，我下令不要去惊动他们。但这个命令只是暂时性的。我希望您的外甥不要逼我取消命令。最好让他知道有人在进行监视。您吓唬他一下也不是什么坏事，他在危险的道路上往下滑……”

我回答说，我会尽量对他警告，但普罗菲唐迪厄好像没有听到我的话。他的目光变得茫然。他说了两遍“在人们所说的危险道路上”，然后不再作声。

我不知道他沉默了多长时间。他的想法形成之前，我仿佛已在他心里看出，并在他说出之前，已经听到他要说的话：

“我自己也是做父亲的，先生……”

他开始时说的一切都已消失，在我们之间只有贝尔纳一人。其他的事只是借口而已。他来是为了跟我谈他。

别人吐露真情会使我感到不舒服，夸大感情会使我感到讨厌，但这种克制的激动却最能打动我的心弦。他尽量克制自己的激动，但用力过度，使他的嘴唇和双手颤抖起来。他无法继续说下去。突然，他用双手捂住自己的脸，他的上半身因抽噎而抖动起来。

“您看，”他结结巴巴地说道，“您看，先生，一个孩子会使我们变得非常不幸。”

他难道需要转弯抹角？我自己也极为激动。

“要是贝尔纳见到您，”我大声说道，“他一定会心软的，我可以担保。”

然而，我心里感到十分为难。贝尔纳几乎从未和我谈起过他的父亲。我接受了他离家出走的事实，立即把这样的出走看做合乎情理的事，并认为这样做对孩子最有好处。而且，贝尔纳还有私生子这个原因……但是，这位并非亲生的父亲，表现出来的感情不是装出来的，所以显得十分强烈，也没有流于俗套，所以显得十分真切。看到这种慈爱和悲伤，我不禁要想，贝尔纳出走是否做得对。我感到自己不想再赞成他的行为。

“如果您觉得我能帮您的忙，”我对他说道，“如果您觉得我应该和他谈谈，您就直截了当地对我说。他心地善良。”

“我知道。我知道……是的，您能做很多事。我知道他今年夏天和您在一起。我的侦探工作做得相当好……我也知道他今天去参加口试。我知道他现在应该在巴黎大学，所以就选择这个时候来见您。我怕遇到他。”

此刻我已不再那样激动，因为我发现他几乎每句话里都有“知道”这个动词。我立刻不再注意他对我说些什么，而是注意这种可能是职业性的习惯。

他对我说他还“知道”贝尔纳的笔试考得十分出色。一位主考人是他的朋友，出于好意让他看了他儿子的法语作文，看来这是最出色的一篇。他谈论贝尔纳时带有克制的赞赏，这使我认为他也许把自己看做孩子的真正父亲。

“天哪！”他补充道，“您千万不要把这事告诉他！他性格十分高傲，十分多疑！……要是他觉察到他走了之后我不断在想念他、注视他……不过，您还是可以对他说，您见到了我。（他每说一句话都呼吸困难。）——只有您可以对他说，我并没有怨恨他，（然后压低声音说道：）说我一直爱他……就像爱一个儿子那样。是的，我清楚地知道您知道……您还可以对他说……（他没有看我，仿佛难以启口，又极其尴尬）他母亲离开了我……是的，永远离开，在今年夏天，但他要是想回来，我……”

他无法把话说完。

一个男人身材魁伟，讲究实际，已成家立业，又事业有成，却突然不顾礼节的约束，向一个陌生人推心置腹，使我这个陌生人看到异乎寻常的景象。在这个场合我再次发现，一个陌生人吐露感情，比一个熟人更容易使我感动。关于这点，我以后再作解释。

普罗菲唐迪厄并不隐瞒他在开始时曾对我抱有成见，因为他以前弄不清楚，现在还是弄不清楚贝尔纳离家出走后为什么要来找我。这也是他起初不想来找我的原因。我不敢把我手提箱失窃的事告诉他，只是说他儿子和奥利维埃很要好，由于这个原因，我们很快就成了朋友。

"这些年轻人，"普罗菲唐迪厄接着说道，"在进入社会生活时不知道会遇到什么危险。他们不知道有危险，才觉得自己有力量。但我们做父亲的知道，就为他们提心吊胆。我们的关心使他们感到生气，最好还是不要让他们看出。我知道这种关心有时让人讨厌，又十分笨拙。我们与其不断对孩子说火会烫痛，还不如让他自己去烫一下。经验使人得到的教益，要比劝告更为可靠。我一直把尽可能多的自由给予贝尔纳。他却因此而认为，唉！我对他关心不够。我感到他对此产生误会，所以才离家出走。即使在那时，我仍觉得应该让他放任自流，同时在远处照看他，却不让他觉察。谢天谢地，这方面我有办法。（显然，普罗菲唐迪厄对此引以为豪，并对他的警察组织显出特别自豪的样子。这是他第三次对我谈起此事。）我认为我应该让这个孩子把他做的事情所冒的风险看得无足轻重。这桀骜不驯的行为，虽说给我带来了痛苦，却使我对他更加依依不舍，这点我是否要向您承认？我看出这证明了勇气、价值……"

现在，这位杰出人士感到自己信心十足，就口若悬河地说了下去。我竭力把谈话引向我更感兴趣的话题，并打断他的话，问他是否见到过他开始时和我谈起的伪币。我很想知道它们是否同贝尔纳拿给我们看过的水晶玻璃做的伪币相像。我刚和他谈起这枚伪币，普罗菲唐迪厄的脸色立刻改变，只见他眼睛半闭，里面燃起一种奇特的火花，太阳穴上显出鱼尾纹，嘴唇抿紧，全神贯注，使他的脸部全都往上提起。他最初对我说的事，现在已不再涉及。法官取代了父亲，对他来说存在的只有他的职业。他对我问个不休，作了记录，并说要派一名警察前往萨斯费，以记下各家旅馆的登记簿上旅客的姓名。

“很可能，”他补充道，“这枚伪币是一个路过的冒险者付给您说的食品杂货商的，此人在那个地方没有逗留。”

对此，我反驳道，萨斯费位于一条死路的尽头，去那里并于当天返回并非易事。他对这最后一个情况显得特别满意，并就此和我分手，离开前热情地向我表示感谢，样子像在专心考虑，又十分高兴，但没有再提起乔治和贝尔纳。

十三

那天上午，贝尔纳将会感到，对一个和他一样生性慷慨的人来说，最大的快乐莫过于使另一个人快乐。这种快乐他没能得到。他已通过考试，成绩良好，但他身边无人可以听他报告这一喜讯，所以喜讯并没有使他感到快乐。贝尔纳十分清楚，对此显得最为满意的，将是他的父亲。他甚至犹豫片刻，不知是否要立刻把这个喜讯告诉他，但自尊心却不让他去。爱德华？奥利维埃？这样做实在把一张文凭看得过于重要。他通过了中学毕业会考，已是业士。白费力气！困难在现在才开始出现。

在巴黎大学的院子里，他看到他的一个同学，这个同学也和他一样通过了会考，却离开其他同学，在一旁哭泣。这同学在戴孝。贝尔纳知道他刚失去自己的母亲。他非常同情，就朝这孤儿走去，但走到近前时，却荒谬地感到害羞，又走开了。这同学看到他走过来，然后又走开，对自己流泪感到羞愧。他看重贝尔纳，以为对方看不起自己，心里感到难受。

贝尔纳走进卢森堡公园。他在一条长凳上坐了下来，正是在公园的这个地方，那天下午他为了住宿问题而前来寻找奥利维埃。空气可以说是温暖的，蓝天通过大树上叶子落光的树枝朝他微笑。这使人怀疑是否真的要进入冬季，咕咕在叫的鸟儿也看不出来。但贝尔纳没有在观赏公园的景色，他看到的是他面前展现的生活的海洋。有人说海上也有道路，但这些道路并未标明，而贝尔纳也不知道哪条是他走的道路。

他沉思片刻之后，看到一位天使朝他滑行过来，脚步轻得仿佛能停留在水面之上。贝尔纳从未见到过天使，但他一刻也没有犹豫，当天使对他说“过来”时，他顺从地站起来跟着他走。他就像在梦中那样，并不感到十分惊讶。他后来曾竭力回忆天使是否抓住了他的手，但实际上他们并没有接触，并保持着一点距离。他们俩都回到贝尔纳刚才离开那个孤儿的院子，决定和孤儿说话，但这时院子里已空无一人。

贝尔纳在天使的陪伴下朝巴黎大学的教堂走去，天使先走了进去，贝尔纳则从未进去过。其他天使也在这个地方来来往往，但贝尔纳的眼睛无法看到他们。他置身于从未有过的宁静之中。天使走到主祭坛前面，贝尔纳看到他跪倒在地，也在他旁边跪了下来。他不相信任何神，因此不能祈祷，但他的心里柔情似水，想要奉献和牺牲，他就献身。他的情感仍然模糊不清，无法用任何词语来表达，但突然响起了管风琴的琴声。

“你也曾献身给洛拉。”天使说道。贝尔纳感到自己的面颊上泪如雨下。“你过来，跟我走。”

贝尔纳由天使带着走，几乎撞在他的一个老同学身上，这个老同学也刚考完口试。贝尔纳把他看做又懒又笨的学生，并惊讶地得知他也通过了会考。这懒惰的学生没有发现贝尔纳，但贝尔纳看到他把烛金放在教堂执事手里。贝尔纳耸了耸肩，就走了出去。

他走到街上，发现天使已离他而去。他走进一家香烟店。就是乔治在一星期前曾使用过伪币的那家。此后乔治又用掉了许多伪币。贝尔纳买了一包香烟，就抽起了烟。天使为什么要走？贝尔纳和他难道无话可说？……钟敲十二点了。贝尔纳饿了。他回寄宿学校去？去找奥利维埃，和他一起分享爱德华的午餐？……他确信口袋里有足够的钱，就走进一家餐厅。他刚吃完饭，就听到温柔的低语声：

“该去付账了。”

贝尔纳转过头去。天使又回到了他的身边。

“应该作出决定了。”他说道，“你以前过的是毫无目的的生活。你难道还要听凭偶然的摆布？你想让自己派点用场。应该知道要派什么用场。”

“请你教我，指导我。”贝尔纳说道。

天使把贝尔纳带到一个挤满人的大厅。大厅里有个讲台，讲台上放着一张桌子，一个年轻人在那里讲话。

“十分狂妄的是，”他说道，“以为自己有了什么发现。我们拥有的一切，都是从前人那里继承过来。我们每个人在年轻时就应该懂得，我们依赖过去，过去使我们承担义务。我们的未来都是由过去勾画出来的。”

当他把这个主题充分发挥之后，另一位演说者站到他的位置上，先是对他的看法表示赞成，然后对自以为是的人进行抨击，因为这种人认为生活不用学说指导，人可以用自己的知识来指导自己。

“一种学说传给了我们。”他说道，“它已经历了许多世纪。这肯定是最好的学说，也是唯一的学说，我们每个人都应该证明这点。这是我们的导师们传给我们的学说。这也是我们国家的学说，每当我们的国家否定这种学说，它就要为自己的错误付出高昂的代价。不了解这种学说，就不能成为优秀的法国人，不赞成这种学说，就做不成任何有益的事情。”

第二个演说者讲完之后，第三个接着讲话。此人感谢前两位十分清楚地勾勒出他所说的他们党纲的理论，然后指出这个纲领旨在依靠他们党的每个成员的努力来复兴法国。他说自己是实干家，认为任何理论都会在实践中达到自己的目的并得到证明，任何优秀的法国人都应该成为战士。

“但是，唉！”他补充道，“有很多力量，却四分五裂！如果这些力量聚在一起，如果这些事情是按规则做的，如果每个人都加入我们的党，我们的国家就会强盛，我们的事业就会发扬光大，每个人就都能发挥自己的才能！”

他继续说下去，而一些年轻人则开始在听众中间走来走去，散发入党申请书，要参加者只须在上面签名。

“你想要献身。”天使在这时说道，“你还等什么？”

贝尔纳从别人递给他的申请书中拿了一张，只见上面写道：“我郑重加入……”他看完之后，看了看天使，看到天使在微笑，然后又看了看听众，看到年轻人中有刚才见到的那个新业士，此人曾在巴黎大学的教堂里点燃一支蜡烛，以感谢神让他通过会考。突然，在稍远处，他看到自己的哥哥，他离开父亲的家之后还没有见到过他。贝尔纳不喜欢这个哥哥，他觉得他父亲看重他的哥哥，所以有点嫉妒。他烦躁地把申请表揉皱。

“你认为我应该签名？”

“当然是的，要是你怀疑自己。”天使说道。

“我不再怀疑了。”贝尔纳说着把纸团扔到远离他的地方。

演说者仍在继续讲话。当贝尔纳又开始听他说时，他正在传授一种永不上当的可靠方法，那就是决不要自己来进行判断，而是要永远信赖自己上级的判断。

“这些上级是什么人？”贝尔纳问道，并突然感到极为愤怒。

“你要是走到台上，”他对天使说道，“和他扭打起来，就一定能把他摔倒在地……”

但天使微笑着说道：

“我要和你摔跤。今天晚上，好吗？……”

“好的。”贝尔纳说道。

他们走了出去，走到林荫大道[①]。大道上熙熙攘攘的人群看上去全是有钱人，每个人看来都十分自信，对别人漠不关心，但心事重重。

“这是幸福的形象？”贝尔纳问道。他感到他的心在流泪。

然后，天使把贝尔纳带到贫困的街区，贝尔纳以前没有看出他们的贫穷。夜幕降临。他们久久地走在肮脏的高层楼房之间的街道上，那些房子里充斥着疾病、卖淫、耻辱、罪恶和饥饿。这时，贝尔纳才握住天使的手，天使则转过头去哭泣。

那天晚上，贝尔纳没有吃晚饭。他回到寄宿学校后，没有像前几天晚上那样去找萨拉，而是直接上楼前往他和鲍里斯一起住的那个房间。

鲍里斯已经躺在床上，但还没有睡着。他在烛光下重读他在这天上午收到的勃罗尼娅的来信。

“我担心，”他的女友对他说，“我再也见不到你了。我回波兰后着了凉。我咳嗽，虽然医生瞒着我，我还是感到我活不长了。”

听到贝尔纳越走越近，鲍里斯把信藏在枕头下面，赶快把蜡烛吹灭。

贝尔纳走到黑暗之中。天使和他一起走进房间，虽然夜色不是很暗，但鲍里斯只看到贝尔纳一人。

---

① 林荫大道是指巴黎市内从共和国广场到玛德莱娜广场的林荫大道。

“你睡着了？”贝尔纳低声问道。鲍里斯没有回答，贝尔纳以为他已睡着。

“那么，现在只有我们两人了。”贝尔纳对天使说道。

这天夜里，他们俩一直扭斗到天亮。鲍里斯模糊地看到贝尔纳翻来覆去。他以为这是他祈祷的方式，所以没有去打扰他。然而，他很想和他说话，因为他感到非常痛苦。他下了床，在床脚边跪了下来。他很想祈祷，但只能啜泣：

“哦，勃罗尼娅，你能看到天使，你应该让我睁眼看到，可你却要离开我！没有你，勃罗尼娅，我会怎么样呢？我会变成什么样子？”

贝尔纳和天使正在激战，所以没有听到他的话。他们俩一直扭打到天明。天使走时，两人不分胜负。

过了一会儿，贝尔纳也走出房间，他在走廊里和拉歇尔迎面相遇。

“我要和您谈谈。”她对他说道。她的声音十分伤心，贝尔纳立刻明白她要和他说什么话。他没有回答，低下了头，十分同情拉歇尔，因此突然憎恨萨拉，并对他同她一起享受到的欢乐感到厌恶。

十四

将近六点时，贝尔纳来到爱德华家里，手里拿着一只手提包，里面只有几件内衣和他拥有的几本书。他已向阿扎伊斯和弗代尔辞别，但不想同萨拉再见上一面。

贝尔纳神情严肃。他同天使的搏斗使他变得成熟。他已不再像偷手提箱时那样无忧无虑，不再认为在这个世上只要敢作敢为就行。他开始明白，别人的幸福往往要为大胆而付出代价。

“我到您这儿来避难。”他对爱德华说道，“我又无家可归了。”

“您为什么要离开弗代尔家？”

“是因为秘密的原因……请允许我对您保密。”

爱德华在宴会的那天晚上曾对贝尔纳和萨拉进行仔细观察，基本上知道他不想说出的原因。

“够了。”他微笑着说道，“我工作室里的长沙发，您夜里可以睡觉。但我首先必须对您说，您父亲昨天来跟我谈过。”他把他觉得能使他感动的那部分谈话转告给他。“今天晚上，您应该睡的地方不是在我家里，而是在他家里。他等您回去。”

但贝尔纳默无一言。

“我要考虑一下。”他最终说道，“目前，请允许我把自己的衣物留在这儿。我能见见奥利维埃吗？”

“今天天气这么好，我让他到外面去透透气。我想陪他一起去，因为他身体还十分虚弱，但他情愿独自出去。另外，他出去已有一个小时，很快就会回来。您就在这儿等他……但是，我想到了……您的考试？”

“我已经通过了，这并不重要。我觉得重要的，是我现在要做什么。您是否知道我不想回到我父亲那里去的主要原因？那是因为我不要用他的钱。我对这个机会不屑一顾，您一定会觉得十分荒谬，但不用他的钱，是我对自己许下的诺言。我必须向自己证明我是个讲信用的人，是我可以信赖的人。”

“我看这主要是自傲。”

“您想怎么说就怎么说吧：自傲，自负，自满……我怀有的情感，您无法使它在我的眼里失去价值。但是现在，我想知道的是：要在生活中作出决定，是否必须把眼睛盯着一个目标？”

“请您解释一下。”

“这事我昨天考虑了整整一夜。我感到自己身上有的是力量，但用在什么地方？如何充分发挥自己的力量？是否要朝一个目标努力才行？但这个目标，又如何选择？在目标尚未达到之时，怎么来了解它？”

“生活没有目标，就是让自己放任自流。”

“我觉得您不大了解我的意思。哥伦布发现美洲时，是否知道他航行到什么地方？他的目标是勇往直前。他的目标，就是他，是他把它展现在自己面前……”

“我往往在想，”爱德华打断了他的话，“在艺术上，特别在文学上，只有勇于探索未知的事物才难能可贵。要发现新大陆，最初就得在一段很长的时间里看不到海岸。但我们的作家们害怕远离海岸的大海，他们只愿在海岸边游弋。”

“昨天，考完试之后，”贝尔纳没有听他说话，而是继续说道，“我不知受到哪个魔鬼的驱使，走进了一个大厅，那里正在开一个群众大会，涉及的是民族的荣誉、对祖国的忠诚，以及许多使我动心的事情。我差点儿在一张申请表上签了名，申请表上要我以自己的名誉保证为我认为美好和崇高的事业效力。”

“您没有签名，我很高兴。但是，您为什么没有签名?”

“也许是因为某种隐秘的本能……”贝尔纳思考了片刻，然后笑着补充道：“我觉得主要是因为我在会上看到的那些党员的脑袋，首先是我哥哥的脑袋。我感到这些年轻人都怀有世界上最美好的感情，感到他们放弃自己的主动性十分正确，如果不是这样，他们就不会有好的结果，因为他们的真知灼见十分罕见，而他们的独立精神，很快就会陷入绝境。我还在想，在公民中有一大批这样诚心诚意的爱国者可以依靠，对国家来说是件好事，但我决不会是这样的人。于是我心里在想，既然我不想过没有准则的生活，又不想接受别人的准则，那么如何来确定一种准则?”

“我觉得回答十分简单，那就是在自身中找到这种准则，目的是自我发展。”

“是的……我正是这样想的。但我在这方面并没有因此而取得进展。只要我肯定喜欢我身上的最大优点，我就让它压倒其他一切。但我甚至无法了解自己身上的优点……我考虑了整整一夜，我对您说。快要天亮时，我极为疲倦，想要提前应征，去服兵役。”

“逃避问题，不等于解决问题。”

“我也是这样想的。这个问题虽然被推迟，仍会在我服完兵役后向我提出，而且提得更加严峻。于是，我来找您，想听听您的建议。”

“我没有建议可以对您提出。您只能在您自身中找到这种建议，只能在生活中学会应该如何生活。”

“但是，在我决定如何生活之前，要是我生活得不好呢？”

“这本身就会使您得到教益。只要是走上坡路，沿坡而上就行了。”

“您是在开玩笑？……不，我觉得我明白您的意思了，我同意这种方法。但是，我在像您说的那样自我发展时，我还要谋生。在报上登个与众不同的启事：‘年轻人前途无量，任何工作都能胜任’，您看如何？”

爱德华笑了起来。

“最难得到的莫过于‘任何工作’。最好还是说得清楚些。”

“我想成为一家大报这个机构的众多小齿轮中的一个。哦！我愿意做普通的工作：校对、监印……还有什么？我的要求不高！”

他说话时犹豫不决。实际上，他想得到的是秘书的工作，但他不敢对爱德华提出，因为他们相互感到失望。不过，这不是他贝尔纳的错，虽然担任秘书的企图遭到了十分惨痛的失败。

“也许，”爱德华说道，“我可以让您进《大报》工作，我认识该报的社长。”

正当贝尔纳和爱德华在这样谈话时，萨拉在同拉歇尔进行解释，谈得极为艰难。拉歇尔的指责是贝尔纳突然离开的原因，这点萨拉是突然明白的。她对姐姐非常气愤，说她姐姐不让自己周围的人有丝毫的快乐。她没有权利把一种美德强加给别人，而她的榜样足以使这种美德变得令人厌恶。

拉歇尔听到这些指责，感到十分震惊，因为她一直牺牲自己，这时脸色苍白，嘴唇发抖，进行了反驳：

“我不能让你堕入地狱。”

但萨拉一面啜泣一面叫道：

“我不能相信你的天堂。我不想得到拯救。”

她立刻决定再次前往英国，她的女友会接待她，因为“她毕竟是自由的，可以去过她喜欢过的生活”。这场可悲的争吵使拉歇尔感到精疲力竭。

十五

爱德华安排在学生回来之前来到寄宿学校。开学以来，他还没有见到过拉佩鲁兹，他首先想找他谈。年老的钢琴教师做他那学监的新工作，已是竭尽全力，也就是做得一团糟。他在开始时设法受到学生的喜爱，但他威严不足，孩子们就有机可乘，他们把他的宽容看做懦弱，变得肆无忌惮。拉佩鲁兹想要严加管教，但已为时过晚。他的告诫、威胁和斥责最终使学生们对他不满。要是他提高嗓门，他们就报以冷笑，要是他用拳头敲响课桌，他们就装做害怕得叫了起来。他们模仿他，称他为“拉佩尔老头”。他的漫画在学生中传阅，他为人如此宽厚，却被画成凶神恶煞，手里拿着一支巨大的手枪（这支手枪是盖里达尼佐尔、乔治和菲菲在对他的房间进行秘密搜查时发现的），对学生大肆屠杀，或是跪在他们的面前，双手合掌进行哀求，就像他在最初几天那样："可怜可怜我，安静一点吧。"他犹如一头老鹿，被一群凶猛的猎犬团团围住。爱德华对此一无所知。

爱德华日记

拉佩鲁兹在楼下一间小小的自修室里接待了我，我知道这是寄宿学校里最不舒适的自修室。室内只有黑板前面的四条长凳，紧靠着四张课桌，还有一把带草垫的椅子，拉佩鲁兹一定要我坐在上面。他想把自己过长的腿伸到课桌下面，但伸不进去，只好缩了回来，斜坐在一条长凳上。

"不，不。我这样很舒服，我向您保证。"

但他说话的声音和脸部的表情都仿佛告诉我：

"我非常不舒服，我希望这一眼就能看出，但我喜欢这样，我越不舒服，您就越难听到我的抱怨。"

我尽量开开玩笑，但无法让他笑出来。他装出彬彬有礼的样子，显得一本正经，使我们之间保持一段距离，并向我暗示："由于您的关系，我才待在这里。"

然而，他却说他对一切都十分满意。另外，他还回避我的问题，对我再三追问感到生气。但是，当我问到他的房间在什么地方时，他突然大声说道：

“离开厨房实在太远。”他见我感到惊讶，就说：“有时，我夜里想吃点东西……是在我睡不着的时候。”

我坐在离他很近的地方。这时我挪得更近，轻轻地把手放在他的胳膊上。他用比较自然的声调接着说道：

“我得告诉您，我睡得很不好。我睡着的时候，仍然感觉到自己在睡觉。这不是真正睡着，是不是？真正睡着的人不会感到自己在睡觉，只是在醒来后才发现自己已经睡过。”

然后，他朝我俯下身子，反反复复地谈论这些鸡毛蒜皮的事：

“有时我想要相信我产生了错觉，相信我真的睡着了，而我却以为自己没有睡着。但我没有真正睡着的证据是，如果我想睁开眼睛，我就能把眼睛睁开。通常，我不想这样做。您是知道的，是不是，我丝毫也不想这样做。向我自己证明我没有睡着，又有什么意思？我总是希望我睡着时相信我已睡着……”

他更加靠近我，用更低的声音说道：

“另外，有什么东西在打扰我。这事您别说出去……我不是在埋怨，因为对此毫无办法，无法改变的事，是不是，埋怨也没有用……您想想，我的床靠着的墙壁里面，就在像我头部那样高的地方，有什么东西发出声音。”

他因说话而兴奋起来。我请他带我到他的房间里去看看。

“好的！好的！”他突然站起来说道，“您也许可以告诉我是什么……我可弄不清楚。您跟我来。”

我们走到三楼，然后走进一条相当长的走廊。我从未来过房屋的这一部分。

拉佩鲁兹的房间临街。房间很小，但还不错。我看到他的床头柜上有一本祈祷书，书旁放着他一定要带来的手枪盒。他抓住我的胳膊，把床推过去一点：

“在那儿。瞧……您靠在墙上……您听到吗？”

我仔细倾听，听了很长时间，而且集中注意力。但是，我虽然诚心诚意，却什么声音也没有听到。拉佩鲁兹感到气恼。这时一辆卡车经过，使房屋震动，玻璃窗也震得发响。

“在白天的这个时候，”我说这话是想要使他平静下来，“您感到不舒服的轻微声音被街上的嘈杂声盖住了……”

“在您看来是被盖住了，因为您不能把它和其他声音区分开来。”他激动地大声说道，“我，是不是，我还是听到了它。我不管在什么情况下都一直能听到它。我有时感到十分烦躁，打算把这件事告诉阿扎伊斯或者房东……哦！我没有使它停止的奢望……但我至少想知道这是什么声音。”

他像是在思考，过了一会儿又继续说道：

“这像是啮食声。为了不再听到这种声音，我什么办法都试过。我把床从墙边移开。我在耳朵里塞上棉花。我把表挂起来（您看，我在那里钉了个小钉子），正好挂在我觉得是水管经过的地方，使表的滴答声把别的声音压下去……但是，这样我就更累，因为我必须花费力气才能把它分辨出来。真荒唐，是不是？但我情愿把它听得清清楚楚，既然我知道它还在……哦！我不应该把这些事告诉您。您看，我已经老了。”

他在床边坐了下来，像在那里发呆。在拉佩鲁兹的身上，年龄带来的不良影响，与其说是在智力方面，不如说是在性格之中。他以前是如此坚强和高傲，现在却看到他像孩子一样绝望，我心里在想，蛀虫已在果子的核心。我想使他从绝望中摆脱出来，就和他谈起鲍里斯。

“是的，他的房间就在我的房间旁边。”他说时抬起了头，“我来指给您看。请跟我来。”

他领着我来到走廊里，打开隔壁的一扇门。

“您看到的另一张床是年轻的贝尔纳·普罗菲唐迪厄睡的。（我觉得没有必要告诉他，贝尔纳从这天起将不再睡在那里。他继续说道。）鲍里斯很高兴有他这个同伴，我觉得他们相处得很好。但您知道，他和我说话不多。他很内向……我看这孩子有点铁石心肠。”

他说这话时十分伤心，我只好表示反对，并保证他的孙子是有感情的人。

“这样的话，他的表现也许会好一点。”拉佩鲁兹接着说道，“您看，是这样：早上，他和其他学生一起去上学，我就靠在窗口看着他过去。这他知道……可是，他并没有回头！”

我想使他相信，鲍里斯也许怕在同学面前出丑，并害怕他们嘲笑，但在这时，院子里传来了喧哗声。

拉佩鲁兹抓住我的胳膊，用变了样的声音说道：

“您听！您听！他们回来了。”

我看了看他。他开始浑身发抖。

“这些顽童使您感到害怕？”我问道。

“没有，没有。”他模糊不清地说道，“您怎么会认为……”然后又迅速说道：“我得下去了。课间休息只有几分钟的时间，您知道我是学监。再见。再见。”

他没有和我握手就冲到走廊里。片刻之后，我听到他在楼梯上绊了一下。我听了一会儿，不想在学生们面前出现。可以听到他们的叫声、笑声和唱歌声。然后铃响了，立刻恢复了寂静。

我去看望阿扎伊斯，并得到他的同意，让乔治离开教室来和我谈话。乔治到拉佩鲁兹最初接待我的那个自修室来见我。

到了我的面前，乔治觉得立刻要装出嘲弄的样子。这是他掩饰局促不安的方法。但我不能肯定他比我更加局促不安。他采取守势，因此他也许认为会受到训斥。我感到他想尽快把武器集中在一起，以便能同我进行对抗，因为我还没有开口，他就向我询问奥利维埃的情况，而且带着嘲笑的口吻，我真想打他一记耳光。他胜过了我。“另外，您知道，我不怕您。”他那讽刺的目光、嘴上嘲笑的样子和说话的声音仿佛都在表达这个意思。我立刻失去了自信，唯一的愿望就是不要显露出来。我准备要说的一番话，突然使我感到不合时宜。我不具备扮演监察官所必需的威望。我对乔治的兴趣也实在是太大了。

“我不是来训斥你的，”我最终对他说道，“我只是想警告你。”（我整个脸部都不由自主地露出了笑容。）

“请您先告诉我，是不是妈妈叫您来的？”

“既是也不是。我和你母亲谈起过你，不过是在几天以前。昨天，关于你的事，我和一个十分重要的人进行了一次十分重要的谈话，这个人你不认识，他来找我是为了同我谈你的事。是一位预审法官。是他让我来……你知道预审法官是干什么的？”

乔治突然脸色发白，也许他的心脏在片刻之中停止了跳动。他耸了耸肩，不错，但他的声音有点颤抖：

“那么，您就把他——普罗菲唐迪厄老头对您说的话都说出来吧。”

这孩子的镇定使我感到不知所措。也许，直截了当地说出来最为简单，但是，我的思想厌恶的恰恰是最简单的办法，所以不可避免地要采取转弯抹角的方法。为了解释一种当时自发地做出但事后我会立刻觉得荒谬的行为，我可以说，我和波利娜的最后一次谈话对我产生了非同寻常的影响。由此得出的想法，我立刻以对话的形式用于我的小说，因为这种形式完全适用于我的某些人物。我很少直接使用生活向我提供的素材，但这一次乔治的冒险行为让我派上了用场，仿佛我的书在等待它的发生，它则在其中找到了自己的位置，我只是对某些细节稍加改动。但这种冒险（我指的是他偷书的事），我没有直接描写出来。我只是使人从一些对话中隐约看出此事及其后果。这些对话我记在一本记事册上，这时正好在我的口袋里。相反，伪币的故事，就像普罗菲唐迪厄告诉我的那样，在我看来毫无用处。也许是因为这个原因，我才没有立即和乔治谈起这件事，即我来访的主要原因，而是转了个弯。

“我首先想让你看看这几行文字。”我说道，“你会明白是为了什么。”我把记事册翻到让他看的那页，并递给了他。

我再说一遍：我现在觉得这样做是荒谬的。但在我的小说中，正是通过看类似的东西，我才想到应该去提醒我的主人公中最年轻的那位。我必须了解乔治的反应，并希望能够从中得到教益……甚至在我写的东西的质量方面。

我把这段文字抄录如下：

这孩子身上有整整一个区部神秘莫测，热情而又好奇的奥迪贝尔对此很感兴趣。年轻的欧道夫曾偷过东西，但他觉得知道这点还不够：他希望欧道夫能告诉他怎么会走到这一步，并把第一次偷窃时的感觉讲给他听。不过，这孩子即使相信他，也不会把这事告诉他。而奥迪贝尔也不敢去问孩子，怕这样会使孩子说假话。

有一天晚上，奥迪贝尔和希尔德布兰特共进晚餐，同他谈起欧道夫的情况，但没有说出名字，并且把那些事实进行处理，使对方看不出是谁干的。

“我们的生活中最关键的那些行动，”希尔德布兰特于是说道，“我的意思是说，最有可能决定我们整个未来的那些行动，往往是一些未经仔细考虑的行动，这点您难道没有发现？”

“我也这样认为。”奥迪贝尔回答道，“这就像你不假思索地乘上一列火车，也不想想它开往何处。而且你往往是在下车已为时过晚的时候才发现火车已经把你带走。”

“但也许那个孩子并不想下车？”

“他也许还不想下车。这时他让车把自己带走。窗外的景色使他感到有趣，去什么地方他并不在乎。”

“您会去教训他？”

“当然不会！这毫无用处。他已被教训得太多，感到非常讨厌。”

“他为什么要偷窃？”

“我吃不大准。但肯定不是因为真的缺钱。是为了具有某些优势：为了不落在富裕的同学后面……还有什么呢？是天赋的倾向和偷窃的乐趣。”

“这可是最坏的情况。”

“当然喽！因为他会再犯。”

“他是不是聪明？”

“我在很长一段时间里一直以为他没有他的哥哥聪明。但我现在怀疑我以前是否看错了，怀疑我有这种不恰当的印象是否因为他还没有看出他自身的能力。他的好奇心到现在为止还一直误入歧途：或者不如说，它仍处于萌芽状态，处于不成熟的阶段。”

“您要和他谈吗？”

“我想让他权衡得失：一方面是他偷窃所得的蝇头微利，另一方面，他不老实的行为使他失去了亲属的信任和尊重，其中也有我的尊重……这些东西无法以钱来计算，你以后要再次得到这些东西，就得付出巨大的努力，这时你才会知道它们的价值。有些人为此花费了一生的时间。我要对他说，他年纪还太小，无法体会到这点，说如果以后在他周围发生什么可疑的事，他就会受到怀疑。他也许会被错误地控告犯有严重的罪行，却无法为自己洗刷罪名。他以前做过这种事，现在肯定是他干的。他像人们所说的那样是‘束手无策’。总之，我想对他说……但我怕他反驳。”

“您想对他说？……”

“说他已开创了先例，说第一次偷窃还需要一点勇气，再次偷窃就只需按自己的冲动行事。以后做的事只是放任自流……我想对他说，在第一次几乎不假思索地做的事，往往会无法改变地勾画出我们的形象，并开始画出一条线，我们以后不管如何努力，都无法把它擦掉。我想……但我不知道怎么对他说。”

“您为什么不把今天晚上的谈话写下来呢？您可以把它们拿给他看。”

“这是个好主意。”奥迪贝尔说道，“为什么不呢？”

乔治在读的时候，我一直盯着他看，但他的脸上丝毫也没有显出他心里的想法。

“我还要看下去吗？”他问道，并准备翻到下一页。

“不用了，谈话到此结束。”

“真遗憾。”

他把记事册还给我，用几乎是诙谐的语调说道：

“我真想知道欧道夫读了记事册之后是怎么回答的。”

“正是，我也期待着知道此事。”

“欧道夫这个名字滑稽可笑。您难道不能给他另起一个名字？”

“这并不重要。”

“他会回答说什么也不重要。他后来怎么样了？”

“我现在还不知道。这取决于你。咱们等着瞧吧。”

“那么，如果我没有听错您的意思，我应该帮助您把您的书继续写下去。不，您得承认……”

他停了下来，仿佛有点为难，无法说出自己的想法。

“承认什么？”我这样说是为了鼓励他。

“您得承认您会被戏弄，”他最终说道，“如果欧道夫……”

他再次停了下来。我觉得自己猜到他想说的话，就替他把话说完：

“如果他成为诚实的孩子？……不，我的孩子。”突然，我眼睛里流出了泪水。我把手放在他的肩膀上。但他挣脱出来：

“如果他没有偷窃，您就写不出这些东西。”

我这时才明白自己的错误。实际上，乔治知道我这么长时间一直在考虑他的事，感到十分得意。他觉得自己有吸引力。我已忘记普罗菲唐迪厄，是乔治使我想了起来。

“您的预审法官，他对您说了些什么？”

“他让我告诉你，他知道你在使用伪币……”

乔治的脸色又变了。他知道否认没有用处，就含糊其词地回答道：

“又不是我一个人。”

“……如果你和你的同伴们不立刻停止这种非法交易，”我继续说道，“他就只好把你们关进监狱。”

乔治的脸色先是变得十分苍白，现在是满面通红。他呆呆地看着自己的前面，双眉紧皱，使前额下面显出两道皱纹。

“再见了。”我说着向他伸出了手。“我劝你转告你那些同伴。至于你，你要好好记住。”

他默默地握了握我的手，然后回去上课，走的时候没有回头。

我重读我给乔治看的《伪币犯》里的那几页，觉得写得相当差。我在此把乔治看过的文稿一字不改地抄录下来，但这一章全部都要重写。确实，最好还是亲口告诉孩子。我应该找到能打动他的地方。当然，在目前的情况下，欧道夫（我要把这个名字改掉，乔治说得对）很难变得诚实。但我认为可以使他改过自新。不管乔治对此有何想法，既然这最为困难，也就最为有趣。（我的想法开始和杜维埃相同！）这种放任自流的故事，就让咱们留给现实主义小说家吧。

回到自修室后，乔治立刻把爱德华的警告说给他的两个朋友听。爱德华对他说的有关他偷窃的事，这孩子听了无动于衷，但伪币会使他们吃亏，所以必须尽快把它们脱手。他们每个人都留有几枚伪币，准备在下次出去时用掉。盖里达尼佐尔把它们集中起来，跑去扔在粪坑里。当天晚上，他通知了斯特鲁维卢，后者立即采取了措施。

十六

同一天晚上，正当爱德华在同外甥乔治谈话时，奥利维埃在贝尔纳走后接待了阿尔芒的来访。

阿尔芒·弗代尔已判若两人。他刚修过面，面带微笑，仰着头，身上穿着一套过于紧身的新西服，也许有点滑稽可笑，这点他自己也感觉到了，并让人看出他感觉到了这点。

“我早就要来看你，但我事情太多！……你知道我现在是帕萨旺的秘书？或者要是你愿意：他领导的杂志的主编。我不想请你为它撰稿，因为我觉得帕萨旺对你相当恼火。另外，这本杂志坚决左倾，因此，它先是把贝卡耶及其田园诗排除在外……”

“算它倒霉。”奥利维埃说道。

“因此，它反而接受了我的《夜壶》。顺便说一下，如果你允许的话，这首诗就将题献给你。”

“算我倒霉。”

“帕萨旺甚至希望把我这首才气横溢的诗放在创刊号的第一篇，对此，天生谦虚的我加以反对，他的赞扬使我的谦虚经受了严峻的考验。如果我能肯定不会使你正在康复的双耳感到疲劳，我就把我同《单杠》的著名作者第一次见面的情况告诉你，在此之前，我只是从你那里对他有所了解。”

“我最好莫过于洗耳恭听。”

“抽烟不妨碍你吗？”

“我也抽，你尽管放心。”

“必须告诉你，”阿尔芒点了一支烟，开始说道，“你的背叛使我们亲爱的伯爵陷入困境。不是奉承你，要接替这样德才兼备的人并非易事，这种才能使你成为一位……”

“总之……”奥利维埃打断了他的话，对这些难受的反话感到恼火。

“总之，帕萨旺需要一位秘书。他正好认识一个姓斯特鲁维卢的人，而我也正好认识此人，因为此人是寄宿学校里一个学生的表兄和家长代理人，他正好认识让·科布-拉弗勒，这人你也认识。”

“这人我不认识。”奥利维埃说道。

“啊！老兄，这人你应该认识。他非同寻常，不可思议，像个未老先衰、皱纹密布、涂脂抹粉的娃娃，靠开胃酒来维持生命，喝醉之后能写出妩媚的诗篇。你可以在我们的创刊号中读到。因此，斯特鲁维卢就让他去见帕萨旺，以便取代你。你可以想象他进入巴比伦街上那个府邸的情形。必须告诉你，科布-拉弗勒身穿全是污迹的衣服，让一束亚麻色的头发披在肩上，样子像是已有一个星期没有洗澡。帕萨旺以为自己总是能够控制局面，就说科布-拉弗勒使他感到非常喜欢。科布-拉弗勒则面带微笑，显得温柔、腼腆。他要是愿意，可以变得像邦维尔[①]的格兰古瓦尔一样。总之，帕萨旺显出被他迷住的样子，想要聘用他。必须告诉你，拉弗勒身无分文……他站起身来，准备告辞：'在和您分手之前，我觉得应该告诉您，伯爵先生，我有一些缺点。'——'我们之中谁没有缺点？'——'还有一些恶习。我抽鸦片。'——'这没有什么关系，'帕萨旺不会因如此小事而心慌意乱，就这样说道，'我有上等的鸦片可以给您抽。'——'好的，但抽了鸦片之后，'拉弗勒接着说道，'我就完全忘记拼写规则。'帕萨旺以为是开玩笑，就竭力露出笑容，并向他伸出了手。拉弗勒继续说道：'另外，我吸食印度大麻。'——'我有时也吸。'帕萨旺说道。——'好的，但在印度大麻的作用下，我无法克制偷窃的欲望。'帕萨旺开始看出对方在嘲笑他，而拉弗勒的话匣子一旦打开，就滔滔不绝地说了下去：'另外，我喝乙醚，到那时我就把什么都撕掉，把什么都砸掉。'说着他拿起一只水晶玻璃花瓶，装做要把它扔到壁炉里去的样子。帕萨旺从他手里把花瓶夺了过来：'我感谢您告诉我。'"

"他就把他赶出门外？"

"然后从窗口观看拉弗勒在离开时是否把一颗炸弹放进他的地窖。"

"但是，你的拉弗勒为什么要这样做？"奥利维埃沉默片刻

① 邦维尔（1823—1891），法国诗人，强调为艺术而艺术，是巴那斯派先驱。《格兰古瓦尔》是他以历史上的讽刺诗作家格兰高尔为主人公的一部独幕喜剧。

后问道，“从你对我说的话来看，他很需要这个职位。”

“还是必须承认，老兄，有些人感到自己的行为不必顾及自己的利益。另外，你是否希望我告诉你：拉弗勒……帕萨旺的奢华使他感到厌恶，还有此人的和蔼可亲、屈尊俯就以及装出来的优越感。是的，这使他感到恶心，我要补充一点，那就是我对此表示理解……确实，你的帕萨旺叫人恶心。”

“为什么你要说‘你的帕萨旺’？你知道我不再去见他了。另外，你既然觉得他如此令人厌恶，为什么又要接受他给你的这个职位？”

“因为我恰恰喜欢使我感到厌恶的东西……首先是我这个卑鄙的家伙。另外，科布-拉弗勒实际上是个腼腆的人。如果他不感到局促不安，这些话他是一句也不会说出来的。”

“哦！这个，恰恰相反……”

“肯定是这样。他感到局促不安，却又不喜欢因为一个他看不起的人而局促不安。为了掩饰他的局促不安，他才变得肆无忌惮。”

“我觉得这样做十分愚蠢。”

“老兄，并非所有的人都像你那样聪明。”

“这话你上次已对我说过。”

“记性真好！”

奥利维埃显出决定顶牛的样子。

“我竭力忘记你开的玩笑。”他说道，“但是，上次你总算对我说了真话。你对我说的事情，我无法忘记。”

阿尔芒的目光显得慌张不安。他强笑着说道：

“哦！老兄，上一次，我对你说话就像你希望我对你说的那样。你想听一段小调的乐曲，我为了让你高兴，就弹奏了自己的悲歌，用的是扭曲的灵魂，以及帕斯卡式的苦恼……你要我怎么办呢？我只有在开玩笑的时候才是真诚的。”

“你永远无法使我相信你上次跟我说话时并不真诚。你现在才在演戏。”

“哦，你这么天真，像是天使的灵魂！仿佛我们每个人并非在演多少有点真诚和认真的戏。生活嘛，老兄，只是一出喜剧。但是，你和我的区别在于我知道自己在演戏，而……”

“而……”奥利维埃咄咄逼人地重复道。

“而我的父亲，譬如说，对你暂且不提，他扮演牧师，却一无所知。不管我说什么或做什么，我总有一部分留在后面，看着另一部分受到牵连，观察着它，嘲笑它，向它喝倒彩，或者为它鼓掌。一个人这样分成两个部分，你怎么能要他真诚呢？我甚至不再知道这个词会有什么意思。对此毫无办法：如果我悲伤，我就觉得自己滑稽可笑，结果我就笑了起来；当我高兴时，我就开极其愚蠢的玩笑，结果我就想哭。”

“我也是，你使我想哭，可怜的朋友。我并不认为你这样苦恼。”

阿尔芒耸了耸肩，用完全不同的语调说道：

“为了使你感到安慰，你是否想知道我们创刊号的内容？其中有我的《夜壶》，有科布-拉弗勒的四首歌词，有雅里的一篇对话，我们寄宿学校的学生小盖里达尼佐尔的几首散文诗，还有长篇评论《熨斗》，该文阐明这本杂志的倾向。我们好几个人一起写出了这篇杰作。”

奥利维埃不知说什么好，就勉强地作出了结论：

“任何杰作都不是合作的产物。”

阿尔芒哈哈大笑：

“但是，亲爱的，我说杰作是为了开开玩笑。从严格意义上说，这甚至算不上一部作品。首先得要知道，人们所说的‘杰作’指的是什么。《熨斗》正是要澄清这个问题。有许多作品被人们放心地加以赞赏，是因为所有的人都赞赏它们，是因为至今为止没有人想到要说或敢于说它们是愚蠢的。例如，在这一期的封面上，我们印了一幅《蒙娜丽莎》，但给她加了两撇小胡子。你等着瞧吧，老兄：效果令人厥倒。”

“这就是说，你认为《蒙娜丽莎》是愚蠢的作品！”

“完全不是，亲爱的。（虽然我并不认为它如此出色。）你没有理解我的意思。愚蠢的是人们对它的赞赏。这是一种习惯，它使人们在谈到称之为‘杰作’的东西时就毕恭毕敬。《熨斗》（这也将是杂志的名称）的目的是使这种尊敬变得滑稽可笑，是使其信誉扫地……还有一个好办法，那就是让读者来赞赏作者不近情理的愚蠢作品（如我的《夜壶》）。”

“帕萨旺赞成这样做？”

“他觉得这样非常有趣。”

“我看我退出是对的。”

“退出……是迟早的事，老兄，不管你是否愿意，总是会走到这一步。这明智的想法自然而然地使我要向你告辞。”

“再待一会儿吧，你这个小丑……你刚才为什么要说你父亲在扮演牧师？你难道认为他并不相信？”

“我父亲这位先生把生活安排成这样，使他既无权也无法不变成现在这个样子。是的，他是职业信徒，是个有信仰的教师。他灌输信仰，这是他存在的理由，这是他承担并将终生担任的职务。至于要知道在他所说的‘内心’中发生了什么？……你知道，去问他这事是不恰当的。我觉得这事他自己也从未想过。他在自己的生活中塞进了一大堆义务，如果他的信仰动摇，那些义务就会变得毫无意义，因此，这种信仰是那些义务所需要的并由它们来维持。他认为自己信仰，因为他仍然这样行事，仿佛他是信仰的。他已失去了不信仰的自由。如果他的信仰动摇，老兄，那就会大祸临头！就会崩溃！你想想，这样一来，我的家庭就将无法生活。这是应该考虑到的事实，老兄：爸爸的信仰，就是我们的饭碗。我们都靠爸爸的信仰生活。那么，你要是来问我，爸爸是否真的信仰，你就得承认，这从你这方面来说就有点不大体谅别人。”

“我原以为你们主要依靠寄宿学校的收入生活。”

“这有点是真的。但破坏我的抒情效果也不是体谅别人的表现。”

“那么，你是什么也不相信喽？”奥利维埃伤心地问道，因为他喜欢阿尔芒，对他的恶作剧感到难受。

“你让我重新想起我的痛苦[①]……老兄，你看来已经忘记，我的父母想让我当牧师。他们为这事鼓励我，大量灌输虔诚的教诲，以坚定信仰，如果我敢说……应该承认，我没有这种志向。真可惜。否则，我也许已经成为出色的传教士。我的志向是写《夜壶》。”

“可怜的朋友，要是你知道我对你多么同情！”

“你一直拥有我父亲所说的‘一颗善良的心’……但我不想再利用你的善心。”

他拿起自己的帽子。他几乎就要出去，突然转过身来：

“你不问我关于萨拉的消息？”

“因为你会告诉我的事，贝尔纳已经对我说了。”

“他对你说他已离开寄宿学校？”

“他对我说是你姐姐拉歇尔请他走的。”

这时，阿尔芒一只手握着门的把手，另一只手握住的手杖则把门帘稍微掀起。手杖戳到了门帘的一个洞里，把洞弄大。

“这事你要怎么解释就怎么解释。”他说时脸上显出十分严肃的表情。“我觉得，拉歇尔是这个世界上我唯一喜爱和尊敬的人。我尊敬她是因为她有美德。我行事总是为了违背她的美德。至于贝尔纳和萨拉的事，她一点也没有察觉。是我把一切都告诉了她……而眼科医生叮嘱她不要哭！真滑稽。”

“现在，我是否应该认为你真诚？”

---

① 原文为拉丁文，是维吉尔的《埃涅阿斯记》中的一个诗句。迦太基女王狄多要特洛伊王子埃涅阿斯讲述特洛伊战争，后者就说了这句话。

“是的，我觉得这是我身上最真诚的东西：对人们所说的美德的憎恨。你别设法去理解。你不知道早期的清教徒式的教育会使我们变成什么样的人。它会在你心中留下一种怨恨，使你永远无法将其消除……这是我个人的切身体会。”他说完时冷笑一声。“对了，你应该告诉我，我这儿长的是什么。”

他放下帽子，走近窗口。

“喏，你瞧：嘴唇边上，在里面。”

他朝奥利维埃俯下身子，用一只手指把嘴唇微微翻起。

“我什么也没有看到。”

“有的，这儿，在角上。”

奥利维埃看到唇连合处的旁边有个微白的斑点。他有点不安。

“是口疮。”他这样说是为了让阿尔芒放心。

阿尔芒耸了耸肩。

“你别开玩笑了，你可是个严肃的人。首先，aphte（口疮）是阳性[①]，其次，口疮是软的，会消除。而这个东西是硬的，每个星期都在变大。它使我嘴里有一种苦味。”

“你长了这个东西已有很长时间？”

“从我发现时起，已有一个多月了。但正如‘杰作’中所说的那样：我的痛苦来自更远的地方……”

“那么，老兄，如果你感到不安，你应该去看医生。”

---

① 奥利维埃说这个词时用阴性不定冠词 une。

“你以为我在等你出主意？”

“医生说了什么？”

“我没有等你拿出主意，心里就在想，我应该去看医生。但我仍然没有去看医生，因为如果这是我所认为的病，我情愿不要知道。”

“真傻。”

“这很傻吗？非常合乎人情，亲爱的，非常合乎人情……”

“傻就傻在不进行治疗。”

“并在开始进行治疗时会这样想：‘太晚了！’这一点，科布-拉弗勒在你以后会读到的一首诗中说得十分清楚：

明显的事实不能无视：
因为在这卑微的世界，
跳舞往往是在唱歌之前。

“用任何东西都能搞出文学。”

“你是说：用任何东西。但是，老兄，这已经不是这样容易。好吧，再见了……啊！我还想告诉你：我得到了亚历山大的消息……是的，你知道：我的哥哥，他跑到非洲去了，开始时生意不好，把拉歇尔寄给他的钱都花光了。他现在在卡萨芒斯河畔安顿下来。他写信告诉我，他生意兴隆，很快就能把借的钱全部还清。”

“是做什么生意？”

“谁知道呢？买卖橡胶、象牙，也许还有黑人……许多小商品。他要我到他那里去。”

“你要去？”

“如果我不是就要服兵役，明天就去。亚历山大是像我这样的傻瓜。我相信我能和他相处得十分融洽……啊，你想看吗？他的信我带着。”

他从口袋里拿出一个信封，从信封里拿出几张信纸，从中挑了一张，递给奥利维埃。

“你不用都念。从这儿开始念。”

奥利维埃念道：

两个星期以来，我在自己的茅屋里收留了一个怪人，并和他住在一起。这个国家的太阳想必把他的脑子给晒坏了。我起初以为他患谵妄症，实际上这完全是精神错乱。这奇怪的男子——此人三十岁左右，高大、强壮，相当漂亮，肯定“出身名门”，就像人们说的那样，这从他的举止、谈吐以及他那双因从未做过粗活而过于细嫩的手中可以看出——认为自己魔鬼附身，或者不如说他认为魔鬼就是他自己，如果我没有听错他的话。他想必有过某种奇遇，因为在他经常处于的睡梦或半睡半醒的状态中（这时他和他自己说话，仿佛我没有在那里），他不断说起被砍下的手。说的时候他坐立不安，转动着可怕的眼珠，我就把刀枪从他身边拿走。在其他的时间里，他是个正直的男子，也是讨人喜欢的伙伴——这点我十分喜欢，你可以相信，因为好几个月我都过着孤独的生活，并帮助我料理生意上的事。他从来不谈自己过去的生活，因此我无法知道他到底是谁。他对昆虫和植物有着特别的兴趣，他说的有些话使人隐约感到他博学多才。他好像喜欢和我待在一起，没有说要走，我也决定让他留在这里，只要他愿意。我正好需要一个帮手，总之，他来得正是时候。

一个丑陋的黑人陪伴着他，和他一起沿着卡萨芒斯河溯江而上。我和那黑人谈过点话，据黑人说，有个女人曾和那男子在一起，如果我没有听错，那女人在河里淹死了，因为有一天他们的小船翻掉了。如果我的同伴在她淹死时助了一臂之力，我也不会感到惊讶。在这个国家里，你想要摆脱一个人，有很多办法可以选择，别人决不会加以过问。如果以后我了解到此事的详细情况，我会写信告诉你的，但要是你到我这里来，我就亲口告诉你。是的，我知道……你服兵役的问题……算了！我会等待。你要知道，如果你想见到我，你就必须下决心要来。至于我，我越来越不想回去。我喜欢这里的生活，它就像为我定做的西服。我的生意兴隆，文明这个活硬领对我来说犹如铁颈圈，我再也无法忍受。

随信附上一张新的汇票，你爱怎么用就怎么用。上次那张是给拉歇尔的。这张你就给自己留着……

“其他的都没有什么意思。”阿尔芒说道。

奥利维埃把信还给他，一句话也没说。他没有想到信里说的杀人犯是他的哥哥。樊尚早已杳无音信，他父母以为他在美国。说实话，奥利维埃对他并不是十分担心。

十七

鲍里斯得知勃罗尼娅的死讯，是在索弗罗尼斯卡夫人来到寄宿学校之时，也就是在一个月之后。在收到他女友那封忧郁的信之后，鲍里斯一直没有她的消息。他看到索弗罗尼斯卡夫人走进弗代尔夫人的客厅，而他在课间休息时一般都待在那里，由于她戴着重孝，所以她还没有开口，他已全部明白。当时客厅里只有他们俩人。索弗罗尼斯卡把鲍里斯抱在怀里，两个人的眼泪流在了一起。她只能再三地说："我可怜的孩子……我可怜的孩子……"仿佛最值得同情的是鲍里斯，仿佛看到了这孩子的巨大悲伤，她竟忘记了她这个母亲的悲伤。

弗代尔夫人得到了通知，来到这里，鲍里斯还在抽噎，这时站到一边，让两位夫人谈话。他真希望别人不要再谈起勃罗尼娅。弗代尔夫人没有看到过这个女孩，谈起她就像谈论一般的孩子那样。连她提出的问题，在鲍里斯看来也是俗不可耐，显得不大得体。他真希望索弗罗尼斯卡不要回答这些问题，并对她展示自己的悲伤感到难受。他把自己的悲伤收了起来，像宝贝一样藏好。

当然，勃罗尼娅想到的是他。她在去世前几天问道：

"妈妈，我多么想知道……你说：人们所说的'纯朴爱情'

到底是什么？”

这些话刺痛了他的心，鲍里斯真想能够独自听到。

弗代尔夫人倒了茶。一杯是给鲍里斯的，他急忙把它喝完，因为课间休息即将结束，然后他同索弗罗尼斯卡告辞，而索弗罗尼斯卡则于第二天回波兰去了，那里有事情要她处理。

他觉得全世界犹如一片荒漠。他母亲离他过远，总是不在他身边，他祖父年纪太老，连他信任的贝尔纳也已走了。像他那样脆弱的人，需要有一个人来接受他奉献的高尚和纯洁。他没有自豪感，不会感到洋洋自得。他对勃罗尼娅爱得太深，以后再也不会去爱，他失去了她，也就失去了爱的理由。现在，没有了她，他想看到的那些天使，又如何能相信？连他的天空也变得空空洞洞。

鲍里斯回到自修室，犹如堕入地狱。也许他能成为贡特朗·德·帕萨旺的朋友，贡特朗是个正直的孩子，而且他俩正好同龄，但任何事都不能使贡特朗在学习上分心。菲利普·阿达芒蒂这个孩子也不算坏，和鲍里斯交朋友是他求之不得的事，但他完全听任盖里达尼佐尔的摆布，以致不能有一点个人的情感，盖里达尼佐尔加快脚步，他就立刻跟上，而盖里达尼佐尔对鲍里斯无法容忍。鲍里斯动听的声音、优美的面容以及姑娘般的外貌都使他感到生气、恼怒。他仿佛一看到他就会产生一种本能的厌恶，这种厌恶在一群野兽之中会使猛兽扑向弱小的野兽。也许他听从了他表兄的教诲，因此他的憎恨有点停留在理论上，因为在他看来憎恨就像指责一样。他找到一些理由来为自己的憎恨而庆幸。他十分清楚鲍里斯会因他的蔑视而非常难受，就以此取乐，装出同乔治和菲菲密谋策划的样子，唯一的目的是看到鲍里斯目光中带有一种焦虑的询问。

“哦！他真有趣。”乔治说道，“要对他说吗？”

“不必了。他不会明白。”

“他不会明白。”“他不敢。”“他不会知道。”他们不断当面对他说出这种话。他被排斥在外，感到极其痛苦。他确实不明白别人为什么要给他起这个侮辱性的绰号：“孬种”，或者是因为明白其中的意思而感到气愤。为了证明他并不像别人以为的那样是懦夫，他什么都可以牺牲！

“我对鲍里斯无法容忍。”盖里达尼佐尔对斯特鲁维卢说，“你为什么要我别去打扰他？他可不是非常希望这样。就是不去打扰他，他总是朝我这边看。有一天，他让我们发笑，因为他以为‘一个有毛的女人[①]’的意思是‘一个有胡子的女人。’乔治嘲笑他。鲍里斯明白自己弄错了，我觉得他快要哭出来了。”

然后，盖里达尼佐尔对他表兄问个不休，他表兄最终把鲍里斯的护身符交给了他，并告诉他如何使用。

过了几天，鲍里斯在走进自修室时看到他课桌上放着这张他几乎想不起来的纸。他已把它从自己的记忆中抹去，抹去的还有同他年幼时的这种“魔法”有关的一切，因为他现在引以为耻。他起初认不出来，因为盖里达尼佐尔在下列咒语：

---

① 原文为 une femme à poil，正确的意思是“一个一丝不挂的女人”。

“煤气……电话……十万卢布。”

周围加上红黑两色的宽边，上面画有一个个猥亵的小鬼，说句实话，画得相当不错。这一切都使这张纸显得神奇，或者像盖里达尼佐尔认为的那样，有“地狱的”样子，他觉得这样子能使鲍里斯惊慌失措。

也许这只是一种戏弄，但戏弄取得的成功却出乎意料之外。鲍里斯的脸涨得通红，一句话也不说，朝四周看了一下，但没有看到盖里达尼佐尔躲在门后注视着他。鲍里斯不会怀疑他，也不明白护身符怎么会在那里，它仿佛是从天上掉下来的，或者不如说是从地狱里出来的。鲍里斯已到了这样的年龄，对同学的调皮捣蛋也许可以耸耸肩，不加理睬，但它们却唤起了令人心烦意乱的往事。鲍里斯拿起护身符，塞进他上衣的口袋。这一天，施行他“魔法”的回忆使他终日不得安宁。他同一种邪恶的诱惑的斗争，一直持续到晚上，然后，由于他在斗争中得不到任何支持，他躲到房间里之后，就开始神志不清。

他感到自己堕入了地狱，落到离天很远的地方，但他很高兴堕入地狱，并把这种沉沦看做一种乐趣。

然而，他虽然苦恼，在他无所依靠的精神之中却蕴藏着温情柔意，并对他那些同学装出来的蔑视感到极为痛苦，他会去冒任何危险，做出任何荒唐的事情，以便能使他们对他有所尊重。

这机会很快就来了。

在迫不得已地放弃了伪币买卖之后，盖里达尼佐尔、乔治和菲菲无所事事的日子并不长久。他们最初进行的别出心裁的戏弄只是一个个插曲。盖里达尼佐尔很快就想出了更加吸引人的东西。

强者兄弟会最初成立，是不想让鲍里斯参加。但是，盖里达尼佐尔很快感到，更加恶毒的办法恰恰相反，是让他参加，用这个办法可以使他承担义务，并能在以后让他做出骇人听闻的行为。从此之后，这个想法留在他的心中。这就像在做一件事情时常有的那样，盖里达尼佐尔考虑得更多的不是事情本身，而是做成这件事的方法。这看上去没什么了不起，却可以解释许多罪行的原因。总之，盖里达尼佐尔是残忍的，但他感到需要掩盖这种残忍，至少是在菲菲的面前。菲菲毫无残忍之处，他到最后一刻仍然相信，这只是一种戏弄。

任何兄弟会都必须有座右铭。盖里达尼佐尔有自己的想法，就提出："强者不惜生命。"这个座右铭得到了采用，被认为是西塞罗①的话。至于标志，乔治提出在右臂上刺花纹，但菲菲怕疼，就说好的文身师只有在港口才能找到。另外，盖里达尼佐尔也表示反对，认为刺花纹会留下无法消除的痕迹，以后可能给他们带来麻烦。总之，标志不是必不可少的东西，会员们只

---

① 西塞罗（前106—前43），古罗马政治家、演说家和哲学家，曾任执政官，力图恢复共和政体，发表反安东尼的演说，被杀，著有《论善与恶之定义》、《论法律》、《论国家》等。

须庄严宣誓。

在买卖伪币的时候，必须有抵押品，因此，乔治拿出了他父亲的信件。但他们已不再去想此事。这些孩子好就好在不大有恒心。总之，他们几乎什么也没有确定，既没有规定“入会条件”，也没有确定“必需的资格”。这些都毫无用处，因为能确定的是他们三人“可以入会”，鲍里斯则“不能入会”。相反，他们作出决定：“畏惧者将被视为叛徒，并永远被逐出兄弟会。”盖里达尼佐尔首先想出要让鲍里斯入会，并对这一点十分坚持。

必须承认，如果没有鲍里斯，这游戏就十分沉闷，兄弟会也就没有用武之地。要哄骗那孩子，乔治比盖里达尼佐尔更加合适，后者会引起他的怀疑。至于菲菲，他还不够奸诈，同时也不想因此而连累自己。

在这个可恶的故事中，我觉得最为可怕的，也许就是乔治决定上演的这出表示友好的喜剧。他突然装出对鲍里斯发生好感，而在此之前，他好像连看也不想看他一眼。我甚至怀疑他是否假戏真做，他装出的情感是否即将变得真挚，觉得鲍里斯在作出积极的响应之后，他的情感已经变成这样。他接近他时，显得十分亲切，他听从盖里达尼佐尔的指示，和他说话……鲍里斯要求得到的，只是微不足道的尊重和友爱，所以刚说上几句话，就已被征服。

于是，盖里达尼佐尔制订了自己的计划，并向菲菲和乔治宣布。他想出了一种考验，哪个会员将要经受这一考验，则将用抽签的方法来决定。为了使菲菲放心，他暗示会设法让鲍里斯抽到。考验的目的是测试他的勇气。

这个考验到底如何进行，盖里达尼佐尔还没有透露片言只字。他感到菲菲会有所反对。

“啊！这可不行，我不同意。”他真的这样说了，因为在不久之后，盖里达尼佐尔开始婉转地说出，拉佩尔老头的手枪可以在这里派上用场。

“你真蠢！这是闹着玩的。”乔治已被说服，就反驳道。

“另外，你知道，”盖里补充道，“要是你要当傻瓜，你就明说。我们不需要你。”

盖里达尼佐尔知道，这样的理由总是能被菲菲接受。他已准备好入会申请书，兄弟会的每个成员必须在上面签名：

“只是要说就马上说，因为你签名之后就不能反悔。”

“好吧！你不要生气。”菲菲说道，“把申请书给我。”他签上了名。

“老弟，我是同意的。”乔治温柔地用手抱着鲍里斯的脖子说道，“不要你的是盖里达尼佐尔。”

“为什么？”

“因为他不相信。他说你会顶不住。”

“他怎么知道？”

“说你一遇到考验就会脱逃。”

“他等着瞧吧。”

“你真的敢抽签？”

“当然喽！”

“你知道这要承担什么义务？”

鲍里斯不知道，但他想要知道。于是，对方就向他解释：“强者不惜生命。”这点以后才能知道。

鲍里斯感到天旋地转，但他竭力坚持下来，不显出自己心烦意乱：

“你们真的签了名？”

“喏，你看。”乔治把申请书递给了他，鲍里斯看到上面有三个签名。

“是不是……”他胆怯地开始说道。

“是不是什么？……”乔治打断了他的话，而且十分粗暴，使鲍里斯不敢再说下去。他想要问什么，乔治知道得一清二楚：那就是其他人是不是也要承担义务，是不是能够肯定他们也不会脱逃。

“不，没什么。”他说道。但从此刻起，他开始怀疑其他人，他开始感到其他人在保存自己，做得不是光明磊落。“算了，”他立刻这样想，“他们脱逃也没什么关系。我要让他们看看，我比他们更加勇敢。”然后，他凝视着乔治：

“你去对盖里说，我是可以相信的。”

“那么，你签名喽？”

哦！这已经没有必要：他已经许下诺言。他只是说：

“如果你要我签。”他在这张可恶的纸上，在三位强者的签名下面，用工整的大字体签上了自己的姓名。

乔治得意洋洋地把这张纸拿给其他两个看。他们一致认为，鲍里斯十分勇敢。他们三个开始商量。

“当然喽！手枪里不装子弹。另外我们也没有子弹。”菲菲担心的是，他听说突然激动有时也会导致死亡。他说他父亲曾举过假处决的例子……但乔治不让他讲下去：

“你父亲是南方人。”

不，盖里达尼佐尔不会在手枪里装子弹。这没有必要。拉佩鲁兹有一天装在手枪里的子弹，拉佩鲁兹并没有把它们取出来。这是盖里达尼佐尔看到的，但他没有对其他两个说。

他们把四个名字放在一个帽子里，四张小纸大小一样，折叠得也完全一样。盖里达尼佐尔负责“抽签”，他把鲍里斯的名字又写在第五张纸上，并把它捏在手里。他抽到这张，仿佛是碰巧的事。鲍里斯怀疑他们作弊，但他一声不响。反对又有什么用？他知道自己完了。他不会进行任何辩解，即使抽到的是另一个人，他也会自告奋勇去替代此人，因为他已感到绝望。

“可怜的朋友，你不走运。”乔治觉得只能这样说。他说话的声音使人感到十分虚伪，鲍里斯伤心地看了他一眼。

“这是意料之中的。”他说道。

然后，他们决定进行演习。但由于可能被别人看到，他们就说好暂时不使用手枪。只有在最后一刻，即在“正式”演出时，才把手枪从盒子里拿出来。这一切都不能告诉别人。

因此，在那天只是约定了时间和地点，并用粉笔在地板上画个圆圈以标明地点。这是自修室里靠墙角的地方，在讲台的右面，有一道堵死的门，开在进来的拱穹下面。至于时间，则是在自修的时候。这事发生时所有的学生都会看到，并会使他们目瞪口呆。

演习是在自修室里没有人时进行的，只有三个会员看到。然而，这演习没什么用处。可以确定的只是，从鲍里斯坐的位置到粉笔画圆圈的地方正好是十二步。

“如果你不怯场，你就不会多走一步。”乔治说道。

“我不会怯场。”鲍里斯说道。没有消除的怀疑使他觉得受到侮辱。这孩子的坚定开始给其他三人留下深刻印象。菲菲认为这事应该到此为止。但盖里达尼佐尔看来决心要把这玩笑开到底。

“好吧！明天见。”他说时只在嘴角上挂着奇特的微笑。

“咱们和他拥抱一下！”菲菲兴奋地大声说道。他想起勇敢的骑士的剑面击肩礼，就突然把鲍里斯抱在怀里。当菲菲天真地在他两个面颊上吻着响吻时，鲍里斯难以忍住自己的泪水。乔治和盖里都没有仿效菲菲。在乔治看来，菲菲的举动不大得体。至于盖里，他觉得这实在可笑！……

十八

第二天下午，铃声使寄宿学校的学生聚集在一起。

在同一条长凳上坐着鲍里斯、盖里达尼佐尔、乔治和菲利普。盖里达尼佐尔掏出挂表，把它放在鲍里斯和他中间。表上的时间为五点三十五分。自修从五点开始，一直持续到六点。事先讲好，鲍里斯将在六点缺五分时了断，就是正好在学生散课之前。这是最好的办法，因为事后可以逃得更快。过了一会儿，盖里达尼佐尔用比较响的声音对鲍里斯说话，但没有去看对方，这在他看来能使他的话具有命中注定的色彩：

“老弟，你只有一刻钟了。”

鲍里斯想起他在不久前看的一本小说，小说里的强盗在杀死一名妇女前，叫她进行祈祷，目的是让她相信她应该去死。鲍里斯犹如一个外国人，在出境前准备好自己的证件，他在自己的心里和头脑里寻找祷词，没有找到，但他已十分疲倦，同时又十分紧张，所以没有感到过分的不安。他竭力想要思考，却无法思考任何事情。手枪在他口袋里沉甸甸的，他不需要用手去摸就能感觉得到。

“还有十分钟。”

乔治坐在盖里达尼佐尔左面，用眼角注视着这一场景，但装出没有看到的样子。他焦躁不安地进行自修。自修从未像现在这样安静。拉佩鲁兹觉得这些孩子已完全变了，他第一次松了一口气。然而，菲菲心里并不平静，盖里达尼佐尔使他感到害怕，他担心这游戏不会有好的结果。他心里非常难受，不时发出一声长叹。最后，他再也忍不住了，就在他面前放着的历史笔记簿里撕下半页——因为他要准备考试，但一行行文字在他眼前变得模糊，事件和日期在他脑中搅在一起——即下面的半页，并迅速在上面写道：“你能肯定手枪里没装子弹？”他把这张纸递给乔治，乔治又把它传给盖里。但盖里看了之后只是耸了耸肩，对菲菲不屑一顾。他把这张纸揉成一个小球，用手指轻轻一弹，使它正好滚到粉笔画出的地方。他弹得这样准，感到得意，就微微一笑。这微笑起初是自然的，但一直持续到这一场景结束，仿佛铭刻在他的脸上。

“还有五分钟。”

这话几乎是大声说出的。连菲利普也听到了。他感到无法忍受的焦虑，虽然自修课即将结束，他仍装出有急事要外出，也许真的是腹痛难忍，他举起了手，打着响指，学生们要得到老师的许可一般都这样做，但他不等拉佩鲁兹回答就从长凳上站了起来。要走到门口，他必须在老师的讲台前经过，他几乎是在奔跑，但走路踉踉跄跄。

菲利普出去之后，鲍里斯几乎立刻站了起来。在他后面用功自修的小帕萨旺抬起了眼睛。他后来对塞拉芬说，鲍里斯“脸色白得吓人”，但在这种情况下，大家都是这样说的。不过，他马上就不看了，并重新开始用功。他事后对此十分后悔。如果他知道会发生的是什么事情，他一定会加以阻止，这是他在事后流着泪说出来的。但他在当时却一无所知。

鲍里斯一直走到粉笔画出的地方。他走得很慢，就像木头人，两眼发呆，活像梦游者。他右手已握着手枪，但仍把它藏在上衣口袋里，他只是在最后一刻才把它掏出来。我已经说过，致命的地方就在被堵死的那扇门旁边，它在讲台右面形成一个凹进去的地方，因此，讲台后面的老师只有把头伸到前面才能看到他。

拉佩鲁兹把头伸到前面。他起初不知道他的孙子在干什么，虽说那孩子的动作庄重而又奇特，应该使他感到不安。他竭力装出威风凛凛的样子，用他最响的声音开始说道：

“鲍里斯先生，我请您马上回到您的……”

突然，他认出了那支手枪，鲍里斯刚用手枪对准自己的太阳穴。拉佩鲁兹这才明白，立刻感到浑身发冷，仿佛血已在他的血管中凝固。他想站起来，跑到鲍里斯那里，阻止他，大声叫喊……他嘴里发出嘶哑的喘气声。他吓呆了，犹如瘫痪一般，浑身发抖。

枪声响了。鲍里斯没有立刻倒下。一时间他身体支撑着，仿佛挂在墙角上，然后，脑袋倒在肩膀上，把它往下压，整个身体才倒了下来。

不久之后，警察局派人来进行调查，奇怪的是在鲍里斯旁边没有找到手枪——我的意思是说，在他倒下的那个地方旁边，因为这孩子的尸体几乎立刻被搬到一张床上。在其后的混乱之中，盖里达尼佐尔仍然在自己的位子上，乔治则从长凳上一跃而起，走过去把手枪拿到了手，却没有被任何人发现。他先是用脚把枪拨到后面，当其他人朝鲍里斯俯下身子时，他迅速把枪拾起，藏在他的上衣里面，然后偷偷地交给盖里达尼佐尔。大家的注意力都集中在一个地方，没有人去注意盖里达尼佐尔，因此他能跑到拉佩鲁兹的房间，把枪放回原处。以后警察来搜查时，发现手枪放在盒子里，就会怀疑有人把枪拿出来过，而如果盖里达尼佐尔想到要取出弹壳，则会怀疑鲍里斯用过这把手枪。当然，他有点吓昏了头。暂时的头脑发昏，他事后也责备自己，但他对自己犯下的谋杀罪却并不感到后悔。然而，正是这头脑发昏救了他。他下楼后同其他人混杂在一起，看到被人抬走的鲍里斯的尸体，突然浑身发抖，像是精神病发作，弗代尔夫人和拉歇尔都跑了过来，认为他受到过度的刺激。人们什么都想象得出，就是无法想到这样小的年纪会如此残忍，所以当盖里达尼佐尔申明自己无辜时，大家都相信了他。菲菲的小纸条是乔治传给他的，他把它揉成小球弹了出去，这时在一条长凳下面被人找到，这张揉皱的小纸条帮了他的忙。当然，他进行这种残酷的游戏是有罪的，乔治和菲菲也是如此，但据他说，他要是知道手枪里装有子弹，就不会玩这种游戏。只有乔治认为他应对此事负全部责任。

乔治还没有完全变坏，他对盖里达尼佐尔的钦佩最终变成了厌恶。那天晚上，他回到父母那里，投入了母亲的怀抱，而波利娜则激动地感谢上帝，因为上帝用这个可怕的悲剧使她的儿子回到了她的身边。

爱德华日记

我并不认为自己能把什么事都解释清楚，所以不想提出没有足够动机的任何事实。因此，我不会把鲍里斯的自杀用到我的《伪币犯》里，这件事我实在难以理解。另外，我不喜欢“社会新闻”。它们的特点是不容置辩、无法否认，又十分突然、过于现实……我觉得现实可以证明我的思想，但不能先于我的思想。我不喜欢被人看出我的思想。在我看来，鲍里斯的自杀是一种不得体的行为，因为我没有料到。

不管拉佩鲁兹怎么看，自杀总是有点怯懦的行为，而他也许认为他的孙子要比他来得勇敢。如果这孩子事先知道他可怕的行为会给弗代尔家带来灾难，他就无法被人原谅。阿扎伊斯只好解散学校的学生，据他说是暂时的，但拉歇尔担心会破产。四个家庭已领回了自己的孩子。我无法说服波利娜不要把乔治带回家，而这个孩子也因他同学的死而深为震惊，看来准备悔过自新。这丧事产生的影响有多大！连奥利维埃也受到触动。阿尔芒虽然表面上显出无所谓的样子，心里却在担心他家里可能会破产，就主动把帕萨旺留给他的空余时间都花在寄宿学校里，因为拉佩鲁兹老人显然已无法胜任别人要他做的工作。

我怕去见他。他在寄宿学校三楼他那个小房间里接待了我。他立刻抓住我的胳膊，样子十分神秘，像是在微笑，这使我感到十分意外，因为我以为他会流泪：

“那声音，您知道……就是我那天跟您说起的声音……”

“怎么？”

“它没了。结束了。我不再听到它了。我注意听也听不到……”

我就像和孩子玩耍那样对他说道：

“我敢肯定，您现在听不到这个声音，感到遗憾。”

“哦！没有，没有……这是多么的安静！我非常需要寂静……您知道我想到了什么？那就是在这一生之中，我们无法知道什么才是真正的寂静。我们的血也在我们身体里发出一种持续的声音，我们没有听到这种声音，是因为我们从小时候起已对此习以为常……但我觉得，有些东西我们在活着时无法听到，如有些和声……因为这种声音盖住了它们。是的，我觉得只有在死后我们才能真正听到。”

“您以前对我说，您不相信……”

“灵魂不灭？这话我对您说过？……是的，您应该是对的。但反过来，我也不信，您要理解我的意思。”

他见我默不作声，就摇了摇头，并用说教式的语调继续说道：

“在这个世界里，上帝总是默不作声，这点您是否察觉？只有魔鬼在说话。或者至少，或者至少……”他接着说道，“不管我们如何注意倾听，我们能听到的总是魔鬼的声音。我们的耳朵听不到上帝的声音。上帝之道！您有时是否想过这可能是什么？……哦！我对您说的不是用人类的言语表达的道……您记得福音书的开头：‘太初有道。’我常常在想，上帝之道，就是全部创世。但魔鬼已占为己有。他的噪声如今盖住了上帝的说话声。哦！请告诉我：您是否仍不相信上帝将最终获胜？……如果时间在死后不再存在，如果我们立刻进入永生，您是否认为我们将能听到上帝的话……而且直接听到？”

他开始激动得全身抖动，仿佛羊痫疯即将发作，并突然抽噎起来。

“不！不！”他大声说道，“魔鬼和上帝是一回事，他们串通一气。我们竭力认为世上的一切坏事来自魔鬼，因为不然的话我们就无力去原谅上帝。他在捉弄我们，就像猫在捉弄受其折磨的老鼠一样……而他在事后还要我们感谢他。感谢他什么？什么？……”

然后，他向我靠近：

“您是否知道他做的最狠心的事是什么？……那就是牺牲自己的亲生儿子来拯救我们。他的儿子！他的儿子！ ……残忍，这是上帝最主要的特性。”

他倒在床上，朝墙那边转了过去。在一段时间里，他仍有痉挛性的颤动，然后，他看来已经睡着，我就离开了他。

他丝毫没有对我提起鲍里斯，但我在想，应该把这种对神的绝望看做他痛苦的间接表达。这痛苦过于强烈，使人无法怀疑。

我从奥利维埃那里获悉，贝尔纳已回到他父亲家里，这确实是他最好的选择。贝尔纳偶然遇到小卡卢，得知老法官身体不好，就只凭自己的感情行事。明天晚上我们将要见面，因为普罗菲唐迪厄请我同莫利尼埃、波利娜以及两个孩子一起吃晚饭。我很想认识卡卢。